Das Buch

Die junge Londoner Bildhauerin Sam Jones liebt nicht nur schwarzes Latex, sondern auch Herausforderungen. Als sie in einem S/M-Club zufällig einen ehemaligen Kommilitonen von der Kunsthochschule wieder trifft, der ihr anbietet, für das Bühnenbild einer Inszenierung von Shakespeares ›Sommernachtstraum‹ ein paar Skulpturen anzufertigen, ist sie sofort Feuer und Flamme. Die Arbeit im Theater mitten unter den exzentrischen Ensemblemitgliedern stellt sich als höchst aufregend heraus. Ganz besonderen Gefallen findet Sam an Hugo Fielding und seiner herrlich sarkastischen Ader. Allerdings ist sie sich nicht im Klaren darüber, ob der formvollendete Dandy mit den knallig lackierten Fingernägeln und dem anbetungswürdigen Hintern vielleicht nicht doch schwul ist. Ihre Überlegungen zu dieser brisanten Frage werden jedoch jäh unterbrochen – denn unter dem Theater wird eine stark verweste Leiche aufgefunden. Und als wäre dies nicht genug, stirbt kurze Zeit später auch noch der künstlerische Direktor des Theaters – und keines natürlichen Todes. Sam ist wieder mal mittendrin in dem morbiden Chaos tiefschwarzer Seelen …

Die Autorin

Lauren M. Henderson, 1966 in London geboren, wollte ursprünglich Schauspielerin werden. An der Universität entschied sie sich jedoch für den Journalismus und wurde nach dem Studium Mitarbeiterin renommierter Zeitschriften und Zeitungen wie des *New Statesman* und des *Observer*. Seit dem Erfolg ihres ersten Romans *Die Skulptur* (01/10281), der die Sam-Jones-Reihe einleitet, widmet sie sich ganz der Schriftstellerei. Lauren M. Henderson lebt in London und in Italien.

Im Wilhelm Heyne Verlag liegen außerdem vor: *Zu viele Blondinen* (01/10508), *Künstlerpech* (01/10773).

LAUREN M. HENDERSON

ALBTRAUM EINER SOMMERNACHT

Roman

Aus dem Englischen
von Thomas Hag

WILHELM HEYNE VERLAG
MÜNCHEN

HEYNE ALLGEMEINE REIHE
Nr. 01/13315

Die Originalausgabe
FREEZE MY MARGARITA
erschien 1998 bei Hutchinson

Umwelthinweis:
Das Buch wurde auf
chlor- und säurefreiem Papier gedruckt.

Deutsche Erstausgabe 7/2001

Printed in Germany 2001
Umschlagillustration: SuperStock Bildagentur, München
Umschlaggestaltung: Nele Schütz Design, München
Satz: Pinkuin Satz und Datentechnik, Berlin
Druck und Bindung: Elsnerdruck, Berlin

ISBN 3-453-18980-9

http://www.heyne.de

Für all die Jungs, die mir je Kassetten aufgenommen haben.
Ihr wisst, worauf's ankommt.

1. Kapitel

Der Mann kniete bereits seit einigen Minuten auf allen vieren vor mir, aber in diesem Etablissement war das nichts Ungewöhnliches. Zuerst bekam ich gar nicht mit, dass er mich etwas fragte. Einer der traurigeren Velvet-Underground-Songs tropfte aus den Lautsprechern, aber immerhin so laut, dass jemand, der mit angemessen serviler Stimme sprach, deutlich übertönt wurde.

»Darf ich dir die Stiefel lecken?«

»Wie bitte, was?« Ich beugte mich zu ihm hinab.

Er richtete sich etwas auf und sagte lauter: »Darf ich dir die Stiefel lecken?«

Ich zuckte mit den Schultern. »Meinetwegen.« Seine Miene verdüsterte sich. »Du schmutziges kleines Stück Abschaum«, fügte ich hinzu, um ihn nicht zu enttäuschen. Sofort besserte sich seine Laune und er senkte den Kopf. Die Zunge zuckte aus dem Schlitz seiner Ledermaske. Aber kaum wollte ich mich wieder meinem Gespräch zuwenden, fiel mir etwas Schreckliches ein.

»O Gott, die sind aus Wildleder! Hör auf! Du ruinierst sie mir!« Unwillkürlich trat ich nach ihm. Er fiel zusammengekrümmt auf die Seite und jammerte: »Es tut mir Leid, Herrin, es tut mir Leid. Tu mir an, was du willst …«

»Tu mir an, was du willst?«, fragte ich mit gedämpfter Stimme Janey. Sie verzog das Gesicht.

»Hat zu viel Anne Rice gelesen.«

»Eher Mrs. Radcliffe.« Ich sah auf den schlechten Sklaven hinunter, und da er mir Leid tat, weil ich ihm den Spaß verdorben hatte, bohrte ich den Absatz meines Stiefels in seinen Latexanzug. Ekstatisch jaulte er auf.

»Ich wüßte gerne, wie sie den Schweiß aus diesen Dingern ablassen«, sagte ich zu Janey.

»Wahrscheinlich gar nicht.«

»Igitt.«

»Zumindest hat er nicht den Sklaven aus *Pulp Fiction* gegeben«, meinte sie. »Von denen hatte ich heute Abend schon drei. Wenig originell. Übrigens, dein Kleid gefällt mir.«

»Danke.« Ich sah zufrieden an mir herab. »Ich komme mir vor wie Scarlett O'Hara.«

Sie gab sich keine Mühe, ihre Verwunderung zu verbergen. »Wieso, hast du es aus alten Vorhängen zusammengenäht? Das Zimmer, in dem die gehangen haben, würde ich gern mal sehen.«

»Wegen der Korsettschnüre, Dummchen.« Da ich kein Hausmädchen anstellen konnte, das mich geschnürt hätte, während ich mich an den Bettpfosten klammerte, war es mir nicht ganz gelungen, auf eine Wespentaille zu kommen. Dennoch fühlte ich mich ziemlich beengt. Und mein Busen, der auch ansonsten kaum zu übersehen ist, ließ sich dank des Lederkorsetts kaum noch bändigen, da er zusammen mit dem größten Teil des Fleischs, das gewöhnlich meine Rippen bedeckte, hochgepresst wurde. Jedenfalls kam es mir so vor.

»Sam!«

Ich schaute mich um und sah, wie ein Sklave auf mich zuhechelte. Er ging an der Leine seiner Herrin und vermittelte den Eindruck eines außer Kontrolle geratenen Labradors. Zuerst erkannte ich ihn nicht. Zwei breite Lederbänder liefen über sein Gesicht, das eine über die Augen, das andere über den Mund. Hinten wurden sie von einem Kreuzband zusammengehalten. Die Reißverschlüsse, die ihn blind und stumm gemacht hätten, waren aufgezogen, und langsam kam mir das Gesicht bekannt vor. Er trug einen schwarzen, ärmellosen Latexanzug, der zumindest der Luft unter seinen Achseln die Zirkulation erlaubte.

»Es iste so lange här!«, rief er aus. »Wie gehte es dir?«

Der Akzent war der letzte Hinweis auf seine Identität: Salvatore, Sally für seine Freunde, Mitglied einer Gang von schwulen Sizilianern, die genau aus diesem Grund *en masse* nach London geströmt waren. Wir waren zusammen auf der Kunstschule gewesen, aber unsere Pfade hatten sich seit Jahren nicht mehr gekreuzt.

»Hi, Sally.« Ich gab mir alle Mühe, ihm einen Begrüßungskuss zu geben, aber die Lederbänder waren im Weg. Janey hatte sich mittlerweile in ein Gespräch mit einem Mann vertieft, der schon seit einer halben Stunde versuchte, ihre Aufmerksamkeit auf sich zu lenken. Jetzt hielt er einen Monolog über die Senderpolitik bei Channel 4. Sie war Drehbuchdramaturgin. Ihr Sally in diesem Moment vorzustellen, wäre etwa so gewesen, als würde man den Priester während der Messe fragen, wie spät es ist.

Sally sah sich flehend zu seiner Domina um. »Herrin, dies iste eine alte Freundin von mir. Darfe isch ein paar Minuten mit ihr reden, bitte?«

»Nur wenn du jeden ihrer Befehle ausführst«, sagte die Herrin und reichte mir die Leine. Ihre Stilettoabsätze waren so hoch, dass die Wadenmuskeln wie geballte Fäuste vorstanden.

Ich ließ es locker angehen. Ich bin nicht gerne für Leute verantwortlich.

»Ähm, gib mir einen Drink aus«, begann ich. »Und das ist ein Befehl.«

»Das Üblische, zweimal«, sagte Sally zum Barkeeper. »Auf mein Konto.«

»Du hast ein Konto hier?«

»Nischt so rischtig. Isch gebe ihm das Geld, wenn isch nach Hause gehe. In diese kann isch kein Geld tragen.« Er deutete auf seinen Latexanzug und ich verstand genau, was er meinte.

Der Barkeeper stellte zwei identische Getränke vor uns auf die Theke. Der Salzrand des Glases bildete einen hübschen Kontrast zu der aquamarinblauen Flüssigkeit darin.

»Was ist das?«, fragte ich vorsichtig; ich fühlte mich an Mundspülung erinnert.

»Blue Curaçao«, sagte der Mixer stolz. »Halb und halb mit Triple Sec. Es sind blaue Margaritas.«

»Sehen sie nicht fabelhaft aus!«, jauchzte Sally. »Meine Drink des Jahres!«

»Irgendwann hat mal so ein Spinner eine Flasche Creme de Menthe auf eine Party mitgebracht und Pfefferminzsoundsodrinks fabriziert, die wie Zahnpasta mit Sahne schmeckten. Seitdem bleibe ich bei Whisky Sour.« Ich nahm das Glas und nippte vorsichtig daran. Augenblicklich war ich bekehrt. »Mein Gott, das ist tatsächlich köstlich.« Gierig saugte ich an meinem Strohhalm.

»Also, erzähle mir, was du haste getrieben alles«, sagte Sally.

»Oh, es läuft ganz gut, denke ich. Ich habe bald eine Ausstellung und die meisten Sachen dafür sind auch schon fertig. Alle eigentlich. Ich spiele jetzt nur noch daran herum.«

»Bei wem du bist?«

»Galerie Wellington.«

»Aber das ischte ja ausgezeichnet!«

»Ich weiß«, sagte ich düster. »Es ist schwierig zu erklären, ohne überheblich zu klingen, aber das Problem ist … Sally, erinnerst du dich an Lee Jackson, die Lehrerin für Bildhauerei? Du hattest sie nur im ersten Jahr …«

»Wie könnte isch eine solsche Frau vergessen?«, fragte Sally und verfiel für einen kurzen Augenblick in die Traditionen seiner Kultur.

»Sie hat mal gesagt, dass der schlechte Bildhauer zwei Möglichkeiten sieht, wenn ihm eine Arbeit misslungen ist: Entweder macht er sie größer und streicht sie rot an oder er macht ganz viele davon und füllt den Raum damit aus.«

»Und du machste alles rot?«

»Nein, bei mir ist es das Zweite. Ich sehe fünfzehn Mobiles vor mir hängen und weiß einfach nicht mehr, ob sie gut sind. So geballt sehen sie sehr beeindruckend aus. Aber alles sieht gut aus, wenn man es fünfzehnmal wiederholt und von der Decke hängen lässt: Goldfischgläser, Eisenwaren, sogar Cocktailgläser – wieso starrst du mich so an?«

Sallys Augen quollen zwischen den Reißverschlüssen hervor, als wäre er ein Hannoveraner Vollblut mit Wasserkopf. Der sehr kleine Teil meines Verstandes, der sich nicht mit dem Elend meiner künstlerischen Krise beschäftigte, fragte sich, wie er den Reißverschluss vor den Augen schloss, ohne dass sich seine langen sizilianischen Wimpern darin verfingen. Wäre zu schade, wenn er sie sich ausreißen würde.

»Du sagst, du machen gerade Mobiles?«

»Ganz recht.«

»*Guarda bene,* wir müssen uns treffen und darüber reden. Kann isch in dein Atelier kommen? Sind dort die Mobile?«

»Ja, aber ...«

»Isch erinnere mich gut an deine Arbeiten. Isch mochte sie sehrr. Sehrr.«

»Nun, sie sind jetzt ganz anders«, entgegnete ich sofort. Ich gehöre nicht zu den Leuten, die ihre Jugendwerke horten. Im Gegenteil, ich muss immer in Bewegung bleiben, wie ein Moloch mit Spikes meine alten Arbeiten in Stücke reißen, während ich voranschreite. Auf der Kunstschule hatten wir einen Lehrer, der uns vorschlug, die Arbeiten mitzubringen, die wir für unsere besten hielten. Dann sollten wir im Innenhof ein Freudenfeuer entfachen, dem unsere Kunst als Nahrung diente. Ich war die Einzige, die sich für die Idee begeistert hatte. Sich entwickeln oder sterben. Gott sei Dank hatte ich eine Galerie, wo ich meine Mobiles loswerden konnte. Ich kannte Künstler, die keinen Galeristen hatten und seit Jahren mit ihren alten Arbeiten lebten, weil niemand sie kaufte. Für mich wäre das so, als würde ich in einer Gruft hausen, umgeben von verwesenden Leichen.

Sally zog die Schultern hoch, hob die Arme und breitete die Hände vor mir aus, eine Geste, die so viel wie ›na und?‹ bedeutete.

»Warum willst du sie sehen?«, fragte ich entnervt.

»Isch arbeite als Bühnenbildner, sehr erfolgreich.« Sally besaß nicht die englische Scheu, sein eigenes Loblied zu singen. Ich fand das sehr erfrischend. »Isch arbeite gerade – nein, isch beginne mit der Arbeit«, berichtigte er sich,

»für eine neue Inzenierung vom *Traum*. Das ist der *Sommernachtstraum*, für die, die nischt am Theater arbeiten.«

»Oh, danke, ich dachte, du meinst das *Traumschiff*.«

»*Cosa?* Jeddenfalls, wir wollen, dass es wird modern, modern, modern. Und wir haben Geld, wir haben dieses schöne große Theater mit eine Proszenium – das Cross –, und so können wir es uns erlauben, Leute durch die Lufte schweben zu lassen. Isch denke schon lange darüber nach, wie man es auf interessante Weise kann machen, so wie Peter Brook mit die Trapeze. Und jetzte kommst du und erzählst mir, dass du Mobiles machst, und diese ganze Idää explodiert in meinem Kopfe ... Sie sind groß, nischt wahr? Du haste immer große Sachen gemacht.«

»Ziemlich groß. Aber, Sally, selbst wenn sie dir gefallen, das Letzte, was ich will, ist noch mehr von den Dingern für eine Theaterinszenierung zu machen. Ich träume von Ferien. Irgendwo, wo es warm ist, wo die Jungs hübsch sind und die Drinks kalt.«

»Ische komme mit dir! Isch kenne da was. *Nachdem* wir das Stück gemacht haben.«

»Ach komm, ich bitte dich ...«

Jemand nahm mir Sallys Leine aus der Hand.

»Hat er sich gut benommen?«, fragte mich seine Herrin. Ihr dunkler, pflaumenfarbener Lippenstift glänzte feucht und klebrig, selbst bei der gedämpften Beleuchtung. Entweder hatte sie ihn eben aufgefrischt oder sie hatte sich mit dem Jungfrauenblut vom Fass im Hinterzimmer bedient.

»Keineswegs«, sagte ich boshaft. »Er ist eine Nervensäge, die kein Nein gelten lässt.«

Sie holte tief Luft und riss so fest an Sallys Halsband, dass er fast vom Barhocker gefallen wäre. Es war ein Würgeband. Das erstickte Gurgeln des Schmerzes war nicht gespielt. »Hinunter!«

»Isch rufe disch an!«, krächzte er mir zu, auf allen vieren davonhoppelnd, wobei mir die Schnürung am Rücken seines Anzugs einen schönen Ausblick auf seinen Allerwertesten erlaubte.

Ich sah ihnen hinterher. Er würde mich anrufen. Zwar hatte Sally meine Nummer nicht, aber das konnte ihn bestimmt nicht aufhalten. Er würde einfach so lange herumtelefonieren, bis er jemanden fand, der sie kannte. Er war wirklich ein hartnäckiger kleiner Bursche, aber er würde sich mit meinem Nein abfinden müssen. Auf absehbare Zeit war für mich Schluss mit den Mobiles, besonders wenn sie für Figuren, die auf Namen wie Bohnenblüte und Senfsamen hörten, als aufgemotzte Lifte dienen sollten.

»Wer war das?«, fragte Janey später.

Ich gab ihr einen kurzen Abriss von Sally und seiner neuesten brillanten Idee. Zu meiner Überraschung sagte sie sofort, dass sie das keinesfalls für eine schlechte Sache hielte.

Ich sah sie entgeistert an.

»Ist das dein Ernst? Du weißt doch, in welchem Zustand ich bin! Das Letzte, was ich will, ist, meine Arbeiten für einen Haufen Vampire vom Theater zu verwässern. Ich will weg, weit, weit weg –«

»Wo die Jungs heiß und die Drinks kalt sind. Ich weiß, das sagst du dauernd. Und es würde dir gut tun. Du hast seit Ewigkeiten keinen Freund mehr gehabt, nicht seit du diesen absolut netten Typen hast sitzen lassen, diesen …«

»Er war zu normal«, entgegnete ich düster. »Verdammt noch mal, er wollte mich zum Sonntagsessen mit zu seinen Eltern nach Sussex nehmen, in ein Pfarrhaus! Ich weiß, er war nett, aber außer Sex hatten wir nicht viel gemeinsam. Natürlich«, fügte ich hinzu, um ihrem Einwand zuvorzukommen, »war es toll, aber das verliert sich nach ein paar Monaten, stimmt's? Vertrautheit ist auf diesem Gebiet nicht eben förderlich. Jedenfalls habe ich viel gearbeitet und hatte gar keine Zeit, an jemand anderen zu denken. Wie gesagt, alles was ich brauche, ist ein Urlaub.«

»Aber jetzt kannst du sowieso nicht. Wie du selbst weißt, musst du noch mindestens zwei Monate in London bleiben, für letzte Änderungen und um einen Text für den Ausstellungskatalog zu schreiben. Vielleicht ist das hier genau die Sache, um dich aufzumuntern. Dir geht's doch immer am besten, wenn du arbeitest.«

Das ist das Blöde an Freunden, die einen schon sehr lange kennen: Sie wissen allzu gut Bescheid hinsichtlich deiner Charakterzüge. (Außerdem erinnern sie sich besser an deine sexuellen Eskapaden als du selbst und sind nur allzu gern bereit, die Wissenslücke zu füllen, von der man gehofft hatte, sie würde für alle Zeiten offen bleiben.)

»Was für eine Inszenierung ist es denn?«, fragte sie.

»Der *Sommernachtstraum* am Cross-Theater.«

»Was?« Ihre blauen Augen wurden groß wie Untertassen. »Helen war dort zum Vorsprechen! Wäre es nicht toll, wenn ihr beide zusammenarbeiten könntet?«

Janey, Gott segne sie, war eine unverbesserliche Optimistin. Sie wollte einfach nicht wahrhaben, dass Helen, ihre Freundin, eine von Herzen kommende Abscheu gegen mich hegte, ihre normale Reaktion auf jeden, den sie mit ihrer persönlichen Mischung synthetischen Charmes nicht zu beeindrucken vermochte. Ich war auch nicht allzu wild auf Helen, konnte meine Abneigung aber begründen, unter anderem mit der Episode, während der Helen ihre Freundin Janey wegen eines Fernsehproduzenten namens Kurt (ein Mann, notabene) und der Aussicht auf eine Hauptrolle in einer Serie verlassen hatte. Aus der Rolle wurde nichts und Helen kehrte wieder zu Janey zurück, nicht reifer und weiser, aber definitiv zerknirscht; sie versprach, nunmehr treu zu bleiben. Ich hegte den Verdacht, dass Helens Definition von Treue lockerer war als das Gummiband von Mick Jaggers Unterhose, hatte meine Ansicht Janey gegenüber jedoch nie geäußert, um unsere Freundschaft nicht zu zerstören. Ein Mangel an Reife und Urteilsvermögen meinerseits hatte vor kurzem die Beziehung zu einem anderen guten Freund von mir gefährdet, und ich versuche, niemals denselben Fehler zweimal zu machen.

»Für welche Rolle war sie vorgesehen?«

»Sie möchte die Titania spielen. Sie meint, dass sie ziemlich gut vorgesprochen hat, weiß aber nicht, was die Regisseurin davon hält. Es ist Melanie Marsh. Ich kenne sie nicht persönlich, aber sie soll sehr gut sein. Helen sagt, sie sei ein kalter Fisch.«

Was übersetzt bedeutete, dass Melanie nicht auf Helens Flirten reagiert hatte. Vielleicht würde sie die Helena mit ihr besetzen, im Stück das arme Ding, das keiner mag.

»Auf jeden Fall«, sagte Janey mit hartnäckiger Ruhe, »würde es dir nicht wehtun, wenn du diesem Sally dein Atelier zeigst. Was hast du zu verlieren?«

Ich zuckte mit den Schultern. »Ich bin meine eigene Arbeit einfach so leid, Janey, und fühle mich total ausgebrannt. Manchmal frage ich mich, ob ich nicht die ganze Zeit nur auf einer einzigen guten Idee herumgeritten bin. Nach dem, was mit Nat passiert ist, habe ich wie eine Verrückte gearbeitet, um mich abzulenken, und jetzt fühle ich mich, als sei meine Energie auf dem Nullpunkt.«

»Das ist schon eine Weile her.« Janey sah mich besorgt an. Den Namen Nat erwähnte ich nicht oft.

»Etwa zwei Jahre. Manchmal kommt es mir vor wie zwei Wochen ... Ohne ihn hätte ich nie Mobiles gemacht. Ich sollte die ganze Geschichte dem Idioten erzählen, der den Katalog verfasst.«

»Um Himmels willen, bloß nicht!« Janey wurde blass unter ihrer Schminke. Sie hatte das hübscheste kleine, runde Achtzehntes-Jahrhundert-Gesicht, mit Apfelwangen und Lippen wie Amors Bogen. Ihr Haar war blond und fein, ihre Haut wie teurer weißer Samt, den man bis auf die feinste Schicht geglättet hatte. Ich stellte mir immer ein Gemälde von ihr vor, in einem goldenen Rahmen, in dem sie auf einer Chaiselounge ruhte, in blauer Seide, einen Fächer in der einen Hand, ein Törtchen in der anderen. Selbst das Latexkleid, das sie heute Abend trug, war so mit Chiffon verziert und mit Ketten bedeckt, dass man seinen wahren Ursprung nur noch erahnte. Sie war meine beste und älteste Freundin und bedachte mich soeben mit dem besonderen Blick einer älteren Schwester, die sich um mein Seelenheil sorgt. Ich schwankte unter der Last ihrer Bedenken.

»Deshalb hast du dich nicht mit anderen getroffen,

stimmt's? Du bist in einer ganz morbiden Stimmung. Du hast an ihn gedacht.«

»Was sonst, Janey?«, sagte ich schlicht und gab meine Verteidigung auf. »Die letzten Monate war ich nur noch in meinem Atelier und habe nonstop gearbeitet, wie ein Eremit gelebt … und manchmal kommt es mir vor, als ginge es bei der Arbeit an den Mobiles nur darum, die Sache mit Nat zu bewältigen … Wie könnte ich nicht an ihn denken?«

Janey sah mich so beunruhigt an, dass ich meine letzten Worte sofort bedauerte. Ich hatte nie genug Zeit, um mich Leuten anzuvertrauen. Wenn ich es einmal tat, funktionierte es nicht. Was letzten Endes auf das Gleiche herauskommt.

»Ganz so meine ich es gar nicht«, sagte ich. »Ich bin einfach nur meine Arbeit leid, das ist alles.«

»Mach dir keine Sorgen. Meine Autoren erzählen mir ständig genau das Gleiche.« Janey drehte an einem ihrer vielen silbernen Armreifen und bedachte mich mit einem sibyllinischen Blick. »Du brauchst ein ganz neues Projekt, glaub mir, etwas, in das du dich verbeißen kannst.«

»Was ich brauche«, berichtigte ich sie, »ist noch einer von diesen.« Ich hielt mein Glas hoch. »Noch zwei blaue Margaritas, bitte«, sagte ich zum Barkeeper.

»Zwei was?«

»Du wirst es mögen. Das garantiere ich.«

Es waren so lange keine Besucher mehr in mein Atelier gekommen, dass ich ganz vergessen hatte, welchen ersten Eindruck es normalerweise macht, selbst wenn keine fünfzehn riesige, silberne Mobiles in Gruppen von der Decke hängen und sich sanft in dem Luftzug wiegen, der von der Tür hereinweht. Der Berg von Elektrowerkzeugen, Schweißermasken und Arbeitshandschuhen unter den Mobiles sah aus, als würde er zu ihnen hinaufwachsen: Stalaktiten und Stalagmiten. Selbst in seinen besten Zeiten war das Atelier nicht besonders ordentlich gewesen, aber in den letzten Monaten hatte es sich wirklich gehen lassen, so wie ich wohl auch. Zumindest war ich gezwungen, mich regelmäßig zu duschen, den Metallstaub aus meinen Haaren zu waschen und nach längeren Schichten unter der Schweißermaske mein Gesicht gründlich zu reinigen. Die Küche hatte nicht so viel Glück gehabt. Ich hatte von Fastfood gelebt, damit ich nicht dauernd Überreste meiner Arbeit vom Herd wischen musste. Das ist das Problem dieser offenen Wohnform: Alles landet überall ...

»Du wohnste hier auch?«, fragte Sally als Erstes mit ungläubiger Stimme. Ich hatte es schon zu oft gehört, um deswegen beleidigt zu sein. Außerdem hatte er schmeichelhaft lange mit nach hinten geneigtem Kopf zu den Mobiles hinaufgestarrt.

»Eher da oben.« Ich deutete auf die Schlafplattform, die sich in drei Meter Höhe an der anderen Wand befand. »Wenn ich mitten in der Nacht aufwache, schaue ich direkt auf die Mobiles. Es ist wunderbar, besonders bei Mondlicht, aber so werde ich sie auch nie los. Manchmal bewegen sie sich, wenn Wind durch die Dachfenster weht, und dann denke ich, dass sie miteinander reden. Es kommt mir vor, als seien sie lebendig und ich hätte sie trotzdem aufgehängt.«

Klingt komisch, ging mir durch den Kopf, aber Sally schien nichts aufgefallen zu sein. Melanie Marsh, die mir Sally als MM vorgestellt hatte, sagte auch nichts, aber obwohl ich sie erst seit etwa fünf Minuten kannte, hegte ich den Verdacht, dass dies ihre Arbeitsweise war – rede nur, wenn du etwas zu sagen hast. Die Cowboy-Masche.

»Kann isch auf die Leiter steigen und sie mir aus der Nähe ansehen?«, fragte Sally enthusiastisch.

»Sicher. Sieh dir nur nicht meine Bettwäsche an. Ich weiß, wie sensibel du bist.«

Die nächsten fünf Minuten balancierte Sally auf der Leiter, die zu meiner Schlafplattform hinaufführte, und studierte das Mobile, das am nächsten hing, wie ein Affe, der neues Spielzeug entdeckt hat. Ich hielt es für angebracht, mich in den euphemistisch Küchenecke genannten Teil meines Ateliers zu begeben und den Wasserkessel aufzusetzen. Eines hatte ich immer vorrätig: Tee.

Wenn ich Leute zu Besuch hatte, sah ich meine Umgebung stets mit anderen Augen, und mir fiel auf, was für einen schlampigen Junggesellenstil ich mir in letzter Zeit zugelegt hatte – leere Bierdosen, Fastfood-Kartons, schmutzige Laken. Es reichte. Sobald die Mobiles raus waren, würde ich eine große Putzaktion starten. Vielleicht sollte ich ein industrielles Hochdruck-Reinigungsgerät mieten und alles abspritzen.

»Möchten Sie Tee?«, fragte ich Melanie Marsh.

»Ja, bitte.« Sie blieb, wo sie war, in der Mitte des Raumes, breitbeinig, die Hände in den Hosentaschen, langsam vor- und rückwärts wippend, die Augen ruhig, fast leer. Sie sah unauffällig aus – mausgraues Haar, hinten zusammengesteckt, durchschnittliche, eher dünne Figur – und ihre Kleider passten dazu. Sie trug Jeans, Arbeitsstiefel und zwei, drei Pullover übereinander. Wenn ich sie hätte beschreiben sollen, dann weniger mithilfe dieser Äußerlichkeiten, sondern mehr über ihre Aura – denn wichtiger war dieser beherrschte Eindruck, den sie vermittelte, so als halte sie ihre Energie im Zaum. Eine Frau, die wusste, was sie tat, und wenn nicht, dann wusste sie zumindest, welche Richtung sie nehmen musste. Ob ich wollte oder nicht, sie beeindruckte mich.

Ich brachte ihr den Tee und wir sahen gemeinsam zu den Mobiles hinauf, während wir aus großen Bechern tranken. Melanies Nähe übte eine Art osmotischen Effekt auf mich aus, ich konnte mich entspannen, und zum ersten Mal war ich in der Lage, mich von meinen Arbeiten zu entfernen. Ich spürte, wie das Band, das mich an sie gefesselt hatte, langsam brüchig wurde und der Prozess des Loslassens begann. Bis Sally von der Leiter kletterte und zu uns kam, sprachen wir kein Wort.

»Der Tee steht da drüben«, sagte ich nickend zu ihm.

»Danke, isch trinke nischt dauernd Tee«, erwiderte Sally blasiert. »Isch habe morgens meinen Kaffee und *poi basta*.«

»Warte ab, bis wir mit der eigentlichen Arbeit anfangen, Sal«, sagte Melanie Marsh freundlich. »Dann trinkst du genauso viel Tee wie wir alle.«

Sie wandte sich mir zu, zum ersten Mal, den Becher mit beiden Händen haltend.

»Mir gefallen die Mobiles sehr«, sagte sie. Später, bei den Proben, sollte ich herausfinden, dass es aus ihrem Munde wahrscheinlich kein größeres Lob gab. »Ich kann mir genau ausmalen, was Sally vorschwebt.«

»Wir ziehen sie für die Szenen bei Hofe hoch, sodass sie wie *lampadari* wirken«, schob Sally aufgeregt ein. »Wie sagt man – hängende Lischter …«

»Kronleuchter.«

»Kronleuschter. Vielleicht nicht alle, das muss isch sehen. Für die Szenen im Wald lassen wir sie herab, die Liebenden bahnen sich ihren Weg zwischen ihnen hindurch, sie verirren sich – vielleischt kommt Puck auf einem herunter. Mit der Beleuchtung wird es aussehen wie eine Zauber.«

»Dieses Mal haben wir ein beachtliches Budget«, erklärte mir Melanie Marsh. »Ein alter Mäzen des Theaters hat uns in seinem Testament eine jährliche Summe für die Inszenierung eines Shakespeare-Stücks hinterlassen. Wir haben praktisch das große Los gezogen und können die Elfen fliegen lassen – zumindest Puck. Das würde aber bedeuten, dass für ihn ein Mobile angefertigt werden muss, auf dem er sitzen kann. Eine ziemliche Herausforderung, würde ich meinen. Ich weiß nicht einmal, ob es machbar ist.«

»Oh, das sollte gar nicht so schwer sein«, versicherte ich ihr. »Natürlich müsste die Gestaltung sehr viel einfacher sein – all diese Verzierungen würden bei etwas, das hinauf- und hinabgelassen wird, hinderlich sein – man könnte sich zu leicht darin verfangen.« Ich deutete auf die Silberdrähte, die wie Planetenringe um die meisten Mobiles herumliefen. »Man müsste sie von allem Ballast befreien; das von Puck müsste man verstärken, und dort, wo die Kette hängt und er sitzt, würde ich die Oberfläche ebnen. Vielleicht könnte man zwei Einbuchtungen für die Füße aussparen.«

»Aber sähe es dann noch aus wie die anderen Mobiles? Denn es wäre gut, wenn das Publikum nicht von vornherein ahnt, dass etwas geschehen wird, weil eines ganz anders wirkt.«

»Nein, man könnte das sehr gut kaschieren. Die Einbuchtungen wären ja auch ziemlich weit oben, sodass man auch aus den ersten Reihen nichts erkennen würde. Ich kann Ihnen ein paar Zeichnungen machen, wenn Sie wollen …«

Meine Stimme verlor sich. Sally grinste mich an, wobei er viele Zähne und noch mehr Zahnfleisch zeigte.

»Sehr schön«, sagte Melanie Marsh, die mich so geschickt weitergelockt hatte, dass mir die Falle erst auffiel, nachdem ich hineingetappt war. »Das Beste wäre, wenn Sie sich zunächst mit Sally zusammensetzen und über das Design nachdenken würden. Er kann mir dann Skizzen machen.« Sie ging in die Küche und stellte den Becher ab. »Wenn Sie wollen, können Sie in der Theaterwerkstatt arbeiten. Das wäre vielleicht sowieso sinnvoller. Schließlich machen die Mobiles einen beträchtlichen Teil des Bühnenbildes aus. Aber wenn Sie es vorziehen, für sich zu arbeiten, ist das natürlich auch kein Problem. Mir ist nur aufgefallen, dass Sie hier nicht mehr viel Platz haben …«

Seltsamerweise war es genau der Aspekt des Arbeitens in einer Gruppe, inmitten von lauten, betriebsamen Menschen und einem ständigen Kommen und Gehen, der den Ausschlag gab. Auf diese Weise kam ich endlich aus meinem Atelier raus. Die Mobiles würden noch so lange hier hängen, bis in der Galerie alles für sie vorbereitet war, und je weniger Zeit ich mit ihnen verbrachte, desto weniger konnte ich darüber nachgrübeln, ob sie wirklich geglückt waren, und umso besser würde es mir – und ihnen – gehen.

»Nein, das könnte durchaus funktionieren«, sagte ich langsam. Ich sah schon, wie die nächsten Monate auf mich zuwirbelten und sich zu neuen und interessanten Mustern formten.

»Großartig. Wäre es möglich, dass ich bis Ende nächster Woche etwas von euch beiden zu sehen kriege? Kommen Sie doch einfach zur ersten Textprobe. Wir können uns danach unterhalten und vielleicht finden Sie es interessant. Sal wird Ihnen sagen, zu welchem Zeitpunkt. Ich bin sehr froh, Sie an Bord zu haben, Sam.« Sie schüttelte mir die Hand. Ihr Gesicht war rund und blass und so ausdruckslos wie das einer Nonne, aber jetzt zeigte sich ein Lächeln darauf. Als sie zur Tür ging, drehte sie sich noch einmal um.

»Ach ja, nenn mich doch einfach MM. Das machen alle.«

2. Kapitel

Helen, erfuhr ich bei einem Telefonat mit Janey, war als Titania besetzt worden. Ich beruhigte mich mit der Vorstellung, dass wir nicht allzu viel voneinander sehen würden. Die Besetzung umfasste etwa zwanzig Leute; es handelte sich also nicht um ein Ein-Personen-Stück von Beckett, bei dem während der gesamten Vorstellung ein Scheinwerfer auf Helens Mund gerichtet war. Andererseits, Helen bis zum Hals begraben zu sehen, hätte mir schon gefallen.

»Ich musste sogar das Stück lesen«, beschwerte ich mich bei Janey am Telefon. »Was ich für besser hielt, weil es Jahre her ist, dass ich es zuletzt gesehen habe. Aber ich schaffe es einfach nicht, die Seiten zum Leben zu erwecken. Die Worte kleben auf dem Papier. Wie machst du das bloß?«

»Es ist ein Talent«, meinte Janey. »Komödien sind am schwersten.«

»Und die nötige Organisation, um alle an den richtigen Stellen auf- und abtreten zu lassen; so als würde man die Truppen für einen kleinen Krieg befehligen.«

»Wie bei einer Farce. Auf der Bühne Regie zu führen ist schrecklich. Du bist für alles verantwortlich. Es sei denn, du bist Peter Hall und hast siebzehn Assistenten, aber Melanie Marsh ist noch nicht so weit.«

»*Noch* nicht?«

»Ich sagte dir schon, sie soll sehr gut sein. Sie hat Anfang des Jahres einen sehr erfolgreichen *Marat/Sade* am Fringe inszeniert und seitdem steht sie auf jeder Liste. Ich glaube, für ihre nächste Inszenierung ist sie am National gebucht.«

»Also hat sie es schon geschafft.« Überrascht stellte ich fest, dass ich voll auf ihrer Seite stand.

»Nun ja, eben nicht. Das ist jetzt ihre eigentliche Probezeit. Jungen Regisseuren gelingt oft *eine* gute Inszenierung. Dann geht der Rummel los, sie werden überall gebucht, bis sich herausstellt, dass der erste Erfolg ein Zufall war, und dann sind sie vollkommen aufgeschmissen. Das geht ganz schnell. Sie fangen mit den Proben an und sehr bald merken die Leute, dass die Dinge nicht gut laufen. Es spricht sich herum, dass die Inszenierung eine Katastrophe ist – du glaubst nicht, wie schnell sich Klatsch verbreitet ... Aber irgendwie schleppt sich das Stück trotzdem weiter. Muss es ja.«

»Und die Theater, die sie danach gebucht haben?«

»Die können nichts machen. Die Verträge sind unterschrieben und besiegelt. Die armen Regisseure irren eine Zeit lang herum und segeln von einer Katastrophe in die nächste, um dann in völliger Obskurität zu versinken. Es ist furchtbar für sie. Sie wissen, dass sie für das, was sie tun, noch nicht bereit sind oder einfach nicht gut genug. Viele brechen einfach zusammen.«

»Kann das Theater sie nicht entlassen, wenn sich schon früh zeigt, dass sich da ein Desaster anbahnt?«

Janeys Seufzer hallte durch die Leitung. »Es ist sehr schwierig ... manchmal übernimmt jemand. Am Cross wäre das zum Beispiel der künstlerische Leiter, Philip Cantley. Er könnte einspringen und die Sache halbwegs in Form bringen. Allerdings würde Melanies Name auf den Plakaten stehen. Aber das würde auch nichts ändern, denn die gesamte Branche wüsste, was passiert ist, schon Wochen bevor das Stück startet.«

»Janey, du machst mir eine Heidenangst.«

Janeys Stimme verlor ihren düsteren, spekulativen Ton. »Sam, mach dir keine Sorgen«, sagte sie munter. »Das passiert ja nur sehr selten und dieses Mal bestimmt nicht. Schließlich ist Helen dabei.«

Ich fragte mich, ob Janey wirklich glaubte, dass Helens Mitwirken bereits einen todsicheren Erfolg garantierte.

»Und wie ich schon sagte«, fuhr sie fort, »Melanies Karten sind gut gemischt. Das habe ich von mehreren Leuten gehört. Also keine Panik, okay?«

Ich wäre auch nicht in Panik geraten, wenn sie mir nicht eben *selbst* das düstere Bild eines inkompetenten Regisseurs gemalt hätte, der so nervös herumrennt, als habe er Ameisen im Hintern. Aber das erwähnte ich nicht. Was hätte es gebracht, wenn wir beide nervös geworden wären?

Das Vertrauen in Melanie Marsh war den meisten Leuten, die zur Textprobe erschienen waren, genauso anzusehen wie der jungen Lauren Bacall die Starqualität. Schnell wurde klar, dass es sich bei dieser Gruppe um die Mitglieder eines Teams handelte, das ihr von einer Inszenierung zur nächsten folgte. Die wichtigsten Personen waren Sally und ein Mädchen namens Sophie, das die Kostüme anfertigte und versuchte, ihr ungewöhnlich hübsches Aussehen dadurch zu relativieren, dass sie ein knöchellanges Glockenkleid trug, dazu riesige Turnschuhe und einen abgeschnittenen Pullover mit Fledermausärmeln, der entweder von ihrer fürsorglichen Großmutter oder von Issey Miyake stammte; dazu der zurückhaltende Komponist, ein ernster Typ mit extremer Ponyfrisur und einem riesigen Kassengestell auf der Nase. In der ganzen Zeit, in der ich an der Inszenierung mitarbeitete, sagte er nur sehr wenig.

Sie alle sprachen mit Melanie Marsh so respektvoll und mit solch gedämpfter Stimme, als bäten sie bei einer Äbtissin um Aufnahme ins Kloster. Sie hatte sogar ihren eigenen Jünger. Er hatte seine Teenagerjahre kaum hinter sich, kompensierte seine Jugend jedoch durch eine gespielte Ernsthaftigkeit, die so übertrieben wirkte, dass sie selbst dann nicht angemessen gewesen wäre, wenn es sich bei seinem Idol wirklich um eine Äbtissin gehandelt hätte. Meine Güte, er trug sogar ein Clipboard mit sich herum. Melanie Marsh behandelte ihn ausgesprochen respektvoll, was ich sehr nett von ihr fand. Die anderen machten sich angesichts seiner Ernsthaftigkeit gnadenlos über ihn lustig, aber abgesehen davon, dass er ein paarmal errötete, schien es ihm nichts auszumachen. Er war der erwählte Knappe der Ritterin Melanie und dafür ließ er sich jeden Spott gefallen, mit dem sie ihn überschütteten. Sein Name war Matthew und er war sehr süß. Mir kam der Gedanke, dass ich auch einen solchen Matthew brauchte. An ihrer Stelle hätte ich mir einen hübscheren ausgesucht, aber sie stand sicherlich über solch albernem ästhetischem Snobismus.

Allerdings hatte ich sie, wie ich später merken sollte, in dieser Hinsicht arg unterschätzt.

Man hatte mich gebeten, eine halbe Stunde vor dem Eintreffen der Schauspieler im Proberaum zu sein, einem Pfarrsaal in Belsize Park, und ich kam mindestens um diese Zeitspanne zu spät. Das schien allerdings ganz normal zu sein. Die Truppe tröpfelte innerhalb der nächsten Stunde ein und klagte über den Weg vom Bahnhof (zehn Minuten), das Wetter und wie schwierig es sei, den Pfarrsaal zu finden (an der Hauptstraße, direkt neben der Kirche). Na ja.

Währenddessen zeigten Sally und ich Melanie Marsh unsere Skizzen. Wir hatten acht Mobiles geplant, von denen zwei so gebaut werden sollten, dass Puck darauf sitzen konnte. Ich hatte Sally vorgeschlagen, dass alle vier Elfen ihren ersten Auftritt mit den Mobiles machen sollten, aber er hatte mich nur ausgelacht. Offenbar brauchte man einen Bühnenarbeiter – oder Schnürbodenmann, wie er sagte –, um jedes Mobile heraufzuziehen oder herabzulassen, und einen zusätzlichen Mann, der den Schauspieler führte. Und sie konnten sich höchstens vier Schnürbodenmänner leisten und keine acht. Abgesehen davon, fügte er etwas zu lässig und nicht ganz überzeugend hinzu, wäre er auch bei ausreichenden Finanzen dagegen gewesen, sie alle fliegen zu lassen; es würde den Effekt verwässern, wenn nicht nur Puck, sondern alle Elfen auf den Mobiles schwebten.

MM, wie auch ich sie bald nannte, nickte zustimmend und bewies uns ihr Vertrauen, indem sie die Skizzen unter den Schauspielern herumgehen ließ. Sally, der besser zeichnen konnte als ich, hatte noch ein paar Blätter hinzugefügt. Eines davon zeigte die Mobiles als Kronleuchter für die Eröffnungsszene bei Hof, ein anderes, wie sich die Liebenden zwischen ihnen den Weg durch den Wald bahnten wie durch einen Irrgarten.

»Isch hatte noch daran gedacht, sie auf Säulen zu stellen. Aber das schien mir dann zu … grobschlächtig.« Das letzte Wort sprach Sally mit großer Zufriedenheit aus.

»Mir gefallen sie so, wie sie sind«, sagte MM. »Erinnere dich, wie sie in Sams Atelier gewirkt haben. Warum damit herumspielen?«

»Absolut, MM«, murmelte Matthew hinter ihr und schrieb etwas auf sein Clipboard. Ich konnte mir nicht vorstellen, was.

»Das wird sich auswachsen«, flüsterte mir Sophie, die meinen Blick bemerkt hatte, ins Ohr. »So sind sie alle am Anfang – frisch von der Uni und verzweifelt bemüht, erwachsen zu wirken.«

Hinter uns schlug die Doppeltür zu und kündigte einen weiteren Ankömmling an.

»Marie!«, rief MM. »Komm her und schau dir dein Elfengefährt an.«

Marie, ein kleines, schmales Mädchen in einer winzigen wattierten Seidenjacke und den Lycraschichten einer Tänzerin, die gerade Pause hat, beugte sich über die Zeichnungen. Sie hatte ein ausdrucksloses Gesicht mit der Knopfnase und dem breiten Mund einer Stoffpuppe.

»Toll!«, sagte sie enthusiastisch. »Krieg ich ein eigenes?«

»Ich weiß noch nicht«, sagte MM. »Vielleicht könntest du runterspringen. Das Mobile bleibt auf halbem Wege stehen und du springst herab. Vielleicht in Hugos Arme. Wir müssen abwarten, was Thierry davon hält.«

»Oh, Thierry macht wieder die Choreografie? Großartig. Ich würde gerne eine Menge Akrobatik einbauen und dafür ist er brillant.« Marie, die Puck spielte, zog ihre Jacke aus und warf sie auf einen Stuhl. Ohne die Polsterung sah sie noch zierlicher aus, als ich gedacht hatte, so als könne man ihre Taille zwischen Daumen und Zeigefinger fassen. »Wie steht's mit Kaffee?«

»Matthew hat im Zimmer für die Blumenarrangements eine Maschine aufgestellt.«

»Wo?«

»Nun, wir sind schließlich in einem Pfarrsaal, Darling«, näselte ein Neuankömmling. »Was hast du erwartet – eine Gaggia-Espressomaschine, die von dunklen Jungs mit schmachtendem Blick bedient wird, wie in der Bar Italia?«

»Hi, Hugo«, sagten die meisten Leute wie im Chor, ohne sich umzusehen.

Ich widersetzte mich dem Trend. Hugo war groß und schlank, blond, hatte graue Augen und eine lange Patriziernase, über die er auf uns herabsah. Es schien sich um seine übliche Pose zu handeln. Er steckte in einem dunklen Mantel mit Seidenschal. Beides legte er recht auffällig ab, wahrscheinlich damit wir einen Blick auf den schwarzen Rollkragenpullover und die gestreiften Hosen werfen konnten, die er darunter trug. Er war einer der wenigen Männer, die Letztere tragen konnten. Obwohl er so schlank war, füllte er sie mit einem hübschen runden Hintern aus. Gestreifte Hosen sehen blöd aus, wenn sie schlaffe Falten werfen, wo der Po sein sollte.

»Zuerst Kaffee, danach Konversation«, sagte er entschieden und folgte Marie in den Blumenraum. »Wer ist der Grünschnabel, der fürs Aufbrühen zuständig ist?«

»Matthew. Hi«, sagte der Grünschnabel und streckte beflissen die Hand aus.

»Auch noch nach einem Jünger Jesu benannt! Wie passend. Ich bin Hugo.«

»Oh, ich weiß. Ich hab dich in *Geister* am RSC gesehen. Du warst großartig.«

»Großartig.« Hugo lehnte sich an die Wand, während Matthew die Maschine einschaltete. »Nun, ich schätze, das ist besser als ›ordentlich‹, das berühmte Kompliment von Kevin Costner an Madonna nach einem Konzert. Ich glaube, sie tat so, als müsse sie sich übergeben. Immer ganz die Dame … Warst du in Oxford, Matthew?«

»Nein, Cambridge.«

»Sidney Sussex?«

»King's.«

»Nun, das kann kaum der Grund für die Bescheidenheit deines Vokabulars sein, nicht wahr? Oder vielleicht doch ein wenig.«

»Eh, nichts gegen Sidney Sussex«, warf MM ein, und zum ersten Mal sah ich sie grinsen.

»Und du hast Nerven, was gegen King's zu sagen«, fügte der Komponist hinzu. »Du lehntest doch die ganzen drei Jahre nur am Bartresen.«

»Das stimmt, Darling. Ich konnte mich einfach nicht von den Mädchen in den weiten schwarzen Gewändern und mit dem schlecht aufgetragenen Lippenstift losreißen. Wie Robert Smith-Klone. *So* anziehend.«

»Hier trifft sich die Cambridge-Mafia«, informierte mich Sophie. Sie schien es sich zur Aufgabe gemacht zu haben, mich durch das Beziehungsgeflecht der Crew zu leiten. »Hugo, MM und ich haben uns dort kennen gelernt und unser alter Tutor schickt ihr immer ihre Assistenten. Er sucht sie für sie aus.«

»Aber du hast doch bestimmt nicht in Cambridge Kostümdesign studiert«, sagte ich. »Ich hatte den Eindruck, dass sie dort schon moderne Sprachen für ein gefährlich neues Fach halten.«

»So war es auch«, warf Hugo ein. »Jahrelang haben die Professoren der alten Sprachen darauf beharrt, in Italien Latein zu sprechen und natürlich Altgriechisch in Griechenland. Und dann wurden sie noch sehr ungehalten, wenn der arme Exot nicht verstand, was, zum Teufel, sie da vor sich hin brabbelten.«

»Nein, ich habe mit Hugo Kunstgeschichte studiert«, entgegnete Sophie, ohne auf die Bemerkung weiter einzugehen. »Dann absolvierte ich eine zweijährige Lehre bei einem Schneider. Design habe ich nie studiert.«

»Ein weitaus klügeres Vorgehen«, kommentierte Hugo. »Ich verachte diesen Expertenkult.«

»Aber du bist drei Jahre auf die Schauspielschule gegangen, Hugo!«, entgegnete Sophie listig. Mir fiel auf, dass seit Hugos Eintreffen eine viel bessere Stimmung herrschte.

»Ich stehe natürlich über solch kleinkarierten Verallgemeinerungen«, konterte Hugo lässig.

Das Schlagen der Türen war jetzt immer häufiger zu hören. Jeder der Schauspieler eilte zuerst zur Kaffeemaschine.

»Cappuccino gibt es wohl keinen«, sagte einer missmutig. »Hier in der Nähe findet man nicht einmal eine Bar, wo man einen Milchkaffee bekommt. Ich dachte, wir seien in Belsize Park. Aber das hier ist ja praktisch schon Hampstead.«

»Vielleicht sollten wir unserem Matthew einen Milchschäumer besorgen«, schlug Hugo vor. »Ich bin sicher, dass er eine schöne Schaumkrone produzieren könnte, was, Matthew?«

Der Grünschnabel, der gerade Wasser aus dem tropfenden alten Hahn in die Kanne füllte, während etwa ein Dutzend Leute ungeduldig auf einen Becher Kaffee wartete, lächelte Hugo strahlend an. Offensichtlich schmeichelte es ihm so sehr, seinen Namen auf diesen hehren Lippen zu hören, dass es unbedeutend war, in welchem Zusammenhang.

»Sally kennst du von der Kunstschule, nicht wahr?«, fragte mich Sophie. Ich war noch immer fasziniert davon, wie hübsch sie war – diese große Augen mit den langen Wimpern in einem kleinen, herzförmigen Gesicht, und wie vehement sie diesen Eindruck mit ihrer Kleidung bekämpfte. Ich selbst hatte für dieses doppelte Spiel nie was übrig gehabt. Niemand würde mich aus meinen Miniröcken in ein Glockenkleid zwingen, das um die Knöchel schlabberte und aussah, als habe man es aus Teppichresten geschneidert.

Ich nickte. »Wir haben uns letzte Woche im *Foltergarten* wieder getroffen.«

»Klar, was Sally da machte«, näselte Hugo. »Oder besser, was mit ihm gemacht wurde.«

»Natürlich, *carino*«, erwiderte Sally und klimperte mit den langen Wimpern.

Bei diesem kleinen Zwischenspiel drehte sich ein großer

Mann mit rotem Gesicht zu Sally um und starrte ihn unverhohlen aggressiv an. Er war um die vierzig und trug einen beachtlichen Bierbauch mit dem Stolz einer werdenden Mutter vor sich her. Sally schien es gar nicht zu bemerken. Entweder bewahrte ihn eine nützliche Naivität davor, diese Art von vermeintlich moralischer Entrüstung wahrzunehmen, oder er hatte sich so daran gewöhnt, dass er es ignorierte. Hugo hatte es auch bemerkt, so wie ich, und er reagierte natürlich.

»Liebenswert, nicht wahr?«, sagte er zu mir und nickte in Richtung Erdbeerkopf. »Was für ein Charmeur. Und wie gut ihm die Wampe steht.«

»Zeit, anzufangen«, erklärte MM. Sie hatte die Stimme nur ganz leicht gehoben, aber sofort reagierten alle. Kurz darauf saßen wir um den langen und ziemlich wackeligen Tapetentisch herum, den Matthew in der Mitte der Halle aufgestellt hatte. Alle hatten ihre bereits mit Eselsohren und Anmerkungen verzierten Textausgaben hervorgeholt und legten sie wie Gebetbücher vor sich.

»Es ist ziemlich zugig hier, nicht wahr?«, meinte Helen und setzte sich mir gegenüber an den Tisch. »Oh, hallo Sam!«, rief sie, als sie mich bemerkte. Zu meiner Überraschung klang sie ehrlich erfreut. Normalerweise begrüßte mich Helen mit der Wärme einer Eisscholle vor der Küste Grönlands. Mein scharfer Verstand sagte mir, dass sie sich angesichts der allgemeinen Verbrüderung einsam fühlte und so froh darüber war, ein bekanntes Gesicht zu sehen, dass es sie nicht scherte, welche Persönlichkeit dahinter steckte.

»Sind alle da?«, fragte MM.

Für mein ungeübtes Auge saßen genug Menschen am Tisch, um eine fulminante Inszenierung von *Krieg und Frieden* auf die Beine zu stellen, Schlachtszenen inklusive. Doch Matthew stellte mit wichtiger Stimme fest:

»Nun, George Bradley kann nicht kommen, weil er diese Woche Filmaufnahmen hat.«

»George hat immer Glück«, meinte jemand.

»Es ist nur für *The Bill*«, sagte Hugo. »Als dicklicher Inspektor aus Hicksville-in-the-Marsh ist er eine feste Besetzung.«

»Und Violet Tranter fehlt auch. Warum, weiß ich nicht.«

»So geht es nicht. Und jetzt keine dummen Bemerkungen, Hugo. Matthew, ruf sie an. Wenn du sie nicht erreichen kannst, setz dich mit ihrem Agenten in Verbindung.«

»Wer ist Violet Tranter?«, fragte ich Sophie. »Der Name kommt mir bekannt vor.«

»Oh, sie ist das Mädchen, das Fuchsia war.«

Ich musste kurz überlegen. Dann fiel es mir ein.

»*Gormenghast?* Das hab ich im Fernsehen angeschaut. Ist schon eine Weile her, nicht wahr?« In meinen frühen Jahren hatte ich mich mit Fuchsia identifiziert, der düsteren, rebellischen und leidenschaftlichen Teenager-Heldin, mit der Sting eine berühmte Liebesaffäre hatte. Zu meiner Enttäuschung hatte sie Violet, mit ihren großen blauen Augen und der Haarwolke, gespielt wie die Jungfer, die im Turm auf ihren Prinzen wartet. Ich verzog das Gesicht.

»Ja, Vi war eine Fehlbesetzung«, sagte Hugo, der meinen Blick bemerkt hatte. *»Das Mädchen, das Fuchsia war«*, fügte er nachdenklich hinzu. »Das gefällt mir. Klingt wie der Titel eines Kriminalromans, findet ihr nicht auch? Sie würde natürlich am Anfang schon tot sein.«

»Wie Laura«, schob Matthew ein.

Hugo und ich machten gleichzeitig den Mund auf, zögerten und schlossen ihn dann wieder, als hätten wir es geprobt. Warum den Film für alle ruinieren?

»Das war jetzt eine sehr gute Goldfischimitation«, sagte ich boshaft zu Hugo.

»Darling, du hättest deine sehen sollen«, gab er zurück. »Sehr schöne Glotzaugen.«

MM sah auf ihre Armbanduhr. »Wir können nicht auf Violet warten. Tabitha, du liest fürs Erste die Hermia mit. Also gehen wir mal rund um den Tisch. Jeder stellt sich vor, sagt, was er hier macht und was er heute zum Frühstück gegessen hat. Ich fange an: Ich bin Melanie Marsh, bin eure Regisseurin, und ich hatte Weetabix mit Milch. Matthew?«

Matthew stammelte etwas von Toast und Marmelade

(»Tse, tse«, murmelte Hugo, »ein Junge, der noch wächst, braucht etwas Kräftigeres am Morgen«) und es ging los. Erdbeerkopf, der neben Matthew saß, stellte sich als Bill vor, der den Zettel spielte, den rüpelhaftesten der Handwerker. Dabei sah er mit einem Blick in die Runde, der zu verkünden schien, dass er sich jegliche Witze in dieser Hinsicht verbat. Ich bemerkte, dass er dabei besonders Hugo ansah, was ich ihm kaum verübeln konnte. In der halben Stunde, die inzwischen vergangen war, hatte ich bereits gelernt zu erkennen, wann ihm eine Bemerkung auf der Zunge lag. Jetzt, da sich Bills Blick mit seinem traf, sah er ihn mit seinen klaren, grauen Augen verdächtig unbeteiligt an. Während Bill uns durch die verschiedenen Gänge seines Frühstücks führte – Saft, Grapefruit, Speck, Getreideflocken, Toast –, schwieg Hugo. Er sagte nicht, dass seiner Meinung nach keine Lebensmittelrationierung für den Großraum London angekündigt worden sei, und er fragte auch nicht scheinheilig, wie es Bill nur gelänge, so viele Kalorien in einen so schmächtigen Körper zu packen. Allerdings wandte er seinen Blick nicht von ihm ab, auch nicht, als die Runde der Vorstellungen weiterzog, ja er bedachte ihn mit einem ausgesprochen süßen Lächeln. Bill wurde immer unruhiger.

Die Rollenliste schien endlos. Sally, der neben mir saß, zeigte mir, wie er durch verschiedenfarbige Markierungen in seinem Text die drei Hauptstränge des Stücks herausgehoben hatte; die Szenen mit den Elfen – Oberon und Titania, Puck und Titanias vier Dienern –, der Hof mit den beiden Liebespaaren und die Gruppe der Handwerker, die natürlich für die komischen Zwischenspiele sorgten. Ich lieh mir seine Textmarker aus und begann, es ihm gleichzutun, damit ich mich etwas professioneller fühlte.

Nach der Vorstellung verkündete MM, dass sie es gerne sähe, wenn alle der Textprobe beiwohnen würden, dass sie aber Verständnis dafür hätte, wenn die Nicht-Schauspieler gingen. Wenn, sollten sie es zwischen den Akten tun, um die Akteure nicht zu stören. Danach würden die Probentermine bekannt gegeben; anschließend Mittagspause.

Da ich nichts Besseres zu tun hatte, blieb ich. Eigentlich wollte ich mich nach einer Stunde oder so verziehen, aber zu meiner Überraschung schaffte ich es nicht, mich loszureißen. Ich kannte das Stück, aber dennoch wollte ich hören, wie alles endete. Hinterher meinte Sally, es sei eine besonders gute Textprobe gewesen. Ich hatte eine Glückssträhne erwischt.

Violet Tranter tauchte nicht mehr auf. Matthew berichtete, dass er es bei ihr zu Hause versucht habe, erfolglos. Ihr Agent hätte gesagt, dass er sie seit Tagen nicht mehr gesprochen habe und, ja, er habe ihr definitiv den Termin für die Leseprobe genannt. Plötzlich schlugen wieder die Türen und alles schaute auf, aber es handelte sich nur um Steve, den Bühnenmanager des Cross, ein großer, stämmiger Mann, der nicht zu Scherzen aufgelegt schien. Er war ganz in Schwarz gekleidet und vermittelte den Eindruck, als habe er mehr zu tun als der Rest von uns zusammen.

Hugo war bereits jetzt ausgesprochen gut in seiner Doppelrolle als Theseus, König von Athen, und Oberon, König der Elfen. Er vermittelte die ganze Autorität des Oberhaupts: allmächtig, maliziös, selbstsüchtig und ausgesprochen gelangweilt, ein Oberon, den die Welt so sehr ermüdete, dass ihn selbst die Streiche Pucks kaum amüsierten. Helens kalte, kleine Stimme korrespondierte so gut mit ihm, dass mir klar wurde, warum MM sie besetzt hatte. Bei den längeren Reden würde sie jedoch noch Hilfe brauchen; hier klang ihre Stimme so flach, wie ihr Busen war. Marie als Puck musste sich noch ihren Weg zu der Rolle bahnen. Shakespeare schien ihr nicht auf Anhieb zu liegen, und ich hatte den Eindruck, dass sie ihre Zeilen viel lieber auf der Bühne Rad schlagend oder auf dem Kopf stehend gesprochen hätte. Bill war ein erstaunlich witziger und präziser Zettel, Prahlerei und Unsicherheit vereinend.

Die Elfen bildeten eine Gruppe hübscher, zerbrechlicher junger Dinger, zwei Jungs, zwei Mädchen, alle sehr ehrgeizig und bemüht, MM zu beeindrucken. Eines der Mädchen – Tabitha, die für Violet Tranter las – war dunkel, schmalgliedrig, mit einer langen Mähne silbrig-schwarzen Haares, ein ethnischer Mix, der von spanisch bis asiatisch alles hätte sein können. Ich erkannte, warum MM sie Hermia lesen ließ, eine der Liebenden; Hermia musste im Kontrast zu ihrer Rivalin Helena klein und dunkel sein. Zuerst wirkte sie nervös, aber dann gewann Tabitha immer mehr an Selbstvertrauen, und als es zu ihren großen Szenen kam, machte sie sich recht gut.

Es reichte jedoch nicht, um herauszuragen. Die jungen Männer – Lysander und Demetrius – waren Durchschnitt, aber die eigentliche Überraschung war ein Mädchen namens Hazel Duffy, das Helena spielte. Eigentlich eine undankbare, nörglerische Rolle: das Mädchen, das keiner der beiden Jungen haben will und das beim Erwachen feststellt, dass ihr beide plötzlich verfallen sind. Sie weigert sich jedoch, das zu glauben. Neben Hazel Duffy wirkten die anderen Liebenden wie Holzschnitte. Sie spielte die Passagen der Helena voll aus, mit all der Leidenschaft und dem Kummer unerwiderter Liebe, und später mit der frustrierten Überzeugung, dass sich die anderen einen Spaß auf ihre Kosten machten. Während ihrer ersten langen Rede richteten sich alle Blicke auf sie und es herrschte absolute Stille. Kein Herumzappeln, kein Kaffeeschlürfen, niemand, der sich davonschlich, um aufs Klo zu gehen.

Obwohl sie am Kopfende des Tisches saß, hätte man MM bei einem oberflächlichen Blick über die Runde wahrscheinlich übersehen. Sie wirkte so ruhig, so farblos – wie eine Pfauhenne unter all den Pfauen, die ihre Räder schlugen und ständig im Mittelpunkt stehen wollten. Aber ohne sie hätte der Raum seinen ruhenden Pol verloren. Sie war das Zentrum, um das sich alles drehte. Die ganze Zeit bewahrte sie eine fast stoische Ruhe. Sie hatte es übernommen, die Rolle des abwesenden Richard zu lesen, und manchmal flüsterte sie Matthew ein paar Sätze zu, worauf dieser mit vor Eifer wippendem Schopf etwas auf sein stets parates Clipboard schrieb.

Aber nachdem Hazel Demetrius ihre Liebe gestanden hatte und die Sehnsucht, ihm in den Wald zu folgen, so frisch klang, als habe Shakespeare die Zeilen eine Woche zuvor geschrieben – ohne dass Hazel sich der abgestandenen Manierismen der anderen drei weniger selbstbewussten Darsteller bedient hätte –, hob selbst MM den Kopf und sah Hazel längere Zeit mit ruhigem und anerkennendem Blick an. Es fiel auf, dass sie dieses Mal nichts zu Matthew sagte: Sie brauchte nichts zu sagen.

Nach einer Pause räusperte sich der Mann, der den Quince spielte, und begann die nächste Szene. Der Augenblick der Anspannung löste sich, ohne vergessen zu sein, und die Köpfe senkten sich wieder nachdenklich über die Texte. Ich blickte über die Runde und fragte mich, ob ich wohl die Einzige war, die dachte, dass es Violet Tranter womöglich noch bitter bereuen würde, nicht zu dieser Probe erschienen zu sein.

3. Kapitel

»Ihr richtiger Name ist Susan Higson«, sagte Sophie, als wir zum Lunch in Richtung Belsize Park gingen. »Sie fand, Violet Tranter klinge romantischer.«

»Nun, da kann ich nur beipflichten«, meinte ich. »Ich halte nichts von diesem neuen Trend unter Schauspielerinnen, keine Künstlernamen anzunehmen. In den Vierzigern hätte man sie alle umbenannt; ich meine, Jeanne Tripplehorn, Renee Zellweger, Michelle Pfeiffer – das klingt ungefähr so nach Glamour wie der Markenname einer Fleischpastete.«

»Wie Recht du doch hast, Darling«, warf Hugo ein, der zu uns aufgeschlossen hatte. »Ich darf das sagen, als jemand, der eigentlich Brian Dumpster heißt ...«

Bill prustete. »Brian Dumpster!«, wiederholte er. »Zu komisch! Ist dein Vater Amerikaner?«

»Ausgezeichnet, Bill, du hast gerade den diesjährigen Hugh-Fielding-Preis für Leichtgläubigkeit gewonnen. Den silbernen Kugelschreiber werde ich dir später überreichen«, entgegnete Hugo boshaft.

Bill schnaubte vor sich hin und murmelte so etwas wie »eingebildete Schwuchtel«, worauf Hugo die Augen zusammenkniff.

»Darling«, sagte er mit der affektiertesten Stimme, die man sich vorstellen konnte, und ließ sich etwas zurückfallen, um Bill den Arm um die Schulter zu legen. »Es tut mir so Leid. Du kannst mich gerne nennen, wie du willst und wo du willst ... wobei mir einfällt, ich habe gehört, dass wir uns eine Garderobe teilen! Praktisch die Intimität eines Boudoirs! Ich kann es kaum erwarten, allein mit dir zu sein.«

Sophie rollte mit den Augen. Wir hatten Havenstock Hill erreicht und gingen auf die Ladenstraße zu.

»Wir gehen ins Café. Kommst du mit, Hugo?«

Zu meiner Enttäuschung schüttelte Hugo den Kopf. »Nicht mit eurer Clique, Süße. Ich bedauere, dass ich nicht mit dir und der zauberhaften Sam zusammen sein kann, aber ich werde mit den *Schauspielern* abhängen.« Die Betonung war eindeutig.

»Hugo ist in solchen Dingen sehr gut«, sagte Sophie, als wir den anderen zugewunken hatten und zum Café gingen. »Es stimmt, wir sind eine richtige Clique. Nicht mit Absicht, aber wir kennen einander nun mal so lange. Und wenn man ein Stück probt, ist es immer ein bisschen die Schauspieler gegen den Rest der Welt.«

»Du meinst, sie müssen sich zusammenraufen.«

»Genau, deshalb hat MM sie heute Nachmittag diese albernen Spiele spielen lassen – zum Aufwärmen. Hugo hat schon Recht. Es wäre nicht gut, wenn er die ganze Zeit mit der Clique der Regisseurin herumhinge. Alle anderen Schauspieler würden ihm misstrauen.«

Ich stieß die Tür zum Café auf, wahrscheinlich die einzige verbliebene bodenständige Lokalität in ganz Belsize Park. Die Tischdecken waren aus weiß-rot kariertem Plastik, die Beleuchtung grell. Zu allem, was man an Essen bestellte, gab es eine gummiartige Scheibe Toast, dazu ein paar schlaffe Blätter Eisbergsalat am Rand des Tellers. Es kam mir beruhigend vertraut vor.

MM, Matthew und Sally saßen bereits an einem Tisch, zusammen mit Steve, dem Bühnenmanager. Ich hatte von Sophie gehört, dass es strategisch geplant wäre, Steve eindeutig auf ihre oder unsere Seite zu ziehen. Sein Interesse galt logischerweise mehr dem Theater als einer einzelnen Inszenierung und ein missgünstiger Bühnenmanager wäre ein beträchtliches Ärgernis gewesen. Als Teil dieses Plans setzte sich Sophie neben ihn und brachte ihre großen Augen ungeheuer effektvoll zur Geltung. Sally sah gnädigerweise von seinen üblichen Exzessen ab, und gegen Ende des Essens hatte sich Steve, der während der Textprobe ziemlich verschlossen dagesessen hatte, wohl leicht für uns erwärmt.

»Ich bin immer ein wenig misstrauisch, wenn ihr jungen Oxbridge-Leute kommt. Frisch von der Uni, und alle glauben, sie könnten alles. Aber ich muss sagen, ihr scheint zu wissen, was ihr tut. Ich habe deinen Marat/Sade nicht gesehen, aber Philip sagte, dass du gute Arbeit geleistet hättest.«

Philip, erinnerte ich mich, war der künstlerische Leiter des Theaters. Steve klang so herablassend, dass selbst die Queen eingeschüchtert gewesen wäre. Sie mochte Elizabeth Windsor sein, aber er war der Bühnenmanager des Cross. Es war klar, was er für bedeutender hielt. Er verbreitete die Selbstzufriedenheit eines Mannes, der von sich glaubt, er sei der Einzige, der weiß, wo es langgeht. Um ihn für sich zu gewinnen, sollte ihm MM besser Honig ums Maul schmieren, als ihn herauszufordern. Ein Westentaschentyrann, umso grausamer, da seine Herrschaft auf einen ganz bestimmten Bereich beschränkt war. Wenn wir Steve auf den Schlips traten, dann würde er jedes Mal, wenn wir auch nur eine Kleinigkeit von ihm wollten, tief Luft holen und sagen, das sei unmöglich. Er war zu dick und seine Haut hatte die graue Farbe eines Menschen, der den ganzen Tag in einem düsteren Theater verbringt. Später erfuhr ich, dass Steves ganzes Leben dem Cross galt. Jeden Morgen erschien er um zehn, auch wenn es überhaupt nicht nötig war, und blieb oft bis spät in die Nacht.

»Ich freue mich darauf, mit dir zu arbeiten, Steve«, sagte MM schlicht. »Ein wunderbares Theater, das Cross. Ich bin glücklich, dass wir hier arbeiten dürfen.«

Steve warf sich stolz in die Brust und zog die Schultern nach hinten. Sein stahlgraues Haar war bis dicht an den kantigen Schädel geschoren, und plötzlich sah ich in ihm den alten Feldwebel, der ständig unter Offizieren arbeiten muss, die halb so alt sind wie er. Was hatten sie früher zu jungen Offizieren gesagt, die neu an die Front kamen? »Betet zu Gott, dass ihr einen guten Feldwebel bekommt!« Mir wurde klar, welche Vorteile es mit sich brachte, Steve auf unserer Seite zu haben. Jedem, den er nicht leiden konnte, würde er Sand ins Getriebe streuen. Wenn er sich jedoch jemandem verpflichtet fühlte, würde er Berge versetzen, falls nötig.

»Wir haben eine gute Truppe auf dem Schnürboden«, versicherte er MM. »Hab sie selbst ausgebildet. Sie werden es dir leicht machen. Wie Marionetten.«

Nach ein paar Sekunden dämmerte es uns, dass er einen Witz gemacht hatte, und alle lachten pflichtschuldig. Sophie tätschelte sogar seine teigige weiße Hand.

Es war sicherlich gut, dass Hugo uns nicht begleitet hatte.

»Violet hat sich immer noch nicht gemeldet?«, fragte Matthew, als wir den Hügel hinauf zurückgingen, Rührei und Pilze im Bauch. Auf Toast natürlich. Nachdem Steve gegangen war, unterhielten wir uns wieder viel ungezwungener.

»Ich fürchte, nein. Soll ich mal bei ihr zu Hause vorbeischauen?«

MM zuckte die Schultern. »Nein, mach dir nicht die Mühe. Wenn sie nicht ans Telefon geht, öffnet sie bestimmt auch nicht die Tür. Mittlerweile hat sie die Nachrichten bestimmt gehört und überlegt sich irgendeine komplizierte Entschuldigung, die ich mir anhören und so tun muss als …«

»Violet macht Ärger«, meinte Sophie. »Ich habe dich gewarnt, MM.«

»Das hast du, ich weiß. Trotzdem wird sie ihre Sache gut machen.«

»Was ist, wenn sie gar nicht auftaucht?«, fragte Matthew. »Könnte Tabitha einspringen?«

»Oh, Violet taucht schon auf.« MM klang überzeugt. »Sie kann es sich nicht erlauben. So etwas macht schnell die Runde. Und, nein, Tabitha würde ich nicht fragen. Sie hat nicht genug Tiefe.«

Sally sprang kurz in den Tabakladen, um sich Zigaretten zu kaufen. Wir warteten draußen. Sophie steckte sich auch eine an.

»Hazel ist brillant«, sagte sie. »Eine echte Entdeckung.«

»Nicht wahr?«, meinte MM betont. »Praktisch frisch von der Theaterschule. Sie wird Violet zurechtstutzen. Die soll sich nicht auf ihren Lorbeeren ausruhen. Sie braucht das Gefühl, sich beweisen zu müssen. Dieser Kampf zwischen ihnen muss richtig produktiv werden. Thierry soll uns etwas wirklich Gutes ausarbeiten. Nett, mit viel Körpereinsatz.«

»Damencatchen«, sagte ich. »Steckt sie in PVC-Bikinis und werft sie in eine Schlammgrube.«

Sophie kicherte. »Wie Alexis und Krystle in *Denver Clan*, erinnert ihr euch?«

»War das nicht in einem Swimming-Pool?«

»Denk an ihr Haar! Es sah immer gleisch aus, auch wenn es nass war«, warf Sally ein, der gerade aus dem Laden kam. »Sie müssen die Perücken gewechselt haben sehr oft.«

»Es hat mich gewundert, dass Violet überhaupt die Hermia angenommen hat«, meinte Sophie. »Immerhin ist es nicht die Starrolle. Als ich letztes Jahr mit ihr am Almeida gearbeitet habe, war ihr der Erfolg schon zu Kopf gestiegen. Und nach diesem TV-Spot und *Gormenghast* ...«

»Ihr Agent hat mich angerufen«, sagte MM. »Sie hat sich um die Rolle gerissen.«

»Das stimmt«, fügte Matthew hinzu, der auch etwas zum Gespräch beitragen wollte. »Ich erinnere mich.«

»Wahrscheinlich steht sie auf einen der Schauspieler«, schlug ich vor.

Alle stürzten sie sich auf diese Idee und sofort wurde wild spekuliert.

»Der Lysander ist sehr hübsch. Wenn man Rothaarige mag«, merkte ich an.

»Ja, das stimmt«, sagten Sophie und Sally praktisch im Chor.

»Diese Sommersprossen sind süß«, fügte Sophie hinzu. »Ob er sie wohl auffrischt?«

»Und die kleinen Boys, die die Elfen spielen, für die könnte isch sterben«, flötete Sally.

»Violet wird sie nicht mal ansehen, diese Boys«, sagte Matthew. »Ich wette, für sie müssen Männer reich oder einflussreich sein. Oder beides.« Für einen kurzen Augenblick verdüsterte Missgunst sein Gesicht.

»Sexuelle Obsession«, verkündete ich ominös, »ist von Natur aus unfassbar.«

»Wie Sallys Hinterteil«, sagte Hugo, der in diesem Augenblick an unsere Gruppe herangetreten war und Sally mit einer Hand an die Pobacken griff, mit einer Sicherheit, die auf vorangegangene Erfahrungen schließen ließ. In der anderen Hand hielt er eine hellblaue Sobranie-Zigarette.

»Ische glaube, das stimmt«, seufzte Sally. »Wenn isch disch rischtisch verschtanden abe.«

»Unfassbar bedeutet«, sagte ich, »dass man etwas nicht auf den Grund gehen kann.«

»Darüber at sisch bei mir noch niemand beschwert, isch versischere dir«, sagte Sally. »Kann ische eine von deine Zigaretten aben, Hugo? Sie sind so übsch.«

»Nelkengelb oder pastellrosa?«, fragte Hugo und hielt Sally ein silbernes Zigarettenetui hin. »Eines muss ich sagen«, meinte er bestimmt, »ich kann es kaum erwarten, das Gesicht von Bill zu sehen, wenn wir die rauchen. Was für ein wütender alter Reaktionär dieser Mann doch ist.«

»Der empörte Leserbriefschreiber aus Tunbridge Wells«, meinte ich.

»Ja, in der Tat. Das ist perfekt«, meinte Hugo anerkennend und blies einen Rauchkringel in Richtung Hampstead. »Ich werde ihn ab jetzt so nennen. Unter uns. Wenn er da ist, nenne ich ihn natürlich Billy-Boy.«

»Hugo!«, rief MM warnend. Aber sie lächelte dabei.

»Keine Sorge, Herrin und Gebieterin«, sagte Hugo ein wenig zu überheblich.

»Ich bin sicher, alles wird gut«, meinte ich. »Ich kann mir nicht vorstellen, dass Hugo irgendwie in Bills Zettelkasten herumkramt.«

Ein paar Tage später kam Sally vorbei und half mir, meine Werkzeuge in den Bus zu laden und zum Theater zu bringen. Er berichtete, dass Violet Tranter noch immer nicht aufgetaucht war und auch nicht angerufen hatte. Ihr Agent zeigte sich genauso ratlos wie alle anderen.

»Hat sich jemand mit ihren Freunden in Verbindung gesetzt?«

Sally zuckte seine eleganten, schmalen Schultern. »Violet ist nischt eine von denen, die viele Freunde aben, weißt du. Keine Freundinnen, die wüssten, was sie treibt.«

»Eine Frau für die Männer, offenbar.«

»*Al massimo*. Sie at ein paar Schwule von der Sorte, die noch nischt wissen, dass sie schwul sind. Aber vielleischt sind es ja auch nur Engländer«, fügte Sally nachdenklich hinzu. »Manschemal sehe isch da keinen Unterschied … jedenfalls sind es ihre Freunde. Aber isch glaube nischt, dass sie wissen, wo sie ist.«

»Vielleicht hatte Hugo Recht«, meinte ich. »Vielleicht ist sie tot. Sie liegt in einem Hauch von Negligé auf ihrem Bett und in ihrem Herz steckt ein Dolch seltsamer orientalischer Machart … War jemand bei ihr zu Hause?«

»O ja, ihr Agent. Er hat sofort nachgesehen«, sagte Sally und ließ die Luft aus dem Ballon meiner wilden Fantasie. »Er at einen Schlüssel, glaube ich. Oder er at einen Nachbarn gefragt. Aber da liegt keine Leische in der Badewanne.«

»Und was passiert jetzt?«, fragte ich neugierig.

»Nun, wenn sie nischt bald leibaftig erscheint, bietet MM die Rolle einer anderen an. Aber nicht Tabitha.«

»Weiß Tabitha das?«

»Isch bezweifle es.« Er hob mein MIG-Schweißgerät hoch und wickelte das Kabel darum. »Isch bin sischer, dass sie so eins auch im Theater haben«, meinte er.

»O nein, das haben sie nicht«, entgegnete ich kühl. »Auch wenn es dem ungeübten Auge so scheinen mag.«

Sally hatte auf der Kunstschule nur so lange Bildhauerei belegt, wie nötig war. So bald wie möglich hatte er sich darauf konzentriert, exquisit verkleinerte Modelle seiner Bühnenbilder zu bauen, die er mit den feinsten Stanley-Messern ziselierte und bis ins kleinste Detail anmalte und lackierte. Ihm fehlte das Verständnis dafür, dass ein Elektrowerkzeug nach Jahren des Gebrauchs, nach Verschleiß und Anpassung einem so vertraut wird wie die eigene Hand. Es hatte auch keinen Sinn, ihm das zu erklären.

»Ich nehme alles mit, okay?«, betonte ich und schnitt Streifen von orangefarbenem Klebeband ab, um damit jedes teure, geliebte Spielzeug, das ich besaß, zu kennzeichnen. Dann schrieb ich mit schwarzem Marker »HÄNDE WEG – SAM« auf jedes Stück Band. Keiner würde sagen können, er sei nicht gewarnt worden.

»Die Jungs im Theater sind sehr – willig«, meinte Sally.

»Wie bitte?« Ganz selten vergriff sich Sally in seiner Wortwahl und machte sich zur leichten Zielscheibe. Ich kicherte. Er sah mich verärgert an.

»Isch meine – sie helfen viel.«

»Sie sind hilfsbereit«, verbesserte ich ihn, noch immer kichernd. Er richtete sich zu ganzer Höhe auf.

»Wenn du Hilfe brauchst«, sagte er, wobei er das ›h‹ sehr bedacht und langsam aussprach, »dann helfen sie dir.«

»Du meinst – wie heißt er noch – der Schreinermeister? Ich hab ihn vor ein paar Tagen kennen gelernt, als ich mir meinen Arbeitsplatz angesehen habe.« Ich warf mein Atemgerät, die Schutzbrille und die Arbeitshandschuhe in eine fleckige und verschlissene Baumwolltasche und sah um mich. »Wo ist die Handcreme?«

»Hier.« Sally nahm sie vom Küchentisch. »Isch sähe, du kümmerst disch um deine Haut.«

»Dummkopf, die ist für die Haare.« Ich warf sie in die Tasche. »Bevor ich schweiße oder fräse, schmiere ich sie mir ins Haar. Sonst habe ich hinterher lauter Metallstaub, Holzsplitter oder Stahlteilchen und Gott weiß was noch in den Haaren ... das verfängt sich und ich kriege es nie mehr raus.« Zur Illustration zog ich an einer langen, dunklen, lockigen Strähne. »Außerdem wird es trocken wie Stroh.«

Sally sah mich geradezu entsetzt an.

»Aber das ist nicht alles«, fuhr ich grinsend fort. »Letztes Jahr habe ich ganze Haarbüschel verloren, weil Funken auf meinem Kopf gelandet sind. Die Lehrer warnen dich nicht. Man könnte es als eine Art Feuerprobe betrachten. Jemand aus meiner Klasse hat mal Eisen geschmolzen, warst du je dabei? Es fließt und tropft wie Lava. Jedenfalls bekam er etwas auf eine ausgefranste Stelle seiner Jeans, die sofort Feuer fing. Wir haben ihn auf den Boden gerollt und gelöscht. Nichts Schlimmes passiert, er hatte kaum Brandwunden, aber trotzdem …«

Schweigend reichte Sally mir die Lichtbogenschweißmaschine, die er in den Händen gehalten hatte. Ich tat sie in eine andere Tasche.

»Isch glaube nischt«, verkündete er, »dass isch dir sehr oft bei der Arbeit zusähen werde.«

»Das ist schon okay. Ich bin sicher, dass die willigen Jungs im Theater mir die ganze Zeit über die Schulter schauen und gute Ratschläge geben werden. So wie im Fitnessstudio.«

»Im Studio?«, wiederholte Sally ratlos.

»Ach, du weißt doch, wenn Männer Frauen an irgendwelchen technischen Geräten hantieren sehen, dann müssen sie sich sofort einmischen. Es sei denn, es handelt sich um Haushaltsgeräte. Die können sie dann plötzlich nicht bedienen und man muss ihnen helfen. Sehr seltsam.«

Ich öffnete die Haustür und trug die Tasche die Stufen hinunter in den Bus. Mein Atelier in Holloway ist angebaut an eine riesige Lagerhalle, in einer Seitenstraße, in der kein einziges Wohnhaus steht und an der sich nur ein heruntergekommener Industriekomplex an den nächsten reiht. Eigentlich wohne ich hier außerhalb der Legalität; das Gebäude ist nur für gewerbliche Zwecke vorgesehen. Aber um Bob, den Wachmann von nebenan, mit seinem Lieblingsspruch zu zitieren: »Wen interessiert's, verdammt noch mal.« Er selbst wohnt praktisch in seiner gemütlichen kleinen Bude. Mit einer Campingliege, einer Kochplatte, einem netten warmen Ofen und seiner Katze Fat Shirley hat er sich dort eingerichtet.

Sally stolperte mir mit der leichtesten Tasche hinterher, die mit Atemgerät und den Schutzsachen, wobei er sich bitterlich über das Gewicht beklagte. Kein Wunder, dass er mich beim Wort ›Studio‹ so fragend angesehen hatte.

Der Van, ein roter Ford Escort, dessen beklagenswerter Zustand perfekt zur Umgebung passte, war reif für den TÜV und gab, wahrscheinlich nur für Sally, eine ganze Serie von beängstigenden Seufzern und Ächzern von sich. Um in den dritten Gang zu kommen, musste ich eine komplizierte Bewegung vollführen, bei der ich mir fast das Handgelenk verdrehte, die mir mittlerweile aber in Fleisch und Blut übergegangen war. Sally holte jedoch tief Luft und sank noch tiefer in seinen Sitz. Zum Glück für seine empfindsamen Sinne, ganz zu schweigen von der Gesundheit des Vans, dauerte die Fahrt zum Theater nur eine Viertelstunde. Es lag in einer unscheinbaren Nebenstraße bei King's Cross, gerade noch nahe genug an Angel, damit die Marketing-Leute es zu Islington rechnen konnten.

Ich hoppelte die Pentonville Road entlang, während meine derzeitige Lieblingskassette fröhlich plärrte; eine Trash-Metal-Mischung mit ein paar sentimentalen Zwischenspielen, eigentlich eher geeignet, um in einem riesigen Pick-up amerikanische Freeways entlangzusegeln, anstatt durch schmale Londoner Seitenstraßen zu kriechen. Die Sonne schien, Sally hatte Schokocroissants zum Frühstück mitgebracht, und männliche amerikanische Stimmen brüllten abwechselnd Beleidigungen und Liebesschwüre (›Ich bin ein ganz SCHLIMMER FINGER! Ich komme immer wieder ZURÜCK ZU DIR! Du hättest wissen müssen, du kannst mir nicht trauen – nicht für FÜNF PFENNIG!‹) über einer wütenden See aus Gitarren und metallischen Echos. Ich hätte kaum glücklicher sein können und bedauerte nur, dass es dem Typ, der das Band aufgenommen hatte, zu mühselig gewesen war, die Titel aufzuschreiben. Die Hälfte der Bands kannte ich nicht. Ich war zu beschäftigt damit gewesen, ihm an die Jeans zu gehen, als darauf zu achten. Daran zeigt sich mal wieder, wie Sex die Prioritäten durcheinander bringt.

Sally war regelrecht beleidigt. Ich wusste, dass er Gruppen bevorzugte, die aus delikaten, identisch schönen schwarzen Girls mit vollkommenem Lipgloss bestanden, die mit solch atemberaubendem Harmoniegesang Banalitäten von sich gaben, dass man eine Weile brauchte, bis einem auffiel, dass die Texte nur aus drei schwachsinnigen Statements bestanden, die ad finitum wiederholt wurden. (›Geh nicht fort, wenn ich weine. Denn ich liebe dich, Baby.‹) Auf den Hüllen dankten sie stets Gott (›Du bist die Nummer eins, wo du bist, fließt die Liebe!‹), hatten ihr Haar geglättet und brillierten mit Barbie-gleichen Figuren. Und auf den Platten sangen wahrscheinlich ihre dicken Tanten aus dem Gospelchor, die aussahen wie die Weather Girls.

Jedenfalls mochte Sally die Circle Jerks nicht. Noch ein Grund, warum er mich nicht allzu oft besuchen würde, wenn ich im Keller des Theaters arbeitete. Meinen Ghettoblaster hatte ich auch mitgebracht.

»One day or another, I'm gonna find you, I'm gonna get you get you get you …«, drohte Debby Harry, als wir vor dem Hintereingang des Theaters hielten. Beim Klang einer Frauenstimme hatte sich Sallys Laune etwas gebessert. Ich zog die Kassette heraus und steckte sie in die Tasche.

Bez, der Zimmermann, lehnte an der Wand neben dem Bühneneingang, drehte sich eine Zigarette und blinzelte in die bleichen Sonnenstrahlen.

»Alles klar?«, fragte er freundlich, als ich mich aus dem Van schwang. »Soll ich helfen?«

Sally machte sich unter einem fadenscheinigen Vorwand davon, und ich trug mit Bez die Taschen durch die schmale Tür, eine Folge von ebenso schmalen Fluren und mit Linoleum belegten Treppen in den Keller hinab. Als ich zum ersten Mal hier gewesen war, hatten wir den üblichen Macho-Schaukampf ausgetragen: Ob ich denn eigentlich wüsste, was ich hier sollte. Wir verschränkten die Arme und standen uns breitbeinig gegenüber, während Bez herauszufinden versuchte, was ich über das Zimmern wusste, und mich mit Fragen über das Schweißen und die dazugehörigen Geräte löcherte, wobei er unzählige seiner Selbstgedrehten rauchte, aus denen der Tabak quoll wie die Füllung aus einer chinesischen Frühlingsrolle. Glücklicherweise bestand ich den Test und wurde aufgenommen. Nachdem wir die Formalitäten schnell hinter uns gebracht hatten, stellte er mir nicht nur eine große Arbeitsfläche direkt neben den Schreinern zur Verfügung, wo es reichlich Steckdosen gab, sondern bot mir auch noch die Dienste seines Assistenten an, eines schlaksigen, pickligen Jünglings, ganz so wie ein römischer Patriarch einen seiner Privatsklaven angeboten haben mochte. (›Nimm dir Sextus, er holt es ab und bringt es dir. Kein großes Licht – hab für die ganze Bande, unter der er war, sechzehn Sesterzen bezahlt –, aber er ist eifrig, das muss ich ihm lassen. Wenn er Mist baut, sag mir Bescheid, und ich lasse ihn auspeitschen.‹)

Sextus kam gerade aus Bez' Büro. Er war lang und dünn wie ein Skelett und hatte den Teint eines Klebstoffschnüfflers, wenn auch nicht die Stimme.

»He, das ist Lurch«, sagte Bez. »Hol Sam und mir mal 'ne Tasse Tee, ja, Lurchie?«

Ich musste zugeben, dass der arme Jüngling eine starke Ähnlichkeit mit dem Butler der Addams Family aufwies. Seufzend schloss ich meinen Ghettoblaster an und legte eine Kassette ein.

»I want a boy … a tough boy, a rough boy …«, kreischten die Go-Gos. »I'm searching for a boy, a real boy, a strong boy – I want to get squeezed by a pair of boots!«

»Das is gut, was da läuft«, sagte Lurchie eloquent, als er mit einem Becher in jeder Hand aus der Küche kam. »Wer is das denn?«

»Die Go-Gos«, sagte ich und fügte »Belinda Carlisle« hinzu, als er mich fragend ansah.

»Belinda Carlisle?«, wiederholte Lurchie mit offenem Mund. Fast hätte er die Becher fallen lassen.

»Spitze, Lurchie«, meinte Bez und reichte mir meinen Tee. »Auch wenn es nicht gerade ›Heaven is a Place on Earth‹ ist, wie? Typisches Beispiel für die heutige Jugend«, sagte er flüsternd zu mir und deutete auf seinen Gehilfen. Bez war auf keinen Fall älter als fünfundvierzig. »Strohdoof. Durch deine Anwesenheit wird er wenigstens seine musikalischen Grenzen erweitern.«

Während wir Tee tranken, informierte mich Bez über den Stand der Einkaufsliste, die ich ihm gebracht hatte.

»Spätestens übermorgen habe ich alles zusammen. Dann lasse ich nach dir läuten und du kannst anfangen.«

»Spitze«, erklärte ich unwillkürlich. Solche Phrasen sind ansteckend.

In diesem Augenblick begann ›A Boy named Sue‹, die Live-Version, auf der Johnny Cash wie John Wayne klingt. Ich drehte lauter.

»My daddy left home, when I was three,
and he didn't leave much to Ma and me.
Just this old guitar and an empty bottle of booze –
now I don't blame him 'cos he run and hid,
but the meanest thing he ever did
was before he left, he went and named me Sue.«

Lautes Gelächter aus den Reihen der Zuhörer, nicht nur auf dem Band. Plötzlich tauchte Sally auf der Treppe auf und wollte etwas sagen.

»Psst!«, machten wir gemeinsam.

»Aber da kommte …«

»Sei still!«

Sally gehorchte. Lurch wippte fröhlich mit dem Fuß und bewegte sich hin und her.

»Gleich fängt er noch einen blöden Squaredance an«, murmelte Bez.

Als der Song zu Ende war, sagte eine schneidende Stimme hinter Sally:

»Nun, ich freue mich, dass sich alle so gut amüsieren.«

Die Stimme war kalt genug, um das Grinsen auf unseren Gesichtern zu Todesstarre gefrieren zu lassen, aber Bez zeigte sich völlig unbeeindruckt.

»Mach die Musik aus, Lurchie. Tag, Mr. C.«, sagte er fröhlich. »Schön, dass Sie wieder da sind. Ich hoffe, Sie haben sich gut erholt. Tasse Tee?«

»Nein, danke«, antwortete Philip Cantley, der Theaterintendant, während Lurch rüberschlurfte und die Kassette zum Schweigen brachte. Nicht, dass diese Höflichkeit nötig gewesen wäre. Philip Cantley hatte den größten Teil seines Lebens als Schauspieler verbracht und verfügte über eine diamatenscharfe Stimme, mit der man Glas hätte schneiden können. Er sah mich von oben bis unten an, mit Augen, die so kalt und dunkel waren wie Einsprengsel in Marmor. »Sie müssen Salvatores Bildhauerin sein.«

»Sam Jones«, sagte ich und beneidete Bez um seine von der Gewerkschaft geschützte Nonchalance. »Hat Sally Ihnen schon die Entwürfe gezeigt?«

»Ich bin sicher, dass Melanie das tun wird, wenn es so weit ist«, entgegnete Philip Cantley, offensichtlich leicht verärgert. »Vorher wäre es kaum angebracht für mich, ihr über die Schulter zu schauen.«

Er wechselte ein paar Worte mit Bez, bevor er sich auf dem Absatz herumdrehte und auf das Büro des Chefelektrikers zuging. Ich sah Bez fragend an. Er zuckte die Schultern.

»Du hast ihn verschreckt«, sagte er. »Mr. C. hat junge Damen gerne feminin – verstehst du, was ich meine? Jeder in unserem Geschäft weiß das. Du solltest sehen, wie manche Mädchen zum Vorsprechen erscheinen, wenn er selbst Regie führt. Die Röcke fast bis über die Hüften.«

Ich prustete vor Lachen und betrachtete die fleckigen Jeans und die zerfransten Sweatshirts, die ich meistens bei der Arbeit trug. Meine Arbeitsschuhe waren bereits so verschlissen, dass die Stahlkappen an den Zehenspitzen durchschimmerten.

»Wen hat er erwartet?«, fragte ich. »Jennifer Beals?«

»*What a feeling! Keep believing!*«, heulte Lurch hinter uns in einer völlig überraschenden Irene-Cara-Imitation auf. Wir starrten ihn an.

»Siehste, was ich meine?«, sagte Bez. »Hören wir lieber noch mal den Johnny.«

4. Kapitel

Hugo machte einen ähnlichen Witz, als er ein paar Tage später ins Theater kam. Durch meine Schweißerbrille hatte ich nur erkennen können, dass jemand die Treppe heruntergekommen war – die grünen Gläser erinnerten mich immer an das Nachtsichtgerät aus *Das Schweigen der Lämmer*. Durch meine Brille war es jedoch unmöglich, eine Person auf die Entfernung in dem großen, unordentlichen Keller zu identifizieren, und außerdem konzentrierte ich mich viel zu sehr auf meine Arbeit, um einen Blick zu riskieren.

»Ich dachte, du brätst hier unten Eier«, sagte Hugo, als ich die Maske zurückschob.

»Es hört sich so an, nicht wahr?« Ich legte den MIG-Schweißer beiseite und holte tief Luft, bevor ich einen Schritt zurücktrat, um mir mein in Arbeit befindliches Werk anzusehen. »Du hast doch nicht direkt in die Flamme geschaut?«

»Keine Sorge«, meinte Hugo. »Wenn ich hätte erblinden sollen, wäre das schon vor langer Zeit geschehen, glaube mir. Zigarette?«

»Nein, danke.«

Er klopfte eine Gauloise aus der Schachtel und zündete sie mit einem dieser alten Benzinfeuerzeuge an, die einen enormen Flammenstrahl erzeugen.

»Ich dachte, du rauchst pastellfarbene Sobranies«, bemerkte ich.

»Heute nicht. Sie passen nicht zu meiner Kleidung.« Eine blasse, mit Silberringen bestückte Hand deutete auf seine schwarzweiß karierte Hose, das weiße Hemd und die Lederjacke. »Ich weiß, was du sagen willst, du hast ganz

Recht: Sie passten auch nicht zu dem, was ich bei der Leseprobe trug. Ich habe meine sensiblen ästhetischen Sinne dem Anliegen geopfert, Bill zu verärgern, diesen schäumenden, alten, aus der Form gelaufenen Homohasser. Gott weiß, was er am Theater zu suchen hat. Ich sehe ihn eher als Leiter eines Teams im Shopping-Fernsehen.« Er lehnte an der Werkbank der Zimmerleute, blies Rauchkringel in die Luft und sah mich einschätzend an. Sein helles Haar war heute mit Gel nach hinten gekämmt. Die Wangenknochen und die Nase zeichneten sich vor dem Licht deutlich ab, ja sie beherrschten sein Gesicht.

»Ich bin ziemlich enttäuscht«, meinte er. »Als du dieses Ding vom Kopf nahmst, hätte ich erwartet, dass darunter ein Haarschopf hervorgequollen wäre, der aus *Flashdance* hätte sein können. Aber es ist hochgesteckt.«

»Ich glaube, Philip Cantley teilt deine Enttäuschung.«

Ich überprüfte die Schweißnaht, die ich gerade gelegt hatte. Sie schien mir ziemlich eben zu sein. Hugo trat heran und betrachtete sie eingehend.

»Beeindruckend«, sagte er. »Glaube ich. Nein, unser Philip mag sie so feminin, dass Marilyn Monroe dagegen wie der Marlboro-Mann wirkt. Wohingegen du jetzt eher aussiehst wie Gina Gershon in *Bound*.«

»Wirklich?« Ich richtete mich auf.

»Mhm. Eigentlich hätte ich Jennifer Tilly gesagt, aber diese Lederjeans sind schon ziemlich maskulin, Darling.«

»Eigentlich sollte ich sie nicht bei der Arbeit tragen. Vor zehn Jahren waren sie mal wirklich teuer, aber mittlerweile sind sie so alt, dass sie nur noch an mir herunterhängen.«

Missmutig zog ich an ihnen. Die Knie waren ausgebeult, stets der Anfang vom Ende. Der Hintern kam als Nächstes.

»Lass dir ein Paar schneidern«, riet mir Hugo. »Ein Muss für Mädchen, wirklich, besonders für solche wie dich. Die ganzen Kurven. Ich kenne da einen großartigen kleinen Mann in der Brick Lane. Ich kann dir seine Nummer geben.« Er neigte den Kopf. »Braun würde dir gut stehen, ein ganz dunkles Zartbitter-Schokoladenbraun. Passt zu deinen Augen und Haaren.«

»Hugo!«, rief Sally die Treppe hinunter. »Bist du da unten?«

»Aber ja. Ich bin gerade mitten auf dem Tuntentrip und gebe Sam ein paar Modetipps. Nicht, dass sie sie nötig hätte.« Er bedachte mich mit dem Lächeln eines Stummfilmstars. »Was gibt es?«

»Komm rauf! Du ahnst nischt, wer gerade gekommen iste.«

»O doch«, sagte Hugo gedehnt. »Es wurde auch Zeit.« Er drückte seine Zigarette aus und sah mich an. »Komm mit, Darling. Zum ersten Mal siehst du die Blume unserer Truppe.«

Ich hatte eine Menge zu tun, aber wie immer siegte meine Neugier. Wie konnte ich nicht bei der Rückkehr der verlorenen Tochter dabei sein?

Oben erkannte ich sofort, wie Susan Higson auf ihren Künstlernamen gekommen war. Wenn sie eine Rotblonde mit grünen Augen gewesen wäre, hätte sie sich Primrose genannt. Als lebhafte Brünette vielleicht Poppy. Doch im Hinblick auf die dunkle Haarmähne, die ihre zarte Gestalt noch zerbrechlicher wirken ließ, und ihre großen Augen, die die Farbe von Stiefmütterchen unter Wasser hatten, war Violet die perfekte Wahl. Sie trug eine eng sitzende Strickjacke, deren Farbe genau zu ihren blau-purpurnen Augen passte. Die Hälfte der Perlenknöpfe stand offen, um den Seidenbody darunter zu zeigen. Ein Paar beige Stiefelhosen schmiegten sich liebevoll um ihre Schenkel. Der geknotete Seidenschal um ihren Hals nahm die Farbe der Hose wieder auf. Sie trug Schuhe mit hohen, rechteckigen Absätzen und war so mit zartem Silberschmuck behangen, dass sie mich an eine asiatische Freundin von mir erinnerte. Dieselbe schmale Figur, die Haarmähne, ganz zu schweigen von den klimpernden Armreifen, die ihre Handgelenke schmückten.

»Es tut mir so furchtbar Leid«, sagte sie zu MM und ergriff deren Hände. Sie standen auf der Bühne, in dem Bühnenbild der aktuellen Cross-Inszenierung von *Wer hat Angst vor Virginia Woolf?*, hohe Wände mit Bücherregalen, falsche Perser und Ledersessel. Bez und der Chefelektriker, dessen Name mir entfallen war, hatten es sich auf zwei dieser Sessel bequem gemacht und verfolgten das Geschehen wohlwollend. »Ich fühle mich so schlecht. Weißt du, ich hatte diese schreckliche, schreckliche Krise – weiß nicht einmal, ob ich es erklären kann …«

»Versuch es«, schlug MM vor. Ihre Stimme klang ruhig und freundlich wie selten, aber ich bezweifelte, dass Violet sich davon täuschen lassen würde. Ihre Augen weiteten sich und ihr Blick heftete sich auf MM wie das Zielfernrohr eines Gewehrs.

»Ich weiß, dass du wütend auf mich bist«, sagte sie zerknirscht. »Was auch sonst? Ich hätte anrufen müssen, natürlich. Es war nur so, dass ich das Gefühl hatte, als würde die Welt über mir zusammenstürzen« – sie machte eine weit ausholende Geste, bei der die Armreifen gegeneinander schepperten –, »und ich musste einfach davonlaufen. Und von Goa aus anzurufen, war nicht so einfach«, fügte sie eher prosaisch hinzu.

»Vi klimpert mit den Wimpern wie das Rentier des Weihnachtsmanns«, flüsterte Hugo mir ins Ohr. Wie standen an der Seite, am Schreibtisch des stellvertretenden Bühnenmanagers, rechts von der Bühne. Ich konnte einen Teil der Szene um die Ecke eines großen, schwarz abgedeckten Kulissenteils beobachten. Hugo, der sich besser auskannte, schaute durch ein schwarzes Gazefenster, das man zum Nutzen der Crew in die Kulisse eingelassen hatte. Für das Publikum war es nicht zu erkennen, aber man konnte gut hindurchsehen, so wie bei einem Wagen mit getönten Scheiben.

»Ist da jemand?«, fragte Violet und wirbelte herum. Sie musste das Gehör einer Katze haben.

Leicht zerknirscht betrat Sally die Bühne, gefolgt von Hugo und mir. Es war das erste Mal, dass ich hier stand, auch wenn Bez mich vor ein paar Tagen herumgeführt hatte. Die Neigung des Bodens war so stark, dass ich froh war, meine Arbeitsstiefel zu tragen. Wie die Schauspieler es schafften, sich hier nicht die Knöchel zu brechen, ging über meine Vorstellungskraft hinaus. Violet schien sich auf ihren Sieben-Zentimeter-Absätzen wie zu Hause zu fühlen. Sie sagte kurz Hallo zu Sally und Hugo und starrte mich fragend an.

»Vi, das ist Sam Jones, die Künstlerin, die mit uns arbeitet«, sagte Hugo. »Sie macht die Mobiles fürs Bühnenbild.«

»Ach ja«, sagte Violet, ließ das violette Suchlicht ihres Blickes über mich gleiten und kam offenbar zu der Ansicht, dass es sich nicht lohnte, jemanden in verschlissenen Jeans und T-Shirt ins Visier zu nehmen. Sie bedachte Hugo und Sally mit einem betörenden Lächeln und widmete ihre Aufmerksamkeit sofort wieder derart uneingeschränkt MM, dass der Rest von uns sogleich auf den Status einer Schattenkulisse hinter den Scheinwerfern reduziert wurde. Diese Szene war nur für MM gedacht. Mir fiel auf, dass sie trotz ihrer *Received Pronounciation,* dem Ausprachestandard der BBC-Sprecher und Schauspieler, einige Worte – bewusst? – so betonte, wie es typisch für reiche, auf Privatschulen erzogene Mädchen war.

»Ich *versichere,* ich *verspreche* dir mit allem Ernst, dass so etwas nicht wieder vorkommen wird. O Gott, bei meinem *Leben.* Ich möchte diese Sache wirklich machen, ich habe mich so darauf gefreut, mit dir zusammenzuarbeiten …« Mit einem tiefen Seufzer atmete sie aus. »Wie kann ich dich überzeugen? Was kann ich tun?«

Sie observierte MMs Gesicht, aber das blieb freundlich und leer und gab ihr wenig Hinweise. Doch in diesem Augenblick ertönte eine Stimme aus dem Zuschauersaal:

»Violet? Lange nicht gesehen!«

Violet wirbelte auf dem Absatz herum und schwang dabei noch etwas den Kopf, damit ihre lange Mähne ebenfalls herumgewirbelt wurde und sich elegant wieder auf ihre Schultern senkte.

»Sie probt für eine Shampoo-Reklame«, flüsterte ich Hugo und Sally zu.

»Philip?«, fragte sie und blinzelte in das Auditorium. »Meine Güte, es ist eine *Ewigkeit* her. Ich fürchte, du bist mitten in eine fürchterliche Abreibung für mich geraten. Ich war *so ungezogen* und MM ist *furchtbar böse* mit mir. Zu Beginn der Proben war ich eine Woche lang unerlaubt von der Truppe entfernt.« Sie hob die Hände und kreuzte sie verteidigend über der Brust. »Ich *weiß*, wie schlimm das ist, wirklich.«

Philip Cantley ging um die ersten beiden Sitzreihen herum und kam über eine kleine Treppe an der Vorderfront der Logen auf die Bühne. Sofort beherrschte er die Szene nicht nur mit der Präsenz des Schauspielers, sondern auch mit all der Autorität, die ihm sein Status als künstlerischer Leiter verlieh. Ihm fehlte lediglich eine große, goldene Bürgermeisterkette um den Hals.

Wie es sich gehörte, bedachte er zuerst MM mit einem Nicken.

»Alles in Ordnung, Melanie?«

»Danke, ja. Wir hatten gerade eine Besprechung.« Sie deutete auf Bez und den Chefelektriker.

»Und Violet?« Er wandte sich ihr zu.

»Ich bin gerade erst gekommen. Praktisch direkt vom Flughafen.«

»So geht es einfach nicht, Violet«, sagte Philip Cantley streng. Sein ergrautes Haar war im Nacken zu einem extrem kurzen Pferdeschwanz gebunden und um den Hals trug er ein locker geschlungenes Tuch im Stil eines Dandys aus dem 18. Jahrhundert. Ihm fehlte nur noch der Gehstock mit silbernem Knauf, den er in der Hand wirbelte. Seine Augen, dunkel und flach wie die Kerne einer giftigen Frucht, erfassten ihr Gesicht. Während er fortfuhr, schien sie vor den Bücherregalen ein wenig in sich zusammenzusinken.

»In diesem Theater sieht man unprofessionelles Verhalten gar nicht gerne. Melanie könnte dich mit absolutem Recht aus dieser Inszenierung hinausbefördern und ich könnte nichts dagegen tun. Sie ist der Regisseur, nicht ich, und sie besitzt absolute Autorität. Ich würde mich nie einmischen.«

»Ich weiß, Philip«, sagte Violet mit gesenktem Kopf.

»Nun, Melanie?« Philip Cantley wandte sich an MM.

Wie geschickt er sie ausgetrickst hatte. Indem er ihre Unabhängigkeit betonte, hatte er klar gemacht, was sein Wunsch war. Trotzdem glaubte ich nicht, dass MM sich dazu drängen lassen würde, eine Entscheidung zu treffen, die nicht ihre eigene war. Ich war bereits zu einem ihrer Schildträger geworden.

Mein Blick glitt zu Hugo hinüber, der das Zwischenspiel mit unverhohlener Bewunderung verfolgte. Er sah mich an und hob eine Augenbraue; unsere Gedanken liefen im Tandem.

»Violet, du bist auf Bewährung«, sagte MM gelassen. »Eine Woche. Ich erwarte, dass du zu jedem Termin überpünktlich erscheinst. Ich sehe mir den Terminplan an, und wir werden versuchen, deine Szenen diese Woche im Schnellverfahren hinzukriegen. Danach entscheide ich mich.

»Danke«, sagte Violet so demütig, dass ich noch einen Knicks erwartet hätte.

»Philip, danke für die Verteidigung«, meinte MM mit mehr als einer Spur Ironie.

Philip Cantley wusste offenbar nicht, wie er reagieren sollte, und tat das Vernünftigste – gar nichts; Violet gab sich unbeteiligt.

»Ich beherrsche den Text«, sagte sie stolz.

»Im Taxi auf dem Weg vom Flughafen gelernt?«, fragte Hugo.

»Gut. Hazel beherrscht ihn auch«, sagte MM ruhig und ignorierte ihn. »Das hilft uns weiter.«

»Wer ist Hazel?«, fragte Violet beiläufig.

»Ach du liebes bisschen«, meinte Hugo fröhlich. »Was für Köstlichkeiten erwarten uns da.«

»Philip Cantley hat etwas an sich«, meinte ich später in sicherer Umgebung, »das mich zwei Schritte zurücktreten lässt und in mir den Wunsch auslöst, mir Knoblauch um den Hals zu hängen.«

»Er ist ein fieser Patron, nicht wahr?«, pflichtete Hugo mir bei. »Es läuft einem kalt den Rücken herunter.«

»Er kommt mir vor wie jemand aus einem Ben-Jonson-Stück«, fügte ich hinzu. »Gift hinter dem Esprit.«

»Solange er mir nicht meine Rolle als Dandy in den Gesellschaftskomödien streitig macht«, meinte Hugo leichthin. »Ich dachte, ich hätte diesen Markt ziemlich gut abgedeckt.« Er machte eine solch tiefe und elaborierte Verbeugung, dass ich den Brokatsaum seines Mantels und die Spitzen, die aus seinen Ärmeln quollen, fast vor mir sah. »Immerhin, Edmund am National als Nächstes. Ich hab es heute Morgen erfahren.«

»Bravo!«, rief Sally und gab ihm einen schmatzenden Kuss. »Gratuliere!«

Hugo sah recht selbstzufrieden drein. »Es ist immer hübsch, wenn man was im Voraus hat. Gott schütze die Bastarde! Ich freue mich schon darauf, einen bösen jungen Hengst zu spielen – nach der Königin der Elfen –, sorry, meine Lieben, *König*.« Er warf mir einen Blick von der Seite zu.

Wir überquerten York Way in Richtung King's Cross. Vor den Vorderfronten von WH Smith und den Hamburger-Restaurants hingen die Kids ab, daneben Penner mit zottigen Tölen an Leinen aus halb durchgekauten Stricken, wichtig erscheinende Polizisten und verwirrte Touristen, *Big-Issue*-Verkäufer und Millionen von Menschen, die sich an den Bushaltestellen drängten. Die Sonne schien, wodurch alles noch verwahrloster aussah. Auf perverse Weise fand ich den ärmlichen Zustand ganz beruhigend, es erinnerte mich an zu Hause. Hamburgerpapier wirbelte über den Bürgersteig, im Kreuzfeuer des Windes und der warmen Auspuffgase der vorbeifahrenden Busse. Hugo schlenderte durch die Menge wie ein gelangweilter Aristokrat.

»Nun, jetzt heißt es lebe wohl«, sagte er. »Hinunter in die Eingeweide der Northern Line nach Belsize Park. Wie aufregend. Kommst du mit, Sally?«

»Nein, isch fahre nach Hause. Isch muss zum Waschsalon.«

»O Gott, das muss ich auch«, sagte ich. Bei dem Gedanken an den Zustand meiner Laken verspürte ich ein beklemmendes Gefühl im Magen, so als läge dort eine schlecht verdaute Fleischpastete. Ich würde einfach alles kochen und abwarten, was geschah. Zumindest wären sie dann desinfiziert.

»Du kommst nicht mit zur Probe, Sam? MM hat nicht das Geringste dagegen, wenn du zusiehst. Ich habe ein Rendezvous mit meiner Titania, der göttlichen Helen. Das Gesicht, das tausend Schiffe sinken ließ.«

»Sie ist die Freundin einer meiner besten Freundinnen«, sagte ich zurückhaltend.

»Arme beste Freundin«, meinte Hugo unbeeindruckt. »Das Mädchen würde mit einer Dose gebackener Bohnen vögeln, um an eine Rolle zu kommen. Hat sie wahrscheinlich schon. Und«, fügte er hinzu, trunken von der eigenen Fantasie, »sich dabei filmen lassen.«

»Wie macht sie sich als Titania?«

»Oh, MM holt etwas sehr Nettes aus ihr heraus. Oder besser gesagt, gar nichts Nettes. Ich habe Titania noch nie als ein so fieses Ding gesehen. Aber so ist mein Oberon auch. Verderber der Kinder und Schänder der Unschuld. Ich habe meinen Spaß.«

Er warf uns ein nettes Lächeln zu und verschwand die Stufen zur U-Bahn hinunter, so elegant, als führten sie in einen Ballsaal. Ich sah ihm nachdenklich hinterher. Es war idiotisch zu hoffen, jemand sei nicht schwul, selbst von einem rein egoistischen Standpunkt aus. Deshalb behielt ich meine Gedanken für mich, was nicht hieß, dass sie nicht da waren.

Was schon eine Leistung bedeutete, wenn man meine bisherige Abneigung in Betracht zog, über die sexuellen Vorlieben eines attraktiven Mannes, der mir über den Weg lief, auch nur nachzudenken.

Zu meiner eindeutigen Überraschung erwachte ich am nächsten Morgen mit einem Gefühl von Erwartung und Vorfreude ob der neuen Möglichkeiten. Es war untypisch für mich, dass ich eine Weile liegen blieb und den ebenfalls untypischen Duft von Weichspüler einatmete, der in meinen Laken hing. Ich genoss es. Janey hatte in gewisser Weise Recht gehabt. Ich hatte ein neues Projekt gebraucht, in das ich mich verbeißen konnte. Aber die Herausforderung, die Mobiles für das Bühnenbild zu bauen, war nicht der einzige Grund, warum ich mich so wohl fühlte. Es war die Gesellschaft, das Auftauchen aus meiner selbst gewählten Isolation und das Eintauchen in die Atmosphäre der Theaterwerkstatt, die leichte, vielleicht zu leichte Kameradschaft zwischen Schauspielern und Bühnenarbeitern, während sie sich zusammenfanden, um im Gleichklang zu rudern. Vielleicht war sie oberflächlich, diese Leichtigkeit, mit der sie Neuankömmlinge bei sich aufnahmen, die sie schon wieder halb vergessen hatten, wenn die nächste Inszenierung nahte, aber im Augenblick passte mir die sofortige, unreflektierte Freundschaft, die ich geschlossen hatte, prima in den Kram.

Wer wusste schon, wo ich in einem Monat sein würde? Oder in einem Jahr? Ich konnte gehen, wohin ich wollte. Duggie hatte von einer Gemeinschaftsausstellung in Berlin gesprochen, und er hatte einen Geschäftspartner in New York, der an dem, was er mein Konzept zu nennen beliebte, interessiert war. Eben noch hatte ich mich so in meinem Atelier vergraben, dass jeder Besuch, ja selbst ein Anruf, mich schon zu sehr von meiner Arbeit abgelenkt hatte. Jetzt drehte ich mich plötzlich in einer weiten, aufregenden, zentrifugalen Kurve. Das Atelier bildete noch immer den Mittelpunkt, rückte aber etwas in die Ferne, während plötzlich neue Orte auftauchten.

Ich schwang mich aus dem Bett, glättete die Bettdecke und schüttelte die Kissen auf. Während ich die Leiter hinunterstieg, ging ich meine Termine für den Tag durch, so darauf fixiert, dass ich den Mobiles, die von der Decke hingen, zum ersten Mal kaum einen Blick schenkte. Dusche, Kaffee, Fitnessstudio – Letzteres war mehr als überfällig. Wenn meine Arbeit nicht körperlich so beanspruchend wäre, hätte ich längst völlig meine Form verloren. Also ab sofort mindestens zweimal die Woche.

Das Center befand sich in Chalk Farm, vom Pfarrsaal in Belsize Park nur den Hügel hinunter. Vielleicht würde ich nach dem Training und einem kleinen Imbiss mal bei den Proben vorbeischauen. Ich meinte mich erinnern zu können, dass sie heute die ersten beiden Akte durchgehen wollten. Dann konnte ich schauen, ob jemand hinterher noch Lust hatte, etwas trinken zu gehen. Ich verspürte einen unstillbaren Durst nach Gesellschaft. Und nach Klatsch.

Als ich durch die Tür kam, wurde gerade eine leidenschaftliche Szene zwischen Hazel und Fisher, der den Demetrius spielte, geprobt. Sie flehte ihn an, nicht zu gehen, während er nur Augen für Hermia hatte. Um ihn aufzuhalten, klammerte sie sich an sein Bein, und er musste sie durch den halben Raum ziehen, bevor er sie abschütteln konnte. Schließlich eilte er davon und Hazel rief ihm verzweifelt nach: »Ich folge dir, und finde Wonn in Not, gibt die geliebte Hand mir nur den Tod!« Damit lief sie ihm hinterher. MM, die an einer Wand im Auditorium lehnte, nickte. Matthew saß an einem Tapeziertisch, auf dem sich Papiere und Textkopien türmten, und besprach sich im Flüsterton mit Steve, dem Bühnenmanager und einem seiner Assistenten. Ich war beeindruckt: Hazel war so ausgezeichnet, wie es den Anschein gehabt hatte, und Demetrius, den ich zuvor ziemlich blass gefunden hatte, feuerte aus allen Rohren. Hazel zog ihn auf ihr Niveau hinauf. Ich klatschte, ein hohles, einsames Geräusch in dem großen leeren Raum, aber dennoch erntete ich dafür ein breites, strahlendes Lächeln von Demetrius. Hazel drehte sich zu mir um. Ihr Gesicht war gerötet, ihre Augen vor Konzentration glasig; sie steckte noch halb in einer anderen Welt.

»Ich hab Schoko-Hob-Nobs mitgebracht«, sagte ich und ging nach vorne. »Richtige Schokolade, nicht dieses Milchzeug«

»Super!« Fisher, ein großer, westindisch aussehender Junge, machte sich sofort über die Schachtel her. Er hielt sie Hazel hin, die ziemlich traurig den Kopf schüttelte.

»Ich mache ständig Diät«, sagte sie. »Wenn ich anfange, kann ich mich nicht mehr stoppen.«

Mir fiel auf, dass Fisher weder versuchte, sie zu überreden, noch zu ihr sagte, dass sie gut aussehe. Er nickte bloß verständnisvoll und nahm sich selbst noch ein paar Kekse. Schauspieler nehmen ihr Gewicht so wichtig wie weibliche Teenager.

»Nun, ich denke, es könnte ganz gut werden, wenn wir die losen Enden noch zusammenkriegen, meint ihr nicht auch?«, sagte MM, einen Hob-Nob im Mund. »Ich würde gerne noch mal den Monolog am Ende der ersten Szene mit dir durchgehen, Hazel – du weißt schon: Wie kann das Glück so wunderlich doch schalten –, wenn wir heute noch Zeit haben. Wobei ich mir vorstellen kann, dass ich genug mit Violet zu tun haben werde.«

»Violet?«, echote Hazel.

»Ja, sie ist wieder mitten unter uns«, erwiderte MM mit einem Hauch Ironie. »Sie schwört, dass sie textsicher ist, was hilfreich wäre.«

»Nun, es freut mich zu hören, dass sie zumindest ihren Text gelernt hat«, meinte Fisher sarkastisch. »Wo hat sie gesteckt?«

»Auf Goa. Aber reitet bitte nicht darauf herum, zu eurem Besten. Wir müssen eine Menge nachholen, und es hilft keinem, wenn alle mit gezückten Dolchen dastehen.«

»Tut so, als gäb's kein Goa!«, rief Matthew von hinten. Alle lächelten höflich.

»Aber …«, begann Hazel, und ihr zurückhaltendes Wesen bildete einen heftigen Gegensatz zu der Leidenschaft, die sie gerade auf der Bühne gezeigt hatte.

»Was?«, fragte MM und sah sie an. Auf sehr subtile Art veränderte sich die Konzentration ihrer Aufmerksamkeit. MM mochte sich selbst dessen nicht bewusst sein, aber mir fiel es auf, und ich war sicher nicht die Einzige.

»Ich glaube, Tabitha nimmt an, dass sie heute Nachmittag kommen soll«, sagte Hazel. »Es steht auf dem Probenplan und sie hat sich auch in Hermia eingelesen.«

»Nur in der Eröffnungsszene, als Ersatz«, erklärte MM.

»Ich hoffe, du irrst dich, Hazel. Aber ich hatte Matthew gebeten, ihr Bescheid zu sagen, für alle Fälle. Matt?«

Ihr loyaler Sklave hatte bei der Erwähnung seines Namens bereits die Ohren gespitzt.

»Ich hab's gemacht, ehrlich, MM«, sagte er von seinem Platz am Tisch. »Ich hab ihr gestern eine Nachricht hinterlassen und heute Morgen noch mal zwei.«

»Nun, wollen wir hoffen, dass sie sie erhalten hat.« MM schaute auf ihre Armbanduhr. »Wir haben noch fünfzehn Minuten. Fisher, trink eine Tasse Kaffee oder geh eine rauchen, solange Hazel und ich an diesem Monolog feilen, bitte. Also, Hazel, komm her.«

Sie gingen zum anderen Ende des Raums. MM lehnte an der Wand, den Text in den Händen, und las hier und dort eine Zeile laut vor, um zu verdeutlichen was sie meinte, während Hazel fast in Habtachtstellung vor ihr stand und konzentriert nickte. Manchmal wiederholte sie eine Zeile. Obwohl ich sie nicht verstehen konnte, sah ich ihnen fasziniert zu. Fisher und ich machten Kaffee und verringerten den Bestand an Hob-Nobs. Er fragte mich beiläufig, wie es mit dem Bühnenbild gehe, worauf ich eine gleichermaßen neutrale Antwort gab. Nachdem der Höflichkeit Genüge getan war, ging er nach draußen, um zu rauchen. Ich mochte Fisher, aber er gehörte nicht zu denen, die man schnell kennen lernt. Er stand immer etwas abseits und beobachtete die Kapriolen der anderen, ohne wirklich dazuzugehören. Ich hatte den Verdacht, dass er schlauer war als die meisten Leute und dass ihn Kindereien schnell langweilten.

Als die Türen ein paar Minuten später schlugen, dachte ich, Fisher sei zurückgekehrt. Stattdessen hüpfte Tabitha herein, glühend vor Aufregung. Ihr üppiges dunkles Haar umrahmte ihr Gesicht unglaublich seidig; bestimmt hatte sie es gerade erst gewaschen. Ich hoffte um ihretwillen, nicht nur für diese Probe.

»Hallo zusammen«, zwitscherte sie und ließ ihre Tasche neben der Tür fallen. »Alles klar, Matthew?« Sie winkte ihm zu. »Oh, tut mir Leid!«, fügte sie hinzu, als sie bemerkte, dass sich MM und Hazel in der Ecke besprachen. »Ich wärme mich nur ein bisschen auf, okay?«

Sie stellte sich vor eines der Fenster, schwang ein Bein auf das Fensterbrett und beugte sich in einer flüssigen Bewegung vor, wobei sie ihren Fuß umklammerte. Es war angeberisch, aber ich trainierte mit Gewichten und sah, dass sie wusste, was sie tat. MM warf einen Blick auf Tabitha und einen zweiten auf Matthew, der ein trauriges Gesicht zog und eine Geste machte, als hielte er einen Telefonhörer ans Ohr. Währenddessen kehrte Fisher in die Halle zurück und winkte MM aufgeregt zu, während Tabitha, glückselig ahnungslos, ihre Stretchübungen beendete und zu MM und Hazel hinüberging. Sie ließ mit auf dem Rücken gefalteten Händen die Schultern kreisen.

»Ich kann kaum abwarten, dass es losgeht«, sagte sie enthusiastisch. »Es gibt diese Hebefigur im Ballett ... Ich dachte, wir könnten sie für die Szene einsetzen, in der Hazel auf mich losgeht. Wo ist Fisher – oh, hi, du weißt schon, du packst mich an den Waden und stemmst mich hoch –, Fisher und ich haben zusammen Tanzunterricht genommen – jedenfalls dachte ich ...«

In diesem Augenblick offenbarte sich der Grund für Fishers verzweifeltes Winken. Eine erstaunlich seriös gekleidete Violet – von Kopf bis Fuß in Ralph Lauren Sport: Fleece-Jacke, Rollkragenpullover, Leggings und Segelschuhe – kam wie eine Diva durch die Tür gesegelt und blieb plötzlich stehen, damit sich auch alle Augen auf sie richten konnten. Ihr zufriedenes Lächeln erblasste, als ihr Instinkt, scharf wie der einer Katze, ihr sagte, dass der gewünschte Effekt zwar erzielt worden war, aber aus den falschen Gründen.

»Hallo zusammen«, sagte sie langsam, mit süßer und herrlich tragender Stimme. Sie ging auf die kleine Menschentraube in der Mitte des Saales zu. »Ich bin Violet. Es tut mir furchtbar Leid, dass ich erst heute zu euch stoße. Von jetzt an werde ich schuften wie ein Pferd, das schwöre ich. Absolut.« Ihre großen, purpurnen Augen streiften die Gruppe. »Du musst Hazel sein«, fuhr sie in überaus freundlichem Ton fort.

Neben Violet und Tabitha, beides winzige Persönchen, ragte Hazel, die höchstens eins siebzig groß war, auf wie ein Monolith. Ich sah, warum sie auf ihr Gewicht achten musste. Sie hatte eine grobe Knochenstruktur, die jedes zusätzliche Pfund zeigte, das sie trug. Unwillkürlich duckte sie sich etwas und murmelte Violet ein Hallo zu. Die Situation schien ihr zutiefst peinlich.

Tabitha wollte sich jedoch behaupten, und mehr als das. Sie war sogar ein paar Schritte vorgetreten und wich Violets Blick nicht aus. Ihre Augen blitzten, sie hatte die Hände in die Hüften gestemmt und sah aus wie eine von Joaquin Cortes' Flamencotänzerinnen, die einander um die Ehre herausfordern, ein Solo mit Mr. Skinny-Shanks persönlich tanzen zu dürfen.

»Also, ich bin Tabitha«, sagte sie. »Ich wusste nicht, dass du hier auftauchen würdest. Mir hat niemand etwas gesagt.«

Violet schätzte die Lage auf einen Blick richtig ein und wurde leicht damit fertig. »Das tut mir so Leid«, erwiderte sie. »An deiner Stelle würde ich ein Wörtchen mit dem armen Matthew reden. Wie heißt du gleich noch mal?«

»Tabitha, aber ...«

»Vielen Dank dafür, dass du mir meine Rolle warm gehalten hast, Tabitha – das hat Anthony Cavendish mal zu seinem Ersatzmann gesagt, in den er sich total verliebt hatte. Zu komisch.« Sie zog ihre Jacke aus und blickte um sich. Tabitha galt eindeutig als entlassen. »Ich bin noch nie hier gewesen. Bekommt man vielleicht irgendwo einen Kaffee? Ich mache ihn für alle«, fügte sie eilig hinzu. Sie benahm sich wirklich vorbildlich. »Fisher, Darling, zeig mir bitte, wo die Küche ist, ja?«

Sie hakte sich bei Fisher ein und ging plaudernd mit ihm in den Küchenbereich. Die Botschaft war eindeutig. Sie hatte es nicht nötig, zu bleiben und ihr Terrain vor jemandem, der so unbedeutend war wie Tabitha, zu verteidigen. Mit einem für eine so gute Schauspielerin erstaunlich schlechten Timing warf Hazel ein: »Sie ist noch hübscher als im Fernsehen, nicht wahr?«

Tabitha schluckte. Tränen der Wut und der Frustration standen in ihren Augen.

»Tabitha«, sagte MM, um eine Explosion im Kern zu ersticken. »Komm doch mal kurz mit nach draußen. Wir müssen miteinander reden. Da ist wohl etwas durcheinander geraten.«

Aufgebracht folgte ihr Tabitha an die frische Luft. Ich fragte mich, warum MM sie für dieses kleine Gespräch auf den Friedhof bat, ein ungemein angemessener, wenn auch taktlos gewählter Ort. Und ich fragte mich auch, ob Hazel ihre Bemerkung wirklich in aller Unschuld gemacht hatte. Sie hatte Tabitha am wundesten Punkt getroffen. Wenn Hazel eine Unruhestifterin war – und die stillsten Typen waren die schlimmsten –, dann fand sie bei dieser Inszenierung genügend Material. Die dunklere Seite meiner Persönlichkeit freute sich schon auf ein Feuerwerk.

Auf einen Mord freute ich mich jedoch nicht. Kein wohliger Schauer lief meinen Rücken hinab, das steht fest. Aber ich habe eine gute Entschuldigung dafür, dass ich nicht an übersinnliche Phänomene glaube: Wer wie ich seine Jungfräulichkeit um Mitternacht auf einem Grab verloren hat, und den dabei nichts weiter störte als kratzige Bartstoppeln, der tut sich schwer, die nötige Gänsehaut zu erzeugen, die für den Glauben an das Übersinnliche nötig ist.

5. Kapitel

Nach dem Ende ihres Gesprächs mit MM stürmte Tabitha in den Saal zurück, nahm ihre Tasche, warf das Haar nach hinten, schleuderte Violet noch einmal einen zornigen Blick zu und stürmte hinaus; sie hatte sich umsonst warm gemacht. Violet behandelte die ganze Affäre indessen so, als würde es sie gar nichts angehen, eine hoch entwickelte Taktik, die ich mir für die Zukunft merken wollte. Ihre Unbekümmertheit hatte noch den Nebeneffekt, Hazel so sehr zu beeindrucken, dass sie kein Wort mehr sagte. Bis sie anfingen zu proben. Dann konnte Hazel nichts mehr einschüchtern.

Als ich beobachtete, wie die Szene zwischen den Liebenden langsam Gestalt annahm, erkannte ich, selbst bei dieser ersten Annäherung, wie sehr der Erfolg eines Stückes von der Besetzung abhängig ist. Violet als Hermia stellte ein verwöhntes Mädchen dar, das es nicht nur gewohnt war, dass alles nach ihrem Willen lief, sondern auch jeden Mann in ihrer Nähe in sich verliebt zu machen. Sie stattete Hermias ungläubiges Staunen darüber, beim Erwachen feststellen zu müssen, dass ihre beiden Verehrer die Fronten zu Helena gewechselt hatten, mit einer enormen Verdrießlichkeit aus. Hazel dagegen war ehrlich erstaunt und betrübt, war sie doch sicher, dass alle ihr einen miesen Streich spielten, und steigerte sich in Rage, als die anderen es nicht zugeben wollten. Für die beiden Männer war es schwieriger, weil ihre Rollen fast austauschbar waren. Ich fand Fisher viel besser als Paul, den Lysander, dessen Spiel eine Tendenz zur Effekthascherei zeigte. Als er gehört hatte, dass Tabitha die Hermia nicht spielen würde, war er sichtlich enttäuscht gewesen. Auch sie war effekthascherisch; sie hätten sich perfekt ergänzt.

Nach einer Stunde oder so ging ich nach draußen und machte es mir auf einer Friedhofsbank bequem, wo ich Ideen für die Mobiles skizzierte. Der Hintergrund des Bühnenbildes von Virginia Woolf war dicht mit künstlichem Efeu behangen. Schwach beleuchtet stellte er eine Gartenmauer dar, die man durch das hintere Fenster sehen konnte. Als Bez mich herumgeführt hatte, hatte er auch erzählt, wie teuer eine solche Menge Plastikefeu war – fast tausend Pfund –, und nachdem ich mich von dem Schock erholt hatte, fragte ich ihn, ob ich etwas davon haben könne, wenn das Bühnenbild abgebaut wurde. Kreatives Recycling. Ich wollte es mit Farbspray versilbern und es um die Mobiles drapieren, vielleicht sogar Löcher in die Objekte hineinbohren und den Efeu hindurchziehen, sodass es aussah, als wachse er aus ihnen heraus.

Die Grabsteine ruhten auf einem dichten Teppich aus Gras, das so perfekt geschnitten und getrimmt aussah wie teurer Wiltonrasen. Dahinter warfen hoch aufragende und zweifellos uralte Eichen riesige Schatten. Das Sonnenlicht wurde durch die Blätter auf das verwaschene Grau der Kirche und der Grabsteine gesprenkelt, fing Farbfetzen von den Fenstermalereien auf und vom Rasen ein Grün, das so hell leuchtete, dass es fast wie Smaragd funkelte. Es war der Mikrokosmos des Touristenengland, war deshalb aber nicht weniger schön, ein grüner Gedanke in einem grünen Schatten. Von meiner Umgebung inspiriert, experimentierte ich mit einigen Effekten, die wie die Baumstämme der Eichen wirken sollten, als mir jemand auf die Schulter klopfte.

Ich sprang vor Schreck in die Höhe, soweit das mit verschränkten Beinen auf einer Gartenbank sitzend möglich war.

»Sorry, Darling, haben wir dich erschreckt?«, fragte Hugo und schaute mir über die Schulter auf den Zeichenblock. »Hm, interessant. Nicht, dass du besonders gut zeichnen kannst, aber die Ideen sind faszinierend.«

»Verpiss dich.« Ich schlug mit dem Block nach ihm.

»Darf ich auch mal sehen?« Sophie nahm die Zeichnungen. »Oh, ich finde, das ist großartig«, sagte sie begeistert. »Wie ein surrealer Wald. Ich wollte den Elfen Kränze machen und vielleicht kann ich das irgendwie mit diesem Efeu verbinden, den du benutzen willst. Ich möchte, dass sie ziemlich unheimlich aussehen.«

Mit ihrem kurzen, struppigen Haar und den winzigen, spitzen Ohren sah Sophie selbst ein bisschen aus, als sei sie einem Dali-inspirierten Wald entflohen. Sie trug eine knappe Weste von Muji und übergroße Kampfhosen. Erstere spannte sogar über ihrem schmalen Oberkörper, während die Letzteren ihr fast bis zu den Kniekehlen hingen und von ihren Hüften kaum gehalten wurden. Es war ein Look, der mit Proportionen spielte und Magerkeit stolz zur Schau trug: Schaut her, ich muss wirklich dünn sein, um diese grotesk weiten Hosen tragen zu können!

»Solange ich nicht genötigt werde, eine Toga zu tragen, ist mir alles egal«, erklärte Hugo bestimmt. »Als MM mich fragte, ob ich den Oberon spielen wolle, sagte ich, prima, solange mich keiner in ein verdammtes Laken stopfen will.«

»Verdammtes Laken klingt mehr nach Macbeth«, meinte ich.

»Den Namen des schottischen Stücks erwähnt, und dazu noch auf einem Friedhof! Dreh dich dreimal entgegen dem Uhrzeigersinn und kopuliere mit dem Vikar«, riet mir Hugo. »Anderenfalls sind wir alle verdammt.«

Ich stand auf und klopfte mir den Staub vom Hintern. »Ich werde mal wieder reingehen«, meinte ich bewusst lässig. »Obwohl die große Show ja schon vorbei ist.«

Fast glaubte ich zu sehen, wie Hugo die Ohren spitzte. »Sam? Ich rieche Klatsch in der Luft.«

Er sprang voraus und versperrte mir und Sophie den Weg durchs Friedhofstor. »Niemand von euch wird diese Schwelle überschreiten, bevor Sam mir nicht erzählt, was geschehen ist. Soph, ich weiß, du bist genauso neugierig wie ich. Bring sie zum Reden, los. Kitzle sie oder sonst was.«

Unter diesem Druck brachte ich beide auf den neuesten Stand des Aufeinandertreffens Tabitha/Violet. Hugo leckte sich die Lippen, als verkoste er einen guten Wein.

»Wunderbar«, seufzte er. »Das wird so schnell nicht enden …«

Eine stattliche Gestalt stapfte den Pfad entlang auf uns zu. Hugo drehte sich um und seine Stimme nahm einen seidigen Klang an.

»Bill, mein Süßer! Lass uns ein paar Schritte zusammen gehen. Es ist zwei Tage her, seit ich dich gesehen habe, und ich schwöre, dass jede Minute ohne den Anblick deines Lächelns die reinste Folter war …« Er hakte sich bei einem widerstrebenden Bill ein und schlenderte mit ihm auf den Pfarrsaal zu.

Sophie kicherte. »Hugo ist einfach zu viel«, sagte sie. »Entweder liebt man ihn heiß und innig oder man möchte ihm den Schädel einschlagen. Wenn er erst mal sein Messer in jemanden versenkt hat, dann dreht er es garantiert in der Wunde herum.«

»Wir haben unseren Spaß beim Zusehen.«

»Solange Bill ihm nicht an die Gurgel geht.«

»Nun«, meinte ich, »das könnte doch auch ganz amüsant sein.«

Sophie starrte mich an. »Du hast doch nichts gegen Hugo?«, fragte sie. »Oder?«

»Im Gegenteil. Ich meinte nur, es könnte witzig sein zu sehen, wie Bill völlig die Fassung verliert.«

»Das wird er vielleicht, wenn Hugo so weitermacht. Seine Zunge ist eine tödliche Waffe. Oh, Mist, ich muss rein, allen die Maße nehmen.«

Andere Leute kamen den Pfad entlang: drei der Elfen – Tabitha fehlte natürlich – und Helen, die mir halbherzig zuwinkte. Offenbar hatte sich ihre Freude, mich zu sehen, bereits gelegt. Sie folgten uns durch die Türen. Hugo, der Bill kurz hatte entwischen lassen, plauderte mit Violet, die sich voller Hingabe einer Packung Cremekekse widmete.

»Wie war's denn nun auf Goa, Darling? Ich hörte, es sei voller Touristen.«

»Oh, so schlimm war es nicht«, antwortete Violet kühl, den Mund voller Krümel.

»Ich muss sagen, ich kann mir dich auf Goa irgendwie nicht vorstellen, Darling. Ich fand deine Vorlieben immer eindeutig europäisch. Italienisches Essen und all die anderen Annehmlichkeiten des Lebens.«

»Um diese Jahreszeit ist das Wetter dort wundervoll«, meinte Violet und zuckte mit den Schultern. Ich hatte den Eindruck, als habe sie keine große Lust, über Goa zu reden.

»Sehr braun bist du nicht geworden.«

»Oh, ich gehe niemals in die Sonne, ohne mich einzucremen«, entgegnete sie erschaudernd. »Was für Schäden das sonst bewirken könnte.«

»Sehr weise«, meinte Hugo anerkennend. »Wir Mädels müssen auf unseren Teint achten, ist es nicht so, Bill?«

Bill, der sich gerade einen Kaffee einschenkte, gab so etwas wie ein abschätziges Prusten von sich und gesellte sich zu Helen. Sie begrüßte ihn überschwänglich und ging sogar so weit, ihm Süßstoff aus ihrem eigenen Behälter anzubieten, ein Zeichen hoher Gunst.

»Sei vorsichtig«, sagte Violet ermahnend. »Er hat ein Herzleiden.«

Hugo rollte nur mit den Augen. »Aber sag mir, Darling«, drängte er, »hast du vielleicht Mr. Edwards am Strand gesehen? Alle fragen nach ihm.«

»Wer?«, sagte Violet ratlos und nahm ein weiteres Biskuit aus der Packung.

»Tse, tse, du bist nicht up to date. Richey Edwards, den Gitarrist der Manic Street Preachers; der, der sich angeblich in Wales – ausgerechnet – in sein feuchtes Grab gestürzt haben soll – na gut, er war Waliser, das erklärt es vielleicht –, den man aber später angeblich auf Goa gesehen hat. Völlig verzottelt, sicherlich, mit Perlen überall. Wo wir gerade davon sprechen ...«

»Nein, Hugo, ich habe mir nicht überallhin Perlen machen lassen«, unterbrach ihn Violet lachend. »Und von diesem Richey habe ich noch nie gehört.«

»Da war doch dieses Mädchen, das in seine Fußstapfen getreten ist – das sich von derselben Brücke gestürzt hat. Wahrscheinlich kuscheln sie gerade in einer Hütte auf Goa und essen frischen Hummer. Ich muss sagen, es klingt schon verlockend. Fast wie im Himmel, wenn da nicht diese ganzen Hippies wären. Und der Mangel an sanitären Anlagen.«

»Shirley Lowell«, sagte Hazel so leise, dass ich sie kaum verstand.

»Was?« Sofort drehte sich Violet zu ihr, um sie in das Gespräch mit einzubeziehen. Sie ließ Hazel wirklich ihren ganzen Charme zuteil werden.

»Shirley Lowell, das Mädchen, das sich umgebracht hat«, sagte Hazel. »Ich war mit ihr auf dem College. Sie wollte auch Schauspielerin werden.«

»Au, Bill!«, rief Sophie ärgerlich. »Du bist mir auf den Fuß getrampelt.«

Bill, dessen Maße sie gerade nahm, murmelte Entschuldigungen.

»Also, bleib ruhig stehen.« Sophie legte das Maßband noch einmal an der Innenseite seines Beins an.

»Es tut mir Leid«, sagte Hugo zu Hazel. »Und ich albere hier herum … Hab ich dich verletzt?«

»Nein, ist schon okay. Es ist ja schon länger her«, entgegnete Hazel gefasst. »Und sie war auch kein sehr glücklicher Mensch.«

Ich sah, wie sich der Satz *Ach, dann macht es ja nichts* auf Hugos Lippen formte, aber zu seiner Ehre hielt er sich zurück.

»Das muss ein Schock gewesen sein«, sagte Violet mitfühlend.

»Nun, ich war ja nicht dabei«, meinte Hazel nur. »Und ich bin nicht so leicht zu schockieren.«

Violet sah sie verblüfft an, ihr Mitgefühl an der Wurzel gekappt. Sophie rief Hazel zum Maßnehmen, und als sie zum anderen Ende des Raumes ging, raunte Violet uns zu:

»Dieses Mädchen ist unglaublich. Sie ist wie ein Holzklotz, bis man ihr die Worte anderer Leute in den Mund legt. Erstaunlich. Sie ist ausgesprochen gut, weißt du, Hugo. Ich werde die Ärmel hochkrempeln müssen.«

»Schwer, dich in so etwas Profanem wie Hemdsärmeln vorzustellen«, sagte Hugo. »Ich glaube, du bist dran.« Er nickte zu Sophie hinüber.

»Ich habe meine Maße schon vor Ewigkeiten angegeben«, meinte Violet mürrisch. Sie ging zu Sophie hinüber und breitete die Arme aus, wie eine Märtyrerin, die sich auf die Kreuzigung vorbereitet.

»Sekunde, Vi.« Sophie nahm einen großen Schluck aus ihrem Kaffeebecher. »Ich nehme diese Antihistamine gegen Heuschnupfen, und wenn ich nicht Unmengen Kaffee trinke, knocken sie mich total aus.«

»Nun, solange du mich nicht anschnupfst«, sagte Violet ergeben.

»Mein Gott, was für eine winzige Taille«, murmelte Sophie neidisch.

»Die wird sie nicht mehr lange haben, wenn sie nicht aufhört, Kekse zu verschlingen«, meinte Hugo. »Ich esse den Letzten, Vi, um deine Taille zu retten.«

»Du Hund, den hatte ich mir aufgehoben. Außerdem bin ich immun gegen Kekse.« Sie beugte sich zu Sophie und sagte: »Ich kenne da diese Wunderdiät, Darling. Ich erzähl dir davon, später.« Sie warf Hugo einen gespielt zornigen Blick zu. »Ist das reinste Vergnügen, man kann essen, was man will.«

»Wie heißt sie denn, die Friss-dich-voll-Diät?«, warf Paul, der Lysander, ein und wieherte unangenehm.

»Du solltest dich mit Matthew zusammentun«, sagte ich zu ihm. »Ihr habt genau den gleichen Humor.«

Violet merkte, dass ich irgendwie für sie Partei ergriffen hatte, und schenkte mir ein freundliches Lächeln. Unwillkürlich war ich bezaubert.

»Warum musst du denn schon wieder meine Maße nehmen, Sophie?«, fragte sie.

»Ich nehme sie immer zweimal«, antwortete Sophie und schrieb etwas in ihr Notizbuch. »Seit ich auf die harte Tour erfahren musste, wie optimistisch die Leute die Stärke ihrer Hüften einschätzen.«

»Gut, dass du nicht fürs Finanzamt arbeitest – stell dir vor, was geschehen würde, wenn dir die Verdienstangaben nicht glaubhaft vorkämen«, sagte ich. Bei dem Wort Finanzamt erblasste jeder im Saal, waren sie doch allesamt Freiberufler. »Das war noch viel schlimmer, als *Macbeth* erwähnt zu haben«, murmelte ich Hugo zu, der selbst wie vom Donner gerührt dastand. »Was sollte ich noch mal mit dem Vikar machen?«

»Nur wenn ich zuschauen darf.« Hugo blühte sogleich wieder auf. »Und nur, wenn er seine Soutane dabei anbehält.«

»Helen sagte, dass sie etwas später kommt, wir sollen nicht auf sie warten«, meinte Janey und glitt auf einen Stuhl mir gegenüber.

»Sollen wir für sie mitbestellen? Der Pfarrsaal ist nur die Straße rauf – sie kommt bestimmt bald.«

»Was heißt, dass du am Verhungern bist«, sagte Janey. »Na schön. Vergiss nur nicht, dass ich all deine lächerlichen, kleinen Betrugsversuche durchschaue. Werfen wir mal einen Blick rein.«

Sie schlug die Speisekarte auf. Ich hatte schon vor zehn Minuten, während ich mich über eine Flasche Tsing-Tao-Bier hergemacht hatte, entschieden, was ich essen wollte. Wir saßen in einem Chinarestaurant in Haverstock Hill, das sich auf vegetarische Küche kaprizierte. Die Spezialität des Hauses waren falsche Fleischgerichte aus Gluten, die, so versprach die Speisekarte, von den echten kaum zu unterscheiden wären. Wie Janey erkannt hatte, war ich sehr hungrig, zu hungrig, um durch eine Wahl ins Blaue hinein meinen Einsatz zu riskieren. Ich setzte auf Nummer Sicher. Janey hingegen ging aufs Ganze, vom falschen Garnelen-auf-Sesam-Toast bis zur falschen Entenbrust. Wahrscheinlich wollte sie mit falschen gebackenen Bananen aufhören. Wir reichten die Speisekarten dem Kellner.

»Ich wette, deine Sachen schmecken komisch«, sagte ich ermunternd, als er gegangen war.

»Die Seele braucht den Wandel«, sinnierte sie. Und in der Tat sah auch sie selbst verwandelt aus. Die üblichen Lagen aus Tüchern und Ketten waren verschwunden und durch eine einzelne Brosche um den Hals ersetzt worden, und statt ihrer ebenso fließenden Blusen und Schals trug sie ein maßgeschneidertes Jackett und passende Hosen.

»Du siehst großartig aus, Janey«, sagte ich und beugte mich vor, um ihren Anhänger, einen Mondstein, zu untersuchen.

»Es ist mein Geburtsstein«, erklärte sie leicht errötend und fingerte daran herum. »Ein Geschenk. Ich weiß, dass du für Astrologie nichts übrig hast, aber ich glaube, er steht mir einfach, oder?«

»Absolut. Und das Gelb passt wunderbar zu deinem Haar.« Ich deutete auf das Jackett.

Janey sah an sich herab. »Ich werde richtig chic, was? Es ist der neue Job.«

Es stimmte. Sie glühte förmlich und ihre blaue Augen schimmerten wie Türkise. Janey, die als Drehbuchlektorin gearbeitet hatte, war als Chefdramaturgin zur BBC gekommen, ein Job, den sie schon seit langem begehrt hatte.

»Es ist der Glanz der Macht«, sagte sie grinsend zu mir. »*Schaut auf mein Werk, ihr Mächtigen, und verzweifelt.* Ich bekomme wohl bald grünes Licht für meine erste dramatische Serie. Ich habe eine brillante Produzentin kennen gelernt, total dynamisch, ein Feuerball, und sie fährt auf die Idee ab. Ich hab sie dazu gebracht, das Buch, auf dem das Ganze basiert, übers Wochenende zu lesen, und sie hat mich heute angerufen und war ganz aufgeregt. Morgen treffen wir uns und sprechen darüber.«

»Janey, das ist fantastisch! Auf dein Wohl!« Wir stießen mit den Gläsern an.

»Worum geht's?«, fragte Helen und zog einen Stuhl heran.

»Darling!« Janey strahlte, beugte sich vor und gab ihr

einen Kuss. »Hier hast du einen Schluck Bier, wir trinken auf mein morgiges Treffen mit Gita.«

»Viel Glück«, sagte Helen pflichtschuldig und hob ihr Glas.

»Wie war die Probe?«, fragte Janey und drückte Helens andere Hand. Ich hatte sie noch nie so zärtlich mit Helen umgehen sehen, weder in der Öffentlichkeit noch privat. Heute schwebte sie auf Wolke sieben.

»Oh, gut, ich bin ganz zufrieden mit mir. Hugo geht mir allerdings ziemlich auf die Nerven. Er hält sich für so schlau.«

»Er ist schlau«, musste ich einwerfen.

»Na ja, wenn man diese Art von Oxbridge-Klugscheißer-Witze mag …« Helen trank noch einen Schluck Bier. Sie sah ein bisschen aus wie ein Vogel: Ihre Augen bildeten enge, grüne Schlitze, ihre Nase war ein scharfer kleiner Schnabel, ihr Mund dünnlippig. Durch irgendeine Alchimie der Kamera wirkte diese Kombination von Zügen sehr fotogen und deshalb arbeitete sie fürs Fernsehen und in Werbespots. »Hugo scheint überhaupt nichts ernst zu nehmen.«

»Aber er ist ein guter Schauspieler«, meinte Janey. »Ich hab ihn in *Geister* gesehen.«

Helens Augen zogen sich noch enger zusammen. Ich hatte bislang nicht gewusst, dass Schauspieler es nicht ausstehen können, wenn man ihnen sagt, dass Kollegen, die sie nicht mögen oder mit denen sie ungern zusammenarbeiten, gut sind, egal wie offensichtlich es sein mochte.

»Er ist wohl ganz ordentlich, denke ich«, sagte sie abschätzig. »Aber sehr manieriert. Und er macht Bill das Leben schwer. Ich mag Bill, er ist so bodenständig. Unsere Szenen klappen prima.«

»Obwohl Bill ein furchtbarer alter Schwulenhasser ist«, gab ich zu bedenken.

Janey hob die Augenbrauen.

»Nun, ich komme gut mit ihm aus«, meinte Helen. »Und das ist das, was mich interessiert. Haben wir schon bestellt?«

Die Vorspeisen wurden gebracht. Ich verputzte meine Pekingsuppe in wenigen Minuten und knabberte an Frühlingsrollen, während Janey und Helen die in Kohl eingewickelten falschen Hackbällchen und den falschen Garnelentoast attackierten.

»Schmeckt merkwürdig«, sagte Helen nach einem Bissen falsches Hack. »Was ist das?«

Janey warf mir einen Halt-bloß-den-Mund-Blick zu. »Gemüse-Gluten. Ganz wenig Kalorien, sehr gut für dich«, versicherte sie Helen.

»O ja?« Helen biss herzhaft zu. »Da ich nicht in den Vorzug von Violets Wunderdiät komme, muss ich aufpassen. Keine Kekse für mich.« Helen verspritzte an diesem Abend Gift aus jeder Pore, aber Janey schien es gar nicht zu bemerken und beschenkte sie überreich mit Zuneigung und Bestätigung.

»Sei nicht albern, du bist genauso schlank wie sie«, meinte sie besänftigend. »Und du siehst hinreißend aus, nicht wahr, Sam? Du könntest jeden haben, den du willst.«

Ich blinzelte. »Aber sicher«, murmelte ich.

»Nun, ich glaube, Philip Cantley mag mich«, sagte Helen, die ihren Enthusiasmus wiedergewonnen hatte. »Ich habe gestern im Cross vorbeigeschaut und bin ihm zufällig begegnet, und er war sehr freundlich.«

»Wieso hast du denn im Theater vorbeigeschaut?«, fragte Janey naiv. Meiner Meinung nach hatte uns Helen den Grund bereits genannt, aber ich wartete interessiert, mit welcher Ausrede sie nun kommen würde.

»Oh«, sagte sie bemüht lässig, »ich wollte ein Gefühl für die Räumlichkeiten bekommen. Und ich dachte, Sally sei vielleicht da.«

»Und, war er?«, warf ich perfide ein.

»Nein, war er nicht«, entgegnete Helen und bedachte mich mit einem Blick, der nur für mich bestimmt war. »Aber ich dachte, er wäre es. Jedenfalls lief ich so rum und kam an Philips Büro vorbei, die Tür stand offen, und ich sagte hallo, und er wusste sofort, wer ich war, und bat mich auf einen Kaffee herein. Sehr freundlich, wie ich schon sagte. Er hatte mich in der *Peak-Practice*-Folge gesehen, in der ich mitgespielt habe.«

»Die, in der du gestorben bist?«, erkundigte ich mich.

»Ich bin ins Koma gefallen«, korrigierte Helen mich. »Ganz langsam. Jedenfalls meinte er, dass ihm meine Arbeit wirklich gefallen würde. Er war charmant. Wusstet ihr, dass er als Nächstes *Nora oder ein Puppenheim* inszeniert?«

Die Frage war eindeutig an Janey gerichtet, die den Kopf schüttelte.

»Du weißt, dass ich übers Theater nicht auf dem Laufenden bin.«

»Nun, jedenfalls ist es so.« Helen sprach das sehr betont aus. Man musste ihre Taktik bewundern. Offensichtlich war sie Philip Cantley zu seinem Büro gefolgt, hatte draußen gewartet, bis sie sicher war, dass er niemanden bei sich hatte oder telefonierte, hatte ein Gespräch arrangiert und dabei die Information aus ihm hervorgelockt, die für sie von Interesse war. Auf ihre unscheinbare Art war Helen eine geschickte Intrigantin. Ich bezweifelte, dass es viel gab, das sie nicht für eine Rolle tun würde. Man nehme nur die Affäre mit Kurt.

»Glaubst du, ich wäre eine gute Nora?«, fragte sie nun Janey, worauf es nur eine mögliche Antwort gab, die Janey pflichtgemäß lieferte.

»Natürlich, Darling! Du wärst wundervoll.«

Wir widmeten uns dem Hauptgang. Einem Impuls gastronomischen Forscherdrangs nachgebend, probierte ich von dem falschen Schweinefleisch süßsauer, das ganz gut war, vielleicht deshalb, weil man außer der Soße nicht viel schmeckte, und von der falschen Ente, die dem Original auf eine so gespenstische Weise ähnelte, bis hin zur Struktur, dass ich es kaum herunterbekam. Das Gleiche galt für das falsche Huhn in Zitrone. Nachdem ich meine Vorurteile bestätigt gefunden hatte, kehrte ich zu meinen knusprigen frittierten Tofu-Pfannkuchen zurück.

»Vielleicht lese ich das Stück mal«, sagte Helen nachdenklich. »Natürlich habe ich zu Philip gesagt, ich würde es schon kennen. Er hat echtes Charisma.«

Anstatt eine verständliche Eifersucht zu zeigen, strahlte Janey über Helens Eifer. Das überraschte mich, nach dem, was mit Kurt passiert war. Aber dann dachte ich, dass Helen wohl kaum eine *Puppenheim*-inspirierte Affäre mit Philip Cantley plante, wenn sie so offen über ihre Strategien sprach. Aber es ging mich ja auch nichts an. Ich konnte nur zusehen, Janey meine Schulter anbieten, wenn sie sich ausheulen wollte – falls das nötig werden sollte –, und dabei vermeiden, entweder »Ich hab's dir ja gesagt« oder »Das hab ich von Anfang an kommen sehen« zu sagen.

»Ich kann mich an das Stück nicht mehr erinnern«, sagte Helen. »Aber der Name steht im Titel, also muss die Rolle ja gut sein.«

Mich hätte interessiert, wo die Grenzen von Philip Cantleys Manipulierbarkeit lagen. Sicher, er war Violet zur Hilfe gekommen, als MM darüber nachgedacht hatte, sie zu feuern. Aber die Hauptrolle in einem Stück, bei dem er Regie führte, und die Hermia in der Inszenierung einer freien Regisseurin waren zwei sehr verschiedene Dinge.

Der Kellner kam an unserem Tisch vorbei.

»Könnten wir noch zwei Bier haben und etwas gebratenen Eierreis?«, fragte ich. Mit beängstigender Geschwindigkeit kehrte ich in das Gesellschaftsleben zurück. Vielleicht würde ich nachher sogar Pflaumenwein bestellen. In meinen Exzessen kannte ich keine Grenzen.

6. Kapitel

»Und hier«, sagte Bez mit einem Stolz, der mir unangemessen schien, »haben wir die Arbeitsgalerie.«

Es handelte sich um einen schmalen Steg, der an einer Wand hoch über der Bühne entlanglief. Er wurde durch eine hölzerne Brüstung mit Eisengeländer gesichert, die mir fast bis zur Schulter reichte. Es war, als stünde man in einer Grube. Um hinüberschauen zu können, musste ich auf einen Sims steigen, der in die Brüstung eingelassen war und auf dem große Mengen von etwas lagerten, das aussah wie gusseiserne Blöcke. In Wirklichkeit bestanden sie aus Stahl und Blei und jeder Einzelne hatte fast die Hälfte meines Gewichts, sodass ich mir zur Abwechslung mal klein und zierlich vorkam.

»Also«, sagte Bez. Er deutete auf die Kabelstränge, die an der Wand neben der Galerie herabhingen als gehörten sie zu einem riesigen Musikinstrument, straff gespannt und stramm wie Klavierdraht, dicht geflochten und stark. »Die laufen zum Schnürboden unter der Decke hinauf. Jedes Einzelne läuft über eine Rolle und dann zu den Stangen.«

»Die Stangen, an denen das Bühnenbild hängt?«

»Ja, so kann man sagen. Schau noch mal über das Geländer.«

Gehorsam stieg ich erneut auf den Sims und schaute durch das Gewirr von herabhängenden Stangen auf die Bühne hinunter.

»Sie sind aus Aluminium. Wir nennen sie Gassenstangen«, sagte Bez, beugte sich vor und schnippte mit dem Fingernagel gegen eine der vielen Stangen, die an Trossen hingen und von dieser Galerie zu der anderen an der gegenüberliegenden Wand liefen. Die meisten waren leer. Das Bühnenbild für *Virginia Woolf* war fixiert, und nur am Bühnenhimmel, einer geschwungenen Stange, die hinten um das Bühnenbild herumführte, hing der Hintergrund mit seiner 500 Kilo schweren Last künstlichen Efeus. Manchmal zitterten die Stangen leicht, und das Licht verfing sich in ihnen, um sogleich wieder abzugleiten, weil es an dem matten Metall keinen Halt fand. Es war auf seltsame Weise hypnotisierend.

»Die hier sind aus Zink«, sagte Bez prosaisch und deutete auf einige dickere Stangen. »Werden Gasrohre genannt, damit du weißt, wovon wir reden.«

Ich konzentrierte mich mehr auf die beiden Gehsteige, die von einem Geländer zum anderen liefen, etwa einen halben Meter unter uns. An jeder Seite hingen Stahltrossen, die an Metallträgern befestigt waren, die man an ein Gitter hoch über unseren Köpfen geschweißt hatte. Das Ganze erinnerte mich an die Seilbrücke in *Indiana Jones* und sah ähnlich wackelig und gefährlich aus.

»Über dieses Ding kommt Marie zum Mobile?«, fragte ich und ging an die Stelle, wo einer der Stege am Geländer verschraubt war.

»Ja. Dabei hat sie ihre eigene Leine, die bereits an ihrem Sicherheitskorsett befestigt ist. Sie steigt auf das Mobile und wird damit heruntergelassen, aber sie hängt zusätzlich an einem zweiten Seil. Muss aus Sicherheitsgründen so sein.«

»Aber an diesem Kabel kann sie sich nicht festhalten, wenn es nach unten geht«, sagte ich und betastete eine der Trossen. »Selbst wenn es ein Hanfseil ist. Sie würde sich die Hände in Stücke schneiden.«

»Oh, keine Sorge, das polstern wir für sie«, entgegnete Bez. »Also, der Schnürbodenmann lässt das Mobile herab, indem er an der Trosse zieht, an der es befestigt ist.«

»Wie kann er sehen, ob es richtig positioniert ist? Ich meine, er steht mit dem Rücken zur Bühne. Er sieht nichts außer den Trossen und die hängen an der Wand.«

Bez sah mich erstaunt an. »Aber die machen das schon seit Jahren. Es ist ihnen in Fleisch und Blut übergegangen. Außerdem tragen sie Kopfhörer, und wenn sie tatsächlich was vermasseln, meldet sich der SBM bei ihnen, und sie können korrigieren. Der stellvertretende Bühnenmanager. Ich vergesse immer, dass hier alles neu für dich ist. Also, wenn Marie auf einem der Dinger fliegt, den Mobiles, meine ich, dann wird ihr Seil von weiter unten dirigiert, vom Deck aus.«

»Vom Deck.« Mir brummte der Schädel.

»Die Bühne. Im letzten Jahrhundert waren alle Schnürbodenmänner Matrosen. Schließlich waren sie es gewohnt, die ganze Zeit an Tauen zu ziehen, stimmt's? Macht doch Sinn. Deshalb kommen viele Ausdrücke aus der Seefahrt.«

»Warum wird das persönliche Seil von Marie nicht von dem Schnürbodenmann bedient, der neben dem Mann steht, der das Mobile bewegt, auf dem sie sitzt? So wären sie doch viel besser aufeinander abgestimmt.«

»Niemals!« Bez sah mich entsetzt an. »Wenn jemand von oben auf die Bühne schwebt, wird das immer vom Deck aus gemacht. So sieht man den Flieger herunterkommen. Das ist viel sicherer. Außerdem verständigt sich der Mann von der Bühnencrew, der ihr Seil kontrolliert, über Kopfhörer mit dem Mann, der das Mobile steuert, klar? Sie arbeiten also zusammen. Soll sie senkrecht herunterkommen oder in einem Winkel?«

»Ich weiß nicht«, antwortete ich, lehnte mich über das Geländer und versuchte mir den Schwindel erregenden Abstieg vorzustellen, den Marie bald vor sich hatte, durch das Gewirr von Gassenstangen und Gasrohren mit den dazugehörigen Seilen, an den gleißenden Scheinwerfern vorbei, durch die Dunkelheit und schließlich auf die Bühne. Der bloße Gedanke daran löste einen Adrenalinschub bei mir aus. »Das wird Thierry, der Choreograf, ausarbeiten. Warum?«

»Wenn sie in einem Winkel runterkommt, braucht sie einen zweiten Mann auf Deck. Einer bringt sie runter, der andere zieht sie seitwärts.«

»Mein Gott, ist das kompliziert«, seufzte ich. »Ich hatte die Vorstellung, dass heutzutage alles per Computer gemacht wird.«

»Kommt gar nicht in die Tüte!« Bez sah mich amüsiert an. »Kostet ein Vermögen und bricht dauernd zusammen. Computersysteme gibt es nur in den ganz großen Theatern, Covent Garden zum Beispiel, und da ist es ein beschissener Albtraum, das kann ich dir sagen. Du solltest mal ein paar von den Geschichten hören.«

»Ich hatte ja gedacht, wir könnten alle vier Elfen auf Mobiles runterbringen, aber Sally hat mir erklärt, dass man dazu mindestens acht Schnürbodenmänner braucht.«

»Wir haben fünf«, sagte Bez. »Und das ist schon ganz gut.«

»Ist ein bisschen wie Glockenläuten«, meinte ich. »Während der Vorstellung hier zu stehen und Seile hochzuziehen und herunterzulassen.«

»Das dürften wohl die wenigsten als Hobby betrachten«, sagte Bez. »Hieße ja Eulen nach Athen tragen. Alles gesehen hier oben?«

Ich sah ihn an und biss mir auf die Lippen.

»Weißt du«, begann ich vorsichtig, »ich würde ja gerne mal kurz auf eine dieser Brücken gehen. Wäre das okay?«

»Du hast keine Höhenangst, oder?«

»Nur wenn ich mir *Vertigo* ansehe.«

»Sehr witzig. Aber geh nicht zu weit, bitte, sonst kriege ich Ärger. Eigentlich solltest du dich anschnallen, aber die Jungs tun's meistens auch nicht.«

Da Bez mich am Vortag darauf hingewiesen hatte, solides Schuhwerk zu tragen, hatte ich mir meine gummibesohlten Timberland-Kopien angezogen, die auf dem Stahl unter mir quietschten, aber beruhigend festen Halt gaben. Ich schwang mich über das Geländer auf die Brücke, packte die Trosse auf beiden Seiten und ging los, zunächst unsicher, dann mit wachsendem Selbstvertrauen. Die Stahlplanken schwankten nur leicht unter meinem Gewicht. Ich hockte mich hin und blickte über den Rand nach unten. Sofort schoss mir das Blut in den Kopf, das Gefühl der

Schwerelosigkeit, der Kitzel der Höhe und des Risikos wirbelten mich herum. Die Scheinwerfer knallten mir ins Gesicht, heiß wie die Tropensonne. Ich erhob mich und drehte mich um – seht nur, freihändig – und kam mir vor wie ein Drahtseil- oder Trapezartist, zwölf Meter über der Bühne, ein winziger Fleck in der Mitte von nichts. Ich sah die Stangen hinunter, die zu meinen Füßen hingen, und wäre am liebsten von einer zur anderen geschwungen, wie ein Turner.

»Ey! Das macht dir ein bisschen zu viel Spaß!«, rief Bez, der mit einem teuflischen Grinsen über dem Geländer hing.

»Sam?«, rief eine vertraute Stimme von unten. »Ich kann dir unter den Rock sehen.«

»Das geht gar nicht, du Lügner!«, gab ich gelassen zurück. »Dazu ist er zu eng.«

Fast widerwillig ging ich zur Galerie zurück, wo ich mich ohne Bez' helfende Hand über das Geländer schwang. Miniröcke aus Lycra waren die größte Erfindung des 20. Jahrhunderts.

»Perversling!«, schrie ich über die Brüstung zu Sally hinunter.

»Ich weiß, *cara*!«, rief er zurück. Bestimmt klimperte er jetzt mit den Wimpern. Nur konnte ich es von hier oben nicht erkennen.

»Also, damit wäre die Sache wohl klar«, sagte Bez. »Zum Gitterboden nehme ich dich nicht mit rauf, sonst würdest du auch dort noch wie ein Äffchen rumklettern.« Er deutete nach oben, wo dicht unter der Decke das Gitter hing. »Da oben spannen wir die Seile an, okay? Das sind die Flaschenzüge.«

»Kann was schief gehen?«, fragte ich, noch immer halb im Delirium nach meinem Gang auf dem Laufsteg. »Sich verfangen, meine ich. Stecken bleiben.«

Bez sah mich entsetzt an. »Niemals. Ich meine, wirklich nicht.« Er wurde bedächtiger. »Wenn eine Stange nicht richtig eingespannt wäre, dann könnte sie theoretisch an einer anderen Stange hängen bleiben, oder am Geländer.«

»Und ein Mobile, oder ein Mensch. Könnten die auch stecken bleiben?«

»Nun, technisch gesehen könnte das passieren«, räumte Bez ausgesprochen zögerlich ein. »Aber – und das ist ein großes Aber, okay? – es passiert einfach nicht. Vor jeder Vorstellung überprüfe ich persönlich alle Seile. Und die Schnürbodenmänner merken sofort, wenn sich ein Seil anders anfühlt, weil, sagen wir mal, das Gewicht nicht stimmt. Dann wäre zu viel Spannung drauf. Es ist auch noch nie vorgekommen. Also machen wir uns deswegen keine Sorgen, okay?«

»Okay, Käpt'n Bez.« Ich salutierte.

Er deutete auf die eiserne, gerade mal dreißig Zentimeter breite Jakobsleiter an der anderen Wand, die vom Boden bis zur Decke reichte. Hier war einer der Hauptzugänge des Theaters, hier stieg die Crew bis zum Gitter hinauf, fünfzehn Meter über dem Boden, oder hinunter durch ein Loch in der Galerie, an den Trossen vorbei, auf die Bühne hinab.

»Runter mit dir«, sagte er. »Wegen Höhenangst brauche ich mir bei dir ja keine Sorgen mehr zu machen. Wie ein Vogel im Geäst.«

Ich sprang die letzten Sprossen hinab und landete genau auf dem Hintern. Anstrengend, aber es hatte Spaß gemacht. Vor mir standen Sally und ein junger Mann, etwa so alt wie ich, mit einem netten rechteckigen Gesicht. Er strahlte eine gewisse Vernunft aus, trug ein Brillendrahtgestell, und seine Lippen kräuselten sich angenehm.

»Hi, ich bin Ben Sabot«, sagte er und schüttelte mir die Hand. Seine ähnelte ihm; spatenförmige Finger, von denen superdumme Leute behaupten, es seien Bildhauerhände. Aber er konnte ja nichts dafür. Er trug einen Rollkragenpullover und ausgebeulte alte Chinos. Insgesamt verbreitete er, wie MM, das Gefühl von Kompetenz und Verlässlichkeit, wenn auch mit niedrigerer Voltzahl. »Ich bin der RA«, sagte er. »Der Regieassistent«, fügte er fürsorglich hinzu. »So eine Art zweiter Kommandant nach Philip.«

»Ben hat auch diesen Mist hier verbrochen«, erklärte Bez, der hinter mir die Leiter herabgestiegen war, und nickte zum *Virginia-Woolf*-Bühnenbild hin. »Durch irgendeinen Trick hat er die meisten Zeitungen dazu gebracht, gute Kritiken zu schreiben. Weiß nicht, wo das alles enden soll.«

Ben grinste. »Bez ist seit Urzeiten am Cross«, sagte er gut gelaunt. »Er wird mich erst ernst nehmen, wenn ich zehn Jahre hier bin.«

»War praktisch mein erster Job hier, nach dem Ende meiner Lehrzeit«, meinte Bez stolz. »Geselle des Zimmermannmeisters, hab mich dann bis zum Stellvertretenden raufgearbeitet – damals hatten wir noch einen, vor den Kürzungen.«

»Also wird in zehn Jahren oder so Lurch deinen Job übernehmen?«, erkundigte ich mich.

Bez sah mich wohlwollend an. »Mir gefällt der Gedanke. Echt, der verdammte Gedanke gefällt mir. Schließlich will ich nicht umsonst die meiste Zeit damit verbringen, ihm etwas Grips in den schweren Schädel hineinzutrichtern.«

»Ich hab dich dort oben auf der Brücke gesehen«, sagte Ben zu mir, steckte die Hände in die Taschen und wippte auf den Absätzen. »Ist dir nicht schwindelig geworden?«

»Ich fand es toll«, gestand ich. »Vielleicht werde ich noch Trapezartistin.«

»Ich musste sie fast mit Gewalt zurückholen«, meinte Bez. »Wenn sie nicht mit dem falschen Geschlecht auf die Welt gekommen wäre, könnte sie ein prima Schnürbodenmann sein. »

»Verpiss dich, du alter Dinosaurier. Ich bin ziemlich stark«, sagte ich, ohne beleidigt zu sein.

»Nicht so wie du, Ben, he?«, sagte Bez, der uns offenbar der Reihe nach auf den Arm nahm. »Apropos Höhenangst – gegen ihn sieht Jimmy Stewart aus wie Sylvester Stallone in *Cliffhanger.*«

»Ich habe Probleme mit der Jakobsleiter«, räumte Ben ein, verlegen wie ein Schuljunge. Er konnte gut mit Bez, fiel mir auf, und war selbstbewusst genug, um sich von ihm ein bisschen necken zu lassen. Seine Autorität als RA brauchte er keine Sekunde raushängen zu lassen. Ich sah, dass Bez ihn mochte, und konnte verstehen, warum. »Muss immer wieder mal sein, aber ich habe da Grenzen. Und nur solange ich nicht nach oben oder unten schaue.«

»Ich wette, du würdest wie ein Äffchen da rumturnen«, sagte Bez zu Sally. »Du siehst aus wie eines.«

»Sage das zu mir in Sizilien und du wirste sehen, was geschiehte«, sagte Sally und verstärkte seinen Akzent um des dramatischen Effekts willen.

»Ben? Ben!«, rief jemand von der Bühne.

»Am Schreibtisch!«, antwortete Ben. »Ich komme.«

Philip Cantley kam um die Abdeckfläche herum und sah uns streng an. Er besaß die erstaunliche Fähigkeit, völlig unschuldigen Menschen das Gefühl zu vermitteln, bei einer Missetat erwischt worden zu sein. Wie dieses Talent auf einen wirklichen Verbrecher wirken würde, darüber konnte ich nur spekulieren. Auf jeden Fall hätte er einen ausgezeichneten Polizisten, Inquisitor oder Direktor einer Knabenschule abgegeben – Streckbank und Stockhiebe als Spezialität. Seine dunklen Augen blitzten zornig. Seine Stimme klang trocken.

»Ich habe dich gesucht«, sagte er zu Ben, alle anderen völlig ignorierend. »Wir müssen uns über die Besetzung unterhalten.«

»Ich komme schon, Philip«, erwiderte Ben mit fast bühnenhafter Unterwürfigkeit. »Trinken wir einen Kaffee.« Zu uns sagte er: »Bis dann«, und als Philip Cantley sich auf dem Absatz umdrehte, zwinkerte er uns zu, bevor er dem großen Mann hinterhereilte. Sie gingen in das kleine Büro des Bühnenmanagers, neben der Bühne. Zwar lagen dort die Requisiten für die abendliche Vorstellung, andererseits stand hier die einzig vernünftige Kaffeemaschine, über die das Theater verfügte.

»Hier wird Maries Aufpasser stehen«, sagte Bez zu mir und Sally und deutete auf eine Stelle ein paar Schritte neben dem Pult des stellvertretenden Bühnenmanagers, von wo aus der größte Teil der Aufführung gesteuert wurde.

»Er trägt Kopfhörer, wie ich schon sagte. Die Trosse kommt vom Schnürboden herunter und er hakt sie an der Wand ein, wenn sie nicht benutzt wird.«

»Was passiert mit ihrem Seil, wenn sie unten auf der Bühne ist?«, fragte ich.

»Sie löst die Bindung, mit dem es an ihrem Korsett befestigt ist, und es wird heraufgezogen, aus dem Blickfeld heraus. Schnell wie ein Wimpernschlag.« Er tat so, als ziehe er mit einem kräftigen Ruck ein Seil und pfiff dabei durch die Zähne, um das Geräusch zu imitieren, mit dem die Stahltrosse zum Gitter hinaufschoss.

»Okay«, sagte ich. »Langsam begreife ich es.«

»Schön«, meinte Bez. »Wann kommt Marie?«

»Heute Nachmittag. Ich gehe besser in mein Maulwurfsloch und mache den Prototyp fertig. Dann hängen wir das Ding hier auf, einen Meter über dem Boden vielleicht, damit sie ein paar Sprünge machen, hinaufklettern und ein Gefühl dafür bekommen kann.«

»Besser sie als ich«, meinte Bez trocken.

»Oh, Marie hat schon alles gemachte«, sagte Sally. »Trapeze, Zirkusschule, Akrobatik. Das wird ganze leischt für sie.«

Manchmal klang der Akzent von Sallys ansonsten flüssigem Englisch einfach zu komisch. Bez und ich prusteten los und Sally sah uns indigniert an.

»Isch habe das doch ganze rischtisch gesagt, oder?«, fragte er beleidigt.

Bez und ich mussten immer noch lachen, nickten aber gehorsam.

»Was ist dann so witzisch? *Bastardi che non siete altri.*«

Bez drehte sich einfach um und ging; ich folgte ihm kichernd.

Als ich am Büro des Bühnenmanagers vorbeikam, spitzte ich die Ohren. Ben und Philip sprachen über die Besetzung von *Nora oder Puppenheim*.

»Es gibt jemanden im *Traum*, der sehr gut ist«, sagte Ben. »Die Helena. Sie heißt Hazel Duffy. Ich habe eine Probe gesehen und war sehr beeindruckt. MM auch.«

»Noch nie von ihr gehört«, blaffte Philip Cantley.

»Ich glaube, sie kommt frisch von der Schauspielschule«, fuhr Ben unbeeindruckt fort. »Gib ihr doch wenigstens die Gelegenheit zum Vorsprechen. Du wirst staunen. Ich weiß, dass du dir über die Nora schon ziemlich im Klaren bist, aber sie würde auch eine gute Christine abgeben.«

»Hm. Du weißt, sie ist nicht die Einzige aus dieser Besetzung, die vorspricht.«

»Natürlich nicht. Ich hab sie schon aufgeschrieben. Für Krogstad ist mir übrigens eine glänzende Idee gekommen ...«

Die Stimmen verhallten, als ich die Tür hinter mir ließ. Bens Selbstsicherheit war beeindruckend. Wie Bez ließ auch er sich nicht von Philip Cantleys herrischem Auftreten einschüchtern. Aber mehr noch interessierte mich, wen Ben bereits zum Vorsprechen für das Puppenheim aufgeschrieben hatte. Es hatte so geklungen, als gäbe es nur noch eine andere Schauspielerin, die infrage kam. Hatte er Helen auch bei der Probe gesehen? Oder wusste sie, dass Ben jemand war, mit dem man sich gut stellen musste, weil er nützlich sein konnte? Helen hatte nicht erwähnt, dass sie mit Ben bei ihrem gestrigen Besuch im Cross zusammengetroffen war; nein, sie hatte ihn überhaupt nicht erwähnt.

Gerade hatte ich die Hälfte der Stufen nach unten hinter mir, als eine Frau ihren Kopf aus einer Tür am Treppenabsatz steckte. Sie sah aus wie eine Kreuzung aus einer Bibliothekarin und einer Stadträtin: von Jaeger eingekleidet, mit einer adretten Tory-Gattinnen-Frisur und mit einer Brille, die an einer Gold-Schildpatt-Kette auf ihrer Brust hing, wirkte sie flott und angenehm.

»Sie müssen Sam sein«, sagte sie. »Ich habe schon alles über Sie gehört. Ich bin Margery Pickett, die Verwalterin. Freut mich, Sie kennen zu lernen.«

Sie schüttelte mir die Hand. Ihre war kalt und trocken. »Hätten Sie Lust, mal eben in mein Büro zu kommen?«, fuhr sie fort. »Es dauert wirklich nicht lange.«

Margery Pickett hatte mir ganz offensichtlich aufgelauert. Neugierig, wenn auch misstrauisch, folgte ich ihr ins Büro. Der Kontrast zu den abgewetzten Linoleumböden und dem nackten Neonlicht der Flure war so gewaltig, dass ich erst einmal staunend auf der Türschwelle stehen blieb. Die Margery-Pickett-Luxussuite verfügte über einen Arbeitsplatz auf neuestem Stand, einen Couchtisch, auf dem sich Magazine stapelten und zu dessen Seiten zwei bequeme Sessel standen, ein Fenster zur Außenwelt, das von bestens gepflegten Pflanzen umsäumt war, eine Yucca-Palme in einer Ecke und einen Teppichboden in einem warmen Pfirsichton. Durch eine Tür rechter Hand sah ich in einen Lagerraum, mit Aktenregalen vom Boden bis zur Decke. Alles sah wohl geordnet und vollkommen staubfrei aus. In der anderen Ecke war eine kleine, blitzblanke Kochnische installiert, ausgestattet mit Mikrowelle, Kaffeemaschine und Wasserkocher. Die Küchenmaschine und die Moulinette hatte sie wahrscheinlich unter der Spüle.

»Wow. Hier sieht's ja aus wie in *Schöner Wohnen*«, sagte ich. »Ich komme mir vor, als wäre ich gerade durch eine Zaubertür in einen Schauraum der Haus- und Garten-Ausstellung gegangen.«

Sie lachte. »Sehr nett, dass Sie das sagen. Möchten Sie eine Tasse Kaffee? Ich mache uns frischen.«

»Ich hatte nichts anderes erwartet. Nein, danke.«

»Bitte, setzen Sie sich.« Sie deutete auf einen der Sessel. »Ich mag Ihren Stil. So praktisch.«

Ich blinzelte. In meinem engen T-Shirt und dem Lycra-Rock hatte ich mit einer Jaeger-Frau ungefähr so viel gemein wie mit Nancy Reagan. Normalerweise habe ich einen ausgeprägten Sinn für Ironie, aber die Pickett hatte mich auf dem falschen Fuß erwischt. Auf keinen Fall würde ich sie fragen, ob das als Kompliment gemeint war. Ich lächelte ihr so übertrieben zu, dass mir die Wangen wehtaten, setzte mich so damenhaft wie möglich und wartete darauf, dass sie ihr Anliegen vortrug. Ich war mir bereits sicher, dass es da irgendein Anliegen gab.

Es folgten ein paar Minuten Smalltalk, in denen ich darüber informiert wurde, dass Margery Pickett unten gewesen war, um sich Pucks Mobile anzusehen, und gefunden hatte, dass es wunderbar aussah, gleichwohl sie natürlich wusste, dass die Arbeit noch nicht vollendet war. Sie hoffte, dass es mir nichts ausmachte, dass sie einen Blick darauf geworfen hatte. Nachdem ich angemessen beteuert hatte, dass dem nicht so wäre, steuerte sie eine Abfolge vorgeplanter Fragen an, die sich um meine bisherige Karriere drehten. Sie erzählte mir, dass sie von meiner bevorstehenden Ausstellung gehört habe und es für nützlich hielte, mich mit den Theaterpublizisten bekannt zu machen. Meine Mitarbeit bei dieser Inszenierung wäre perfekt geeignet für einen Artikel auf der Theaterseite des *Guardian*.

Mittlerweile hatte ich so eine Ahnung, worauf diese Plauderei hinauslief. Ich unternahm den Versuch, weiteres Herumkreisen, so gut es auch gemacht war, zu unterbrechen und sagte: »Vielleicht kommen Sie dann auf einen anderen Artikel über mich zurück, im *Herald*, vor etwa sechs Monaten.«

»Oh, der *Herald* hat Sie interviewt?«, meinte Margery, setzte ihre Brille auf und machte eine Notiz. Das fand ich nun etwas dick aufgetragen, passte aber gut ins Bild.

»Nicht ganz. Es wundert mich, dass Ihnen niemand davon erzählt hat.«

Ich sah sie an. Ihre Augen, die von den Gläsern etwas vergrößert wurden, flackerten leicht, und ich spürte, dass sie allzu gut wusste, wovon ich sprach. Schlau wie sie war, entschied sie sich dafür, nicht so zu tun, als hätte sie keinen blassen Schimmer.

»Ich muss zugeben, dass mir da etwas zu Ohren gekommen ist, dass ich mit Ihnen klären wollte. Eigentlich mehr ein Gerücht … Ich kenne den Artikel nicht. Normalerweise lese ich den *Herald* kaum. Aber es ging um eine Ihrer Skulpturen, nicht wahr? Ein Mobile in der Art wie die, die Sie für uns machen.«

Margery Pickett nahm ihre Brille ab und sah mich an. Ihre Augen waren haselnussbraun, sorgfältig geschminkt und sehr klar.

»Jemand ist von diesem Mobile getötet worden, nachdem Sie es installiert hatten, stimmt das? Es hing irgendwo, fiel jemandem auf den Kopf und tötete ihn.«

Margery Pickett war absolut im Recht. Wenn ich einer der Verwalter des Theaters gewesen wäre und davon erfahren hätte, dass sich eine Bildhauerin dort herumtrieb, der ein Mobile zu verdanken war, das jemand den Schädel zertrümmert hatte – eine Bildhauerin, die man beauftragt hatte, für eine ihrer Theaterinszenierungen nahezu identische Mobiles zu bauen –, dann hätte ich mich auch um die Einhaltung von Sicherheits- und Gesundheitsbedingungen gekümmert.

Aber ich hätte geradeheraus gefragt. Ich wäre nicht in immer enger werdenden Kreisen um den heißen Brei herumgelaufen, hätte keine nichts sagende Bemerkung über den modischen Stil der betreffenden Bildhauerin gemacht oder eine Ignoranz vorgetäuscht, die ich nicht besaß. Sicherlich war diese Sache einer meiner wunden Punkte, und darüber zu sprechen hieß, Salz in die Wunde zu streuen. Trotzdem missfiel mir die von ihr gewählte Art der Annäherung zutiefst.

»Das Mobile wurde vorsätzlich auf den Kopf des Opfers fallen gelassen«, sagte ich brüsk. »Und nicht von mir. Das haben die polizeilichen Ermittlungen ergeben. Es war absolut sicher befestigt, und die Bank, in der es geschah, hat mich nicht verklagt. Der Artikel im *Herald* ist recht ausführlich und als Zugabe zeigt er ein sehr künstlerisches und tiefsinniges Foto von mir. Sind Ihre Fragen damit beantwortet?«

Ich stand auf. Auch Margery Pickett erhob sich und schaute verlegen drein.

»Es tut mir schrecklich Leid«, sagte sie. »Mir scheint, ich habe Sie beleidigt.«

»Sie hätten mich ohne Umschweife fragen sollen.«

Sie sah mich an. »In der Tat, das hätte ich tun sollen. Das sehe ich jetzt ein. Aber ich bin schon so lange in diesem Theater, wie Sie wahrscheinlich auf der Welt sind, und ich neige dazu, seinen Ruf mit meinem eigenen gleichzusetzen. Es ist ein sehr großer Teil meines Lebens. Das ist natürlich keine Entschuldigung dafür, ins Fettnäpfchen zu treten. Nehmen Sie meine Entschuldigung an?«

Eine solche Offenheit tat einiges dazu, meine Abneigung schwinden zu lassen. Ich nickte.

»Sie werden keine Probleme mit der Versicherung bekommen«, sagte ich knapp. »Und für die Publizisten wird es ein Freudenfest, wenn Sie die Sache richtig angehen.«

»Sensationssüchtige, die darauf warten, dass jemandem ein Mobile auf den Kopf fällt?«, schlug Margery Pickett lächelnd vor. »Man sagt, dass die meisten Leute in den Zirkus gehen, um zu sehen, wie der Trapezkünstler abstürzt. Keine Mentalität, die mir besonders zusagt.« Sie hustete. »Damals muss es für Sie recht bedrückend gewesen sein. Der Unfall, meine ich. Oder eben kein Unfall.«

»Eigentlich war es kein Problem für mich«, entgegnete ich lässig. »Ich wusste, dass das Mobile sicher war. Wenn ich etwas aufhänge, bleibt es hängen.«

Als ich diese Worte aus meinem eigenen Mund kommen hörte, brachte es das Fass zum Überlaufen. Breitbeinig und mit vor der Brust verschränkten Armen sah ich nicht nur aus wie eine Mischung aus John Wayne und Tank Girl, ich redete auch genauso macho. Zu Margery Picketts sichtlicher Überraschung konnte ich nicht mehr an mich halten.

»Tut mir Leid«, brachte ich kichernd heraus. »Aber ich habe mir gerade selbst zugehört …«

Und zu meiner eigenen Überraschung hätte ich mir in diesem Augenblick gewünscht, Hugo dabeizuhaben. Sich zum Idioten zu machen ist nicht ganz so prickelnd, wenn kein Zeuge dabei ist, der einen später garantiert daran erinnert, am besten, wenn man betrunken und verletzbar ist.

Der vollkommene Zusammenbruch jeglicher Ambitionen, die ich in Bezug auf würdevolles Auftreten hatte, erwies sich aber als ganz nützlich. Margery und ich schlossen Frieden. Sie würde in naher Zukunft die Publizisten auf meine Fersen hetzen und, daran zweifelte ich keine Sekunde, das überprüfen, was ich ihr erzählt hatte. Aber auch dazu hatte sie jedes Recht. Sie betonte, dass ich mich an sie wenden solle, wenn ich irgendetwas brauchte, und dass ich jederzeit auf einen Kaffee vorbeikommen könne. Ich konnte mir vorstellen, das zweite Angebot tatsächlich öfter wahrzunehmen. Schließlich machte sie frischen Kaffee. Und auf der Arbeitsplatte hatte ich eine Keksdose entdeckt. Mir entgeht nicht viel, und Kekse schon gar nicht.

Sie bot mir sogar noch einmal einen Kaffee an, aber ich lehnte bedauernd ab. Ich musste tatsächlich noch ein wenig an Pucks Mobile arbeiten, bevor Marie ihre Sprünge davon machen konnte.

»Nun, jederzeit, wenn Sie vorbeikommen«, sagte sie. »Übrigens, Ihr T-Shirt gefällt mir wirklich. Ich habe gemerkt, dass Sie mir vorhin nicht geglaubt haben.«

Ich sah an mir herab. Über meinem Busen prangte der Slogan: ›Faster, Pussycat! Kill! Kill!‹ Margery lächelte mir zu wie die tolerante Tante einem rebellischen Mitglied der jungen Generation. Ich wäre errötet, wenn ich gewusst hätte, wie man das macht.

Jetzt konnte ich nur hoffen, dass sie bei ihren Recherchen nicht herausfand, dass ich jemanden getötet hatte. Aus irgendeinem Grund überkam mich das Gefühl, dass sie dann sofort wieder misstrauisch sein würde.

7. Kapitel

Nach Margerys gemütlicher kleiner Stube verursachten der Linoleumboden und die abblätternde Wandfarbe auf dem Flur einen Kulturschock bei mir. Darüber nachgrübelnd, wie schnell wir uns an die beourgeoisen Annehmlichkeiten gewöhnen, trottete ich nach unten, um mich wieder mit dem Lebensstandard des Proletariats vertraut zu machen. Lurch spielte schon wieder meine Kassette. ›A Boy Named Sue‹ hallte aus den Lautsprechern. Der Sound war ziemlich gut und ziemlich durchdringend. So wie andere Theater auch hatte das Cross vor einigen Jahren üppige Zuschüsse aus den Lottofonds erhalten, mit der üblichen Auflage, sie für bauliche Verbesserungen einzusetzen. Etwas locker interpretiert, hatte es auch für eine sündhaft teure, superstarke Stereoanlage für das Team gereicht, ganz zu schweigen von neuen Sofas für den Aufenthaltsraum.

> Well he must have thought that it was quite a joke
> and it got a lot of laughs from a lot of folk
> seems I had to fight my whole life through –
> some gal would giggle and I'd get mad
> some guy would laugh and I'd bust his head
> I tell you, life ain't easy for a boy named Sue

Das Publikum fand es sehr lustig

> Well, I grew up quick and I grew up mean
> my fists got hard and my wits got keen
> I roamed from town to town to hide my shame,
> but I made a vow to the moon and stars –

I'd search the honkytonks and bars
and kill the man that gimme that awful name.

An dieser Stelle sah mich Lurch hereinkommen. Er drehte leiser und sagte mit ernster Stimme:

»Ich hab mir die Kassette überspielt, Sam. Sie liegt auf deiner Werkbank. Das war doch okay, oder?«

»Natürlich, du Schwachkopf. Ich bring noch mehr mit, wenn du magst.«

Lurch strahlte. Ich hatte bereits herausgefunden, dass er sich durch irgendeinen Erziehungsfehler immer dann am wohlsten zu fühlen schien, wenn die Leute ihn beschimpften oder ihm unangenehme Arbeiten übertrugen. Aber vielleicht war es auch kein Fehler gewesen und seine Eltern hatten ihn absichtlich so programmiert. So würde er auf alle Fälle immer Beschäftigung finden.

»Die hier gefällt mir am besten«, sagte er.

»Wie willst du das wissen, wenn du die anderen noch gar nicht gehört hast, Blödmann.«

Lurch strahlte wie ein Kronleuchter.

»Ehm, soll ich was für dich machen?«, fragte er. »Bez sagte, du bräuchtest was.«

Ich gab ihm ein paar langweilige Schweißarbeiten, Routine. Er konnte das sowieso besser als ich. Ich fragte mich, ob Bez ihn mir wohl verkaufte, wenn ich hier fertig war. Vielleicht im Tausch – ich bekam Lurch und Bez bekam – na ja, ich hatte irgendwo im Atelier noch einen alten Schneidbrenner rumfliegen, der mittlerweile sicher als Antiquität galt …

»Hallo? Sam?« Wie aus weiter Ferne hörte ich über die rollenden Akkorde von Depeche Mode in besonders deprimierter Stimmung – die Band hatte wohl vergessen, ihre Überdosen aufeinander abzustimmen – eine leise Stimme, die nach mir rief.

»He, Lurch!« Ich wedelte mit den Armen, um seine Aufmerksamkeit auf mich zu lenken, und stellte pantomimisch dar, wie man die Lautstärke runterdreht. In die daraus resultierende Stille drang erneut die Stimme:

»Sam, bist du da unten?«

»Marie!« Ich starrte auf das Mobile und zuckte mit den Schultern. Wir waren im Verzug, aber es musste auch so gehen. »Ja, ich arbeite. Komm runter.«

»Wie wär's mit 'ner Tasse?«, sagte Lurch zu Marie, als sie an seiner Werkbank vorbeikam. Ich bedachte den Jungen mit einem anerkennenden Lächeln; seine Manieren machten sich.

»Jetzt nicht, danke. Vielleicht wenn ich mit dem Herumspringen fertig bin.«

Sie kam auf das Mobile zu, das wir über einen passenden RSJ gehangen hatten. Es baumelte nur etwa einen halben Meter über dem Boden. Marie umkreiste es, ohne ein Wort zu sagen. Lurch und ich sahen uns an; wir warteten auf ihr Urteil.

Sie begann, ihre üblichen Schichten von Jacken und Westen auszuziehen. Marie war wie eine Zwiebel – viele Häute und ein sehr kleiner Kern.

»Und, was meinst du?«, fragte ich, als sie nur noch Leggings und Trikot anhatte.

Sie sah mich verständnislos an. »Wozu? Oh, zum Mobile. Ich kann nicht viel sagen, ehe ich nicht drauf bin. So geht es mir immer mit den Requisiten. Nur vom Ansehen kann man nichts erkennen.«

Hinter ihrem Rücken tat Lurch, als würde er einem Huhn die Kehle umdrehen. An dieser so genannten Requisite hatte er die letzten beiden Stunden sehr hart gearbeitet. Er hatte sogar einige Zweige künstlichen Efeus vom Bühnenhimmel geklaut, sie mit Sprühfarbe silbern gefärbt und Löcher in das Mobile gebohrt, durch die man die Zweige ziehen konnte. Offensichtlich war Marie nicht auf den Gedanken gekommen, dass ich sie um ein ästhetisches Urteil gebeten hatte. Diese Aufgabe übernahm kurz darauf Sally, der hereinkam, als Marie gerade von einem Stuhl, den Lurch festhielt, auf das Mobile kletterte. Nachdem sie sich probehalber um das Kabel gewunden hatte, sah sie selbst aus wie ein Efeuzweig, zierlich, aber stark.

»Wunderbar!«, rief Sally sehr überzeugend. Ich dankte ihm im Stillen.

»Wirklich?«, sagte Marie und machte sich los. »Sah das gut aus? Oder sollte ich mich dabei etwas mehr zurücklehnen?«

»Ich meinte das Mobile, Marie. Aber was du machst, ist auch sehr hübsch.«

»Ist es bequem?«, fragte ich. »Ich meine, so bequem, wie es unter den Umständen geht?«

Marie nahm nacheinander die Füße aus den Einbuchtungen, die ich für sie gemacht hatte, bis sie nur noch mit den Händen am Kabel hing. Wir hatten Klebeband darum gewickelt, um ihre Handflächen zu schützen.

»Ja, es scheint ziemlich gut ausbalanciert zu sein«, sagte sie und suchte wieder mit den Füßen Halt. »Ich habe schon Schlechteres gesehen. Viel Schlechteres.«

Ich nahm das mal als Kompliment. Marie beugte sich nach hinten, stützte sich mit dem einen Fuß ab und streckte den anderen in einer großzügigen Arabeske nach hinten. Sie ließ mit einer Hand das Kabel los, ergriff den Fuß ihres ausgestreckten Beins und zog es einem extremen Bogen zurück, worauf das Kabel wie ein Echo unter der Spannung vibrierte. Lurch sah mit offenem Mund zu und hatte jede Zurückhaltung vergessen, während Marie die Kabel erklomm und ihre Füße, die in feinen Balletslippern steckten, herumwickelte, als seien sie biegsam wie Gummi. Jetzt bog sie sich ganz nach hinten, bis sie fast kopfüber hing. Ihre Gliedmaßen wirkten so stark und flexibel wie der bewegliche Stahlkern des Kabels selbst.

Sie schien unsere Gegenwart gar nicht mehr wahrzunehmen und führte ihre Bewegungen aus, ohne uns, ihr Publikum, zu beachten, nur darauf bedacht, die Grenzen des Gerätes und ihres eigenen Körpers zu erkunden. Schließlich glitt sie das Seil wieder hinab. Sie hockte auf dem Mobile wie ein Vogel auf einem Ast, breitete die Arme aus, als wolle sie einen Hechtsprung ins Wasser machen, und sprang.

Es war nicht erfolgreich. Zwar hing das Mobile sicher genug, aber als Sprungbrett bot es wenig Halt, und so wurde aus dem Sprung ein etwas verdrehter Hüpfer. Sie landete halb auf den Händen, sprang jedoch sofort auf die Beine.

»Ich brauche wohl ein Seil, das mich runterbringt«, sagte sie besorgt. »Wenn ich es hinkriege, kann mich derjenige, der das Seil bedient, seitlich nach oben ziehen, dann sieht es aus, als ob ich springe.«

»Alles klar?«, fragte Bez. Ich hatte ihn nicht kommen hören. »Von hier sah es prima aus.«

»Danke. Ich muss Thierry dabeihaben, damit wir es genau ausarbeiten können. Aber grundsätzlich ist es in Ordnung, Sam. Der Efeu hängt niedrig genug, sodass ich mich nicht mit den Füßen verfangen kann.«

»So sollte es sein.« Lurch und ich tauschten anerkennende Blicke aus.

Marie strich sich das Haar aus dem Gesicht und riss plötzlich die Augen auf, während sie an ihr Ohr griff.

»Mein Ohrring! Ich hab einen Ohrring verloren ... O Gott, ich fasse es nicht, vorhin war er noch da –«

»Ich hab was fallen gehört, als du auf dem Mobile warst«, meldete sich Lurch. »Hab mir nichts dabei gedacht. Da drüben war's irgendwo...«

Er bückte sich und wie der Blitz kniete Marie neben ihm.

»Er sieht so aus«, sagte sie und wandte ihm den Kopf zu, damit er den anderen Ring sehen konnte. »Sie sind von meiner Großmutter. Ich trage sie praktisch immer.«

»Ist sicher abgegangen, als du kopfüber gehangen hast«, sagte Lurch. »Also, er ist bestimmt gerollt, dann müsste er etwa hier sein. Es gibt eine leichte Neigung.«

Sie krochen auf allen vieren über den schmutzigen Boden und durchkämmten furchtlos den Dreck, die Eisen- und Sägespäne und die Drahtreste auf der Suche nach dem verlorenen Ohrring. Plötzlich stieß Lurch einen Triumphschrei aus.

»Da! Er steckt in der Ritze. Warte.«

Kurz vor der gegenüberliegenden Wand war eine Falltür in den Boden eingelassen, deren Metallrahmen vom Alter stumpf geworden war. Der Ohrring hatte sich zwischen den Beschlägen verfangen. Lurch musste sehr gute Augen haben. Ich hätte den Ring nie gesehen.

»Was ist hier drunter?«, fragte ich Bez.

»Eine Senkgrube. Da unten ist ein riesiger Kellerraum, der ideal als Lagerraum wäre, aber leider steht er immer unter Wasser. Wir sind zu nah am Kanal. Es stinkt nach Abwässern und ich würde mich nicht wundern, wenn es da unten Ratten gibt. Dann und wann höre ich es rascheln.«

»Wunderbar. Könnte aus *Die Grube und das Pendel* stammen.«

Der Ohrring steckte in der Ritze fest. Lurch versuchte ihn mit einem Stück Draht herauszufischen, aber ohne Erfolg.

»Ich hebe die Tür an, damit der Spalt breiter wird. Du musst mit dem Draht ran, aber vorsichtig«, sagte er zu Marie.

Dann ließ er seinen Worten Taten folgen. Ächzend und fluchend schob er den Bolzen aus dem verrosteten Schloss.

»Du musst die Handgelenke dahinter bringen, Lurchie«, riet ihm Bez. »Das Ding ist seit Beginn der Zeit nicht mehr aufgemacht worden.«

Lurch wuchtete die Falltür hoch und schob seine Hände darunter.

»Das Ding wiegt 'ne Tonne«, keuchte er. »Beeil dich.«

Ich nahm ein Stück Holz, das auf Bez' Werkbank lag, und schob es unter die Falltür. Mit einem erleichterten Seufzer ließ Lurch los. Eigentlich hätte Marie den gelockerten Ring jetzt mühelos mit dem Draht herausholen können. Aber sie war zu hastig, griff zu schnell danach und schaffte es, dass der Ohrring durch die Spalte ins Dunkel fiel. In das entstehende Schweigen drängte sich das kaum hörbare Plopp, mit dem der Ring ins Wasser fiel.

Die Umstehenden sahen einander an und verzogen das Gesicht. Marie starrte auf die Ritze, als könne sie ihren Augen nicht glauben. Dann sprang sie auf, hievte die Luke mit größter Anstrengung hoch und ließ sie nach hinten fallen. Polternd schlug sie auf den Boden. Mittlerweile war

Marie bereits in die viereckige Öffnung gestiegen und kletterte Hand über Hand die Eisenleiter darunter hinab.

»Halt!« Besorgt stürzte Bez auf die Luke zu und kniete sich vor die Falltür. »Komm wieder rauf! Hast du nicht zugehört? ... Dumme Kuh«, fügte er zu unserem Vergnügen hinzu. »Dort unten gibt es Ratten und wer weiß noch was.«

»Alligatoren, die sich in den Sümpfen des Cross Theaters vermehren«, fügte ich hinzu. »Wir könnten herausfinden, ob wirklich jede Publicity gute Publicity ist.«

»Ich kann nichts sehen«, klagte Marie betrübt. Ihre Stimme hallte von den feuchten Mauern. »Und dieser furchtbare Gestank ... Huch.«

Bez verdrehte die Augen. »Was hab ich dir gesagt? Wahrscheinlich hat sich gerade eine Ratte in ihren Knöchel verbissen«, fügte er für uns hinzu. »Beweg jetzt bitte deinen Arsch wieder nach oben, Mädchen.«

Maries Gesicht erschien in der Öffnung. Der Schock ließ ihre lebhaften kleinen Gesichtszüge aussehen wie eine Gummimaske, die man über die Knochen gezogen hatte. Unter ihr stieg der Geruch von Abwässern und Fäulnis auf. Wenn es ein Parfüm gewesen wäre, hatte man es so beschreiben müssen: schwere, süße Spitze mit einem Hauch von Sumpf. Zum ersten Mal verstand ich, was das Wort ›Brodem‹ bedeutete.

»Da unten ist was«, sagte sie mit dünner, zitternder Stimme.

»Ja sicher ist da unten was! Und du hast Glück gehabt, dass sie nicht ein Stück von dir abgebissen haben«, sagte Bez. »Hast du sie gesehen?«

»Was? Nein, ich meine keine Ratten...« Sie bebte, und Lurch beugte sich vor, um ihr die Hand zu reichen, aber sie schüttelte den Kopf. »Es ist viel größer...«

Sie verschwand wieder in der Öffnung, und wir hörten nur noch, wie sie die Leiter hinunterstieg, die selbst unter ihrem Leichtgewicht ächzte und knirschte.

»Ich hoffe nur, dass diese Leiter hält. Dürfte mittlerweile mehr aus Rost als aus sonst was bestehen«, sagte Bez. »Seit zig Jahren ist keiner mehr da unten gewesen. Wie heißt sie noch? Marie? Marie, komm wieder rauf, ja, sei ein braves Mädchen.« Er beugte sich über den Rand der Falltür. Keine Antwort, nur das Geräusch von Wasser, das auf Stein tropft. »Wenn die Leiter bricht, landest du im Wasser, und wir müssen dich rausfischen. Das würde keinem Spaß machen.«

»Es sei denn, die Krokodile fressen sie vorher«, meinte ich.

»Ich hab mal 'nen Film darüber gesehen«, steuerte Lurch bei. »Die lebten in der Kanalisation, diese Krokos, meine ich. Eines war vor Jahren aus dem Zoo entlaufen und seitdem haben sie sich ständig vermehrt. Die sind die Toilette raufgekommen und haben den Leuten in den Arsch gebissen.«

»Jetzt hör aber auf«, stöhnte ich und war für einen Augenblick sogar von Marie und der unheimlichen Stille unten abgelenkt. »Wie sollte ein Krokodil durch die T-Rohre kommen. Sei doch nicht gar so blöd.«

»Die waren klein, verstehst du«, beharrte Lurch. »Spezialzüchtung.«

»Wahrscheinlich auch dressiert«, meinte Bez sarkastisch. »Dort unten sitzt ein Team von verrückten Wissenschaftlern und bringt ihnen bei, wie sie aus der Kloschüssel springen und sich an einem Kerl gütlich tun können, der gerade pissen will –«

Sally, den dieses Gespräch gründlich zu nerven schien, drängte sich vor und kniete sich neben die Luke.

»Marie? Alles in Ordnung?«, rief er.

Es dauerte eine Weile, bis ein dünnes Stimmchen, das vom Echo der Wände seltsam verstärkt wurde, sagte:

»Es … es treibt ganz in meiner Nähe.«

»Wo bist du?«

»Auf der Leiter. Dicht über dem Wasser.«

»Auf jeden Fall«, zischte ich Lurch zu, »müssten es wohl zwei Krokodile sein, die aus dem Zoo entflohen sind. Wie könnten sie sich sonst vermehren?«

»Reich mir mal eine Taschenlampe, Lurchie«, sagte Bez. »Da unten ist es dunkel wie in einem Grab.«

Er leuchtete direkt nach unten. Der Lichtkegel erfasste Maries Gesicht. Sie schaute kurz nach oben, und es sah aus wie ein Fisch, der die weiße Bauchseite zeigt, bevor sie wieder nach unten sah und ihr schwarzes Haar sich mit den Schatten vermischte.

»Halt es mehr in die Mitte«, sagte ich. »Marie, komm jetzt lieber rauf!« Es schien, als habe die Angst sie dort unten eingefroren. Vertigo konnte es nicht sein, nicht nach ihrer Darbietung auf dem Mobile – leider ging damit die angenehmste Erklärung für ihren Schockzustand verloren. Marie wusste mittlerweile wohl ziemlich genau, was da neben ihr trieb.

Bez führte den Lichtkegel weg von Marie. Das Licht hatte Mühe, auf der Wasseroberfläche zu reflektieren, die schwarz und dick wie Öl aussah. Aber dann glitt es über etwas, eine bleiche Form, die tief im Wasser schwamm, die Umrisse so aufgebläht und angeschwollen, dass wir kaum erkennen konnten, was es einmal gewesen war –

Plötzlich begann Marie zu schreien, Schreie, hoch und spitz und unwirklich wie die der Seemöwen auf Jagd. Wir zuckten zusammen; Bez ließ die Taschenlampe fallen. Mit einem satten Geräusch landete sie im Wasser und verlosch. Die Gestalt verschwand. Maries Schreie wurden lauter.

»Es ist Violet!«, kreischte sie. »Es ist Violet! Sie ist tot! Sie ist ertrunken! Ah – aaah –«

Wir hörten ein Knirschen, das Bersten von Metall und ein Platschen. Die Schreie brachen so abrupt ab, wie sie begonnen hatten. Marie war ins Wasser gefallen und offenbar war ihr die Leiter gefolgt.

8. Kapitel

»Und Marie Lavelle bestand darauf, die Leiter herunterzusteigen?«

»Sie kletterte einfach runter, bevor sie jemand aufhalten konnte.«

»Oh, also hat jemand versucht, sie aufzuhalten. Wer denn?«

»Ach, niemand Besonderes«, sagte ich und sah den WPC offen an. »Aber es gibt da unten Ratten und es stank zum Himmel. Jetzt wissen wir natürlich, warum … Wenn sie es nicht so eilig gehabt hätte, hätte ich ihr vorgeschlagen, sich zumindest Gummistiefel zu besorgen. Aber da unten wären schon Anglerstiefel nötig gewesen. Es ist ganz schön tief.«

»Also«, sagte der WPC und notierte, »gehen wir den Ablauf der Ereignisse noch mal durch. Marie Lavelle steigt die Leiter hinunter, kommt wieder rauf, um zu sagen, dass da unten etwas sei, klettert wieder runter, fängt an zu schreien, als sie im Licht der Taschenlampe die Leiche entdeckt, und fällt von der Leiter.«

»Sie ist geborsten«, korrigierte ich. »Ich dachte zuerst, sie wäre komplett aus der Mauer gebrochen, was schlimm hätte sein können. Bez hatte vorher gesagt, dass sie ziemlich rostig wäre. Aber nur die Sprosse, auf der sie stand, brach. Bez rollte eine Schweißerlampe heran und richtete sie in das Loch, sodass wir genug Licht hatten, und ich bin mit einem Seil runtergestiegen und hab es ihr umgebunden. Sie haben sie von oben raufgezogen und ich habe von unten gedrückt. Allein hätte sie es nicht geschafft, sie konnte nur noch zittern. Dann hat man sie ins Krankenhaus gebracht. Ich hoffe, sie untersuchen sie gründlich«, fügte ich hinzu. »Das Wasser da unten ist absolut ekelhaft und sie ist mit dem Kopf untergetaucht, als sie reinfiel. Wahrscheinlich hat sie sich die Beulenpest geholt.«

Der WPC schloss sein Notizbuch. »Also, Miss Jones …«

»Mrs.«, verbesserte ich.

»Das wäre alles, Mrs. Jones. Ich danke Ihnen. Könnten Sie morgen auf der Wache vorbeikommen, um eine formelle Aussage zu machen? Es dauert nicht lange. Sagen wir, gegen fünfzehn Uhr? Fragen Sie nur am Schalter nach mir; ich komme dann gleich.«

»Gerne.« Ich sprang von der Werkbank herunter, auf der ich mit übereinander geschlagenen Beinen gesessen hatte. »Wer immer sie raufholt, ich beneide ihn nicht«, sagte ich mit einem Blick auf die Gruppe von Polizisten, die um die Öffnung der Falltür herumstanden. Je länger sie offen war, desto stärker wurde der Gestank. »Ich gehe davon aus, dass wir morgen wieder hier arbeiten können.«

»Ich denke schon. Bis dahin haben wir die Leiche sicher geborgen.«

»Solange ich es nicht machen muss …«

Bez debattierte mit einem Polizisten über die Position der Seilwinde. So interessant das vom technischen Standpunkt sein mochte, ich dachte an andere Dinge, wie zum Beispiel das Leichengas im Magen und an das dreckige Wasser und andere Flüssigkeiten, die von der Leiche herabtropfen würden, wenn sie nach oben kam. Während ich mich umsah, fiel mein Blick auf Sally, der kettenrauchend auf einem der Sofas hockte, zu einem Knäuel zusammengerollt. Das Blut war aus seinem Gesicht gewichen, was seinem Teint etwas Fahles und Ungesundes gab.

Ich deutete mit dem Kopf zur Treppe. »Lass uns gehen.«

Er sprang auf wie der Blitz. Auf dem Weg nach oben begegneten wir Philip Cantley, dicht gefolgt von Ben. Die beiden schienen vor ungläubigem Schreck wie gelähmt. Das entsprach einem Muster, das ich zuvor schon beobachtet hatte. Männer neigen dazu, unter extremem Druck zu erstarren, während Frauen entweder fast unmenschliche praktische Fähigkeiten entwickeln oder völlig durchdrehen. Marie gehörte offensichtlich zur zweiten Kategorie, während Margery Pickett ein exzellentes Beispiel für die erste bot. Nachdem wir Marie aus dem Wasser geholt hatten, war Bez zu Margery gelaufen, um ihr zu sagen, sie solle die Polizei anrufen. Anschließend daran war sie umgehend nach unten geeilt und hatte einer zitternden, der Ohnmacht nahen Marie mit aufgekrempelten Ärmeln heißen Tee eingeflößt.

»Ich hatte schon seit Jahren vor, den Keller trockenlegen zu lassen«, wiederholte Margery mehr als einmal, so als müsse man seine Umgebung nur so blitzblank wie möglich halten, um das Böse zu verjagen. »Als wir den Lotteriezuschuss bekamen, wäre es möglich gewesen …«

»Sollen wir in den Pub?«, fragte ich Sally auf dem Flur. »Ich könnte einen Schluck vertragen, oder auch drei.«

Er nickte abwesend. Bevor wir auf die Straße hinaustreten konnten, musste ich den vor Neugier sterbenden Pförtner auf den neuesten Stand bringen.

»Gehen wir in den Angel«, sagte ich dann zu Sally. Ein bisschen laufen würde uns gut tun, auch wenn es nur ein paar Minuten waren. Die Sonne schien, die Luft war kühl, und es war auf jeden Fall frischer als in der Senkgrube, trotz der Benzinschwaden von der Pentonville Road. Langsam gingen wir in Richtung Islington, am Kinderspielplatz vorbei, auf dem die Kinder kreischten und ihre kettenrauchenden Mütter trübsinnig auf die Sozialbauten dahinter starrten, an dem kleinen Park vorbei, wo wir bei gutem Wetter unsere Sandwiches aßen, vorbei an der Cynthia Street, den Hügel hinauf. Schließlich beherbergte uns der Pub an der Ecke der Penton Street mit seinem beruhigend schäbigen Mobiliar und dem zernarbten Dartbrett. Wir hatten beide einen Bloody Mary intus, ein zweiter war in der Mache, und fühlten uns betäubt genug, die Ereignisse zu besprechen, ohne in hysterische Zuckungen zu verfallen (Sally) oder eine Imitation britischer Unterkühltheit an den Tag zu legen (ich).

»Es iste nischt das erste Mal, dass du eine *salma*, eine ...« Sally bemühte sich nicht einmal, das Wort zu finden. Ein solcher Kraftakt lag außerhalb seiner Möglichkeiten. Als Ersatz klaubte er noch eine Zigarette aus der Schachtel und steckte sie sich in den Mund.

»Leiche«, half ich ihm. »Nein, das ist es nicht. Manchmal glaube ich, dass ich die uneheliche Frucht einer Liaison zwischen Mulder und Scully bin. Vielleicht war ich in meinem früheren Leben ein Krokodil und habe all die Leichen versteckt und jetzt stoßen sie mir auf wie rohe Zwiebeln.«

»Das verstehe isch nischt.«

»Genauso wenig wie man eine durchschnittliche Akte-X-Episode versteht«, erwiderte ich, ein zugegeben sehr billiger Witz. Ich vermisste Hugo, der jetzt die Nase gerümpft und etwas in dieser Richtung genölt hätte.

»Haben sie dische viele Fragen über Marie gestellte?«, fragte Sally, dem sein Englisch entglitt wie ein Toupet unter der Dusche.

»Mhm. Sie wollten wohl rauskriegen, ob Marie uns vielleicht absichtlich zu der Leiche geführt hat. Aber ich kann mir das nicht vorstellen. Niemand könnte es inszenieren, dass sein Ohrring genau an diese Stelle rollt, ganz zu schweigen davon, dass er auch noch dort stecken bleibt.«

»Vielleischt hatte sie ihn schon vorher dorthin getan«, gab Sally zu bedenken. »Als ihr nischt hingeschaut habt. Sie hat ihn mit dem Fuße dorthin geschoben.«

»Meine Güte, du hast ja eine teuflische Fantasie, Sal«, meinte ich beeindruckt. »Wer hätte das gedacht.«

Ich trank einen Schluck Bloody Mary. Der Mann hinter der Theke starrte uns verdrießlich an. Seine Wangen hingen herab wie die eines Bernhardiners. Je mehr man trank, desto besser sah der Pub aus, besonders im grausamen Licht des Tages, das unbarmherzig auf den roten Teppich mit seinen braun-orangenen Ranken fiel, auf die billigen Kieferntische und die verschlissene grüne Polsterung der Sitzbänke, ganz zu schweigen vom sichtbar werdenden

Zustand der Gläser. Aber selbst eine schmeichelhaft gedimmte Beleuchtung hätte den Barmann nicht schöner machen können.

»Wahrscheinlich wird man nie herauskriegen, wer die Leische dort unten abgelegt hat«, sagte Sally düster. »So viele Leute, die kommen und gähen.«

»So viele nun auch nicht«, gab ich zu bedenken.

»Die ganze Crew, die Leute, die hinter där Bühne arbeiten.« Sally zählte es an den Fingern ab. »Die Schauspieler, zumindest einige …«

»Ja, und auch nur manchmal, wie heute. Normalerweise würden die Leute sie bemerken und sich fragen, was sie dort unten wollen. Es wäre schwierig, zu einer Zeit zu kommen, in der niemand dort ist.«

»Um die Leische runterzubringen?«

»Vielleicht. Aber ist es nicht wahrscheinlicher, dass sie dort unten umgebracht worden ist? Ich meine, warum jemanden töten und sich dann auf eine lange Reise machen, die Treppe hinunter, die Leiche hinter sich herziehend, mit dem Risiko, erwischt zu werden? Es sei denn, es war nicht geplant. Jemand fand sich plötzlich mit der Leiche wieder und hielt das für die einzige Möglichkeit, sie loszuwerden.«

»Man hätte sie dosch von oben runterwerfen können, dass es aussiehet wie Unfall?«

»Ein Unfall? Idiot! Vom Schnürboden runterwerfen? Na schön, wenn es dort oben passiert ist, aber sonst? Wie sollte man die Leiche die Leiter raufkriegen – mit einer Winde? Außerdem ist sie, glaube ich, erwürgt worden. Das geht dann wohl kaum noch als Unfall durch.«

»Woher weißt du … ?« Sallys Stimme verlor sich, als er sich bewusst wurde, dass er die Antwort gar nicht hören wollte. Er trank seine zweite Bloody Mary in einem Zug aus und zündete sich mit der Glut der alten eine neue Zigarette an.

»Als ich unten bei Marie war, habe ich die Spuren an ihrem Hals gesehen«, sagte ich. »Dunkle Flecken. Natürlich weiß ich es nicht genau, aber …«

»Brrr.« Sally erschauderte und bewegte Kopf und Schultern wie ein Hund, der Wasser abschüttelt. »Isch glaube nischt, dass sie diese Person finden wärden. Isch habe einen Instinkt.«

Er konnte die Hände nicht still halten. Dauernd fummelte er an den mit ekligen Flecken bedeckten Bierdeckeln unter unseren Gläsern herum, kratzte mit den Fingernägeln über die Theke und schnippte die Asche seiner Zigarette ab, auch wenn gar keine dran war. Dieses Gespräch machte ihn zappelig wie eine Linie Koks auf leeren Magen.

»Als Marie sagte, dass Violet dort unten sei«, murmelte er, »dachte isch, isch würde …« Mit einer dramatischen Geste griff er sich an die schmächtige Brust, wobei er mit der brennenden Zigarette gefährlich nahe an den Pullover kam. Ich wusste nicht, ob er einen Herzanfall oder eine allgemeine Nervenkrise darstellen wollte, zog es aber vor, nicht zu fragen. Er hätte alle Symptome aufgezählt. Jetzt schlug er sich mit der Faust auf die Brust, um Atemnot zu simulieren.

»Sei nicht albern, Sally«, sagte ich bestimmt. »Das ist nicht Violet, niemals. Glaub mir.«

»Bist du sicher?« Sally sah mich mit großen, fragenden Hundeaugen an.

»So aufgedunsen, wie die Leiche war, muss sie schon lange dort gelegen haben. Sehr tot und sehr übel riechend«, informierte ich ihn. Eigentlich wollte ich ihn damit beruhigen, aber er schnappte nach Luft, blinzelte heftig und zitterte wie ein VW Käfer mit Anlasserproblemen.

»Jemand müsste MM anrufen«, sagte ich, um ihn abzulenken. »Und im Krankenhaus nachfragen, wie es Marie geht.«

»Du ruf an«, sagte Sally sofort.

Er holte sein Handy hervor und gab es mir. Zuerst versuchte ich es mit MMs Handynummer – sie musste mit den anderen Schauspielern im Pfarrsaal sein. Matthew meldete sich und teilte mit betont wichtiger Stimme mit, dass sie bei den Proben nicht gestört werden dürfe, könne er was ausrichten? Sobald er hörte, was ich zu erzählen hatte, verschwand jeder Hauch von Autorität aus seiner Stimme und wurde durch heftige Schluckgeräusche ersetzt. Schließlich sagte er, dass er mit MM reden und mich zurückrufen würde. Danach rief ich im Krankenhaus an und arbeitete mich durch die übliche Serie angespannter, gestresster Stimmen, bis ich jemanden dran hatte, der mir mitteilte, Marie ginge es grundsätzlich gut, sie stehe aber wegen des Schocks unter Beruhigungsmitteln. Man würde sie über Nacht zur Beobachtung dabehalten.

»Isch hole sie morgen ab«, sagte Sally, als ich die Nachricht weitergegeben hatte.

Das Telefon klingelte. Sally zuckte zusammen und hätte es bei dem Versuch, sich zu melden, fast fallen gelassen.

»Das war MM«, unterrichtete er mich, als das Gespräch vorbei war und er den Ausknopf gedrückt hatte. Die Hände, in denen er Handy und Zigarette balancierte, zitterten immer noch. »Sie sagt, wir sollen uns alle morgen um zehn treffen, um das Ganze zu besprechen.«

»Ich komme.«

»Und jetzt«, sagte Sally entschlossen. »Betrinken wir uns.«

Ein paar Stunden später schwankte ich leicht derangiert nach Hause, nur um vor meinem Atelier ein Polizeiauto parken zu sehen. Ich ging darauf zu, etwas zu langsam und behutsam, um völlige Nüchternheit vortäuschen zu können.

Der Fahrer stieg aus. Er trug Zivilkleidung – sehr zivil. Eine dunkle, leicht glänzende Hose mit permanenter Bügelfalte und einen braunen Lederblouson, der nicht zu der Hose passte. Das überraschte mich kaum. Zu dieser Hose passte nichts.

»Guten Tag, Inschpektor«, nuschelte ich. »Ich fürchte, ich bin ein kleines bisschen angetrunken, aber ich gehe gleich ins Bett und schlafe es aus.«

Ich hielt kurz inne, weil ich mir plötzlich nicht mehr sicher war, ob ich vorsätzlich mit dieser albernen Betrunkenenstimme sprach. Die Alternative war mir so peinlich, dass ich sofort aufhörte, darüber nachzudenken.

»Mein Gott, Sam, es ist sechs Uhr abends.«

Ich spürte, wie sich meine Stirn in Falten legte. »Wäre es besser, wenn es sechs Uhr morgens wäre?«, erkundigte ich mich. »Ich weiß nicht genau, was du meinst.« Würdevoll schritt ich an ihm vorbei. »Entschuldige mich jetzt bitte. Ich muss mich hinlegen.«

Ich suchte nach den Schlüsseln.

»Ich mache das schon.« Er riss sie mir aus der Hand und schloss die Tür auf. »Rein mit dir«, sagte er und schob mich die Vorderstufen hoch.

»Polizeiterror!«, rief ich und klammerte mich am Türrahmen fest. »Polizeiterror!«

»Wirst du wohl reingehen!« Er machte meine Hand los und drängte mich ins Atelier.

»Du Hundesohn! Hassu einen Durchsuchungsbefehl? Ich habe nicht gesagt, dassu reinkommen darfst.« Ich ließ mich aufs Sofa fallen. Da ich nicht nüchtern genug war, um mich an die Stelle zu erinnern, an der die Feder gebrochen war, landete ich genau mit dem verlängerten Rücken darauf. »Aua! Scheiße!« Ich drehte mich um und betrachtete den Inspektor. Er war beileibe kein schöner Mann mit seinem streitsüchtigen Kinn und der Nase, die er sich mindestens einmal gebrochen hatte. Seine Züge passten irgendwie nicht zusammen, aber der Effekt war auf seltsame Weise attraktiv, und seine Augen hatten eine hübsche blaue Farbe.

»Kleiner Fick gefällig?« fragte ich und fand dieses geistreiche Bonmot so amüsant, dass ich anfing zu kichern und nicht mehr aufhören konnte.

»Mach nur so weiter, du erstickst noch«, erklärte Hawkins säuerlich und setzte sich auf die Sofalehne. »Betrunken, am helllichten Tage. An einem Mittwoch«, fügte er hinzu, als würde das die Sache noch schlimmer machen. »Und frag mich nicht, was an einem Mittwoch so schlimm ist«, sagte er Gedanken lesend. »Sonst wirst du neue Dimensionen des Polizeiterrors kennen lernen.«

»Ich bin Künschtlerin«, verkündete ich großspurig. »Die meisten Künschler« – schweres Wort – »Bildhauer gönnen sich gerne mal einen Drink. Von Polischischten wollen wir gar nicht reden«, fügte ich mit einem Zorn hinzu, der mich fast nüchtern machte. »Ich habe oft genug gesehen, wie du dir einen gezwitschert hast.«

»Nicht am Nachmittag.«

»Es ist sechs Uhr. Die Sonne hat den Schenit überschritten!«

Hawkins starrte mich ungläubig an, beschloss aber, meine letzte Beobachtung unkommentiert zu lassen. »Ja, aber du hast schon vor Stunden mit dem Trinken angefangen«, wandte er ein. »Ich kenne dich, Sam. Um dich in diesen Zustand zu bringen, braucht es eine Menge. Du musst dich eine ganze Weile drangehalten haben.«

»Ich habe einem Freund in Not Troscht zugesprochen«, erwiderte ich pompös.

»Ach je.« Ich sah Hawkins an, mit einem sicherlich sehr dümmlichen Ausdruck. Mir war eingefallen, warum Sally in Not war.

»Was ist?«, fragte Hawkins sofort. Er kann in mir lesen wie in einem Buch. Oder besser gesagt Comic. »Was ist passiert? Sam? Sam – o Gott, nein, sag mir bitte nicht, dass du schon wieder eine Leiche gefunden hast.«

»Ich war am Tatort, aber nur als Zeuge. Keine Sorge.«

»O Gott. O Gott.«

»Ich bin die uneheliche Frucht einer Liaison schwischen Mulder und Scully«, verkündete ich. »Und jetzt gehe ich lieber schlafen.«

Hawkins und ich kennen uns schon ein paar Jahre. Wir begegneten einander, als einer Bekannten mit ihrer eigenen Hantel der Schädel eingeschlagen worden war. (Sie leitete den Fitnessclub, in dem ich als Trainerin arbeitete.) Damals war Hawkins ein kleiner Sergeant gewesen. Wenn man ihn weiterhin in diesem Tempo beförderte, würde er bald Chief Constable sein – es sei denn, jemand fand etwas über seine Beziehung zu mir heraus. Ich stand wahrscheinlich auf jeder Polizeiliste von hier bis John o'Groats. Und hinter meinem Namen war mit roten Buchstaben vermerkt – Gefahr! Unter anderen Umständen – also wenn Hawkins nicht Polizist und ich nicht ein in den Tag hineinlebender Bohemien gewesen wäre – hätten wir unsere Affäre vielleicht etwas ernster genommen, aber ich neigte zu der Theorie, dass in dieser Unvereinbarkeit gerade der Reiz lag. Ich konnte weiß Gott keine länger andauernden Liebesbeziehungen vorweisen. *(Schatten des Gefängnisses schließen sich um das junge Mädchen.)*

Außerdem hatte Hawkins eine Freundin namens Daphne. Ich war Daphne ganz dankbar. Wegen ihres Namens und der Klamotten, die sie für Hawkins kaufte, hatte ich sie mir immer als vernünftiges, praktisches, in einem Konvent erzogenes Mädchen vorgestellt, mit dürren Gliedern und mausgrauem Haar, das von einem Samtband gehalten wurde. Ich hegte außerdem den Verdacht, dass Daphne Hawkins davor bewahrte, mich in eine verrückte, zum Scheitern verurteilte Blut-an-der-Wand-Affäre zu drängen. Mein geistiges Bild von Daphne versüßte mir zugegebenermaßen die bittere Pille. Falls sie sich als graziöse, gut gekleidete Sexgöttin erweisen sollte, mit rauchiger Stimme und einem Busen wie ein Baywatch-Girl, würde mich die Situation nicht so sehr amüsieren.

»Sam?« Hawkins Gesicht tauchte durch die Nebel der Innenschau über mir auf. Noch halb im Koma, dachte ich daran, dass das ein guter Titel für einen Fantasy-Roman sein würde. Buch III aus der Serie *Die Nebel der Innenschau:* Zak muss den blutrünstigen Kriegern des Stammes der Empirischen Relativisten trotzen, bevor er die Gipfel der Komparativen Vernunft erklimmen kann …

»Schluss damit«, sagte ich laut, richtete mich auf und schüttelte meinen Kopf, damit ich ihn frei bekam, bevor mein Unterbewusstsein begann, mir wirklich böse Streiche zu spielen. Die Augenblicke vor dem Erwachen sind immer die gefährlichsten. »Aua! Scheiße!« Ich hielt mir mit beiden Händen den Kopf, um den Eisenwarenladen, der dort ratterte, zur Ruhe zu bringen.

»Hier«, sagte Hawkins und hielt mir zwei Solpadein und ein Glas Wasser hin.

»Wieder einmal knie ich vor dem Altar von Sankt Solpadein«, murmelte ich und schluckte die Tabletten. »Du wirst mal eine gute Ehefrau, Hawkins. Aber eigentlich müsste es mir besser gehen. Ich habe mich an Wodka gehalten und viel Gemüsesaft getrunken.«

»In deiner Sprache heißt das, dass du drei Pints Bloody Mary intus hast.«

»Mit Tabasco. Scharfes Zeug soll doch vorbeugend gegen Kater wirken, oder? Es sollte eine Art Präventivschlag sein.« Ich schnüffelte. »Keine Kohlenhydrate auf dem Herd?«, fragte ich.

»Wenn du meinst, ob ich dir Toast gemacht habe, nein.«

»Na schön.« Ich stand auf, wankte zum Kühlschrank und holte das Paket mit Brotschnitten heraus, das ich für besondere Notfälle deponiert hatte. Ich legte so viel wie möglich in den Toaster und holte Margarine und Marmite hervor.

»Wo warst du die ganze Zeit, Sam?«, fragte Hawkins. Er lehnte am Küchentisch und bedachte mich mit seinem besten stahlblauen Blick. »Ich versuche seit Wochen, dich anzurufen, kriege aber immer nur deinen Anrufbeantworter.«

»Hier«, sagte ich. »Ich habe gearbeitet.« Ich deutete auf die Gruppe von Mobiles über unseren Köpfen.

»Oh, die Ausstellung. Aber die ist doch noch nicht so bald, oder?«

»In zwei Monaten. Ich hatte einen kreativen Anfall und habe den Einsiedler in der Wildnis gemimt. Wer ist noch mal in die Wüste gegangen und hat sich von Insekten ernährt?«

»Kann mich nicht erinnern, das in der Bibelstunde gehört zu haben.«

»Er saß auf einer Säule und ließ sich einen Bart wachsen.«

»Der heilige Simeon?«

»Vielleicht. Ich hatte keine Säule, aber ich habe mir nicht die Beine rasiert, immerhin.«

Der Toaster machte ping. Die Schnitten sprangen nicht hoch, weil ich zu viele reingepresst hatte, aber ich pokelte sie mit einem Messer heraus und schmierte Marmite darauf.

»Ich will dir wegen dieser neuerlichen Krise gar keine Fragen stellen«, sagte Hawkins nobel. Ich hätte es noch nobler gefunden, wenn ich mich nicht düster erinnert hätte, dass er mich kurz vor meinem Wegtreten noch mit Fragen gelöchert hatte. Er hatte genug aus mir rausgeholt, um den Rest selbst nachzuprüfen, was er bestimmt tun würde. Zumindest bedeutete das, dass er für mich bei den untersuchenden Beamten bürgen konnte, und das hatte ich weiß Gott nötig. »Ich bin wegen etwas anderem gekommen. Etwas Ernstem.«

»Toast?«, fragte ich und hielt ihm den Teller hin. »Bon appetit, haha.«

»Ich weiß nicht, was das mit diesen französischen Floskeln soll, außerdem ist deine Aussprache furchtbar«, fuhr Hawkins mich an, während ich auf dem Brot herumkaute. »Jedenfalls bin ich hier, um dir zu sagen, dass Daphne und ich unsere Hochzeit planen.«

»Es wurde auch Zeit, dass du eine ehrenwerte Frau aus ihr machst. Mit der Zuneigung von Mädchen wie Daphne kann man nicht ewig spielen.«

Ich aß noch einen Toast.

»Es ist ja nicht so, als hättest du keine anderen Freunde gehabt«, sagte Hawkins und überging im Interesse der Harmonie meine Bemerkung.

»Ich habe mein Bestes getan, um woanders zeitweiligen Trost für mein gebrochenes Herz zu finden, wenn du das meinst«, entgegnete ich leichthin. »Wahrscheinlich willst du mir sagen, dass ich nicht versuchen darf, dich zu verführen, wenn du vorbeikommst und mich anbrüllst, weil ich am Nachmittag betrunken bin.«

»Wenn ich verheiratet bin, nicht mehr.«

»Wenn du verheiratet bist! Hawkins, du Heuchler! Du meinst, solange du nur verlobt bist, ist es okay?«

Hawkins sah mich ziemlich verschlagen an. »Es ist weniger schlimm«, sagte er nach einer kurzen Pause. »Es ist nicht richtig, per se, aber es ist weniger schlimm.«

»Deshalb habe ich mich sofort in dich verliebt«, erklärte ich und verputzte das letzte Stück Toast. »Ich wusste, du bist ein Mann mit Prinzipien.«

9. Kapitel

»Darling, warte, bis du den Jungen kennen lernst, um den wir kämpfen werden«, sagte Hugo und trat zu Helen. »Ein dunkles, kleines Bürschchen, furchtbar schön – wenn man ihn nur ansieht, denkt man an Kinderporno.«

»Woher kommt er?«, fragte Helen.

»Ach, die übliche Schauspielschule, aber kein bisschen gekünstelt. Eine echte Entdeckung. Schon erstaunlich, diese Shakespearschen Subtexte. Ich meine, warum fragt sich eigentlich niemand, weswegen Oberon und Titania – ich bitte dich, der König und die Königin der Elfen – sich ernsthaft darüber streiten, wer den hübschen, kleinen Jungen vom Indus als Sklaven behalten darf? Oder warum sich der Großteil der Männer nur dazu aufraffen kann, es mit den Mädchen zu treiben, wenn sie sich als Jungen verkleiden?«

Bill, der mit Helen gesprochen hatte und der offensichtlich die Zielscheibe von Hugos Überlegungen war, wurde wie auf Kommando puterrot. Zufrieden kräuselte Hugo die Lippen.

»Soph hat mir versprochen, dass wir überall bei ihm Rouge auftragen dürfen«, fuhr er fort. »Ich glaube nicht, dass du scharf auf ihn bist, oder, Helen? Könnte höchstens sein, dass du eifersüchtig bist und versuchst, ihn mir wegzunehmen, um mir die Freude zu verderben – und nicht, um ihn vor meiner zügellosen Lust zu schützen; für Letzteres bist du nicht anteilnehmend genug.«

»Du hast Recht«, sagte Helen interessiert. Wenn man einen Schauspieler einmal in ein Gespräch über den Charakter, den er darstellt, gelockt hat, gibt es kein Halten mehr.

»Deshalb stehe ich auch so auf Zettel. Du bist offensichtlich nicht interessiert an mir, und irgendwo muss ich es mir ja holen.«

»Zu schade, dass Marie ein Mädchen ist, sonst könnte ich sie so nebenbei ein bisschen missbrauchen«, sinnierte Hugo. »Sie dann und wann begrapschen. Sie könnte einer meiner Jungen sein, die herangewachsen sind, zu alt für meinen Geschmack, aber die gemeinsamen glücklichen Zeiten erwecken nostalgische Gefühle in mir.«

Bill gab ein Geräusch von sich, als würde Dampf aus einem Kessel entweichen.

»Bill! Sei willkommen! Dich habe ich ganz übersehen«, sagte Hugo liebenswürdig, aber seine grauen Augen blieben kühl. Wie abwesend drehte er an einem seiner Ringe, eine Geste, die die Aufmerksamkeit auf seine Hände lenken sollte. Es war nicht zu übersehen, dass er sich die Fingernägel lackiert hatte. »Gefällt es euch?«, fragte er und streckte die langen, bleichen Finger aus, damit wir den schwarzen Metalliclack bewundern konnten. »Die Farbe heißt Gigolo. Klingt ganz nach mir, was? Und passt zu den Hosen.«

Er legte eine Hand auf seinen in schwarzes Leder gehüllten Oberschenkel, sodass wir den Kontrast bewundern konnten.

»Tunte!«, platzte Bill heraus.

»Oh, ist das auch ein Farbton? Ein dunkles Purpur sicherlich. Wie fabulös.«

»Du perverses Stück«, knurrte Bill. »Leute wie du und dieser kleine Spaghetti ruinieren uns Schauspielern den Ruf.«

»Was für eine weise Erkenntnis«, sagte Hugo seidenweich. »Ich rate dir allerdings, Sally nicht als Spaghetti zu bezeichnen, wenn er in Hörweite ist. Sizilianer sind sehr empfindlich, was solche Dinge betrifft. Dumm von ihnen, nicht wahr?«

Er wurde von Tabitha unterbrochen, die ihn um Feuer bat. Sie wurde von Francis verfolgt, dem alten Lüstling der Truppe, ein schmieriger Typ in schmutzigen Cordhosen, der den Quince so gut spielte, dass sich bei der Textprobe die anderen vor Lachen kaum hatten halten können. Er schlurfte auf sie zu, den Geruch schmutziger Socken wie eine Wolke um sich. Dass er offene Sandalen trug, machte die Sache nicht besser. Um Tabitha herumscharwenzelnd, flüsterte er ihr lüstern ins Ohr:

»Du *böses* Mädchen – du sollst doch nicht rauchen.«

Seine Bartstoppeln, in denen ein permanenter Bierdunst zu hängen schien, kamen so nah an ihr Gesicht, dass sie zurückwich. In diesem Augenblick fragte MM: »Hat jemand was von Violet gehört?«

Wir schüttelten die Köpfe.

»Alle sind hier, außer ihr, MM«, sagte Matthew. »Und Sally, aber der holt Marie vom Krankenhaus ab.«

»Bist du sicher, dass du gestern mit Violet gesprochen hast?«

»Natürlich bin ich das«, erwiderte Matthew gekränkt. »Ich meine, ich habe eine Nachricht auf ihrem Anrufbeantworter hinterlassen. Ich habe nicht gesagt, worum es ging, nur dass du für heute Morgen ein Treffen anberaumt hättest.«

MM sah auf ihre Armbanduhr. »Es ist schon halb elf. Wir fangen besser an, sonst wird heute gar nichts mehr aus den Proben. Diese verfluchte Violet«, fügte sie hinzu. »So geht es einfach nicht.«

Aus ihrem Mund hatte dieser vergleichsweise milde Kommentar in etwa die gleiche Durchschlagskraft wie ein Wutanfall Oliver Stones, wenn er auf seine Schauspieler einschlug und ihnen Beleidigungen an die schutzlosen Köpfe warf. Matthew trat unwillkürlich einen Schritt zurück. Sophie zog ein Gesicht. Ich sah zu Helen hinüber. Ihre Züge waren ruhig, aber die Lippen verrieten sie. Sie kräuselten sich zu einem kaum wahrnehmbaren, aber deutlich zufriedenen Lächeln, während ihre Augen zur Seite wanderten, um einen selbstgefälligen Blick mit Bill auszutauschen. Im Gegensatz dazu blieb Tabithas Miene so leer wie die eines konservativen Parlamentariers.

»Also, hört mal her.« MM klatschte in die Hände. Das

Stimmengewirr erstarb. Alle Gesichter wandten sich ihr zu. »Ich habe euch etwas zu sagen, wie ihr euch wahrscheinlich schon denken könnt. Es hat mit unserer Inszenierung nur indirekt zu tun, also keine Panik. Trotzdem solltet ihr alle wissen, dass gestern im Cross eine Leiche entdeckt wurde, in der Senkgrube unter dem Keller. Leider war Marie diejenige, die sozusagen darüber gestolpert ist, und sie hat einen Schock erlitten. Morgen wird sie aber wahrscheinlich wieder bei den Proben dabei sein, wenn sie sich bis dahin erholt hat.«

Sie machte eine Pause. Wenn sie durch den Raum gegangen wäre und jedem einen kurzen Schuss mit einem Betäubungsgewehr verpasst hätte, wären unsere Blicke wohl die gleichen gewesen.

»Wie ich sagte, mit uns hat es sehr wenig zu tun. Die Leiche lag schon länger dort, sodass niemand aus unserer Truppe damit zu tun haben kann. Wahrscheinlich wird die Polizei uns nicht einmal befragen.«

»Die Polizei?«, fragte Paul, der Lysander.

»Natürlich die Polizei«, entgegnete MM.

»Soweit ich weiß, ermitteln sie wegen Mordes.«

In der ersten Reihe kam Unruhe auf. Tabitha griff sich an die Stirn und brach zusammen. Sofort kniete Paul neben ihr.

»Da liegt sie«, murmelte Hugo.

»He, macht Platz, Leute!«, rief Paul zornig. »Sie ist ohnmächtig, verdammt noch mal.«

»Immer muss sie allen die Show stehlen«, meinte ich später, nachdem man Tabitha Luft zugefächelt und ihr Wasser eingeflößt hatte. Ich hatte vorgeschlagen, etwas Ammoniak aus der Küche zu holen und es ihr anstelle von Riechsalz unter die Nase zu halten, hatte aber nur von Hugo Unterstützung für meinen Vorschlag gefunden. Die meisten Schauspieler unterhielten sich mittlerweile darüber, was für eine schöne Ohnmacht es gewesen sei, vom technischen Standpunkt aus betrachtet.

Helen rümpfte die Nase. »Effektiv genug, würde ich sagen«, räumte sie ein. »Aber wie verzweifelt muss sie sein, um auf diese Weise Aufmerksamkeit zu erregen. Wirklich traurig.«

»Aber erfolgreich, wenn das ihr Ziel war«, meinte ich.

»Allerdings mit wenig Relevanz für Forschungszwecke. Wie ihre Beine nachgaben, war gut, aber dieses dumpfe Geräusch, mit dem ihr Kopf auf dem Boden aufschlug! Kaum ratsam, das jeden Abend reproduzieren zu wollen«, erläuterte Hugo gut gelaunt. Er schlug die Beine übereinander, wobei einer seiner schwarzen Krokodillederslipper vom Fuß baumelte.

»Gott, ihr seid furchtbar«, seufzte Sophie.

»Mir ist aufgefallen, dass alle anderen Elfen Distanz zu ihr halten«, sagte Hugo nachdenklich. »Und das meine ich nicht im Sinne sexueller Orientierung, *pace* Bill.«

Helen bedachte ihn mit einem giftigen Blick, konnte aber selbst ein wenig Hetze nicht widerstehen.

»Tabitha hält sich für etwas Besseres, seit MM sie die Hermia hat lesen lassen«, meinte sie. »Sie trägt die Nase höher und das haben die anderen schnell bemerkt. Sie wollen nichts mit ihr zu tun haben.«

Sie nickte zu Bohnenblüte, Motte und Spinnweb hinüber, die in einem Grüppchen am anderen Ende des Raums kichernd zusammenstanden und Tabitha/Senfsamen demonstrativ ignorierten, die mittlerweile auf einen Stuhl gehievt worden war und Wasser trank. Sie waren jung, schlank und fit, sie hatten Selbstbewusstsein, und sie wollten, dass man sie wahrnahm.

»Sehen sie nicht hübsch aus?«, fragte Hugo. »Wie ein frisch gepflücktes Sträußchen Gartenwicken. Dieser blonde Junge ist besonders charmant. Leider weiß er das nur allzu genau, was ihn dann wieder wenig anziehend macht.«

»Tabitha? Wie geht es dir?«, fragte MM.

»Oh, schon viel besser.« Tabitha erhob sich, leicht schwankend. Sie hielt sich an Paul fest. »Es tut mir Leid, mir war mit einem Mal ganz mulmig. Ich kann es nicht ertragen, wenn man von Blut und so was spricht.«

»Nun, hoffen wir, das passiert dir nicht noch einmal.«

»Ach, sicherlich nicht. Mein Blutdruck ist nur etwas niedrig.«

»Ich frage mich, wie der Arzt ihr das mitgeteilt hat, ohne dass sie zusammengebrochen ist«, sagte ich zu Hugo.

»Du böses, zynisches Mädchen«, entgegnete er. »Einen Schatten auf unsere Butterblume zu werfen.«

»Also, fangen wir an«, erklärte MM, und wie üblich hatten ihre Worte die Kraft eines Befehls. Wer in der nächsten Szene eine Rolle hatte, trat nach vorne, die anderen gingen auseinander und zogen sich Jacken und Mäntel an. In diesem Augenblick ertönte eine Stimme vom Eingang:

»Ich fasse es nicht! Ich dachte, das Treffen sei abgesagt!«

»Violet! Wo warst du?«, fragte Sophie entgeistert.

»Wo ich war? Nun, offensichtlich wollte man mich nicht dabeihaben!«, entgegnete Violet wütend.

»Ich habe dich gestern Nachmittag von dem Treffen informiert!«, protestierte Matthew und wurde sofort von Violets Blick aufgespießt.

»Und dann hast du später eine Nachricht hinterlassen und gesagt, das Treffen sei abgesagt, also bin ich zum normalen Probentermin gekommen. Ich meine, entscheide dich mal!«

Sie trug einen langen, hellen Mantel, und ihr Kopf ragte aus dem hohen Rollkragen ihres farblich passenden Pullovers wie eine Blume aus der Vase. Violet sah aus wie eine Königin. Mit den Händen in den Taschen stand sie vor dem zitternden Matthew und fixierte ihn mit ihren großen, purpurnen Augen.

»Ich habe dich nicht angerufen«, entgegnete er tapfer, wenn auch mit zitternder Stimme. »Ich meine, das zweite Mal. Ich habe keine zweite Nachricht hinterlassen.«

»Ach du meine Güte, gib es doch wenigstens zu«, zischte Violet.

»Nein, ehrlich, ich war's nicht.«

»Einen Augenblick mal«, unterbrach MM. »Matthew hat sicher keine zweite Nachricht hinterlassen, Violet, warum sollte er auch? Bist du sicher, dass er es war?«

Plötzlich fehlten Violet inmitten ihres Zornesausbruchs die Worte.

»Na ja, ich glaube schon«, entgegnete sie schließlich. »Er sagte etwas wie ›Hallo, hier ist Matthew, sorry, aber MM hat das Treffen für morgen abgesagt‹. Ich meine, ich kenne seine Stimme nicht so gut, aber …« Ihre eigene Stimme verlor sich. »Du meinst, jemand anderes …«

»Violet!«, rief Marie, die in der Tür auftauchte. »Wie schön, dich zu sehen!«

Sie rannte durch den Raum, warf sich Violet an die Brust und umarmte sie. Die Umarmte klopfte ihr etwas hilflos auf die Schulter und schien völlig perplex. In der Zwischenzeit hatte Helen das Rampenlicht zu lange vermisst und MM in ein Gespräch über ihr Kostüm verwickelt.

»Sie dachte, du wärste tot«, sagte Sally, der mit leisen Schritten zu uns gekommen war. »Als sie die Leische sah, hatte sie Haare wie du, und sie dachte, du wärste es.«

»Das Gesicht war ganz aufgedunsen, es war furchtbar«, sagte Marie, die sich offenbar entschlossen hatte, ihr Erlebnis auch für die anderen zu einem Ereignis zu machen, das einem das Blut gefrieren ließ. »Ich war wie gelähmt, hatte schreckliche Angst, und sie trieb auf mich zu … ihr Haar schwebte an der Oberfläche des Wassers, dunkel und gelockt wie deins …«

»Ah, Ophelia«, murmelte Hugo. »Violet könnte die Wahnsinns-Szenen sehr gut spielen.«

Violet sah völlig zerrüttet aus. In diesem Augenblick stieß Tabitha einen leisen Schrei aus. Paul hatte die Hände um ihren Hals gelegt und schüttelte sie spaßeshalber hin und her.

»Au!« Tabitha kicherte. »Hör auf, du erwürgst mich.«

Das brachte das Fass zum Überlaufen. Violet schluchzte auf, drehte sich um und rannte zur Tür. Nach einem kurzen Zögern lief Sophie hinter ihr her.

»Nicht gerade sehr taktvoll, euer Einschub«, sagte Hugo tadelnd zu Tabitha und Paul.

»Was, zum Teufel, ist mit euch los?«

Es dauerte eine Sekunde, bevor ich MMs Stimme erkannte. Sie stand in der Mitte des Raums, mit zornesrotem Gesicht, ein Furcht erregender Anblick. MM hatte, wenn auch sicher nur zeitweilig, völlig die Selbstbeherrschung verloren, und ihr Auftritt brachte die Anwesenden nicht nur zu betretenem Schweigen, sondern ließ sie dastehen, als seien sie zu Eis erstarrt.

»Ich werde es nicht zulassen, dass irgendjemand bei einer meiner Inszenierungen dumme Spielchen treibt!«, schrie sie. Die Eisskulpturen erstarrten noch mehr, wenn das möglich war, und hofften, nicht persönlich angesprochen zu werden. »Was ist gerade passiert? Matthew?«

Matthew tippelte nach vorne.

»Ähm … ich hab's nicht gesehen, MM, ich habe mit Bill gesprochen.«

»Hugo?« MMs Blick glitt über die Gruppe.

»Violet wurde sicher verständlicherweise etwas aufgeregt, als Marie sie mit der Leiche von gestern verglich. Paul und Tabitha haben ihren Teil dazu beigetragen, indem sie eine lebendige Darstellung von Mörder und Opfer darboten, und das war dann aus irgendeinem Grund zu viel für Violet. Ich glaube jedoch nicht, dass die beiden wirklich die Absicht hatten, sie mit ihrem, sagen wir, etwas derben Scherz zu verletzen«, sagte Hugo erstaunlich vernünftig. »Ich verpfeife nicht gerne jemanden, aber unter deinem Basiliskenblick, MM, kann ich kein Geheimnis verbergen. Ich bin sicher, dass jeder dafür Verständnis hat.«

MMs Augen wurden zu schmalen Schlitzen, ihr Gesicht war noch immer gerötet. »O Mann, als ob wir nicht schon genug um die Ohren hätten ohne diese Art von Mist! Also, Tabitha, du gehst raus und entschuldigst dich bei Violet – und sei überzeugend. Du auch, Paul, du musst mit ihr arbeiten. Marie, ich weiß, du hattest gestern einen harten Tag, aber ehrlich … also, jeder, der nicht gebraucht wird, ab mit euch, und erzählt diese Sache lieber nicht überall rum. Wir haben nur noch wenige Wochen vor uns. Wenn ich herausfinde, dass einer von uns – irgendeiner – hier dumme Streiche spielt, wie zum Beispiel Leute anrufen und mitteilen,

Treffen seien abgesagt worden, dann fliegt derjenige sofort raus. Das meine ich ernst. Also, auf geht's.«

Sie klatschte in die Hände. Die Eisskulpturen erwachten blitzartig zu Leben und strömten in alle Richtungen auseinander, mit geduckten Köpfen, als gelte es, eventuellen Schlägen auszuweichen. Ich dachte darüber nach, welchen Eindruck ein ansonsten ruhiger Mensch macht, der die Beherrschung verliert, besonders wenn er an sich schon Autorität ausstrahlt. Innerhalb einer Minute hatte sich der Pfarrsaal beträchtlich geleert, und die übrig gebliebene Hand voll Schauspieler saß mit gebeugten Köpfen über ihren Texten und versuchte, aus jeder Pore Professionalität strömen zu lassen. Ein paar schwächlichere Naturen versteckten sich in der Küche, um ihre Nerven zu beruhigen. Violet war zurückgekommen und hatte sich artig für ihre allzu heftige Reaktion entschuldigt. Sie hatte offenbar auch nicht vor, es Tabitha heimzuzahlen, auch wenn die trotzig den Mund verzog.

MM nahm Tabitha beiseite und redete ein paar Worte mit ihr. Paul brachte Violet mit schuldbewusstem Gesicht eine Tasse Kaffee, die sie entgegennahm, ihn aber ansonsten ignorierte. Jetzt, da sich der Saal geleert hatte, wanderte meine Aufmerksamkeit zu Hazel, die die ganze Zeit fast unsichtbar wie ein Chamäleon an der Mauer gelehnt hatte, bis es an ihre Szenen ging. Beobachtete sie, was um sie herum vorging, selbst unbeobachtet, vor aller Welt verborgen, oder zog sie sich in ihre eigene Traumwelt zurück? Jemand, der so schwer fassbar war, musste entweder sehr vielschichtig oder sehr simpel sein. Ich fragte mich, was stimmte.

»Hallo? Hallo? Das arme Ding, sie hört mich nicht. Komm zurück vom Planeten Sam, dieser Erdling will mit dir reden.«

Ich blinzelte. Hugo lehnte neben mir an der Wand und folgte meinem Blick.

»Fasziniert dich dieses Phantom in unserer Mitte? Ich muss sagen, mich auch. Jemandem, der nie etwas sagt, kann ich nicht vertrauen.«

»Ich weiß genau, was du meinst. Ich habe solche Leute auch immer im Verdacht, verdreht und geheimnisvoll zu sein. In Wahrheit sind sie wahrscheinlich nur schüchtern.«

»Aber sie ist nicht schüchtern. Denk daran, wie sie mit Violet umgeht. Zuerst war sie richtig ehrfürchtig, aber nur, bis sie ihre erste Szene mit ihr hatte. Sie weiß genau, wie gut sie ist.«

»Sie ist gut, nicht wahr?«

»Sehr sogar«, sagte Hugo ohne jeden Neid. »Könnte es weit bringen.«

»Könnte?«

»Darling, in diesem Beruf geht es zu wie bei einer Lotterie. Die richtige Rolle zur richtigen Zeit, und du bist gemacht, wenn auch nicht für ewig. Wenn nicht, heißt es später: ›Oh, Hazel war so gut als Helena, was ist eigentlich aus ihr geworden?‹ Hazel hat sich mittlerweile zur Bibliothekarin umschulen lassen.« Er gähnte. »Willst du dir noch die Proben ansehen?«

»Ein Weilchen. Ich finde diese Stimmungsumschwünge immer so faszinierend.«

Es war der Anblick einer Gruppe von Menschen, die sich auf eine Arbeit konzentrierten, die von dem, was sie taten, so vereinnahmt wurden, dass sie für die Außenwelt weder Augen noch Ohren hatten. Wenn die Szene, an der sie arbeiteten, schließlich Gestalt annahm, wäre es möglich gewesen, mit der Energie, die in der Luft hing, eine Zigarette anzuzünden.

Man konnte die konzentrierte Spannung fast knistern hören, wenn sich die kaum zu bändigende Energie der Schauspieler endlich Bahn brach, wenn sie begannen, sich in den Gestalten, die sie spielten, wohl zu fühlen wie in maßgeschneiderten Kleidern.

Dann hörte die Szene abrupt auf, und ein paar Minuten später war von all der Erregung nichts mehr zu spüren, ja mehr noch, es war, als habe der Durchbruch nie stattgefunden. Die Atmosphäre zersplitterte in Fragmente. MM konzentrierte sich schon wieder auf die nächste Szene. Matthew hockte über seinen Listen und Notizen. Die

Schauspieler, die gleich drankamen, brachten sich in Stimmung, während diejenigen, die fertig waren, sich die Mäntel anzogen und über alles Mögliche sprachen, nur nicht über die Szene, als sei das tabu. Und dann ging alles wieder von vorne los, nur mit anderen Personen, am Anfang knirschten die Räder noch, aber bald griffen sie ineinander.

Ich teilte einige meiner Beobachtungen Hugo mit – eigentlich mehr, als ich vorhatte –, bis ich mir bewusst wurde, was ich tat, und sofort aufhörte. Zufällige Eindrücke, die Art, wie sich jemand bewegte, ein Film, den ich gesehen hatte, all diese Dinge sammelten sich in meinem Kopf und wurden zu den Skulpturen, die so anders waren, dass nur ich einige der Einflüsse kannte, die sie geformt hatten. Aber ich hasste es, über meine Arbeit zu sprechen, und tat es auch kaum. Es überraschte mich schon, dass ich so viel gesagt hatte.

Hugo sah mich nachdenklich an. »Interessant, wie andere diesen Prozess sehen«, meinte er. »Zigarette?«

Er schnippte das silberne Etui mit dem Daumen auf wie Beau Brummel seine Schnupftabakdose. Ich schüttelte den Kopf.

»Ist heute Gauloise-Tag?«, fragte ich.

»Es war nicht einfach«, gestand Hugo. »Aber schließlich habe ich mich nach meiner Hose gerichtet. Sobranies passen einfach nicht dazu.«

Er stellte sich in Pose. Das schwarze Leder, das weich wie Samt aussah, schmiegte sich elegant um seine schlanken Glieder. Seinen Hintern hatte ich ja schon begutachtet, und nun stellte ich fest, dass auch seine Beine ansehnlich waren. So wie er gebaut war, hätten sie auch dürr sein können, was ich überhaupt nicht mag, woran man aber wenig ändern kann. Im Fitnessclub ist es mit das Schwierigste, wenn sich jemand Wadenmuskeln antrainieren will. In Kalifornien haben sie alle Implantate.

»Ein Meisterwerk der Schneiderkunst von Tariq in der Brick Lane«, sagte Hugo. »Wie schon erwähnt. Ich nehme dich mal mit.«

»Wenn ich beschlossen habe, meine alte Hose auf würdige Weise zu begraben.«

»Eine Art Feuerbestattung?«

»Ich dachte mehr an ein brennendes Schiff, so wie bei Kirk Douglas in *Die Wikinger*.«

»Einer meiner Lieblingsfilme. Wir müssen Seelengefährten sein. Komm doch zum Tee vorbei und wir schauen ihn uns zusammen an.«

»Eine Gelegenheit, mir Tony Curtis in ledernen Hot Pants anzusehen, verpasse ich so schnell nicht.«

»Ach, wir zwei beide, wie manche Leute so witzig sagen … obwohl Tariq bei den Hot Pants einen besseren Job gemacht hätte. Wie wär's mit morgen um vier? Ich geb dir meine Adresse.«

»Hast du keine Probe?«

»Morgen findet eine Art Mini-Exodus zum Vorsprechen fürs *Puppenheim* statt«, entgegnete Hugo abschätzig. »Aber Vorsprechen ist auch nicht alles. Mir kommt es immer so vor, als hätten sich die Regisseure schon vorher entschieden. Ich bin sicher, dass Philip ziemlich klare Vorstellungen hat, wen er will, aber trotzdem sieht er sich alle gerne mal an.«

»Besonders die jungen Damen?«

Hugo hob eine Augenbraue. »Völlig richtig. Junge Damen. Er hat den Ruf, alle gegeneinander auszuspielen. Ich glaube nicht, dass er konkrete Versprechungen macht, aber wenn sie geneigt sind, ihre Gunst großzügig zu verteilen, dann wird er sie nicht entmutigen.«

»Ohne ihnen etwas zu geben?«

»Nun, sagen wir, dass eine, die fest daran glaubte, dass sie die Nora spielen würde, sich letzten Endes als Christine wiederfindet. Eines Tages wird es ihm jemand heimzahlen. Und darauf freue ich mich«, fügte er hinzu. »Ich habe Philip noch nie gemocht.«

Mit einer heftigen Bewegung drückte er die Zigarette aus. Für eine Sekunde hatten seine Augen die Farbe von Stahl angenommen und wirkten genauso kalt.

10. Kapitel

Am nächsten Vormittag breitete sich im Theater eine Art kontrolliertes Chao aus. Normalerweise herrschte am Cross eine derart entspannte Stimmung, dass hier an sechs Abenden in der Woche ein Stück aufgeführt wurde, plus einer Matinee am Donnerstag. Aber die Entdeckung der Leiche hatte jeden mitgenommen. Selbst die Bühnenassistentinnen – kleine, trendige Dinger mit Zöpfen, flachen Brüsten, eingelaufenen Pullovern und weiten Hosen – flatterten herum wie nervöse Gänse. Steve, der Bühnenmanager, brüllte sie ständig an, wenn sie an ihm vorbeiliefen, ohne dass es einen Grund gegeben hätte. Seine übliche Gereiztheit hatte sich zu einem ausgewachsenen Zorn gesteigert. Immer wieder ließ er sie die Bühne fegen, unzufrieden, bis jede einen Besen in der Hand hatte. Eigentlich war das seine Aufgabe, der er auf eine obsessiv-zwanghafte Weise nachging, wobei er mit scharfen, schnellen Bewegungen geradezu auf den Boden einstach. Ich hatte den Eindruck, dass sich seine schlechte Laune verflüchtigen würde, wenn er sich selbst etwas zu tun gab, anstatt herumzulaufen wie eine Katze auf dem heißen Blechdach. Es schien, als nehme er die ganze Affäre um die Leiche in der Senkgrube als persönliche Beleidigung auf.

Philip Cantley kam auf die Bühne und unterhielt sich kurz mit Steve. Mir fiel auf, dass selbst der künstlerische Leiter seinem Bühnenmanager gegenüber einigen Respekt an den Tag legte. Bei Steve hatte man stets das Gefühl, als gehöre das Cross und alles, was damit verbunden war, in Wirklichkeit ihm, und als sei Philip Cantley lediglich eine

Gallionsfigur, die zum Vergnügen der Theaterausschüsse installiert worden war. Wenn man etwas wollte, und sei es nur die kleinste Kleinigkeit, drohte einem Unheil, wenn man sich an die Stellvertreter wandte, ohne zunächst ehrfurchtsvoll vor Steve niederzuknien. Der rümpfte dann die Nase, machte eine wegwerfende Handbewegung und wandte sich halb ab, um seine Verachtung gegenüber dem Bittsteller deutlich zu machen.

»Was gibt es?«, fragte er ungeduldig. »Hoffentlich keine Zeitverschwendung, Zeit ist Geld. Ich bin sehr beschäftigt.« Und nachdem man sein Anliegen vorgebracht hatte: »Na schön, mach es«, mit bärbeißiger Stimme. »Aber nur dieses eine Mal.«

Auf dem Weg zur Werkstatt schaute ich bei Margery vorbei. Ich gebe ehrlich zu, dass mein Hauptgrund eine gewisse Häme war. Leute, die in Glashäusern wohnen, in denen Leichen im Keller treiben, sollten nicht mit Steinen auf Leute werfen, die bislang – Gott sei Dank – keine Toten an ihrem Arbeitsplatz gefunden hatten.

»Sie sagten, ich könne auf einen Kaffee vorbeikommen, wenn mir danach sei«, sagte ich und schob meinen Kopf um die Ecke. »Passt es jetzt?«

Sie sah von ihrem Schreibtisch auf.

»Oh, Sam. Ja, kommen Sie rein. Ich setze Wasser auf.«

»Sind Sie sicher?« Es war nur eine Formalie. Ich hatte bereits ihr Büro durchquert und ließ mich im Sessel nieder, ein Auge auf die Keksdose gerichtet.

»Ja, natürlich. Ich kann ebenfalls eine Pause vertragen. Und ich wollte auch mit Ihnen reden über dieses ganze schreckliche …« – sie fuchtelte mit der Hand herum – »Durcheinander.«

Ich mochte sie für ihre Wortwahl nicht tadeln. Meiner Erfahrung nach sprechen nur sehr wenig Leute das Wort ›Mord‹ aus, es sei denn, es geht nicht anders.

»Sie waren die ganze Zeit dabei, nicht wahr? Ich meine natürlich, als sie gefunden wurde«, fügte sie hinzu, stand auf und ging zur Kochnische.

Vernünftigerweise schwieg sie, solange die elektrische

Kaffeemühle aufheulte und wir den kräftigen Duft wie zwei Cappuccino-Kids einatmeten.

»Wenn sie das als Parfüm in Flaschen abfüllen könnten«, seufzte ich, »würde ich es tragen.«

Margery stellte ein Tablett auf dem Sofatisch ab und setzte sich mir gegenüber.

»Kekse?«, fragte sie, öffnete die Dose und hielt sie mir hin. Es waren Shortbreads. Ich war dieser Frau verfallen.

Sie nahm die Brille ab und ließ sie an der Kette baumeln, die über ihren Busen reichte, sodass die Brille etwas unsicher darunter hing. Heute trug sie eine dieser Strickjacken, die sich für richtige Jacken halten, lodengrün, mit grob geripptem Seidenband verziert und mit Goldknöpfen versehen, selbst an Stellen, wo keine nötig waren, wie auf den Taschen. Schick, aber trotzdem bequem. Sie sah aus, als habe sie gerade eine Sitzung für den »Look for a Lifestyle« fürs *Woman's Journal* hinter sich gebracht.

»Aber Sie haben so etwas ja schon einmal mitgemacht«, sagte sie ein bisschen zu beiläufig.

»Wasch …« Ich schluckte einen Mund voll Kekse hinunter und fing noch mal von vorn an. »Was meinen Sie mit ›so etwas‹, Margery? Dass jemand getötet wird?«

Ich fand es dreist von Margery Pickett, sich erst Sorgen um den Ruf des Theaters zu machen, weil ich in einen Mordskandal verwickelt worden war, und mich dann auszuhorchen, ob bei dieser Sache nicht etwas nützliches Wissen aus mir rauszuholen wäre. Aber sie gab mir Kekse. Und der Kaffee war ausgezeichnet.

»Mord«, sagte ich aphoristisch, »ist immer einzigartig.«

Margery Pickett schien diese Weisheit nicht sonderlich zu beeindrucken. Wahrscheinlich hatte sie etwas Konkreteres erwartet.

»Es ist nur so«, sagte sie und beugte sich vor. »Die Ermittler gehen viele Jahre zurück, sie befragen jeden, ob er etwas über das Verschwinden eines Mädchens weiß, und wenn sie es nicht herausfinden, wird es ewig wie ein Schatten über uns hängen.«

›Unter uns treiben‹ wäre wohl passender gewesen, aber ich behielt diesen Gedanken für mich.

»Sie wollen also wissen, um wen es sich handelt?«, fragte ich neugierig.

Sie starrte mich an. »Warum sollte ich nicht?«

Ich zuckte mit den Schultern. »Die meisten Leute rühren sich nicht und hoffen, das alles vorübergeht. Und vielleicht kommt es auch so. Wenn sie die Identität der Toten nicht herausfinden und nicht mit Sicherheit sagen können, wie lange sie schon dort unten gelegen hat, dann wird es sehr schwer für die Polizei.«

Margery Pickett sah ehrlich betrübt aus. Das fand ich interessant.

»Aus der Sicht des Mörders war es ein ausgezeichnetes Versteck.« Während ich das sagte, beobachtete ich sie, aber sie verzog kaum eine Miene. »Die Leiche hätte ewig dort liegen können.«

»Ja, was für ein Zufall«, meinte Margery. »Übrigens ist sie ein nettes Mädchen. Ich kenne sie von früher, sie war bei einem alternativen Zirkus, der hier vor Jahren gastierte. Natürlich keine Tiere. Sie machte die Trapeznummer.«

Ich stutzte, bevor mir klar wurde, von wem sie sprach.

»Sie meinen Marie.«

»Aber ja.« Margery lächelte. »Ich kann mir Gesichter sehr gut merken. Ich habe sie sofort erkannt.«

»Während der Zirkus in der Stadt war, ist wohl niemand verschwunden?«, fragte ich so beiläufig, wie unter den Umständen möglich war.

»Ich kann mich nicht erinnern«, antwortete Margery eher enttäuscht. »Aber bei einem Zirkus ziehen ja so viele Leute mit …«, fügte sie hoffnungsvoll hinzu.

Offensichtlich wäre das aus ihrer Sicht die beste Lösung.

»Bez kam gut mit ihnen aus«, fuhr sie fort. »Er weiß vielleicht etwas.«

»Bez ist wohl schon seit Anbeginn der Zeit hier?«, fragte ich.

»O ja, er und Steve, der Bühnenmanager. Wir sind der Club der alten Überlebenden.« Margery lebte sichtlich auf.

Sie schien zwischen der Länge der Dienstdauer am Cross und der dadurch ansteigenden Wahrscheinlichkeit, irgendein armes Mädchen zu erwürgen und es in die Senkgrube zu werfen, keine Verbindung herzustellen. »Philip ist schon eine Weile hier«, fügte sie hinzu.

»Und Ben?«

»Oh, erst zwei Jahre, höchstens. Er kam direkt von der Universität. Ich war sehr froh darüber – er war genau der Richtige für Philip, jemand, der ihm die Last des Organisierens von den Schultern nimmt. Das ist wirklich nicht eine von Philips Stärken. Und er delegiert tatsächlich eine Menge an Ben, was ich gar nicht erwartet hätte. Das hat er mit seinen anderen Assistenten nie gemacht. Seit Ben da ist, hat sich Philip richtig verwandelt«, erklärte sie etwas fröhlicher. »Er ist der erste Assistent, den Philip ernst nimmt. Nun, er ist auch ein sehr zuverlässiger Junge. Philip hört sich sogar seine Vorschläge an – normalerweise ist er sehr störrisch, müssen Sie wissen. Aber heute sagt er oft, dass er erst dann eine Entscheidung treffen kann, wenn er mit Ben gesprochen hat. Das hätte ich nie für möglich gehalten. Ich glaube, er hätte Ben gerne als seinen Nachfolger, obwohl er das letzten Endes nicht zu entscheiden hat. Jedenfalls funktioniert es sehr gut. Ben übt in der Tat einen beruhigenden Einfluss auf Philip aus. Er ist nicht mehr so – sagen wir, wie früher.«

»Ben hat bei *Wer hat Angst vor Virginia Woolf?* Regie geführt, nicht wahr?« Mittlerweile wusste ich, dass man Margery nur mit Fragen füttern musste, wenn ihr Motor einmal angesprungen war.

»Das stimmt.« Dieses Mal zögerte sie.

»Wie fanden Sie es?«

»Oh, er hat seine Sache ausgezeichnet gemacht.«

»Ganz überzeugt klingen Sie nicht.« Ich goss uns Kaffee nach.

»Nun ja …« Margery seufzte. »Er ist absolut kompetent. Aber irgendwie springt der Funke nicht über. Wissen Sie, die meisten Regisseure in diesem Land sind nur semikreativ. Sie haben eine Universitätsausbildung, sie sind intelligent, sie lernen schnell, wie man ein Stück formt, aber – sie sind keine *Künstler*. Sie sind kein Peter Brook oder Robert Lepage. Sie sind vorhersehbar, man kann ihren Stil voraussagen. Die wichtigsten Erfordernisse« – sie klang wie eine Lehrerin – »sind Energie und Durchhaltevermögen. Regisseure brechen genauso zusammen wie Schauspieler – urplötzlich verlieren sie ihr Selbstvertrauen und erlangen es niemals wieder. Es ist auch ein furchtbarer Job, man ist für alles verantwortlich. Man muss ganze Nächte zu Hause arbeiten, ist den ganzen Tag auf den Beinen, und es wird erwartet, dass man auf jede intellektuelle Frage, die sich die Schauspieler nur ausdenken, eine Antwort weiß. Selbst in der Mittagspause muss man sich um die Musik kümmern, die Programme, die Beleuchtung … und dann merkt man irgendwann während der Proben, dass das, was man macht, nichts taugt, aber dann ist es zu spät. Man muss sich durchkämpfen, obwohl man weiß, die Kritiken werden schlecht. Sehr demoralisierend.«

Ich verzog das Gesicht.

»Es ist furchtbar, wenn das passiert«, fuhr sie fort. »Eine schlechte Inszenierung, und der Premierenabend rückt immer näher, und je näher er rückt, desto unsicherer werden die Schauspieler. Und egal, was für Tricks man anwendet, nichts kann von dem Desaster ablenken.«

»Was für Tricks könnten das denn sein?«, fragte ich interessiert.

»Oh, man kann die Wirkung einer Szene mit Musik verstärken. Oder man bemüht sich um ein Bühnenbild, bei dem die Leute vor Staunen den Mund aufreißen. Man kann auch Massenszenen inszenieren, die anderen Schauspieler als eine Art Chorus auftreten lassen. Es gibt da einiges.«

Das schien mir die genaue Parallele dazu, fünfzehn große Skulpturen zu bauen und sie rot anzumalen.

»Woher wissen Sie so viel über diese Seite der Dinge, Margery?«, fragte ich neugierig. »Haben Sie je Regie geführt?«

»O nein!« Sie lachte. »Nein. Ich hätte es gerne gemacht, aber in meiner Generation war es noch etwas schwierig für

Frauen. Nein, mein Mann war Regisseur, bevor er seinen Zusammenbruch hatte.«

»Oh … Das tut mir Leid.«

»Er war eigentlich nicht geeignet für den Beruf«, fuhr sie ruhig fort. »Man muss mit einer Menge Stress fertig werden, wie ich schon sagte. Und das konnte er nicht. Manchmal mache ich mir auch Sorgen um Philip, aber er scheint immer durchzuhalten. Zum Glück kommt er gerade aus den Ferien. Venedig, sehr schöne Stadt. Da kann er all diesen Ärger besser verkraften.«

»Er ist gerade beim Vorsprechen für das *Puppenheim*, nicht wahr?«

»Richtig.« Margery stellte ihre Kaffeetasse ab und sah auf ihre Armbanduhr.

»Wie läuft es?«, hakte ich nach.

»Oh, das ist Philips Metier«, entgegnete sie leichthin. »Und das Bens, bis zu einem gewissen Punkt. Um diese Seite kümmere ich mich überhaupt nicht.«

Sie setzte wieder die Brille auf und lächelte mich an. Die Linsen vergrößerten ihre Augen auf erschreckende Weise. Wenn sie der Regisseur in der Familie gewesen wäre und nicht ihr Mann, hätte es sicher keinen stressbedingten Nervenzusammenbruch gegeben. Ich sah sie an. Sie hatte zwar geleugnet, irgendetwas über das Vorsprechen zu wissen, aber ich konnte mir kaum vorstellen, dass es irgendeinen Aspekt dieses Theaters gab, den Margery Pickett nicht durch ihre starken Gläser verfolgte.

Als ich aus Margerys Büro kam, ging ich nicht nach unten, wo ich hätte sein sollen – ich musste in zwei Wochen noch drei Mobiles bauen, was selbst mit Lurchs Hilfe verdammt eng werden würde –, sondern durch den Irrgarten der Flure, die schließlich in den dunklen Mäulern der Bühnenzugänge endeten. In einer Stunde sollte die Matinee stattfinden und man war beschäftigt. Die Assistentinnen bauten die Requisiten auf, Steve fegte die Bühne (so kurz vor einer Aufführung traute er wahrscheinlich niemand anderem als sich selbst diese wichtige Aufgabe zu), und die berühmte

Schauspielerin, die die Martha geben sollte, stand wie immer mit dem Rücken zum Bühnenhimmel und machte ihre Atemübungen. Bez überprüfte eines der Bücherregale, weil sich der Schauspieler, der den George spielte, beklagt hatte, es habe gewackelt, als er sich am letzten Abend dagegen lehnte.

»Alles klar?«, fragte ich und schlenderte auf die Bühne.

»Hi, Sam.«

»Soll ich das halten, während du die Schraube reindrehst? Ha ha.«

»Guter Witz, danke. Hier ist alles bestens«, fügte er zornig und nur für meine Ohren bestimmt hinzu. »Fest wie ein Fels, dieses Regal. Beschissene Zeitverschwendung. Hat sicher nur was gesucht, über das er sich beschweren kann, um davon abzulenken, dass er im Text hängen geblieben ist. Idiot.«

»Die Polizei hat dich also laufen lassen?«

»Oh, ich bin noch immer Verdächtiger Nummer eins, vergiss das ja nicht.« Bez' Laune besserte sich. »Es war zum Schießen. Wie in *The Bill;* ich meine, als junger Bursche war ich 'n bißchen wild, aber so gegrillt haben sie mich noch nie. Sie sind nicht dumm, das muss ich ihnen lassen. Man denkt ja immer, die Bullen sind dumm, oder? Also, die bei der Mordkommission jedenfalls nicht.« Er pfiff die Erkennungsmelodie von *The Bill,* sehr schlecht. Sie ist auch vertrackt.

Die Beleuchtung änderte sich. Ein Scheinwerfer richtete sich direkt auf uns und blendete uns.

»Ey, spinnst du, Schwachkopf!« Bez zeigte dem Mann in der Beleuchtungszentrale den Finger und der Scheinwerfer wanderte weiter.

»Spinner«, maulte Bez. »Das macht er jedes Mal und denkt, es wäre witzig.« Ich kannte seine burschikose Art, aber seine Laune schien schlechter als sonst.

»Geht es auch ein bisschen leiser?«, sagte Steve in diesem Augenblick zu Bez. Er hatte aufgehört zu fegen und lehnte auf seinem Besen. Um seine feisten Hüften hing ein Werkzeuggürtel, den das Gewicht all der Utensilien, die er bei sich trug, herunterzog. Er war von Kopf bis Fuß in weite schwarze Klamotten gewandet und sah aus wie ein Exmusiker von The Cure.

»Ihr stört Miss Weldon.« Steve nickte zum Bühnenhintergrund, wo die berühmte Schauspielerin die Hände auf den Busen presste und »Ah! Ah! Ah! AH! AH! AH!« machte. Es klang wie ein Chihuahua.

»Vorsicht, Cinderella«, sagte Bez mehr zum Besen. »Hier sagt mir niemand, was ich tun soll. Außerdem würde die sich selbst von einer Atomexplosion kaum stören lassen.«

»Hör mal gut zu ...«

»Lass es sein, okay? Versuch's doch mal bei Dobbin, ja?«

Steve ließ seinen Besen fallen und ging auf Bez los. Da dieser etwa zehn Jahre jünger und viel fitter war als er selbst, bezweifelte ich, dass er wirklich handgreiflich werden wollte, aber zu meiner Überraschung ließ Bez den Schraubenzieher fallen und trat ebenfalls einen Schritt vor.

»Um Himmels willen«, sagte ich ungeduldig, aber keiner hörte mir zu.

In diesem Augenblick tauchte Steves Assistentin, ein Mädchen namens Louise, das mich stets an eine sehr kompetente junge Nonne erinnerte, aus dem Hintergrund auf, schob sich unauffällig zwischen die beiden Streithähne und flötete:

»Steve, wir haben da ein Problem mit dem Monitor, könntest du mal kommen?«

Wie Louise zweifellos vorausgesehen hatte, ließ Steve seine Wut sofort an ihr aus.

»Könnt ihr denn gar nichts allein?«, sagte er laut und stapfte davon. Er dachte nicht mehr daran, dass man die berühmte Schauspielerin nicht stören durfte, die gerade »Oh! oh! oh! OH! OHH! OHH! OHHHH!« die Tonleiter rauf und runter sang. Louise begleitete ihn zur Konsole, die sie so perfekt bedienen konnte, stellte, welche Überraschung, fest, dass der Monitor wieder vollkommen in Ordnung war, und beugte demütig den Kopf, um eine Schimpfkanonade über sich ergehen zu lassen. Nachdem er davongestürmt war, um jemand anderen anzubrüllen, ging sie die Liste der Aufgaben durch, die sie vor jeder Show zu erledigen hatte. Es war ihr gelungen, den Ärger abzuleiten, und sie aß nun seelenruhig einen Apfel.

Das änderte sich jedoch schlagartig, als Ben die Bühne betrat und sofort zu ihr kam.

»Gut gemacht, Louise!«, sagte er. »Ich war gerade im Zuschauerraum und konnte selbst nicht eingreifen – aber du warst großartig.«

»Wirklich?« Louise verschluckte sich an einem Stück Apfel und hustete mit schmerzverzerrtem Gesicht. Sie sah aus, als sei ihr alles furchtbar peinlich. Aber zumindest konnte sie ihr Erröten auf den Apfel schieben und nicht auf Bens Kompliment. Ich hatte noch nie erlebt, dass Louise in Panik geriet. Sie sah zu Ben hinauf wie eine Fünfzehnjährige, die sich in den Geschichtslehrer verknallt hat und deren Gesicht vor Freude über sein Lob glüht.

»Ich wollte sie nur beruhigen«, murmelte sie, noch immer mit roten Wangen. »Miss Weldon macht gerade ihre Übungen.«

»Du hast genau das Richtige getan«, sagte Ben lächelnd. Er traf den absolut richtigen Ton, so wie der Lehrer, der weiß, dass die Schülerin in ihn verknallt ist, und der die gute Schülerin loben muss, aber mit genügend Distanz, um ihre Sehnsucht nicht noch mehr zu entfachen. »Wir sind alle ein wenig angespannt. Kein Wunder.«

»O ja«, hauchte Louise schüchtern.

»Ich sag dir was. Wenn du wieder mal mitbekommst, dass sich die Gemüter erregen, dass etwas hochkocht, dann komm zu mir, wenn du meinst, du wirst allein nicht fertig damit. Philip solltest du nicht stören. Er hat es so schon schwer genug.«

»Ist die Polizei immer noch bei ihm?«

»Nein, sie sind gerade gegangen. Aber morgen muss er noch eine offizielle Aussage machen und was weiß ich noch alles. Ich kümmere mich jetzt besser um ihn. Also, wenn es irgendein Problem gibt, kommst du zu mir, okay?«

»Ja, Ben«, sagte Louise und errötete erneut, als sie seinen Namen aussprach.

Er klopfte ihr auf die Schulter. »Gutes Mädchen.«

Louise starrte Ben anhimmelnd hinterher, der sich auf die Suche nach Philip machte. Man musste Ben bewundern; er war großartig mit ihr umgegangen. Margery hatte Recht. Er war sehr fähig. Um seine nächste Aufgabe beneidete ich ihn nicht. Ich hatte Philip Cantley gestern gesehen, nervös wie ein Alkoholiker am Morgen.

Die Show sollte in einer halben Stunde beginnen und mittlerweile war der Chefelektriker gekommen, um zusammen mit Bez alles zu überprüfen. Die Beleuchtung für die erste Szene stand und der Vorhang war unten. Die berühmte Schauspielerin trollte sich und fünf Minuten später war die Bühne leer. Zur ›Halben‹ war es wie auf der Marie Celeste: Die Schauspieler saßen in ihren Umkleideräumen, die Bühnenarbeiter im Personalraum, wahrscheinlich vor einem Video, Steve und seine Helfer, die die Requisiten aufgestellt hatten, ebenfalls im Personalraum. Theoretisch zumindest. Praktisch saßen die Leute im Pub. Lurch hatte mir erzählt, dass er, als er hier anfing, geglaubt hatte, die halbe Stunde vor Vorstellungsbeginn hieße deshalb die ›Halbe‹, weil sich die Leute schnell noch ein Halbes aus dem Pub mitnahmen, bevor es wieder auf die Bühne ging.

Ich holte mir einen Kaffee aus der Maschine neben der Ecke des Bühnenmanagers und achtete darauf, ja nicht die sorgfältig zurechtgelegten und beschrifteten Requisiten durcheinander zu bringen. Dann schlenderte ich schlürfend hinter die Bühne. Ich mochte diese Zeit. Niemand war da, und die Bühne – erleuchtet, aber leer, halb volle Gläser auf den Tischen – hatte etwas Unheimliches, so als seien alle Schauspieler gerade von Aliens weggebeamt worden. Ich stellte mir vor, wie das Bühnenbild in zwei Wochen aussehen würde, wenn meine Mobiles hier hingen, und das Bild wurde so lebendig, dass ich mich instinktiv in die Ecke des Bühnenmanagers zurückzog, als ich Stimmen auf dem Flur hörte. Ich hatte keine Lust, mit jemandem zu reden.

»Ich glaube, ich sollte heute Abend die Notizen machen«, sagte Ben. »Ich glaube, Sie sind nicht ganz bei der Sache.«

»Schön, schön«, antwortete Philip abwesend, mit heiserer Stimme.

»Haben Sie schon über das Vorsprechen nachgedacht, Philip? Mir schien, es hätten sich da ein paar gute Möglichkeiten ergeben.«

»Nein, natürlich noch nicht!«, knarzte Philip Cantley. »Wie auch, bei all diesem Schlamassel! Was glaubst du, wie ich mich fühle, Ben? Die Polizei hat mich stundenlang verhört. Vielleicht kommen sie wieder! Dir macht es nichts aus!«, fügte er bitter hinzu. »Du warst nicht hier. Aber ich – ich bin verantwortlich. Das lassen sie mich nicht vergessen. Ich bin nur noch ein Nervenbündel.«

»Dann erlauben Sie mir, Ihnen zu helfen«, sagte Ben ruhig. »Sie sind zu beschäftigt. Ich übernehme das Casting für das *Puppenheim.* Natürlich nur für die Nebenrollen. Ich meine, Nora und Torvald stehen ja schon fest. Wirklich, Philip, Sie haben jetzt zu viel mit der Polizei um die Ohren und wir müssen bald eine Entscheidung treffen. Es ist wichtig. Ich glaube, dieses eine Mädchen, von der ich gesprochen habe und die auch im *Traum* mitwirkt, wäre genau die Richtige als Christine. Sie war schon bei einigen meiner Studenteninszenierungen dabei und sie ist sehr gut. Dann müssen wir uns noch um Krogstad kümmern …«

Nach einer kurzen Pause sagte Philip Cantley: »Mach, was du willst!« Er klang niedergeschlagen. »Ich kann mich an die meisten gar nicht mehr erinnern … Ich musste immer wieder an die Leiche denken und daran, dass die Polizei wiederkommt. Was soll ich machen, Ben? Ich ertrage das nicht.«

Er klang zutiefst verzweifelt. Seine Stimme nahm einen seltsam hohen Ton an, in den sich Panik mischte.

Bens ruhige, vernünftige Stimme fiel wie ein kühler Schauer auf diese Extreme und fuhr die Temperatur des Gesprächs herunter.

»Beruhigen Sie sich, Philip, Sie brauchen sich um nichts Sorgen zu machen«, meinte er sanft. »Ich mache das schon.«

»Wirklich?« Philip Cantley klang etwas ruhiger.

»Natürlich. Es wird alles gut werden, keine Bange. Und was unsere Abmachung betrifft, ich werde keiner Menschenseele etwas erzählen. Ich werde sagen, dass ich nur Ihre Anweisungen umsetze. Hi, Sam!«, rief er, als er an der Tür zum BM-Raum vorbeikam und mich sah. »Überprüfst heute du die Requisiten?«

»Ich wollte nur in aller Ruhe einen Kaffee trinken.«

Ben lächelte. Es war ein nettes Lächeln. An seinen Mundwinkeln bildeten sich Falten wie Klammern, die Augen hinter den Brillengläser zogen sich zusammen.

»Zu dieser Zeit kommt einem alles immer so komisch vor. Die Lichter sind an, aber keiner ist zu Hause.«

»Ich dachte auch gerade an die Marie Celeste«, stimmte ich zu.

Die ersten Mitglieder der Crew kamen zurück, Louise als Erste. Sie hatte eine Thermosflasche und eine Tupperdose mit Obst bei sich, die sie sorgfältig auf einem kleinen Regal über dem Mischpult abstellte. Philip Cantley wartete sichtlich gereizt darauf, dass Ben sein Gespräch mit mir beendete. Nervös wanderte sein Blick umher. Selbst der Seidenschal um seinen Hals war zerknittert. Als ich an ihm vorbeiging in Richtung Werkstatt, sah er mich mit leeren Augen an, sein Blick ging geradewegs durch mich hindurch. Er ähnelte noch immer einem Vampir, aber einem, der seit Wochen keinen Schluck aus der Halsschlagader bekommen hatte.

11. Kapitel

Am nächsten Morgen rief mich Matthew an und fragte, ob ich am Nachmittag in den Pfarrsaal kommen könne, um über eine neue Idee von Sally zu sprechen, die absolut aufregend sei. Zähneknirschend sagte ich zu, denn ich war mit den Mobiles im Rückstand, hauptsächlich wegen meiner eigenen Verrücktheit. Was als einfaches Design begonnen hatte, war immer ausladender geworden, je mehr ich mit den Effekten experimentierte, die sich durch meine Zeichnungen von den Bäumen auf dem Friedhof ergaben. Vorher hatte ich Meteore mit den Mobiles assoziiert, Kometen, fremde Planeten, mit Draht umwickelt, als seien es seltsame Ringe. Durch die Verwendung des Efeus vom Bühnenhimmel war ich mithilfe Lurchs auf eine neue Idee gekommen. Es stellte sich heraus, dass er ein gutes Auge besaß, und die grenzenlose Begeisterung eines Siebzehnjährigen war ansteckend. Zum Glück war er nie auf der Kunstschule gewesen. So was treiben sie einem da sofort aus. Ich erzählte Bez nicht, was für eine Entdeckung sein Sklave war, damit er nicht den Preis hoch trieb.

Die vormittägliche Arbeit lief dann so gut, dass ich mir einen kleinen Abstecher in den Fitnessclub erlaubte, bevor ich zum Pfarrsaal ging. Lurch hatte ich ein paar Routinearbeiten überlassen. Zumindest redete ich mir ein, es seien Routinearbeiten. Wenn ich morgen wiederkam, hatte er das Mobile wahrscheinlich besser fertig gestellt, als ich es selbst gekonnt hätte.

Als ich den Pfad hinaufkam, sah ich Titania und ihre Elfen, minus Tabitha. Sie standen mit trotzigen Mienen in einem kleinen, engen Kreis vor den Schwingtüren. Nachdem sie meine Schritte gehört hatten, drehten sie sich abrupt mir zu, wie eine Gruppe von Verschwörern, die man bei ihrem Ränkespiel ertappt hatte.

»Sie warten auf dich«, sagte Ranjit und sah mich fast feindselig an.

»Wisst ihr, warum MM mich hat rufen lassen?«, fragte ich, nicht weil ich es wissen wollte, sondern um höflich zu sein.

»O ja«, meinte Hugos blonder Jüngling und verzog schmollend den hübschen Mund. »*Wir* wissen es.«

Der Rothaarige und Helen tauschten bedeutsame Blicke aus. Ranjit und der blonde Junge taten es ihnen nach. Ich ging weiter, bevor sie mich umringen und ihr Bedeutsame-Blicke-Austauschen im Quartett vollführen konnten. Sie wirkten nicht mehr wie Elfen, sondern wie die Hexen aus *Macbeth*, wenn sie auch mehr als drei waren, oder wie Statisten aus *The Wicker Man*. Wahrscheinlich brachten sie Blutopfer, damit die Inszenierung gelingen möge, und ich hatte nicht vor, das nächste Opfer zu werden. Ich nahm an, Tabitha wäre das erste. Wie ich bereits bemerkt hatte, war sie nicht dabei. Vielleicht lasen sie auch die Zukunft aus Innereien. Für diesen Fall wünschte ich dem Auguren viel Glück, bei dem Zustand meiner Leber.

Drinnen roch es wie gewöhnlich nach Staub, Bohnerwachs und Zigaretten. Ich blieb auf der Türschwelle stehen und hielt nach frischen Blutspuren Ausschau, entdeckte jedoch nichts. Vielleicht waren die Elfenkönigin und ihre Begleitung deshalb so schlecht gelaunt.

»Sam! Hi!« Matthew kam auf mich zu. »Willst du einen Kaffee?«

»Nein, danke, ich bin nachher bei Hugo zum Tee eingeladen und möchte lieber nicht durcheinander trinken.«

»Sicher«, sagte er und sah mich mit leerem Blick an. Matthew verstand keine Witze. Wenn er es je zum Regisseur bringen sollte, wäre er gut beraten, sich bei Komödien an Pinter oder Gogol zu halten. Ganz offensichtlich hatte er so viel Humor wie Strindberg nach einem besonders hässlichen Krach mit seiner Frau.

MM winkte mich vom anderen Ende des Raums herbei. Sie schien ein ernsthaftes Gespräch mit Tabitha, Sally und einem dürren Mann mit Ziegenbart zu führen, unserem Choreografen Thierry. Ich hatte ihn schon kennen gelernt. Er war ein Ex von Sally. Ich wusste nicht, welche Art von Ex, aber eher nichts Wichtiges. Was Beziehungen betraf, war Sal keineswegs besser als ich.

»Sam!« Sally küsste mich auf die Wangen. »Wir haben eine großartige Idee!«

»Ja, ich hab davon gehört«, sagte ich und lehnte mich an die Wand. »Und je öfter ich es höre, desto nervöser werde ich.«

»Nein, es ist wirklich eine gute Idee«, erklärte Thierry ernst. Er hätte zusammen mit Matthew bei der nächsten Olympiade im Wettbewerb der Begriffsstutzigen für England antreten können. »Und ganz von deinen Mobiles inspiriert.«

»Ach du Scheiße.« Ich griff nach einer Zigarette, aber dann fiel mir ein, dass ich nicht rauchte. Zu blöd.

»Ich werde …«, piepste Tabitha, um sofort von einem Blick MMs zum Schweigen gebracht zu werden. Offensichtlich sollte sie nur gesehen und nicht gehört werden. Bei ihrem Verhältnis von Schönheit zu Intelligenz ein weiser Entschluss.

»Es geht um Folgendes«, sagte MM. »In der Szene, in der sich Titania in Zettel verliebt …«

»Akt drei, Szene eins«, fügte Matthew so pompös hinzu, als steuere er eine äußerst wichtige Information bei.

»… ruft sie die Elfen herbei, damit sie auf Zettel warten. Sie kommen nacheinander, Senfsamen – dann Tabitha –, sie ist die Letzte. Wenn sie alle versammelt sind, springt sie plötzlich hinter einem Mobile hervor, das über dem Boden hängt, sodass es aussieht, als käme sie aus dem Nichts. Ein netter Effekt. Sally hat ihn sich ausgedacht, der clevere Junge. Wir hatten ja gesagt, dass nur Puck auf einem Mobile sitzen soll, aber für einen visuellen Effekt müsste noch Platz sein. Wie Thierry es formulieren würde.«

»Passt sie denn dahinter?«, fragte ich.

»Das wollen wir überprüfen. Sie ist die Kleinste der Gruppe und die Wendigste. Thierry hat gerade mit allen ein paar Verrenkungsübungen gemacht. Er ist der Meinung, dass Tabitha die Richtige ist.«

Und hatte damit für Schmollmünder bei den anderen Elfen gesorgt. Das erklärte die Trotzfront draußen. Sally wirkte ebenfalls nicht überzeugt. Tabitha sprühte natürlich vor Glück und strahlte wie eine mattierte Hundert-Watt-Birne. MM schaute wie immer wohwollend-neutral drein, während Thierry mit den Händen fuchtelte und beschrieb, wie er die Elfen dazu gebracht hatte, dramatische, akrobatische Höchstleistungen zu vollführen.

»... und als Letztes mussten sie vom Fensterbrett springen«, schloss er triumphierend.

»Klingt nach *Peter Pan*«, meinte ich. »Wer hat den Hund gespielt?«

Wie nicht anders zu erwarten, wurde meine Bemerkung von allen ignoriert. Thierry legte freundschaftlich den Arm um Tabitha.

»Wir werden etwas Tolles ausarbeiten«, sagte er zu ihr.

»Verzeiht, wenn ich dieses Fest der Liebe störe«, warf ich ein. »Aber wozu bin ich hier? Oder wolltet ihr nur Zuschauer für euer Genie haben?«

MM sah mich erstaunlich amüsiert an. »Wir wollen wissen, ob du glaubst, dass Tabitha ohne weiteres hinter ein Mobile passt, oder ob du ein etwas größeres bauen müsstest.«

Ich sah Tabitha an. »Sie ist ziemlich klein ... Wie soll es ablaufen? Das Licht geht aus, sie wird hinter einem Mobile herabgelassen und springt dann auf ein Stichwort dahinter vor? Dann bräuchte ich vielleicht gar nichts zu ändern. Die Mobiles sind schon ausgebeult genug, lauter Löcher, Dellen, der ganze Efeu darum, und wer weiß, was sich Lurch heute Nachmittag noch so ausdenkt. Wie wär's, wenn ihr morgen ins Theater kommt – Tabitha und wer noch will –, dann können wir es probieren. Aber es müsste klappen.«

»Gut!«, verkündete MM. »Kümmere dich darum, Matthew, ja? Sind die Nächsten da?«

Matthew blätterte ein paar Seiten auf seinem Clipboard weiter.

»Hermia und Lysander!«, rief er wichtig, als wisse er nicht, dass Violet und Paul ganz in der Nähe standen, an der Garderobe. Sie redeten miteinander, aber irgendwie sah es angestrengt aus. Sie kamen wohl nicht zurecht.

»Hier, Darling«, erwiderte Violet und beschenkte ihn mit einem Lächeln, das ihn fast einen Schritt zurückwarf. Sie trug Reithosen, eine weiße Bluse und einen Seidenschal um den Hals und sah aus wie Diana Quick in *Wiedersehen, Brideshead*, nur noch hübscher. Paul verblasste neben ihr.

»Ihr hattet etwas zu besprechen«, sagte sie und kam auf uns zu. »Deshalb habe ich es nicht gewagt, euch zu unterbrechen. Aber ich war überpünktlich«, fügte sie stolz hinzu.

Paul folgte ihr wie am Schlepptau einer Luxusjacht.

»Was gab's denn?«, fragte er, ein bisschen zu jovial. Ich wusste bereits, wie sehr sich die Schauspieler um die Aufmerksamkeit des Regisseurs streiten. Sie waren wie eifersüchtige Kinder, die ständig am Rockzipfel der Mutter zogen.

Tabitha verkündete die gute Neuigkeit; sie strahlte noch immer. Aber unter Violets Blick klang es irgendwie verhaltener.

»Im Grunde ist es also ein Sprung«, meinte Paul ungeschickt.

Thierry war beleidigt. »Es wird ein großer Auftritt werden«, sagte er schroff. Tabitha stand offenbar in seiner Gunst. »Sie wird praktisch herabfliegen.«

Aber es war zu spät. Paul stammelte eine Entschuldigung, mit der er alles noch schlimmer machte.

Violet, das musste man ihr anrechnen, enthielt sich jeden Kommentars, ja sie zog nicht mal eine Augenbraue hoch, aber ihre bloße Anwesenheit genügte, um Tabitha verkümmern zu lassen. Sie lief in die Küche, gefolgt von Thierry.

»*Cretino!*«, sagte Sally zu Paul. »Wenn sie kein Selbstvertrauen hat, dann kann sie nischt ihr Bestes gäben!«

»Es tut mir Leid – ich wollte wirklich nicht ...«, platzte Paul heraus. Es schien ihm ehrlich Leid zu tun. »Was soll ich machen? Ich finde sie wirklich gut ...«

»Am besten gar nischts!«, sagte Sally schroff. »Wenn du mit ihr sprischst, machst du alles nur noch schliimer.«

Paul schlich sich davon, während Sally in die Küche ging, um Tabitha aufzubauen. Sophie kam mit einem Arm voll Kostüme und einem Niesanfall herein. Den Kopf von den wertvollen Stoffen wendend, legte sie ihre Last auf Matthews Tisch ab. Die Elfen trippelten hinter ihr her. Jetzt, wo sie ihre Kostüme sehen durften, schien ihr Missmut verflogen. Selbst Tabitha kam wieder aus der Küche. Sie war wieder so weit hergestellt, dass sie die Feindseligkeit der anderen einfach ignorieren konnte. Helen sah mich in meiner Ecke und kam zu mir herüber. Ihre Stimmung schien sich nicht verbessert zu haben.

»Willst du dir nicht dein Kostüm ansehen?«, fragte ich höflich.

»Oh, ich hab meins schon vor langer Zeit gesehen. Sophie macht nur noch mit den Farben für die Elfen rum«, meinte Helen abschätzig. »Hugo und ich erscheinen in Grün und Silber.«

»Keine Togas?«, fragte ich, in Anspielung auf etwas, das Hugo vor ein paar Tagen gesagt hatte.

Helen ignorierte das, so wie alles, was sie nicht verstand.

Dann nickte sie zu Tabitha hinüber. »Sie kommt jetzt ganz groß raus, was?«, meinte sie hämisch.

»Es geht so«, gab ich zu bedenken. »Im Grunde hatte Paul Recht, es ist nur ein Sprung. Für dich wäre es doch sowieso nichts, oder? Du bist doch nicht schwindelfrei.«

Helen erschauderte. »Darum geht es nicht«, sagte sie bestimmt. »Ich bin die Königin der Elfen. Mir hätten sie es zuerst anbieten müssen.«

»Und du hättest abgelehnt. Außerdem hat sich Thierry doch alle angesehen, oder?«

»Ich glaube nicht, dass sie so gut war, wie alle offenbar meinen«, sagte sie abschätzig. »Aber sicher, sie ist klein. Richtig dürr. Ich schätze, das gab den Ausschlag.«

Ich sah zu Tabitha hinüber, zierlich und wohlgeformt, wie sie war, und runzelte die Stirn. Dürr? Aber nur, wenn man von Melanie Griffith sagen würde, dass sie ein bisschen dünn sei.

Die Elfen zwitscherten im Hintergrund, während sie sich die Stoffe vor die Körper hielten. Es schien ewig zu dauern, wahrscheinlich weil ich eifersüchtig war, dass niemand mir die gleiche kleidungsorientierte Aufmerksamkeit widmete. Schließlich klatschte MM in die Hände. Die Elfen und Helen packten ihre Sachen zusammen und verzogen sich, Sophie beugte sich über Berge von Stoffen und begann zu nähen, während Violet, die die ganze Zeit so getan hatte, als sei sie die perfekte Farbberaterin, sich zu Paul in der Mitte des Saals gesellte.

Sie sah ziemlich blass aus, und kurz darauf legte sie die Hand auf die Stirn und sagte, es täte ihr Leid, aber ihr sei etwas schwindlig; trotzdem würde sie versuchen, sich zu konzentrieren. Aber die Sache wurde nicht besser. Violet vergaß ihren Text, und wenn sie sich erinnerte, sprach sie undeutlich.

»Sie hat doch nicht etwa getrunken?«, sagte ich verblüfft zu Sally.

»Nein, natürlich nischt.« Trotzdem beugte er sich zur Seite und roch an ihrem Kaffee.

»Was ist es dann? Hat sie einen Sonnenstich?«

»Wenn Leid denn immer treue Liebe traf, so steht es … so steht es …« Sie brach ab. »Es tut mir wirklich Leid«, sagte sie ratlos. »Ich komme mir vor, als hätte ich einen Sonnenstich. Mir ist ganz schwummerig, ich weiß nicht, was los ist, vor fünf Minuten ging es mir noch gut.«

»Klar«, sagte Paul ungerührt. »Hast du was genommen oder so?«

»Natürlich nicht, Dummkopf.« Violets Entgegnung hatte sicher sehr viel schärfer kommen sollen, aber sie sprach so undeutlich, dass es seinen Vorwurf kaum entkräftete.

»Na ja, sieht aber ganz so aus.«

Misstrauisch steckte Sally seinen Finger in Violets Kaffee und leckte ihn ab. Er schüttelte den Kopf. Ich konnte mir Violet auch nicht als heimliche Trinkerin vorstellen, aber man weiß ja nie.

»Vielleicht setzt du dich mal eine Weile hin, Violet. Paul kann solange seine Szene mit Helen spielen«, schlug MM vor.

»Ja, gut. Es tut mir wirklich Leid«, wiederholte Violet. Sie sah benommen aus. »Ich weiß wirklich nicht, was mit mir los ist ... mein Kopf dreht sich ... wie ein Kreisel.«

Die letzten Worte tropften nur noch aus ihrem Mund. Sophie sprang besorgt auf und half Violet in einen Sessel, der im Blumenzimmer abseits des Saals stand. Plötzlich tauchte Helen in der Mitte des Raums auf. Anders konnte man es nicht beschreiben. Ich hatte sie nicht kommen sehen und fragte Sally; ihm ging es ebenso.

»Es kam so ... plötzlich«, sagte Violet zu Sophie. »Ehrlich, ich mache keine ... Schau ...«

»Nicht sprechen«, sagte Sophie, die neben ihr kniete. Violet lag halb auf dem Sessel, die Füße übereinander. »Willst du ein Glas Wasser?«

Violet schüttelte den Kopf.

»Das kommt doch nicht etwa von dieser verrückten Diät, Vi? Du hast doch nicht ...«

Violet schüttelte erneut den Kopf, dieses Mal heftiger.

»Na schön, dann verschaff ich dir erst mal ein bisschen mehr Luft.« Sophie machte sich daran, den Schal um Violets Hals aufzubinden. Sofort wehrte Violet sie mit der Hand ab.

»Es ... es geht mir gut«, sagte sie mit einiger Mühe. »Lass mich einfach nur allein. Bitte!«

Sophie erhob sich abrupt und verließ das Zimmer. Als sie an mir vorbeikam, hielt ich sie fest. Sie sah aus, als habe sie sich über Violets Weigerung, sich von ihr helfen zu lassen, sehr geärgert, und starrte auf meine Hand auf ihrem Arm, als erkenne sie kaum, wer ich war oder was ich tat.

»Komm doch mal kurz mit nach draußen«, sagte ich zu ihr.

Die Luft war klar und frisch, die Blumenbeete rings um den kleinen Rasen so makellos gepflegt wie immer. Auf der anderen Seite des Friedhofs kniete die Vikarin, in Barbourjacke und Gummistiefeln, und bettete neue Pflanzen ein. Ich lenkte unsere Schritte in die andere Richtung, unter die großen Eichen. Als ich durch das dichte Netz aus Ästen und Zweigen nach oben sah, machte mich das Sonnenlicht, das wie Wasser durch die Blätter brach, fast schwindelig. Einen Augenblick lang stand ich im Zauberwald bei Athen, bis mich der Geruch von Sophies Zigarette und der Rauch, der durch die Zweige hinaufstieg und sich durch das Sonnenlicht wand, wieder in die Gegenwart brachte.

»Ich mache mir solche Sorgen um Violet«, sagte sie ohne Vorrede.

»Das brauchst du nicht. Ich glaube, ich weiß, was es ist.«

Sophie runzelte die Stirn und sah mich fragend an. »Was meinst du?«

»Was gerade passiert ist, natürlich.« Jetzt starrte ich sie verblüfft an. Wir schienen über zwei verschiedene Dinge zu sprechen. »Hast du deine Antihistamine dabei?«, fragte ich.

»Ja.« Sophie betastete ihre Hosentaschen, ohne Erfolg. »Oh, dann müssen sie noch drinnen sein. Ich hatte sie auf den Tisch gelegt. Ich habe eine Tablette genommen, als ich herkam. Hier erwischt es mich immer – muss wohl an dem Gras und den Blumen auf dem Friedhof liegen. Das hat man in Brixton nicht so häufig.«

»Nun ja, ich glaube, dass jemand Violet ein paar deiner Antihistamine in den Kaffee getan hat. Hast du nicht erzählt, dass sie dich benommen machen?«

Sophie sah mich verständnislos an. »Aber warum sollte jemand so etwas tun?«

Ich zuckte mit den Schultern. »Warum sollte jemand bei ihr anrufen und so tun, als sei er Matthew.«

»War das denn so? Ich dachte, das hätte sich Vi nur als Entschuldigung ausgedacht.«

»Glaubst du, sie hätte dabei in Kauf genommen, dass Matthew Ärger bekommt? Du kennst sie besser als ich.«

Sophie drückte die Zigarette in der leeren Schachtel aus und überlegte. »Nun, wenn du es so formulierst, nein, glaube ich nicht. Vi ist eigentlich ganz lieb, wenn man mal ihre Launen und Flausen kennt.« Sie runzelte die Stirn. »Ich verstehe das nicht. Meinst du, jemand hat es auf sie abgesehen?«

Ich hob die Augenbrauen. »Was sonst? Es sei denn, du findest eine andere Erklärung dafür, dass ihr auf einmal so schwummerig war, wie sie es nannte. Alle liefen um den Tisch herum – es wäre leicht gewesen, ein paar von deinen Pillen zu klauen und sie in ihren Kaffee zu tun. Sie hat ihren eigenen Becher, also konnte man ihn nicht verwechseln.«

»Die Tabletten lösen sich nicht auf«, sagte Sophie.

»Es dauert nur eine Sekunde, sie in der Küche mit einem Löffel zu zerstoßen. Aber das können wir überprüfen, wenn ihr Becher noch nicht ausgespült worden ist. Auf dem Boden müssten Rückstände sein.«

»O Gott, das ist unheimlich!«, sagte Sophie betrübt. »So etwas mag ich überhaupt nicht.« Mit ihren großen Augen, das Haar hinter die etwas spitzen kleinen Ohren gestrichen, sah sie aus wie eine ängstliche Waldfee.

»Und wovon hast du eben gesprochen?«, fragte ich. »Als du sagtest, dass du dir Sorgen um sie machst? Ich dachte, du meinst ihren Schwindelanfall, aber offenbar hattest du etwas ganz anderes im Sinn.«

»Oh.« Jetzt sah sie aus wie eine sehr unglückliche Waldfee. »Vi und die Männer … ich weiß nicht, aber sie scheint immer auf die Typen zu stehen, die sie schlecht behandeln. Jedenfalls – als ich den Schal losbinden wollte, habe ich einen blauen Fleck auf ihrem Hals gesehen. Kein Knutschfleck, ein richtiger blauer Fleck, nein … eigentlich eher leicht gelbgrün. Deshalb wollte sie nicht, dass ich ihr den Schal abnehme. Und da ist mir eingefallen, dass sie schon seit Beginn der Proben etwas um den Hals trägt. Und jetzt weiß ich, warum.«

»O Gott«, sagte ich bestürzt.

»Und sie hat gezuckt, als ich sie am Arm packte«, fügte Sophie hinzu. »Wahrscheinlich hat sie dort auch blaue Flecke. Ich kenne ihren Freund nicht mal. Ich meine, ich hab ein-, zweimal gesehen, wie sie jemand abholte, aber das ist alles. Er muss aber ganz gut bei Kasse sein«, ergänzte sie.

»Dem Wagen nach zu urteilen. Vielleicht ein Banker.« Sie drehte sich zu mir. Ihre Stimme klang ernst. »Was kann ich tun? Soll ich mit ihr darüber reden?«

»Das würde ich nicht. Da sie nicht wollte, dass du ihren Hals siehst, wird sie dich ins Leere laufen lassen, wenn du davon sprichst, und du verlierst sie als Freundin, weil sie denkt, dass du nicht akzeptierst, was sie tut. Du musst warten, bis sie zu dir kommt.« Wie reif ich doch klang.

»Aber, Sam, was ist, wenn nicht?«, entgegnete Sophie mit hoher, nervöser Stimme. »Was, wenn nicht, und dieser Freund geht zu weit und erwürgt sie?«

Plötzlich fragte ich mich, wie viel Sophie über das Mädchen wusste, das jemand in die Senkgrube unter dem Theater geworfen hatte; wusste sie zum Beispiel, dass es erwürgt worden war?

»Ach du meine Güte«, sagte Hugo recht fröhlich, nachdem ich ihn auf den neuesten Stand gebracht hatte. »Nun, das ist noch unterhaltsamer als *Die Wikinger*, ein Urteil, das ich wirklich nicht oft fälle. Möchtest du noch Earl Grey?«

Wenn Hugo jemanden zum Tee einlud, dann auch richtig: ein Teeservice aus feinstem Porzellan, Leinenservietten, ein Silbertablett.

»Alles vom Bermondseymarkt«, sagte er und deutete auf den Tisch. »Außer den Keksen, wie du sicher gerne hören wirst. Die sind frisch. Shortbread und Ingwerkekse – warum machst du eigentlich diese widerlichen Schnuppergeräusche?«

»Wenn jemand von Shortbread spricht, überkommt mich jedes Mal eine unkontrollierbare Erregung«, erklärte ich ihm. »Und jetzt gib mir was, sonst verfalle ich in Zuckungen.«

»Ich muss sagen, du bringst mich fast dazu, dir die Dose zu entziehen ... und, nebenbei, du weißt, wie viele Kalorien Shortbread hat, junge Frau?«

»Ich gehe ins Fitnessstudio. Jetzt her mit der Dose oder ich übernehme keine Verantwortung für die Konsequenzen.«

Hugos Wohnung lag in Spitalfields, im ersten Stock eines hübschen kleinen georgianischen Hauses. Offenbar war es sehr liebevoll renoviert worden. Ob historisch korrekt, konnte ich nicht sagen, aber es gefiel mir. Hellgelbe Wände, an denen Schwarzweißdrucke hingen, polierte Dielen und filigrane Holzmöbel, die viel bequemer waren, als sie aussahen. Auf ein paar kleinen Tischen standen einige mit gutem Auge ausgesuchte *objets d'art:* Lalique-inspirierte Briefbeschwerer aus Glas, gerahmte Fotografien und silberne Kerzenleuchter. Ich rollte mich auf dem Polstersofa zusammen, das mit strohfarbener Seide bezogen war, und trank einen Schluck Tee. Komischerweise hatte ich gar keinen Appetit mehr.

»Du isst nicht viel«, meinte Hugo, der in seinem Sessel saß und die langen Beine ausgestreckt hatte, die Füße übereinander geschlagen. Er trug Tweed, aus irgendeinem unerfindlichen hugoesken Grund, und rauchte Sobranies.

»Ich warte die ganze Zeit darauf, dass du eine Taschenuhr hervorholst«, sagte ich.

»Du wagst es, mich mit dem weißen Kaninchen zu vergleichen?« Er sah über seine lange Nase auf mich herab und stieß eine Rauchwolke aus. »Erzähl mir mehr davon, was heute passiert ist. Du weißt, ich liebe Klatsch.«

»Mehr gibt's da nicht. Sophie und ich schnappten uns Violets Becher und der Boden war mit weißem Pulver bedeckt. Wenn sie nicht selbst etwas genommen hat, waren es die Antihistamine.«

»Wie um alles in der Welt bist du darauf gekommen?«, fragte Hugo neugierig.

Ich stellte meine Tasse ab. »Violet sah so völlig überrascht aus. Das hat sie nicht gespielt. Und warum sollte sie Ecstasy oder selbst eine Droge auf Rezept nehmen, kurz bevor ihre Probe beginnt? Und dann fiel mir ein, dass Sophie geniest hatte, als sie reinkam, und ich dachte an Heuschnupfen und Antihistamine und die damit verbundene allgemeine Schlappheit ... es wäre so einfach gewesen, ein paar Pillen in die Küche zu schmuggeln und sie dort mit der Rückseite eines Löffels zu zermahlen. Von euch kriegt ja nie einer mit, was der andere tut. Es sei denn, jemand spricht mit MM, dann dreht der Rest vor Eifersucht durch und versucht mitzukriegen, was besprochen wurde. Sie scheinen mir alle sehr selbstverliebt.«

»Sehr wahr«, meinte Hugo. »Wahrscheinlich hätte jemand Violet an Ort und Stelle erdrosseln können. Solange sie mit ihren Kostümen beschäftigt waren, hätte keiner auch nur einen Blick riskiert. Aber wer, glaubst du, war es?«

»Keine Ahnung«, musste ich gestehen. »Bei Violet denkt man immer an eifersüchtige Frauen. Sie ist eine Frau für die Männer. Mädchen hassen sie entweder oder verknallen sich halb in sie, wie Sophie. Da sind Tabitha, Helen, Hazel ...«

»Hazel ist ein sehr stilles Wasser«, warf Hugo ein. »Vielleicht ist sie aber auch bloß eine jener Schauspielerinnen, die nur an ihr Handwerk denken.« Er betonte das vorletzte Wort so deutlich, dass ich es fast sehen konnte. »Und das können die skrupellosesten sein.«

»Es ist seltsam, dass Hazel einen zu allen möglichen Spekulationen verleitet«, ergänzte ich, wobei ich das komische Gefühl hatte, ins Blaue hineinzureden. »Sie erinnert mich an ein Chamäleon oder einen Eisberg; ihre Persönlichkeit ist fast völlig unter Wasser ...«

Hugo sah mich eindringlich an, aber ich hatte den Eindruck, als höre er mir kein bisschen zu. Was er als Nächstes sagte, schien auch dementsprechend irrelevant.

»Du hast gar nichts gegessen, nicht wahr? Nun ja, ich auch nicht, wenn man's bedenkt ... Weißt du was, ich glaube, ich werde duschen. Entschuldigst du mich?«

Er stand auf und ging mit langen, gemächlichen Schritten ins Bad. Die Tür schloss sich und ich hörte, wie das Wasser lief. Er duschte wirklich. Ich starrte ihm hinterher, völlig verblüfft von seinem bizarren Verhalten, und griff nach seiner Zigarettendose, die er auf dem Tisch liegen gelassen hatte. Ich rauche nur unter gewissen, außergewöhnlichen Umständen, und jetzt war definitiv die Zeit dafür.

Nach etwa zehn Minuten kam Hugo wieder. Er trug einen schwarzen Hausmantel aus Brokat, sein Haar war trockengerieben und im Nacken zusammengebunden. Die Sonne schien durch das Fenster hinter ihm und verwandelte seine blonden Locken in Gold. Er blieb eine Minute in der Tür stehen und sah mich schweigend an. Dann, als habe er endlich eine Entscheidung getroffen, löste er den Gürtel des Mantels und ließ ihn zu Boden fallen. Darunter war er ziemlich nackt, wie nicht anders zu erwarten gewesen war.

»Gefällt dir, was du siehst?«, fragte er mit ruhiger, unbewegter Stimme. Wenn es nur den geringsten Hauch einer gewissen Lässigkeit oder Koketterie gegeben hätte, hätte ich mich schnell von meinem Schock erholt und eine entsprechend laszive Antwort gegeben. Aber dem war nicht so, und deshalb verharrte ich absolut sprachlos und starrte ihn an, die langen, schmalen Muskeln seiner Oberschenkel, den Bau seiner Schultern, den matten, goldenen Glanz seines blassen Körpers im Sonnenlicht. Ein kleiner, noch rationaler Teil meines Verstandes erkannte, dass er schöne Waden hatte, und meldete Gefallen. Mein Mund war trocken.

Er kam auf mich zu. Der Hausmantel blieb dort liegen, wo er ihn abgestreift hatte, eine Pfütze schwarzen Brokats auf dem Boden. Dahinter sah ich den Badezimmerspiegel, noch feucht vom Wasserdampf. Er verströmte den Duft von Issey for Men, von seiner Haut erwärmt.

»Hugo?«, sagte ich wie blöd. Ich hatte das Gefühl, als würde ich im Meer des Unverständnisses ertrinken, und zwar schnell, und als müsse ich mich an alles halten, was mich vor dem Untergang bewahrte. Jetzt wurde mir die Bedeutung von ›sich an einen Strohhalm klammern‹ klar.

»Ich weiß, dass ich mich ziemlich irreführend verhalten habe«, sagte er, »indem ich dich dazu brachte, mich als Schwulen zu betrachten. Aber du wirktest so selbstsicher, dass ich mir die Gelegenheit nicht entgehen lassen wollte, dich auf dem falschen Fuß zu erwischen. Eine Weile hat es mir auch Spaß gemacht. Aber jetzt nicht mehr. Ich habe meine Phasen polymorphemer Perversität«, fügte er hinzu, wie eine Nachricht. »Aber Frauen ziehe ich unendlich vor. Ich hoffe, du bist nicht enttäuscht.«

Er stand jetzt direkt vor mir und seine Nacktheit schien ihm nicht im Mindesten peinlich zu sein. Ich hatte diese Technik selbst schon mal eingesetzt, aber es war das erste Mal, dass jemand sie an mir ausprobierte. Von einem Mann erwartete man so etwas nicht. Aber Hugo war eben ein ungewöhnlicher Mann.

Er beugte sich vor und begann, meine Bluse aufzuknöpfen. Der Duft von Issey for Men umhüllte uns beide und darunter war Hugo selbst, was genauso gut war. Mein Kopf drehte sich. Hugos Hand glitt in meine Bluse und umfasste eine meiner Brüste.

»Du weißt nicht, wie lange ich das schon tun wollte«, sagte er ruhig. »Also wirklich, Sam, es ist gar nicht schlecht, dich mal eine Weile sprachlos zu sehen. Ich werde das Beste daraus machen, solange es andauert.«

Er knöpfte meine Bluse ganz auf und begann dann, sie mir langsam und mit beträchtlichem Vergnügen auszuziehen.

»Hugo ...«, sagte ich entnervt, ohne die geringste Ahnung, was ich sonst noch zum Ausdruck bringen wollte.

»Genug geredet, meinst du nicht auch?«, fragte Hugo und ließ Worten Taten folgen. »Dazu gibt es ein Zitat. Es fällt mir später bestimmt wieder ein. Aber jetzt lenkst du mich zu sehr ab, als dass ich mich auf mehr als eine Sache konzentrieren könnte.«

Seine Hände glitten meine Schenkel hinauf. Ich schloss die Augen und ließ mich auf dem Sofa zurückfallen. Eine andere Taktik als die des geringsten Widerstands fiel mir nicht ein.

12. Kapitel

»Still, ich stopfe dir den Mund.«

»Im Ernst?« Hugo nahm einen langen Zug von seiner mauvefarbenen Sobranie. »Würde es dir sehr viel ausmachen, damit eine halbe Stunde zu warten, Darling? Momentan scheint jegliche Energie von mir gewichen zu sein.«

»Beatrice an Benedict. Aus *Viel Lärm um nichts.*«

»O ja. Was für ein wunderbarer Augenblick das ist. Die Stimmung dreht sich und wendet sich in die andere Richtung, nach dem Kuss.«

»Ein bisschen so wie deine Idee, dich vor mir auszuziehen. Hast du dieses Manöver schon öfter ausgeführt?«

»Das muss ich verneinen. Es war die pure Inspiration. Ich stand da und seifte mir die Achselhöhlen ein und dachte, dass es jetzt langsam an der Zeit wäre, die Dinge voranzutreiben. Dabei stand ich unter dem Eindruck, dass du einer Beschleunigung nicht abgeneigt wärst.«

»Nur weil ich nichts gegessen habe …«

»Wenn ein Mädchen verkündet, dass sie süchtig nach Shortbread ist und dann lediglich an einem Eckchen herumknabbert, so begeistert, als sei es aus Sägemehl … nun, dann kann man nur eine Schlussfolgerung ziehen.«

»Und ich habe zwei von deinen Zigaretten geraucht. Wenn du mich besser kennen würdest, wäre das der Hinweis gewesen.«

»Das werde ich mir für die Zukunft merken … jedenfalls, um wieder auf mich zu kommen, unter der Dusche dachte ich, wenn ich es dir umständlich erkläre, hätte das eher jede Lust abgetötet, meinst du nicht auch?«

»Ach, nebenbei, Sam, ich hab's dir noch gar nicht erzählt, ich bin gar nicht schwul, also wie wär's mit 'ner kleinen Nummer?«, schlug ich vor. »So in etwa?«

»Du garstige Kreatur«, entgegnete Hugo und tat so, als würde er seinen Zigarettenstummel in meinem Bauchnabel ausdrücken. »Wie harsch du doch darauf bestehst, die Dinge beim Namen zu nennen. Ich muss dich von dieser scheußlichen Gewohnheit abbringen. Jedenfalls«, fuhr er fort, »dachte ich, das Beste wäre eine dramatische Geste, die du nicht missverstehen konntest; gefolgt, versteht sich, von einem selbstbewussten Verführungsversuch. Ich glaube, diese Idee habe ich von Modesty Blaise. Sie hat es sich zur Gewohnheit gemacht, bis zur Hüfte zu strippen, wenn sie in einen Raum mit ihr feindselig gesonnenen Männern kommt. Damit schafft sie sich Zeit, sie fertig zu machen.«

»Du erinnerst mich mehr an Lord Peter Wimsey als an Modesty Blaise.«

»Ach ja«, sagte Hugo, etwas zu selbstgefällig für meinen Geschmack. »Mal überlegen. Wenn Lord Peter sich dazu hätte aufraffen können, sich bei Gelegenheit gänzlich zu entkleiden und Harriet mit einem seiner speziellen Judogriffe aufs Sofa zu werfen, dann hätte er vielleicht all die langweiligen Jahre vermeiden können, in denen sie sich nicht entscheiden konnte.«

»Ich glaube nicht, dass dieser Ansatz bei Harriet funktioniert hätte. Letzten Endes war es das gemeinsame Verfassen von Sonetten und das Zitieren von John Donne.«

»So war es. Wie dröge. Ich bin froh, dass du so sehr viel mehr Modesty als Harriet ähnelst. Meine dichterischen Fähigkeiten sind minimal. Ich frage mich, was geschehen wäre, wenn Lord Peter so getan hätte, als sei er schwul, um Harriet in falscher Sicherheit zu wiegen.«

»Wo wir schon davon reden – wie wär's, wenn du mich in dieser Sache ein wenig aufklärst?«

Hugo lehnte sich auf dem Sofa zurück und blies Rauch in die Luft.

»Es war Bill, wenn du es unbedingt wissen willst. Ich habe wirklich etwas gegen wild gewordene Spießer und nachdem ich ein paar von seinen Witzen über Sally mit angehört hatte, brachte das mein Fass zum Überlaufen. Ich weiß, den Zettel zu spielen, ist für einen Schwulenhasser sicher nicht leicht, aber nach seiner zweiten Schote über warme Brüder – den genauen Ausdruck, den er benutzt hat, habe ich glücklicherweise vergessen – habe ich mir gedacht, dass die schlimmste Strafe für ihn sicher wäre, Abend für Abend mit einer hysterischen Tunte in der Garderobe allein sein zu müssen. Er drückt schon seit Wochen seinen schwabbeligen Hintern gegen die Wände, vor Schreck ganz starr. Als ob ich ihn mit der Ofenzange anfassen würde. Natürlich hatte ich meine Augenblicke«, fügte er hinzu und warf den Kopf zur Seite, um mich anzusehen. »Hauptsächlich auf der Schule. All die Amok laufenden Hormone, die dort draußen auf dem Land aufeinander prallen, mitten im Nirgendwo. Manchmal laufen mir ein paar meiner alten Flammen über den Weg und wir tauschen Erinnerungen aus. Aber mittlerweile finde ich Frauen viel, viel befriedigender, was ich dir, glaube ich, schon gesagt habe, bevor ich meinen Spaß mit dir hatte.«

»Entweder das oder du verdrängst es.«

»Oh, ist das Eure Theorie, Madame?«

Er drückte seine Zigarette aus, dieses Mal nicht auf meinen Nabel zielend, und zog mich mit einer schnellen, kräftigen Bewegung unter sich. Mit beiden Armen stützte er sich neben meinen Schultern auf, das Haar fiel ihm ins Gesicht und er sah mit seinen grauen Augen kühl auf mich herab. Ich räkelte mich unter ihm.

»Hast du vielleicht Lust auf eine weitere Verdrängungsrunde?«, fragte er.

Laszív ließ ich meinen Blick über seinen Körper wandern. »Auf geht's.«

»Ich denke, das bedeutet in Vulgärsprache ja. Nun, dein Wunsch sei mir Befehl«, sagte Hugo und senkte sich auf mich herab, ein offensichtlicher Versuch, mich mit seinen Oberarmmuskeln zu beeindrucken. »Eigentlich finde ich dieses Sofa furchtbar unbequem. Sollen wir uns in mein Schlafzimmer zurückziehen?«

»Auf gar keinen Fall. Ich dachte, du wächst mit der Herausforderung.«

»Armes, unschuldiges Ding, wenn du wüsstest, wie sehr du das Schicksal herausforderst.«

»Oh«, sagte ich und griff nach oben. »Ich glaube, das weiß ich ziemlich genau.«

Schließlich zogen wir doch ins Schlafzimmer um, begleitet von einer Flasche Sherry und den Keksen. Ich hatte Hugo überredet, sie mitzunehmen (er sorgte sich um seine Figur), indem ich darauf hinwies, dass wir die Kalorien ja ständig abarbeiten würden. Ich fühlte mich unglaublich entspannt und gleichzeitig so, als sei ich auf die höchste Tonlage gestimmt, ohne tatsächlich zu explodieren. Wobei ich zu behaupten wage, dass jeder Zustand seine Ursache hatte.

»Habe ich dir eigentlich schon gesagt, wie gut ich deine Arbeit finde?«, fragte Hugo, den Mund voller Ingwerkekse. »Wahrscheinlich nicht, weil ich fürchtete, anbiedernd und schleimerisch rüberzukommen, so als hätte ich vor – wie du es sagen würdest –, dich anzumachen. Deine Sachen sind sehr gut.«

»Danke. Wer weiß, was Lurch mit dem Letzten angestellt hat, wenn ich morgen zur Arbeit komme. Er ist total begeistert.«

»Lurch? Ist das der Zimmermannsjunge?«

»Ich denke daran, ihn Bez abzukaufen.«

»Nun, wenn er sich als so nützlich erweist, dass du ihn schuften lassen und die Nachmittage mit mir im Bett verbringen kannst, möchte ich dem zustimmen. Wenn du reich und berühmt bist, solltest du ihm dann die Freiheit schenken.«

»Genau.« Bei Hugo musste ich nie etwas erklären. Direkt erleichternd. »Ich werde zum Postmodernisten«, sagte ich träge. »Ich habe die Ideen und lasse sie andere Leute für mich ausführen.«

»Anstatt sich als Handwerkerin zu fühlen und all die unangenehmen Arbeiten selbst zu machen?«

»Mhm. Obwohl ich es kann«, entgegnete ich und richtete mich auf. »Nach dem Abschluss auf der Kunstschule bin ich bei einem Schmied in die Lehre gegangen, wo sie mich einen Monat lang schmiedeeiserne Haken fertigen ließen, bis ich es richtig konnte. Mantelhaken, Garderobengitter … nach einem weiteren Monat wurde ich befördert und durfte Tulpen für ein Eisentor anfertigen. Aus Blei. Sie wogen fast mehr als ich – warum erzähle ich dir das eigentlich alles?«

»Wahrscheinlich stimmt dich der Sherry nostalgisch. Erzähl weiter. Aus irgendeinem seltsamen Grund finde ich es aufregend, mit jemandem im Bett zu liegen, der in der Lage ist, ornamentale Tulpen zu fabrizieren.«

»Meinst du das ernst?«

»Mhm. Mach weiter.«

»Also«, begann ich und schob mir ein paar Kissen hinter den Rücken. Messingbetten sehen vielleicht hübsch aus, aber zum Anlehnen taugen sie nicht. »Was willst du wissen? Arbeiten mit Blei? Das ist einfach. Man könnte Blei auch in einer Teflonpfanne schmelzen, so niedrig ist die Temperatur, die man dafür braucht. Es gibt kaum ein anderes Metall, mit dem sich so gut arbeiten lässt – man poliert es, solange es noch heiß ist, mit einem bestimmten Wachs. So bekommt man dieses schöne, fettige Finish. Das macht dir Spaß, was?«

»Merkst du das nicht?«, murmelte Hugo. »Rollentausch gefällt mir. Oh, da wir von Rollen reden – hast du schon das Neueste gehört? Unsere wehleidige Violet hat die Rolle der Nora im *Puppenheim* bekommen. Ungeachtet der Leichen im Keller. Ich glaube nicht, dass sie abergläubisch genug ist, um abzulehnen. Aber das ist nicht alles – rate mal, wer die Christine spielt?«

»Hazel«, sagte ich mit unfehlbarem Instinkt.

Hugo war enttäuscht. »Du wusstest es schon?«

»Nein, aber ich habe gehört, wie Ben ihren Namen nannte. Er hielt sie für sehr gut. Und er hat wohl einen großen Teil des Castings übernommen.«

»Ben? Oh, Philips starke rechte Hand, nicht wahr? Ein Regisseur wird der nicht. Vielleicht schenkt ihm Philip deshalb all diese Privilegien – er weiß, dass Ben niemals eine kreative Bedrohung für ihn sein könnte. Nun, wir werden bald wissen, ob es Hazel war. Wenn weiterhin jemand Violet bei den Proben fürs *Puppenheim* üble Streiche spielt, dürfte es klar sein.«

»Meinst du nicht, wir sollten Violet warnen?« Ich drehte mich um. »Dass jemand Böses im Schilde führt, meine ich.«

»Würde ich nicht. Ich kenne Violet seit Jahren und ich versichere dir, es würde sie nur paranoid und unerträglich machen. Sie wüsste ja auch nicht, wovor sie auf der Hut sein müsste.« Gähnend streckte er die Arme. Ich beugte mich zu ihm und fuhr mit dem Fingernagel von seiner Hand bis zu seiner Achsel.

»Bist du kitzlig?«

»Überhaupt nicht. Mach's noch mal, das ist ganz nett. Mm. Ja. Wie wäre es, wenn du dein Manövergebiet etwas weiter nach unten verlegst?«

»Manchmal«, sagte ich, »ist es unheimlich, wie gut du meine Gedanken lesen kannst.«

Well, it was Gatlinberg in mid-July,
I'd just hit town and my throat was dry.
I thought I'd stop and have myself a brew …
At an old saloon on a street of mud
there at a table dealing stud
sat the dirty mangy dog that named me Sue.
Well, I knew that snake was my own sweet dad
from a worn out picture that my mother had
and I knew that scar on his cheek and his evil eye
He was big and bent and grey and old
and I looked at him and my blood ran cold,
and I said: My name is Sue! How do you do!
[Now you gonna die!

Die Zuschauer johlten und klatschten wie verrückt.

Yeah, that's what I told him!

Gerade an der besten Stelle ging das Band plötzlich aus. Ohne aufzusehen, rief ich:

»Ey! Lurch! Was ist mit der Kassette?«

»Mrs. Jones?«, sagte eine Stimme, die ich irgendwie kannte. »Könnten wir Sie kurz sprechen?«

»Was?« Ich schaltete den Schweißbrenner ab und drehte mich um. Die Schweißermaske behielt ich an. Bei dem Anblick meiner langen schwarzen Gummischnauze traten meine beiden Besucher einen Schritt zurück. Ich zog sie ab und sagte wütend: »O Mann, ich arbeite! Hätten Sie mich nicht zu Hause erwischen können?«

»Wir haben versucht, Sie anzurufen«, sagte der Constable, der mich zuvor befragt hatte. »Es tut mir Leid, wenn wir Sie stören …«

»Ich habe noch so viel zu tun.« Ich fuhr mir mit der Hand durchs Haar und entfernte abwesend die Eisenspäne, die ich dabei entdeckte. Der Ruß musste bleiben, bis ich nach Hause kam. Als ich auf meinem Pullover einen weiteren Brandfleck entdeckte, zog ich die Arbeitshandschuhe aus und begann an den verbrannten Stellen herumzunesteln. Die Macht der Gewohnheit.

»Ich bin DS Fogarty«, sagte der Sergeant ziemlich nervös. »Und das ist WPC Hamlin.«

»Ja, wir kennen uns schon. Also, worum geht es? Ich habe wirklich nicht viel Zeit.«

»Wir haben die Leiche identifiziert, die dort unten gefunden wurde«, sagte WPC Hamlin und nickte in Richtung Falltür. Mein Tank-Girl-nach-einer-Atomexplosion-Look schien sie nicht weiter zu stören. Es waren stets die Männer, die sich bekreuzigten und lautlos ein Vaterunser beteten.

»Wie?«, fragte ich.

»Ein paar Schmuckstücke, die sie trug, und zahnärztliche Unterlagen. Sie hieß Shirley Lowell und galt seit drei Jahren als vermisst, vermutliche Todesursache: Selbstmord«, sagte die WPC kurz.

»Nun, ich hatte bis vor zwei Monaten noch nie etwas mit diesem Theater zu tun«, entgegnete ich. »Das lässt sich leicht nachprüfen.«

»Haben Sie den Namen Shirley Lowell jemals zuvor gehört?«, fragte WPC Hamlin.

Ich schüttelte den Kopf. »Nicht, dass ich wüsste. Sie wurde erwürgt, nicht wahr? Ich habe die Male an ihrem Hals gesehen, als ich bei Marie dort unten war.«

Sie sahen einander kurz an. »Ich glaube nicht, dass es wichtig wäre, das zu verschweigen«, sagte DS Fogarty vorsichtig. »Und was Marie Lavelle betrifft, so haben wir die Information, dass sie zu einem Zirkus gehörte, der hier vor fast drei Jahren aufgetreten ist. Hier ist noch jemand, der bei dieser Truppe dabei war …«

»Sophie Sandemann«, ergänzte WPC Hamlin. »Wissen Sie irgendetwas über diesen Zirkus?«

»Nun, Sophie macht die Kostüme für diese Inszenierung«, erwiderte ich. »Ich wusste nicht, dass sie schon mal hier gearbeitet hat. Der einzige Mensch, den ich in diesem Umfeld länger als zwei Monate kenne, ist Sally – Salvatore Santorini, der Bühnenbildner für den *Traum*.« Bis jetzt war ich einmal ausgewichen und hatte einmal direkt gelogen.

»Kann ich jetzt wieder an meine Arbeit zurück? Ich möchte nicht unhöflich sein, aber ich glaube wirklich nicht, dass ich Ihnen helfen kann, und ich muss bis morgen ein Mobile fertig stellen.«

Sie zogen zum Crewzimmer weiter, um irgendeine arme Seele zu befragen, die dort im Dunkeln hauste. Ich zog wieder meine Maske auf und begann die Schweißnaht zu glätten. Dabei dachte ich nach. Shirley Lowell, so hieß das Mädchen, das Hazel auf der Schauspielschule begegnet war, diejenige, die angeblich Selbstmord begangen hatte wie Richey Edwards von den Manic Street Preachers. Von der Severn Bridge gesprungen. Warum hatten sie geglaubt, dass das ihr Selbstmordmotiv gewesen sei – war es nur wegen der Nachahmermethode oder hatte sie einen Abschiedsbrief hinterlassen?

Die Polizisten hatte ich nicht fragen wollen. Damit hätte ich mehr Interesse gezeigt, als ich wollte. Ich habe eine tief verwurzelte Abneigung, der Polizei Informationen zu geben, und irgendetwas hatte mich zurückgehalten, ihnen von Hazels Freundschaft mit Shirley Lowell zu erzählen. Andere hätten es bestimmt getan. Wer könnte mir sagen, was ich wissen wollte? Hazel zu fragen wäre etwa so hilfreich gewesen, als würde man die Maurer fragen, wie es dem Mörtel geht.

Ich sah nach unten auf meine Arbeit und fluchte. Ich hatte die verdammte Naht zu weit abgeschliffen, sodass sie uneben war. Eins nach dem anderen, Sam. Jetzt musste ich wieder von vorne anfangen.

»Sam! Hast du schon gehört? Die Polizei ist wieder hier! Sie haben herausgekriegt, wer die Kleine war, die man abgemurkst hat!«

Lurch polterte aufgeregt die Treppe herunter.

»Ich weiß, sie waren gerade bei mir und haben mich genervt. Hier, bring das für mich in Ordnung, ja? Ich hab's gerade verbockt.« Ich erklärte ihm kurz, was er tun sollte, und warf ihm den Schweißbrenner zu. »Ich muss mit einer Frau über eine Leiche sprechen.«

Die Polizei hatte Margery bereits über die neuesten Ergebnisse unterrichtet, und sie sah, um nicht darum herumzureden, furchtbar aus. Offensichtlich hatte sie inzwischen kein Interesse mehr, die Identität der Toten im Abwasser herauszufinden.

»Hi«, sagte ich, als mir klar wurde, dass ich noch Stunden in der Tür stehen könnte, ohne dass sie meine Anwesenheit wahrnehmen würde. Sie saß an ihrem Schreibtisch und starrte mit glasigen Augen auf die Wand gegenüber. Als sie meine Stimme hörte, griff sie hektisch nach der Brille, die vor ihrer Brust baumelte, aber es dauerte eine Weile, bis sie sie sicher auf ihre Nase bugsiert hatte. Ihr Gesicht war so blass, dass ihr hübsches, passendes Make-up völlig grell ausgesehen hätte, wäre es nicht so zurückhaltend aufgetragen worden. Dennoch erkannte ich zum ersten Mal das sorgfältig Künstliche ihres Aussehens. Momentan sah sie so alt aus, wie sie war. Eine Sekunde machte mich dieser Anflug von Sterblichkeit frösteln.

»Margery?«, sagte ich sanfter. »Geht es Ihnen gut?«

»Oh, Sam, ich hatte gerade die Polizei hier. Es ist so schrecklich …« Sie nahm die Brille ab, legte den Kopf auf den Tisch und brach in Tränen aus. Peinlich berührt stand ich da. Die betont lässige Haltung, die ich eingenommen hatte, um ungezwungen zu wirken, kam mir jetzt unbeholfen und gekünstelt vor. Wenn jemand mit so viel Autorität wie Margery zusammenbricht, weiß man nicht, was sie als Trost empfinden oder später als Anmaßung zurückweisen würde. Ich hatte fast das Gefühl, als sei es das Beste, die Türe zu schließen und zu gehen. Sollte sie sich doch in Frieden wieder erholen, in ihrem hübschen Zimmer mit dem pfirsichfarbenen Teppichboden, den passenden Pastelldrucken und den makellos gepflegten Topfpflanzen. Aber ich wollte herausfinden, ob sie irgendetwas über Shirley Lowells Tod wusste. Also trat ich ein, legte meine Arbeitshandschuhe auf den Tisch und ging in die Küche, um Tee zu kochen, das große britische Stärkungsmittel bei Liebeskummer, Todesfällen, Leichen im Keller …

Als ich ihr einen Becher Tee brachte, hatte Margery aufgehört zu weinen, aber das war die einzige Verbesserung. Ich hatte im Küchenschrank eine Packung Aspirin gefunden, legte zwei neben sie und stellte ein Glas Wasser dazu. Dann zog ich einen Stuhl vor ihren Schreibtisch, trank aus meinem Becher und schaute so teilnahmsvoll wie nur möglich drein. Wenn sie sich irgendjemandem anvertrauen würde, dann am ehesten einem Außenseiter, und dafür war ich weiß Gott qualifiziert.

»Danke«, sagte sie nach einer Weile und richtete sich schniefend auf. Sie wischte sich die Augen ab, schluckte die Aspirin und machte dann ein großes Schauspiel daraus, ihre Brillengläser mit einem großen, weichen Spezialtuch zu putzen, das sie sorgfältig zu einem Viereck faltete, bevor sie mit der Putzarbeit begann.

»Kannten Sie das Mädchen, das getötet wurde?«, fing ich an, als sie fertig war. Sie blickte etwas hilflos auf die nun blitzblanke Brille auf dem Schreibtisch, einer von den Menschen, die ständig etwas zu tun haben müssen und steuerlos dahintreiben, wenn keine neue Aufgabe in Sicht ist. »Sind Sie deshalb so erregt?«

»Was?« Sie sah mich an, ihre Augen waren noch immer feucht. Es war, als wüsste sie kaum, wen sie vor sich hatte. »Nein, natürlich nicht. Mit diesen Dingen beschäftige ich mich gar nicht?«

»Mit welchen Dingen?«, fragte ich neugierig.

»Vorsprechen und so etwas. Die Polizei sagt, dass sie Schauspielerin war. Sie haben mir ein Foto von ihr gezeigt. Sie war so hübsch, so ein zierliches kleines Ding mit langem dunklen Haar – wie kann jemand so etwas tun – jemand, der sich hier aufgehalten hat …«

»Sie hat hier gar nicht gearbeitet? Sie kam nur zum Vorsprechen?«

»Niemand kann sich an sie erinnern. Also nehme ich an, dass sie bei keiner Inszenierung mitgewirkt hat, jedenfalls bei keiner von uns. Sie kann natürlich bei so etwas wie dieser Zirkussache mitgemacht haben. Aber nicht bei dieser speziellen. Das haben sie überprüft.« Margery fand langsam die Fassung wieder.

»Bei wem hätte sie gewesen sein können, vor drei Jahren, als sie vorsprach?«

»Oh, da kommen viele infrage«, sagte Margery erschöpft. »Ich meine, es muss nicht einmal ein Vorsprechen gewesen sein. Ich habe das nur gesagt, weil sie Schauspielerin war. Vielleicht hat sie sich auch um einen Job als Bühnenassistentin beworben, so etwas – viele tun das, weil sie glauben, auf diese Weise Leute kennen zu lernen, die ihnen nützlich sein können, wenn sie nicht besetzt werden.«

»Aber Sie wären ihr damals nicht begegnet?«

Sie zuckte mit den Schultern. »Anfänglich nicht, nur wenn wir sie genommen hätten. Zu wissen, ab wann sie vermisst wurde, hilft uns auch nicht weiter. Es macht uns nur nervöser.« Zweifellos sah sie auch so aus. »Aber irgendetwas an ihr kam mir bekannt vor. Ich weiß nicht, was, vielleicht hat sie mich nur an jemanden erinnert. Aber ich kann mir nicht helfen …«

»Margery?«, sagte jemand in der Tür. Es war Ben. »Alles in Ordnung?«, fragte er besorgt, als er sie näher ansah. Er selbst wirkte wie immer – rechteckige Brille, alter, ausgebeulter Pullover, der Fels in der Brandung. Nun, einer musste es ja sein, wenn um ihn herum Philip und Margery zusammenbrachen. Ich bewunderte Ben, der immer mehr der Einzige schien, der am Cross die Dinge zusammenhielt. »Du schaust aus wie …«, begann er, beschloss jedoch aus Höflichkeit, nicht weiter auszuführen, wie Margery aussah. »Ähm, vielleicht solltest du lieber nach Hause gehen.«

Margery seufzte. Sie wirkte leer wie eine ausgetrunkene Flasche. »Ich glaube, ich bin zu gar nichts mehr fähig«, sagte sie. »Eben war die Polizei bei mir.«

»Jetzt gerade sind sie bei Philip«, erwiderte Ben. »Sie machen die Runde, jetzt, wo sie die Leiche identifiziert haben.«

»Ja, ich soll nachsehen, ob wir irgendwas über sie in unseren Akten haben, Lebenslauf, Bewerbungen, so etwas. Jemand kommt nachher, um alles mit mir durchzugehen. Ich kann also gar nicht nach Hause«, fügte sie hinzu. »So sehr ich es mir wünsche.« Sie sah Ben traurig an. »Ich habe keine Kontrolle mehr über all das«, sagte sie. »Ich kann nichts daran ändern. Ich fühle mich so – passiv, und das hasse ich.«

Ben kratzte sich am Kopf und fuhr sich durchs Haar, bis die Locke vorne hochstand wie bei Tim. »Keiner von uns kann etwas tun«, sagte er. »Ich verbringe vierundzwanzig Stunden am Tag damit, Philip zu beruhigen. Du weißt, wie sehr er diese Befragungen hasst. Gegenüber der Polizei auszusagen ist für ihn etwa so schön, wie mit siebzehn Theaterkritikern in einem Zimmer eingesperrt zu sein. Er wird Wochen brauchen, um sich zu erholen, und wir haben so viel Arbeit.«

»Ich habe gehört, du hast die Besetzung fürs *Puppenheim* gemacht«, warf ich ein.

Ben starrte mich an. »Das ist eigentlich nicht für die Öffentlichkeit bestimmt«, fuhr er mich an. Seine Gleichmut war mit einem Schlag dahin. »Mein Gott, wie schnell hier alles herumgetratscht wird! Man könnte zur Flasche greifen!«

Er drehte sich auf dem Absatz um und ging hinaus. Wir hörten nur noch seine Schritte, die schnell und zornig die linoleumbedeckte Treppe hinaufknallten. Ich runzelte die Stirn und fragte mich, ob Ben sich nicht im Klaren darüber war, was Vorrang hatte. Trotzdem tat es mir Leid, dass ich ihm auf den Schlips getreten war.

»Ben ist uns eine große Stütze«, sagte Margery, die sah, wie verblüfft ich war, und die seinen plötzlichen Anfall von schlechter Laune erklären wollte. »Er hat zu viel um die Ohren. Philip ist wirklich dem Zusammenbruch nahe …«

Sie wurde von WPC Hamlin unterbrochen, die sachte an die Tür klopfte.

»Könnten wir die Akten jetzt durchgehen, Mrs. Picket?«, erkundigte sie sich mit solch ausgesuchter Höflichkeit, dass feststand, sie könne das ganze Büro auseinander nehmen, ob Margery zustimmte oder nicht. Margery stieß einen weiteren tiefen Seufzer aus.

»Machen Sie nur«, sagte sie und deutete kraftlos auf den Aktenraum.

WPC Hamlin erkannte die Situation mit einem Blick, ging in das Zimmer und meinte unschuldig: »Was für ein glänzendes Ablagesystem! Haben Sie das selbst entwickelt?«

»Ja, das habe ich.« Margery richtete sich etwas auf.

»Das sieht sehr umfassend aus. Hätten Sie etwas dagegen, mich nur ganz kurz darüber zu informieren, wie alles organisiert ist? Dann werde ich Sie auch nicht mehr belästigen.«

Margery setzte die Brille auf. »Keineswegs«, sagte sie und schob ihren Stuhl zurück. Fast beschwingten Schrittes ging sie in den Aktenraum. »Wir fangen mit den Bewerbungen an, die ich archiviert habe. Sie stehen hier, natürlich alphabetisch geordnet …«

Meine Anwesenheit hatte sie vergessen. Ich verließ ihr Büro und ging nach oben, wo ich ein bisschen frische Luft schnappen wollte, bevor ich mich wieder in die Tiefen des

Kellers stürzte. Auf dem Weg sah ich, wie Ben in Philip Cantleys Büro ging. Er bedachte mich sogar mit einem kurzen Nicken, als ich an ihm vorbeischlenderte. Unwillkürlich fragte ich mich, was er wohl für eine Weltsicht haben musste, wenn ihn die Entdeckung einer Leiche, die praktisch unter seinen Füßen gelegen hatte, seit er am Theater arbeitete, relativ kalt ließ, während er, was die Besetzung eines Stückes betraf, bei dem er noch nicht einmal Regie führte, wie eine Mimose reagierte. Vielleicht war er einer von denen, die immer gerne mehr wissen als die anderen – in diesem Fall war das Theater der falsche Arbeitsplatz für ihn.

Ich war erst seit ein paar Wochen hier, aber ich hatte schon gelernt, dass Klatsch sich verbreitete wie geschmolzene Butter. Gib jemanden, den du eigentlich nicht küssen solltest, in Stratford einen Kuss, und innerhalb von zwei Stunden weiß das ganze Barbican Centre davon. Bis es hier im Cross ankam, dauerte es vielleicht zwei Tage, aber es kam an. Gegen Schauspieler wirkten Künstler wie die Verkörperung der Diskretion. Und wenn diese U-Bahn-Linien der Kommunikation erst einmal eingerichtet waren, konnte niemand sie stilllegen. Jeder im Gewerbe wusste mittlerweile, was am Cross geschehen war: dass man hier die Leiche eines Mädchen gefunden hatte, erwürgt, und mit morbider Begeisterung würden sie darüber spekulieren, was als Nächstes geschah.

Ich kannte mich. Ich tat das Gleiche. Mir schien, dass die unterirdischen Drähte summten, aber nicht, weil Nachrichten durch sie flossen, sondern weil sie so angespannt waren wie die Nerven der Beteiligten. Ich dachte daran, wie sich Bez und Steve gestern fast in die Haare geraten wären; wie Ben wegen einer Kleinigkeit aus der Haut fuhr; wie Margery heulte; wie Philip Cantley sich in seinem Büro verbarrikadierte, als würde ihn das Tageslicht versengen, wenn er herauskäme. Nun, ich hatte etwas über den unerwarteten Tod gelernt: Er erzeugt einen Sog, der so stark ist, dass er viele Leute hineinzieht. Die Furcht eines Menschen kann Ungeheuer gebären, er sieht Gefahren in jedem Schatten. Wie durch Osmose überträgt sie sich auf alle anderen, eine nicht beschreibbare Angst, die man mit jedem Atemzug inhaliert. In diesem Theater gab es jemanden, der große Angst hatte. Das spürte ich. Und jemand, der Angst hat, kann sehr gefährlich werden.

13. Kapitel

»Shirley Lowell?«, sagte Janey nachdenklich. »Nie von ihr gehört. Was meinst du, wie viele aufstrebende Schauspielerinnen es gibt? In diesem Beruf sind fünfundneunzig Prozent permanent arbeitslos. Hatte sie einen Agenten?«

»Ich weiß es nicht. Sie hatte gerade die Schauspielschule hinter sich.«

»Welche?«

Ich zuckte mit den Schultern.

»Tja...«, meinte Janey und erteilte weiteren Spekulationen eine Absage. Sie lehnte sich auf dem Sofa nach hinten und neigte den Kopf, um das Mobile zu betrachten, das uns am nächsten war. »Helen hat jedenfalls nichts damit zu tun. Sie hat auch noch nie von ihr gehört, worüber ich froh bin; sie ist so nervös, weil die Inszenierungswoche näher rückt. Die Technik – das geht ihr alles auf die Nerven.«

»Warum?«

»Oh, diese ganze Warterei. Haben sie dir erzählt, wie es abläuft? Für die Schauspieler ist es ein Albtraum, sie müssen nur den Anfang und das Ende ihrer Szenen spielen und stehen dann stundenlang herum, während die Crew herumläuft und wichtig tut. Die armen Helen, sie hat das schon immer gehasst. Und die arme Shirley Lowell, natürlich«, fügte sie hinzu. »Ich wollte wirklich nicht herzlos klingen.«

»Nun, wenn es nicht beabsichtigt war...«

Anstatt diesen Sarkasmus aufzugreifen, ließ Janey ihn einfach zu Boden fallen und bedachte mich stattdessen mit einem besonders süßen, wenn auch abwesenden Lächeln. Sie war derzeit nicht von dieser Welt, sondern lebte auf dem *Hexengipfel*, so der Name eines Drehbuchs, auf das sie eine Option hatte. Sie hatte sogar eine Produzentin überredet, es zu lesen. Vielleicht bekamen sie die Zusage, einen Autor mit einem Entwurf und der ersten Folge zu beauftragen. Gita, die Produzentin, war zuversichtlich, dass die Serie letzten Endes grünes Licht bekommen würde, und da Janeys Meinung nach Gita und Gott Synonyme waren, befand sie sich vor Aufregung im siebten Himmel.

»Es ist alles drin«, hatte Janey gesagt, als sie wie eine Bombe in mein Atelier geplatzt war. »Es ist ein großartiger Thriller, ein Familiendrama, ein paar übernatürliche Episoden – du ahnst, wie gut solche Sachen zurzeit ankommen – und ein paar wirklich tolle Frauenrollen. Wir haben das Buch an Natasha Richardsons Agentin geschickt und sie findet es hinreißend.«

»Natasha Richardson?«

»Nein, die Agentin. Aber es ist ein Anfang.«

»Ist auch eine Rolle für Helen dabei?«, erkundigte ich mich beiläufig.

Janey sah mich überrascht an. »Oh, da sind eine Menge guter Rollen drin. Ich hatte wirklich nicht … ich meine, es dauert noch eine Weile, bis wir mit dem Besetzen beginnen. Für Helen läuft es im Augenblick so gut, dass ich gar nicht daran gedacht hatte, etwas für sie aufzutun. Man interessiert sich für sie«, fügte sie hinzu.

»Aber nicht beim *Puppenheim*.«

»Oh, darauf war sie sowieso nicht scharf«, sagte Janey leichthin. »Das Fernsehen bezahlt viel besser und du kennst Helen. Sie ist für eine Rolle in der neuen *Inspector Grant*-Staffel im Gespräch. Sie wollen einen weiblichen Partner und sie wäre perfekt dafür. Das würde sie richtig bekannt machen.«

»Die coole, abgeklärte, neue Sergeantin im Revier, die langsam unter dem lässigen Cornwall-Charme Inspektor Grants und dem Charme seines Schmerbauchs dahinschmilzt«, fantasierte ich. »Die endlosen Serien mit alten, hässlichen Polizisten, die Frauen kriegen, die halb so alt sind wie sie und halb so viel wiegen. Das ist doch alles Quatsch.«

Doch das war nicht die richtige Einstellung für jemanden, der den *Hexengipfel* bereits lebte und atmete, das vierteilige Fantasy-Thriller-Familiendrama, das eines der Höhepunkte der Herbstsaison bei BBC 1 werden würde. Janey starrte mich an, als sei sie ein Mitarbeiter der spanischen Inquisition, dem ich in einem unbedachten Moment gesagt hatte, dass man wohl kaum bestreiten könne, dass die protestantische Arbeitsethik einiges für sich habe.

»Nun, es tut mir Leid, dass es kein Shakespeare ist«, sagte sie sehr sarkastisch. »Nur weil du im Foltergarten jemanden getroffen hast, der dich zur Abwechslung mal in eine kulturell bedeutsame Sache hereingebracht hat ...«

»Ey! Als ob meine Skulpturen nicht kulturell bedeutsam wären!«, protestierte ich. »Warte, bis du meinen Katalog gelesen hast. Ich erkunde die Himmel/Erde-Dichotomie, indem ich den/die Betrachter/-innen ständig zwischen zwei Welten schwanken lasse und ihn/sie dazu bringe, seine/ihre althergebrachten Vorstellungen von Stabilität und Balance neu zu überdenken.«

»Wer verfasst denn so eine Scheiße?«

»Jemand, der vielleicht besser daran täte, Fernsehserien für die BBC zu schreiben.«

Janey schnaubte verächtlich. »Da muss man aber mit etwas Besserem kommen, bevor ich etwas in Auftrag gebe. Trotzdem«, fügte sie hinzu und sah mich ernst an, »ich weiß sehr wohl, dass du tiefsinnige und komplexe Theorien über deine Arbeit hast. Du magst einfach nicht darüber reden. Ich kann dich verstehen, aber früher oder später wirst du nicht drum rumkommen.«

»Erlösung«, sagte ich keck. »Die Wiederauferstehung.«

»Was?« Sie starrte mich an, bis sie merkte, was ich meinte. Dann senkte sie den Blick.

»Ich glaube, dass es gut ist, wenn du endlich über den Tod sprichst«, sagte sie und schaute dabei auf ihr Handgelenk, das statt des üblichen Wusts von Reifen und Bändern nur von einem silbernen geflochtenen Band geschmückt wurde. Janey stand derzeit eindeutig auf den minimalistischen Look. Langsam drehte sie sich herum, vermied aber bewusst, mich anzusehen. »Vielleicht kommst du auf diese Weise weiter.«

»Wieso weiter?« Beleidigt richtete ich mich auf. »Wo stecke ich denn deiner Meinung nach fest?«

»Nun, zum Beispiel in der Hinsicht, dass du keine permanenten Bindungen eingehen willst«, schlug Janey vor.

»Um Himmels willen – du bist diejenige, die auf der Couch liegt, nicht ich. Ich war auch vor ihm schlecht drauf, was Beziehungen betrifft. Das hat nichts geändert!«

»Beziehungen«, sagte Janey salbungsvoll, »sind für die psychische Entwicklung notwendig. Erst wenn man mit jemandem einige Jahre zusammen war, beginnt man, wichtige Dinge über sich selbst zu erfahren …«

»Wie viel Langeweile man ertragen kann«, murmelte ich.

»Eigentlich«, verbesserte Janey mich würdevoll, »dachte ich mehr an Kompromiss- und Opferbereitschaft.«

»Genau«, entgegnete ich aus vollem Herzen. »Und ich wüsste gerne, wer dir gerade die Rolle der Mutter der *Trapp-Familie* angeboten hat. Außerdem gehe ich mit jemandem – ich meine, den ich kenne –, also ich bin vorgestern mit jemandem ins Bett gegangen.«

»Was hat das mit einer Beziehung zu tun?«, wandte Janey ein.

»Es ist immerhin ein Anfang«, verkündete ich unwiderlegbar, stand auf, um Bier zu holen, und wünschte mir, ich hätte das Thema nicht angeschnitten. Zu meiner Überraschung wollte Janey jedoch keine weiteren Details wissen. Vielleicht wirkten meine amourösen Abenteuer wie Ameisenhügel, wenn man sie von den neu entdeckten Schwindel erregenden Höhen einer permanenten, selbstzufriedenen Beziehung aus betrachtete. Der neue Job hatte sie wirklich verändert. Irgendwie schien ihr die Verantwortung zu Kopf gestiegen zu sein. Ich hoffte nur, dass sich das bald gab. Ich wollte meine alte Janey wiederhaben, selbst wenn sie mich dazu brachte, über Dinge zu reden, über die ich lieber schweigen wollte.

Und über meine aktuelle Begegnung mit Hugo wollte ich in der Tat lieber schweigen. Er hatte mich außerordentlich beeindruckt. Dass er genauso selbstbewusst war wie ich, war nichts Neues; aber seine Selbstbeherrschung, die meine fast noch übertraf, war das Entscheidende. Ich rühmte mich meiner Fähigkeit, Männer so anzustacheln, dass sie die Nerven verloren, während ich meine behielt, aber Hugo war der erste Mann, der mich ungeheuer anzog, bei dem diese Taktik nicht funktionierte. Aus diesem Grund war ich gleichzeitig wütend und fasziniert und ich hatte den Verdacht, dass ich ähnlich auf ihn wirkte. Selbst im Bett umkreisten wir einander vorsichtig. Meistens jedenfalls.

Und er hatte mich seitdem nicht angerufen. Normalerweise hätte ich das ignoriert und einfach ihn angerufen, wenn ich mich mit ihm treffen wollte. Aber irgendwie wurden die Regeln, die ich für mich aufgestellt hatte, durch Hugo außer Kraft gesetzt. Ich fühlte mich, als stolperte ich im Finstern umher. Kein Wunder, dass ich nicht über ihn reden wollte.

»Können wir eine Beleuchtungsstufe zurückgehen und den Ton laufen lassen?«, fragte MM.

»Wir sind jetzt in der Oberon-Beleuchtung«, entgegnete der Beleuchter griesgrämig.

»Ja, das weiß ich, aber ich möchte noch einmal die Titania/Zettel-Beleuchtung haben«, sagte MM geduldig.

Die Lichter wurden gedämpft und gesenkt.

»Könnten wir in drei Sekunden dimmen und Schwarz eine Sekunde länger lassen?«, erkundigte sie sich.

»Ändert sich die Beleuchtung vor meinem Auftritt?«, fragte Hugo von der Bühne.

»Ja, es gibt einen Blackout und – warte mal ...« MM hielt die Hand hoch. Sie saß im mittleren Zuschauergang auf einem hohen Stuhl, und vor ihr stand ein zweiter hoher Stuhl, auf dem das Inszenierungsbuch lag, ein Ringhefter mit dem Text auf der einen Seite und allen Regieanweisungen – Pausen, Stichworte, Bühnenbild, Beleuchtung – auf der anderen. Sie blätterte eine Seite zurück und sah etwas nach. Der Komponist, der auf einem Stuhl neben dem Gang saß, flüsterte ihr etwas zu. Sie nickte und machte sich eine Notiz. Sally, Sophie und ich standen auf der anderen Seite des Gangs beisammen, eine Thermoskanne mit Kaffee zu Sallys Füßen.

»Ja, Hugo, erst kommt der Blackout und dann deine Musik. Oberons Erkennungsmelodie.«

»Wie schön«, sagte Hugo gedehnt. »Ich werde langsam auf die Bühne schlendern, um sie auszukosten.«

»Können wir das noch mal versuchen?« Das Licht wurde schwächer und erlosch. »Also, jetzt kommst du.«

Als Nächstes hörte man ein Poltern, gefolgt von Hugos herzhaftem Fluch.

»Alles in Ordnung?«, fragte Steve, der an der Seite stand.

»Hier ist es so beschissen dunkel, dass man eine Infrarotbrille bräuchte«, sagte er verdrießlich, als er auf die Bühne kam.

»Also gut!«, rief MM. »Wir machen jetzt noch mal die Szene davor. Ist Tabitha schon so weit?«

»Ich lasse sie gerade runter!«, ertönte Bez' Stimme aus der Höhe. Die Funkmikrofone waren außer Betrieb und alle mussten schreien, was die allgemeine Stimmung des Nachmittags nicht gerade verbesserte. Nicht, dass man gewusst hätte, dass es Nachmittag war. Selbst ein Blick auf die Uhr änderte nichts daran, denn hier stand die Zeit still. Das Einzige, worauf es ankam, war, die Technik hinzukriegen, egal wie lange es dauerte. Tag für Nacht, Nacht für Tag.

Ohne die Heizung war es im Zuschauersaal kalt und die Hand voll Zuschauer hatte sich in Pullover gehüllt; jedes Mal, wenn die Bühnenscheinwerfer das Perlblau des Mondscheins annahmen und silbernes Licht auf die Mobiles warfen, fröstelte uns. Der Effekt war unheimlich, übersinnlich, eine Welt, in der Elfen und Geister die Norm waren und der Mensch fehl am Platze wirkte. Je kälter die Bilder wurden, desto kälter wurde auch mir. Wenn man im Fernsehen Eisbären sieht, greift man unwillkürlich nach einer Decke und legt sie sich um die Schultern. So war es auch mit dem für Mitternacht ausgeleuchteten Bühnenbild, das so schwarz, kalt und fremd wirkte wie das Weltall, und in dem die Mobiles wie seltsame Planeten schwebten. Das ferne Licht des Mondes ließ sie noch seltsamer erscheinen.

Dann sah man Helen als Titania, die auf einem Haufen silberner Blätter ruhte. Sophies Kostüme waren fantastisch. Helen sah aus wie die Eiskönigin aus dem Märchen, die jedem einen Eissplitter ins Herz treibt, der so närrisch ist, sich in sie zu verlieben. Ihre Perücke schien fast platinblond, von silbernen Strähnen durchzogen, mit einer winzigen Tiara, eine von Slim Barrett inspirierte Kreation von Blättern und Diamanten. Bill, als Zettel, trug als einziges Teil seines Kostüms den Eselskopf; er wartete neben ihr auf MMs Startkommando.

»Okay, Helen, ruf jetzt die Elfen«, hallte MMs nüchterne Stimme durchs Theater und zerstörte die Magie. »Es sieht gut aus, nicht wahr?«, sagte sie zu Sally und Sophie.

»Bohnenblüte, Spinnweb, Motte und Senfsamen!«, rief Helen leicht gelangweilt. Ranjit, Bohnenblüte, kam Rad schlagend herein und rief »Bereit!«, als er mit dem Kopf fast den Boden berührte. Spinnweb, der blonde Junge, lehnte mit zurückgeworfenem Kopf an einer Säule. Er blies zwei Rauchkringel in die Luft, bevor er seine Zigarette ausdrückte und mit den Worten »Und ich!« auf die Bühne eilte. Motte, das rothaarige Mädchen, kam ebenfalls herbeigerannt, sprach ihr »Und ich!« einen Takt zu spät und warf sich reuevoll Titania vor die Füße. Von Tabitha war nichts zu sehen. Die Elfen sahen sich nervös um. Helen stand regungslos da und wartete. Schließlich tauchte Tabithas Kopf hinter einem der Mobiles auf.

»Und ich!«, rief sie triumphierend und verschwand wieder für eine Sekunde. Der Sprung war atemberaubend, obwohl ich darauf gefasst war. Niemand konnte sehen, dass Tabitha an einem Seil hing. Sie schaffte es, dass ihr Sprung vollkommen natürlich aussah, und landete leicht wie ein Tropfen Wasser. Die Zuschauer applaudierten und Tabitha errötete vor Stolz und machte einen kleinen, nicht zur Rolle passenden Knicks.

»Okay, sehr schön, aber es könnte noch besser sein«, sagte MM, sprang von ihrem Hocker und kam auf die Bühne. In ihren Jeans und dem Kapuzenpulli, den klobigen Schuhen und dem nachlässig hinten zusammengebundenen Haar hätte sie völlig deplatziert wirken müssen, und neben den zarten Elfen und dem königlichen Glanz Titanias hätte ihr völlig unglamouröser Look peinlich aussehen können. Auch wenn die Schauspieler erst einen Teil ihrer Kostüme trugen, hing die Magie ihrer Rollen an ihnen wie Strass. Aber MM strahlte eine solche Selbstsicherheit aus, dass sie keineswegs fehl am Platze wirkte.

Tabitha, mit der sie jetzt sprach, hatte die Hände vor sich gefaltet. Sie glühte noch vor Freude über ihren erfolgreichen Sprung und ihre dunklen Augen funkelten. Die anderen hatten die übliche Schauspielerhaltung eingenommen: hängende Schultern, schlaffe Glieder; sie sahen aus, als habe man sie zwischen den Schulterblättern an einen Pfahl genagelt, sodass ihre Glieder ungestützt herabbaumelten. So verharrten sie für gewöhnlich, wenn das Bühnenbild oder die Beleuchtung geändert wurde. Ich wusste bereits, dass Schauspieler oft und lange darauf warten müssen, dass jemand anderes seine Szene beendet.

»Ich möchte, dass du den Kopf früher hochnimmst«, sagte MM zu Tabitha. »Wenn du dann rufst ›Und ich!‹, merken wir, dass du schon eine ganze Weile dort oben bist, denn wir haben dich ja nicht kommen sehen. Am besten gehst du rauf, wenn Ranjit ›Bereit!‹ ruft, dann schauen alle nur auf ihn.«

Ranjit, der sich bei der Erwähnung seines Namens instinktiv aufrichtete, grinste geschmeichelt.

»Was meinst du, Thierry?«, wandte sich MM an den Choreografen.

»Ja, ich habe ihr das schon bei den Proben gesagt«, rief Thierry aus dem Zuschauerraum. »Sie war wohl ein bisschen zu nervös. Aber der Sprung war doch ausgezeichnet, oder?«

»Ausgezeichnet«, stimmte MM zu. »Können wir es noch mal machen? Ich will sicher sein, dass Tabitha die Kopfbewegung richtig hinkriegt.«

Kollektives Aufstöhnen. Der Mann, der Tabithas Seil bediente, kam auf die Bühne, um sie wieder anzuhängen. Die anderen Elfen verließen die Bühne. Tabitha wurde hochgezogen und verschwand erneut hinter dem Mobile und die ganze Prozedur wurde wiederholt. Dieses Mal war Tabithas Timing perfekt und der Sprung war fast noch besser als der erste. Sally grinste selbstgefällig.

»Seht ihr«, sagte er zu Sophie und mir. »Sie war – sie ist die rischtige Wahl.«

Und an Tabithas Hundert-Watt-Lächeln erkannte man, dass sie das auch wusste.

Marie, als Puck, hatte ihren triumphalen Auftritt bereits hinter sich, bei dem sie vom Mobile sprang und auf Oberon landete, in einem Seitwärtsmanöver, für das drei Techniker benötigt wurden und das erst nach dem vierten Versuch perfekt gelang. Mittlerweile fühlte ich mich vollkommen ausgelaugt. Die Szenen, bei denen meine Mobiles benötigt wurden, waren jedenfalls vorüber. Ich ging hinter die Bühne, in der Hoffnung, vielleicht Hugo zu treffen. Der Zuschauerraum war dunkel, bis auf die winzigen leuchtend orangenen Punkte der abbrennenden Zigaretten und den kleinen Kugelschreiberlampen, mit denen die Zuschauer der Handlung in ihren Manuskripten folgten. Ich tastete mich vor, fand die Tür zwischen den Logen und glitt hindurch in eine andere Welt.

Der Zuschauerraum stammte aus den achtziger Jahren des 19. Jahrhunderts und war mit dem Geld der Lotterie liebevoll restauriert worden. Er sah aus wie ein plüschiges kleines Schmuckkästchen, dunkelrot und lachsfarben ausgelegt. Die Kuppeldecke und die Vorderseiten der Logen waren mit Stuckrosetten und -girlanden üppig geschmückt. Hinter der Bühne bot sich der absolute Gegensatz – Flure mit unverputzten Wänden, offen verlegte Elektrokabel und Rohre, Neonlampen, die unter der niedrigen Decke hingen. Es war kühl und überall standen Aschenbecher herum. Als ich um die Ecke bog, wehte mir vom Tisch des Bühnenmanagers der Geruch von abgestandenem Bier und Zigarettenrauch entgegen. Seitlich der Bühne saßen missmutige Schauspieler und warteten auf ihre Szenen. Sie alle fürchteten die technischen Proben, bei denen es nur darauf ankam, dass sie ihre Auftritte und Abgänge machten, wo sie sich ruhig zu verhalten hatten, wenn innerhalb ihrer Szenen die Beleuchtung geändert werden musste. An dem Tag, an dem die Crew das Kommando hatte, wurden sie zu Marionetten reduziert. Normalerweise würden sie jetzt in ihren Garderoben sitzen oder im Pub, aber heute waren die Szenen so kompakt und zogen sich gleichzeitig so in die Länge, dass sie jederzeit abrufbar sein mussten, was sie hassten.

Der Feuereimer, an dem ich vorbeikam, war mindestens ebenso voll mit Zigarettenstummeln wie mit Sand. Daneben stand ein riesiger Wäschekorb, in den leicht drei Leute hineingepasst hätten, aus dem Stoffe quollen. Louise, die stellvertretende Bühnenleiterin, war in ihrem Element. Wie eine MM hinter der Bühne saß sie ruhig an ihrem Tisch, hakte nacheinander die Stichworte ab und redete dabei pausenlos in ihr Funkmikro, das die Techniker mittlerweile repariert hatten. Vor ihr glühte der unirdisch grüne Bildschirm ihres Monitors, der zeigte, was auf der Bühne geschah. Die Stimmen der Schauspieler, der Crew – und manchmal die MMs, wenn sie auf die Bühne kam – hallten um uns herum und pfiffen durch das Mikrofon, das über der Bühne hing und die Vorstellung in den Backstagebereich übertrug. Diejenigen, die in ihren Büros oder unten im Keller arbeiteten, schalteten es ab. Alle anderen mussten hören, wann ihre Stichwörter erklangen.

Ich ging in das kleine Büro des Bühnenleiters, um mir einen Kaffee zu machen. Getränkedosen standen überall herum, Gläser mit schalem Bier, Aschenbecher voller Bananenschalen und Zigarettenstummel und Berge von Papieren, die aussahen, als seien sie wichtig. Der Chemiegeruch von Lysol und Fußbodenreiniger hing in der Luft und machte dem Zigarettenrauch starke Konkurrenz. So unordentlich war es noch nie gewesen.

»O Gott, sieht es hier aus«, jammerte eine der kleinen Assistentinnen, die einen Augenblick innehielt und sich mit Entsetzen umsah. »Aber mit dem Aufräumen müssen wir bis morgen warten...« Sie holte einen Mini-Mars-Riegel aus ihrer Hosentasche und schlang ihn in zwei Bissen herunter. »Es ist so langweilig und man wird so müde«, sagte sie zu mir. »Und man isst nur dieses Zeug, es ist schrecklich. Wenn das Stück endlich läuft, dann geht es, aber in der Woche vor der Premiere nehme ich jedes Mal ein paar Pfund zu.« Abwesend flatterte sie wieder davon. Oh, der Glanz des Theaters.

»Ich dachte, ich hätte dich hereinkommen sehen«, sagte Hugo, der in der Tür stand. »Du hast nicht mal Hallo gesagt. Ich sitze seit einer Stunde kettenrauchend auf diesem Wäschekorb.« Er deutete in die Ecke neben dem staubigen Konzertflügel. »Ich habe dort praktisch mein Revier markiert. Zutritt nur mit Erlaubnis.«

»Lädst du mich denn ein?«, fragte ich kecker, als ich mich fühlte. Er hätte eigentlich ziemlich ulkig aussehen müssen, da er nur das Oberteil seines Kostüms über den gestreiften Hosen trug, aber da ich nur daran denken konnte, wie er nackt aussah, half mir die Konzentration auf seine unpassenden Kleiderhälften nicht, mein Selbstvertrauen zu erhöhen.

»Vielleicht.« Er sah mich nachdenklich an. »Du bist nicht sauer auf mich, oder?«

»Nö.«

»Und du gehst mir nicht aus dem Weg?«

»Im Gegenteil.«

»Gut. Denn ich hatte ein bisschen darauf gehofft, wieder mit dir ins Bett zu gehen, und wenn du mir aus dem Weg gehen würdest, könnte das die Dinge vom technischen Standpunkt aus komplizieren.«

Ich sah ihn versonnen an. »Ich glaube, es wird Zeit, dass du mich mal in meinem Atelier besuchst«, sagte ich nach einer Weile. »Um zu sehen, ob du den Albtraum, der sich mein Leben nennt, ertragen kannst.«

»Ich dachte schon, du würdest nie fragen. Wann?«, sagte er mit schmeichelhafter Begeisterung.

Ich zuckte mit den Schultern. »Wenn du morgen Abend nichts vorhast …«

»Verabredet.«

Die Stimmen, die über das Bühnenmikro zu uns nach hinten drangen, waren in den letzten Minuten immer hektischer geworden. Da ich mit Hugo verhandelt hatte, waren sie bei mir als reiner Lärm angekommen. Aber nun, da die Sache geklärt war, brachen sie mit der Kraft eines Unwetters über uns herein. MMs zornige Worten drangen wie ein Schlachtbeil durch das Stimmengewirr:

»Könnte denn, verdammt noch mal, jemand hinter die Bühne gehen und sie suchen!«, rief sie wütend.

»Ich hab schon überall nachgesehen«, wandte Matthew ein.

»Es ist mir egal, wo du sie gesucht hast – dann müssen eben alle Violet suchen. Jetzt sofort!«

Das letzte Wort schrie sie beinahe. Als Antwort hörten wir das künstlich verstärkte Geräusch von Schritten, die über die Bühne hallten. Alle machten sich auf die Suche nach der vermissten Violet. Ich sah Hugo an, der nachdenklich die Kaffeemaschine anstarrte.

»Das ist gar nicht gut«, meinte er fast zu sich selbst.

»Heil dir, Meister des Understatements«, lautete mein Kommentar.

»Mhm.« Er drehte sich um und sein abwesender Blick aus den grauen Augen streifte mich so beiläufig, als betrachte er noch immer die Kaffeemaschine. Dann ging er aus dem Raum. Natürlich stachelte das meine Neugier an. Außerdem war ich in meiner Eitelkeit getroffen. Ich folgte ihm auf dem Fuße.

Er ging nicht zur Bühne, sondern den Flur hinunter, der zu den Büros führte. Ganz am Ende lag das von Philip Cantley, und den bestimmten Schritten Hugos nach schien dort auch sein Ziel zu liegen. Ich lief ein paar Schritte hinter ihm her, wie eine Ehefrau in Saudi-Arabien, die Tagesausflug aus dem Harem hat, und mich überkam ein Gefühl, als würde ich einen Schleier tragen und demütig auf den Boden starren.

Was unser Ziel anbetraf, hatte ich Recht. Hugo blieb vor Philip Cantleys Tür stehen und klopfte.

»Philip?«, fragte er. »Hier ist Hugo. Hören Sie, ist Vi bei Ihnen? Sie wird schon seit einer Viertelstunde aufgerufen.«

»Er wird das Bühnenmikro abgeschaltet haben«, flüsterte er mir leise zu. »Deshalb haben sie die Aufrufe vielleicht nicht gehört … Vi? Bist du da drin?«

»Psst!«, sagte ich und legte meine Hand auf seinen Mund, nicht ohne verärgert zu registrieren, wie schwer ich ohne hohe Absätze drankam. Der Hautkontakt überrieselte mich mit einem kleinen Schauder, aber ich tat, als sei ich so abgeklärt wie immer. »Ich hör was.«

»Nun, sie sollten damit Schluss machen«, sagte Hugo durch meine Finger. Er biss in einen – sicher nur ein Reflex – und schob meine Hand weg. »Vi macht so schon genug Ärger.«

»Nein, nicht *das* Geräusch. Hör doch.«

Etwas Ungewöhnliches geschah: Hugo und ich verfielen in synchrones Schweigen. In der ungewohnten Stille hörten wir hinter der Tür Laute, die wie das Wimmern eines kleinen Hundes klangen. Hugo runzelte die Stirn.

»Was, zum Teufel … Vi! Vi! Bist du da drin?« Er drehte den Türknauf und drückte sachte dagegen. Das Wimmern wurde lauter. Hugo sah mich ziemlich nervös an.

»Mach schon«, sagte ich ungeduldig. Die Neugier fraß mich mittlerweile auf. Er öffnete die Tür weiter und schob sich vorsichtig hindurch. Dann blieb er plötzlich mitten in der Tür stehen. Ich musste mich um ihn herumwinden, um zu sehen, was los war.

Ein dramatischer Anblick: Violet, die an einem Bücherregal lehnte, die Hände hinter dem Rücken, das Gesicht fast so weiß wie ihre Bluse. Mit ihren beigen Reiterhosen und dem Seidenschal mit Leopardenfellmuster sah sie aus wie Gene Tierney in einem Film aus den Vierzigern. Gerade hatte sie eine Leiche entdeckt, und nun fürchtete sie, dass die Leute glauben würden, sie hätte es getan. Aber Gene Tierney spielte meistens zurückhaltend, während Violet – nun, es wäre grausam gewesen, zu behaupten, sie nütze die Situation effekthascherisch aus, aber die kleinen spitzen Schreie, die zwischen ihren perfekt geschminkten Lippen hervordrangen, wären in einem professionellen Rahmen sicherlich als übertrieben kritisiert worden.

Zu meinem Ärger bestand Hugos erste Reaktion darin, zu ihr zu eilen und die wie gelähmt wirkende Violet in seine Arme zu schließen. Meine bestand darin, den Blick durch das Büro des Besitzers schweifen zu lassen. Er hing in seinem Stuhl, auf eine bestimmte Weise, die nur einen Schluss zuzulassen schien, vor allem, als ich die kleinen Spritzen vor ihm auf dem Schreibtisch sah. Ich beugte mich über ihn, vorsichtig, um nichts zu berühren, und bemerkte, dass neben ihm auf dem Boden zwei weitere lagen. Einer seiner Hemdsärmel war hochgekrempelt, aber ich konnte keinerlei Einstichstellen in seiner Armbeuge erkennen. Durch das offene Fenster hinter ihm fiel ein Streifen Sonnenlicht auf sein Gesicht, aber obwohl er nun mehr denn je wie Dracula aussah – der Tod hatte ihm sehr finstere Züge verliehen –, konnte ich irgendwie nicht glauben, dass es das Tageslicht gewesen war, das Philip Cantley umgebracht hatte.

14. Kapitel

»Wir sollten die Polizei anrufen«, sagte ich bestimmt. Violet hatte sich um Hugo drapiert und gab kleine, stöhnende Laute von sich, die mich über alle Maßen zu irritieren begannen. »Verschwinden wir hier. Ich bringe Violet in Margerys Büro und du gehst nach nebenan und wählst die 999. Lass niemanden rein, bis die Polizei kommt.«

Hugo blickte zweifelnd auf das Nest aus dunklen Locken, das in seiner Armbeuge ruhte.

»Meinst du nicht … ich meine, sollte ich nicht …?«

»Das überlässt man besser einer Frau«, entgegnete ich entschieden, schlang einen Arm um Violets Hüfte und transportierte sie von Hugo weg. »Du würdest es nicht verstehen.«

»Na schön«, sagte Hugo und sah nicht besonders überzeugt aus.

Auch wenn ich gestehen muss, dass ich – völlig untypisch für mich – einen Stich der Eifersucht verspürte, als Violet in Hugos Arme gesunken war wie die verloren geglaubte Ehefrau Ende des Dreiakters in die Arme des vergebenden Ehemanns, so lag mein Hauptmotiv, die beiden Umarmenden zu trennen, darin, Hugo zu befreien, damit er die Polizei anrufen könnte. Ich hatte schon mit so vielen gewaltsamen Todesfällen zu tun gehabt, dass ich mich nicht darum riss, den Notdienst zu benachrichtigen und voller Freude mitzuteilen, dass ich schon wieder, wenn auch nur am Rande, in einen solchen verwickelt war.

Dieses Mal durfte Hugo ran. Wenn es nicht darum ging, dass er attraktive junge Schauspielerinnen an seine Brust drückte, war ich zu enormer Großzügigkeit fähig. Er durfte gerne zu den netten Polizisten und Polizistinnen sprechen, während er sie durch die Sehenswürdigkeiten von Philip Cantleys Büro führte. Heute im Programm – der tote Intendant. Ich brachte Violet über den Flur in Margerys Büro, parkte sie auf dem Sofa und brüllte die Treppe hinunter nach Lurch. Zufällig wusste ich, dass er gerade einen der Stühle für die Eröffnungsszene reparierte. Francis, der betrunkene alte Lüstling mit den Stinkesocken, war darüber gestolpert und hatte ihn zerbrochen.

Lurchs Kopf und seine Schultern tauchten am Fuß der Treppe auf.

»Ja, Sam, was ist los?«

»Geh zu MM und sag ihr, dass Philip Cantley tot ist und Violet unter Schock steht, weil sie ihn gefunden hat, okay? Hugo ruft die Polizei an. Alle sollen ganz ruhig bleiben. Oh, und schick Sophie in Margerys Büro, ja?«

Ich wusste, dass ich dem Teenager eine schwere Last auf die Schultern lud. Lurch riss die Augen und den Mund auf. Sein längliches Gesicht sah nun aus wie ein Grabstein.

»Also, also, hoppla hopp«, sagte ich streng. »Los jetzt, Lurch, mach dich auf die Socken, ein bisschen zackig.« Manchmal wäre ich gerne wieder Fitnesstrainerin gewesen. Ich hatte ein Talent dafür, Befehle zu erteilen.

Lurch kam langsam und mit schwerem Schritt die Treppe herauf. Sein Mund stand noch immer weit auf. Ich klappte ihn zu.

»So sieht es besser aus«, sagte ich. »Vertrau mir.«

Ich sah ihm nach und fragte mich, welch verdrehte Nachricht er MM wohl übermitteln würde. Doch ich unterschätzte den Jungen. Nach fünf Minuten kam Sophie und sie schien über fast alles im Bilde. Vor kurzem hatte sie sich den Kopf rasiert und sah jetzt aus wie Sinéad O'Connors jüngere, noch hübschere Schwester. Wenn man sich das Haar abschneidet, wird das ganze Gesicht größer, und Sophies eh schon große Augen sahen nun auf unwirkliche Art riesengroß aus, wie die der Heldin in einem Manga-Comic. Sie trug Hipster-Jeans, ein winziges Oberteil und enorme, hässliche Trainingsschuhe. Ich seufzte.

Sie platzte heraus wie die Kohlensäure aus einer Mineralwasserflasche.

»Sam … Lurch sagte, du seist mit Violet hier. Wo ist Margery?« Sie schaute sich um, als erwarte sie, dass Margery unter dem Tisch hervorgekrochen käme. »Was ist mit Philip? Lurch sagte, er sei tot. Ich kann es nicht glauben. Aber auch Hugo hat gesagt, dass es stimmt.«

»Wo ist er? Ich meine Hugo.«

»Er steht vor Philips Büro und lässt niemand hinein …«

»Gut.«

»Wo ist Margery?«, wiederholte Sophie flehentlicher. Ich hob die Augenbrauen.

»Sie wird vor einer Ewigkeit nach Hause gegangen sein. Es ist fast acht. Also, ich brauche dich hier. Violet ist in einem schrecklichen Zustand und du bist ihre Freundin.«

»O Gott, fast acht?«, sagte Sophie entsetzt. »Und wir haben noch so viel zu tun. Ich meine…« Ihre Stimme erstarb und sie sah mich schuldbewusst an. »Das meinte ich nicht, aber es ist alles so verwirrend. Was ist mit Violet?«

Bei der Erwähnung ihres Namens regte sich Violet, die ausgestreckt auf Margerys Sofa lag.

»Soph?«, flüsterte sie. »Bist du's?«

»Vi! Was ist passiert?« Sophie fiel neben Violet auf die Knie. Sehr glaubwürdig erschien mir Violets Beinahe-Katatonie nicht. Meiner Erfahrung nach sind die Menschen, die sich wegen der kleinsten Kleinigkeiten aufregen, in echten Krisensituationen oft die besonnensten und vernünftigsten. Ich fragte mich, inwieweit Violets Reaktion einem echten Schock zuzuschreiben war und wie viel davon Tarnung war, um Zeit zu gewinnen.

Für Sophie jedoch war alles, was Violet sagte, die Bibel. Sie hatte Violets kleine, blasse Hände fürsorglich ergriffen und strich ihr sanft eine Locke aus der Stirn.

»Was ist passiert?«, fragte sie sachte. »Es ist Philip, nicht wahr? Es muss schrecklich für dich gewesen sein.«

Mir fiel auf, dass jegliches Mitgefühl, dass Sophie vielleicht für Philip Cantley empfinden mochte, unter ihrer dringenderen Besorgnis um Violet begraben wurde. Ich konnte ihr das kaum übel nehmen. Philip Cantley war kein sympathischer Zeitgenosse gewesen. Und trotz ihrer gut entwickelten Fähigkeit, ihre Kollegen zur Weißglut zu treiben, verfügte Violet über einen Charme, der so übermächtig und verführerisch war wie ein Parfüm aus den Achtzigern.

»Ich bin zu ihm gegangen, um über das Stück zu reden«, sagte Violet. Ihre Stimme war dünn wie ein Bindfaden, aber gut hörbar, jedes Wort sprach sie mit exquisiter Diktion aus. Sie machte es sehr gut. Sophie hatte ihre blasse Stirn geglättet, die nun wie Perlmutt unter ihrer zärtlichen Hand schimmerte. »Nicht dieses, ich meine das *Puppenheim*. Ich wollte, dass du die Kostüme machst. Mein Kleid für das jetzige Stück ist so schön – du verstehst es, meine Figur zur Geltung zu bringen …«

Ich setzte mich auf den Sessel und streckte die Beine aus. Diese Szene dauerte offensichtlich etwas länger. Sophie errötete vor Stolz. Niemand konnte Violet vorwerfen, dass sie zu subtil war, aber sie traf mit ihrer Technik meistens ins Schwarze.

»Du wolltest also zu Philip«, soufflierte Sophie.

»Er saß schon so da … zusammengebrochen … oh, es war furchtbar, ich wusste sofort, dass er tot war.«

»Wieso warst du so sicher?« Ich musste mich einmischen. »Ich meine, er hätte doch einen Schlaganfall oder so etwas haben können.«

Sophie riss den Kopf herum und sah mich stirnrunzelnd an. Violet durfte nicht verstört werden. Aber sie kam zu spät. Violet war bereits dem Elend verfallen.

»Die Spritzen!«, stöhnte sie. »Ich sah die Nadeln und ich wusste – oh, wie konnte er nur so dumm sein? Ich habe ihm gesagt, nie mehr als eine zu injizieren, ich habe es ihm gesagt – du weißt das, Sophie, ich habe dir versprochen, wirklich vorsichtig zu sein, und das war ich auch! Er muss mindestens drei injiziert haben. Ich konnte es nicht glauben, ich wusste nicht, was ich tun sollte, konnte mich nicht bewegen …«

Es war, als befände ich mich nicht im Zimmer. Sophie konzentrierte sich so stark auf Violet, als habe sie soeben gestanden, Philip Cantley ermordet zu haben, und als Zugabe auch noch Shirley Lowell.

»Du meinst, du hast ihm was von deinem Zeug gegeben? Das Insulin?«

Es klang so entsetzt, dass Violet mit einer Hand das Gesicht bedeckte. Dann beschloss sie, dass eine Hand hier nicht reichte, nahm auch die andere, die Sophie noch immer schützend hielt, und fügte sie der ersten hinzu. Durch die Finger sagte sie wehleidig:

»Ich weiß, ich weiß. Aber ich dachte, er wäre vorsichtig, wirklich. Philip war so … beherrscht, so vernünftig. Das ist es, was ich nicht verstehe. Was ist geschehen? Es kann kein Unfall gewesen sein! Ich meine …«

Sie ließ die Hände auf die Brust gleiten und starrte mich und Sophie mit vor Schreck geweiteten kornblumenblauen Augen an.

»Glaubst du …«, sagte sie.

»Können wir noch mal kurz zurück?«, fragte ich mit meiner besten Du-kannst-mir-alles-erzählen-ich-bin-Bildhauerin-Stimme. »Violet, du hast aus irgendeinem Grund Insulin genommen. Und was noch wichtiger ist – warum, zum Teufel, hast du ihm das Zeug überhaupt gedealt?«

»Oh, man injiziert es nicht in eine Vene«, antwortete Violet fast heiter. »Die Dosis ist abgemessen, in diesen kleinen Spritzen, die man Diabetikern gibt, sie heißen ActRapid oder EpiPens. Man sticht sie einfach in einen Muskel, es tut kaum weh.«

»Wir verlieren ein bisschen den Faden«, dirigierte ich sie. »Ich suche noch immer nach einem Grund – und bin mir sicher, dass du einen Grund hattest. Du scheinst mir nicht die Sorte Mensch zu sein, die etwas nur so tut.«

»Um abzunehmen!«, entgegnete Violet, als wäre das völlig klar. Sofort richtete sie sich etwas auf. »Es erhöht die Intensität des Metabolismus und es löst Kohlenhydrate und Fett viel schneller auf, als es der Körper von sich aus tut«, fügte sie so ernst wie ein kürzlich bekehrter Scientologe hinzu, der einem die seltsamen Regeln erklären will. »Man isst, so viel man will, und gibt sich danach eine Injektion. Die Spritzen beinhalten die richtige Dosis, man kann also nicht zu viel nehmen.«

»Es sei denn, man injiziert drei auf einmal«, sagte ich in Anbetracht der Spritzen, die ich auf dem Boden neben Philip Cantleys Schreibtisch gesehen hatte.

»Er hat was?«, stöhnte Violet, von der Darstellung fröhlicher Diätgeheimnisse in die grausame Realität zurückgerissen. »Ich verstehe nicht ...«

Etwas in ihrer Stimme klang gezwungen. Ich sah sie aufmerksam an. Als sie vorhin auf den Gedanken gekommen war, dass Cantley vielleicht absichtlich eine Überdosis genommen hatte, schien sie ehrlich erschüttert, aber nicht wirklich überrascht gewesen zu sein. Und der einzige Grund dafür bestand darin, dass sie vielleicht eine Ahnung hatte, warum er es getan haben mochte.

»Violet«, sagte ich langsam, »ich glaube, du weißt, warum er sich umgebracht hat.«

»Sam!«, rief Sophie erzürnt. »Das reicht! Du treibst es zu weit.«

»Es wird sowieso alles herauskommen«, sagte ich. »Die Polizei ist ganz gut darin, Leute zu verhören. Sie werden alles aus ihr rausbekommen. Genauso gut kann sie es schon ein bisschen üben. Außerdem weiß ich es sowieso schon, glaube ich.«

»Müssen sie es denn wissen?«, fragte Violet und wurde noch blasser.

Ich zuckte mit den Schultern. »Kann dir doch egal sein. Er ist tot. Er kann dir nicht mehr wehtun. Also sag ihnen ruhig, was du denkst.«

»Was soll das?«, fragte Sophie ungeduldig. Sie war eifersüchtig, weil Violet und ich über ihren Kopf hinweg redeten. »Wovon sprecht ihr?«

Ich tauschte einen Blick mit Violet. »Violet glaubt«, sagte ich schlicht, »dass Philip Cantley das Mädchen getötet hat, das wir in der Senkgrube gefunden haben, diese Shirley Lowell.«

Sophie hielt den Atem an. »O mein Gott«, hauchte sie. »O mein Gott.« Sie sah aus, als würde sie gleich in Zuckungen verfallen, und zitterte von Kopf bis Fuß. Verwundert zog ich die Augenbrauen hoch. Eine solch vehemente Reaktion hatte ich nicht erwartet. Was konnte ihr Philip Cantley schon bedeutet haben?

Dann fing Sophie an zu weinen. »Er hätte dich auch umbringen können«, schluchzte sie. »Dich auch! O Vi, wenn dir wirklich etwas passiert wäre, ich hätte es mir nie verziehen – ich hätte ihn getötet, wenn er dir zu nahe gekommen wäre. O Gott, ich fasse es nicht, ich …«

Sie streckte die Hand aus, und bevor Violet reagieren konnte, zog sie an dem Schal um ihren Hals. Sie bekam ihn nicht los, aber es reichte. Wir beide sahen das Muster der blauen Flecken über Violets zartem Schlüsselbein. Sophie brach in ungehemmtes, wildes Schluchzen aus.

»Sieh nur, was er dir angetan hat, dieses Ungeheuer! Ich hätte ihn selbst umbringen sollen.«

Es klopfte an der Tür. Sophie fuhr zusammen, zog mit ihrer schmalen weißen Hand den Schal hoch und lehnte sich auf dem Sofa zurück, den Kopf nach hinten geworfen – ungefähr wie Greta Garbo vor dem Erschießungskommando in *Mata Hari*. Ich sagte prosaisch:

»Wer ist da?« Eine von uns dreien musste vernünftig bleiben.

»Hugo«, sagte Hugo und steckte seinen Kopf zur Tür herein. »Die Polizei ist hier. Sie wollen mit Violet sprechen, wenn es ihr besser geht.«

Der folgende emotionale Aufstand ebbte erst nach einer Viertelstunde wieder ab.

»Du glaubst also, er hat selbst Schluss gemacht?«, fragte Hawkins.

»Ich habe nicht die geringste Ahnung«, antwortete ich. »Ich kannte ihn kaum. Manchmal schnauzte er mich an, wenn wir uns auf dem Flur trafen, aber diese Kommunikationsebene wurde auch nicht überschritten. Er hat jeden angeschnauzt, es lag nicht an mir. Seit Shirley Lowells Leiche aufgetaucht war, wirkte er sehr nervös. Jetzt scheint klar, warum.«

»Das ist nur eine Annahme«, meinte Hawkins. »Selbst nach Violet Tranters Aussage. Da sagt man doch immer, dass Schauspielerinnen irgendwie enttäuschend sind, wenn man ihnen leibhaftig gegenübersteht, aber meine Güte, als sie auf die Wache kam, stand die halbe Belegschaft Schlange, um einen Blick auf sie zu werfen.«

»Einschließlich dir, nehme ich an«, meinte ich trocken. »Da du diesen Fall nicht bearbeitest.«

»Vielleicht habe ich auch ein Auge riskiert«, gestand Hawkins. »Zierliches kleines Ding, was?«

»Es würde jedenfalls schwer fallen, sich vorzustellen, dass sie jemanden erwürgt hätte«, räumte ich ein. »Aber eine Spritze Insulin in den Freund zu stechen könnte ein Kinderspiel sein. Philip Cantley hat keinen Abschiedsbrief hinterlassen, oder? Auf seinem Schreibtisch habe ich keinen gesehen.«

Hawkins schüttelte den Kopf. »Sie haben auch seinen Computer überprüft, ob er vielleicht dort etwas festgehalten hat. Das ist heute nicht ungewöhnlich. Aber sie haben nichts gefunden.« Er lehnte sich nachdenklich zurück. »Er war mit einem Agenten essen. Das ist überprüft worden. Offensichtlich haben sie sich gut amüsiert. Cantley kann ziemlich blau zurückgekommen sein und hat sich eine Injektion verpasst – übrigens das Bescheuertste, das ich je gehört habe; so etwas würde ich nicht gerne vor die Geschworenen bringen; einfach idiotisch und schwer zu vermitteln. Jedenfalls lautet eine Theorie, dass Philip Cantley glaubte, eine Injektion würde nicht reichen, nach all dem Essen und dazu noch der Alkohol. Also macht er weiter. Klingt aber nicht sehr plausibel.«

Ich verzog das Gesicht. »Vi sagt, dass er sehr beherrscht war. Es ist schwer vorstellbar, dass er so etwas Dummes getan hat.«

»Ich stimme dir zu. Also war es entweder Selbstmord – oder jemand hat ihn umgebracht.«

»Selbstmord, weil er Shirley Lowell getötet hatte und wusste, dass eure Leute ihm auf den Fersen waren?«

»Nun, das ist es eben. Es gibt gar nichts, wodurch wir

ihn mit dem Mord in Verbindung bringen könnten. Außer der Tatsache, dass er als Intendant des Theaters jungen Schauspielerinnen, die sich bewerben, ständig begegnet ist. Selbst wenn man Violet Tranters Aussage hinzunimmt, dass er es im Bett gerne rau anging und dass er sie ein paarmal zu Tode erschreckt hat – ich meine, das reicht kaum, um ihn einzubuchten, wie du es nennen würdest. Und er muss das gewusst haben. Drei Jahre sind eine lange Zeit, wenn es darum geht, Beweise zu finden. Shirley Lowell soll einen neuen Freund gehabt haben, aber niemand scheint etwas darüber zu wissen, also verlief auch das im Sand. Die Selbstmordtheorie schien so schlüssig, dass niemand sich die Mühe machte, sie anzuzweifeln. Sie war ein großer Fan der Manic Street Preachers und soll schwer getroffen gewesen sein, als die Nachricht von Richey Soundsos Verschwinden die Runde machte. Ihr Wagen parkte an genau der Stelle, an der man seinen gefunden hatte, und eine Kassette der Band lag im Recorder. Und sie hatte depressive Phasen.«

»Was in der Rückschau damit zu tun haben könnte, dass sie eine Beziehung zu jemanden hatte, der sie gerne im Bett würgte, den sie aber nicht verlassen wollte, weil das bedeutet hätte, dass sie in seiner nächsten Inszenierung keine Rolle bekommen würde.«

»Das scheint wohl eine Gewohnheit von ihm gewesen zu sein«, ergänzte Hawkins. »Er hat Violet Tranter die Hauptrolle in seinem nächsten Stück gegeben, nachdem sie einen Monat oder so zusammen in Urlaub waren. Venedig. Sie sagt, dort habe er ihr die Rolle versprochen.«

»Ich dachte mir schon so was, da sie auf das Thema Goa immer etwas ausweichend reagiert hat«, meinte ich. »Und was passiert jetzt?«

Hawkins zuckte mit den Schultern. »Es gibt keinen Beweis, dass er Shirley getötet hat«, sagte er, »und keinen Abschiedsbrief. Vielleicht hat der Mörder von Shirley gedacht, es sei eine gute Idee, Cantley das Licht auszuknipsen, damit der Verdacht auf ihn fällt. Die Untersuchung geht weiter, und es ist eine ziemlich verzwickte. Ich bin froh, dass es nicht mein Fall ist. Hör zu, Sam.« Er beugte sich vor und unsere Knie berührten sich fast. »Vergessen wir für einen Augenblick all diese Leichen. Eigentlich bin ich hier, um mit dir über diese ganze … du weißt schon, Daphne-Sache zu reden. Ich möchte nicht, dass du glaubst, ich sei ein Arsch, so wie ich mich das letzte Mal benommen habe. Ich war nur so verwirrt …«

Just in diesem Moment klingelte es. Das Timing war so perfekt, dass es sich nur um Hugo handeln konnte.

»Hallo«, sagte er, ließ einen Kuss über meine Lippen gleiten und schlenderte durch die Tür. »Warum parkt ein Polizeiauto vor deiner Haustür? Übrigens, diese Haustür ist wirklich schauderhaft … Ach du meine Güte, nun sieh sich einer diesen Raum an! In *Builder's Weekly* gibt es doch immer diese Vorher-Nachher-Fotos. Dies hier ist ganz bestimmt vorher!«

»Es ist ziemlich sauber«, sagte ich gekränkt. »Ich habe halt viel Zeug.«

»Das kannst du laut sagen.« Er sah zu den Mobiles hinauf. »Mhm, interessant.«

Hawkins hatte sich aus seinem Sessel erhoben und musterte Hugo breitbeinig und mit verschränkten Armen, als sei Hugo soeben vorgeführt worden und als wolle Hawkins ihn mit seinem Blick einschüchtern, damit er die Nerven verlor, bevor das eigentliche Verhör begann. Der Effekt wurde lediglich durch die Tatsache zunichte gemacht, dass man Hugo nicht einschüchtern konnte. Er hatte kein Talent dafür. Außerdem stehen meine Sitzgelegenheiten unterhalb meiner Schlafplattform am anderen Ende des Raumes, sodass Hawkins halb im Schatten stand.

»Hawkins, das ist Hugo Fielding. Er ist Schauspieler in der Inszenierung, für die ich die Mobiles mache«, sagte ich nicht besonders elegant. »Hugo, das ist Detektive Inspector Hawkins, ein Freund von mir.«

»Ein Freund von dir?« Hugo hob die Augenbrauen. »Auf den ersten Blick sehr abwegig, Inspector Hawkins, die Freundschaft dieser jungen, aber verdorbenen Frau zu suchen. Zweifellos wollen Sie ihr die Falschheit ihres Tuns deutlich machen. Was deinen Geschmack betrifft, Sam, sage ich nichts. Ich bin noch dabei, ihn herauszufinden.«

Er durchquerte das Zimmer und reichte Hawkins die Hand, der sie widerstrebend schüttelte. Ich sah mit Entsetzen, dass Hugo noch immer seinen Gigolo-Nagellack trug.

Die beiden Männer bildeten den sonderbarsten aller Kontraste: Hawkins, groß und kräftig, in seiner Hose von Marks & Spencer und einem Acrylpullover mit Hang zum Fusseln, sah genauso aus, wie man sich einen Polizisten außer Dienst mit einer Freundin namens Daphne vorgestellt hätte. Hugo dagegen, groß und schlank, fast schon dünn, trug heute sein komplettes Dandy-Outfit, gestreifte Hosen, ein weites Seidenhemd mit Rüschen und ein leicht tailliertes rostfarbenes Leinenjacket; er sah aus wie ein aristokratischer Rockstar mit einem Konto bei Browns. In Wahrheit war Hugo in einem Reihenhaus in Surbiton aufgewachsen, aber die Größe und die Nase, ganz zu schweigen von der näselnden Sprechweise, all dies ließen eine privilegierte und unbeschwerte Jugend vermuten, ein Bild, das er nur allzu gern förderte.

»Du hattest doch nicht vergessen, dass wir heute Abend ein Rendezvous haben, Darling«, sagte er und wandte sich wieder an mich. »Du hättest dich aber wirklich nicht so herausputzen müssen«, fügte er mit einem unbeeindruckten Blick auf meine Totenkopf-Leggings und das kurze schwarze Sweatshirt hinzu.

»Ich wollte gerade gehen«, sagte Hawkins steif.

»Lassen Sie sich von mir nicht aufhalten«, meinte Hugo honigsüß. »So faszinierend meine Konversation auch ist.«

Ich sah Hugo mit schmalen Augen an. Wenn er ein Bein gehoben, mit seinem Urin einen Kreis um mich gezogen und begonnen hätte, an Hawkins' Hintern zu schnüffeln, dabei ständig knurrend, hätte er es nicht deutlicher machen können. Hawkins nahm seinen braunen Lederblouson und warf ihn über die Schulter.

»Sie müssen mir den Namen Ihres Schneiders nennen«, meinte Hugo.

Hawkins biss die Zähne aufeinander, ging auf mich zu und bedachte mich mit einer Umarmung, etwas, das er höchst selten tat und schon gar nicht vor Zeugen.

»Bis bald«, sagte er zu mir. »Wenn du allein bist«, fügte er mit einem düsteren Blick auf Hugo hinzu. Er ging durch den Raum und machte die Vordertür auf. »Vergiss nicht, die Riegel vorzuschieben, wenn er gegangen ist«, sagte er zu mir und tippte auf die Eisenstange an der Tür. »Man kann nicht vorsichtig genug sein.«

»Daran werde ich sie höchstpersönlich morgen früh erinnern«, warf Hugo freundlich ein. »Es tut mir Leid, ich wusste nicht, dass Sie für Einbruchschutz und dergleichen verantwortlich sind. Ich hätte Sie sonst mit Fragen gelöchert. Ich finde das ganze Thema häusliche Sicherheit überaus faszinierend.«

Hawkins knallte die Tür zu, aber das machte er sonst auch. Ich sah Hugo an und wusste nicht, ob ich lachen oder mit etwas nach ihm werfen sollte.

»Du warst unsagbar unhöflich«, begann ich streng. »Eine unverblümtere Demonstration von Eifersucht und besitzergreifendem Gehabe ist mir in meinem ganzen Leben noch nicht vorgekommen.«

»Und als du gestern Violet von mir gerissen hast?«, entgegnete Hugo mürrisch. »Wenn du gesungen hättest *Marleen, eine von uns beiden muss nun gehn,* hätte es mich nicht überrascht.«

Er lehnte am Küchentisch, holte sein Zigarettenetui heraus und angelte sich eine Zigarette.

»Wer ist dieser Typ überhaupt? Und versuch nicht, mir zu erzählen, dass er nur ein Freund ist«, sagte er bockig.

»Und was ist mit Violet, wo wir schon dabei sind?«, schoss ich zurück, wobei mich sowohl meine eigene Reaktion überraschte als auch die Tatsache, dass es mir komischerweise gefiel, wie sich Hugo über Hawkins aufregte. Normalerweise habe ich zu Eifersucht bei Freunden von mir das gleiche Verhältnis wie zur Syphilis. »Sie hat sich, ohne zu zögern, in deine Arme geworfen. Und du wusstest alles über sie und Philip.«

»Vi und ich«, sagte Hugo und wurde lebhafter, »hatten auf der Schauspielschule eine kurze Affäre. Seitdem sind wir Freunde. Sie vertraut sich mir an, die Gute. Aber ich bin nicht ihr Typ. Sie will dominiert werden und ich habe nicht die Energie, diese Nummer vierundzwanzig Stunden am Tag zu geben. Ich ziehe es vor, auf weichen Kissen zu sitzen und mich geistreich zu unterhalten. Wie du vielleicht bemerkt hast. Du bist dran.« Mir fiel auf, dass sich seine Laune gebessert hatte.

»Hawkins und ich«, erwiderte ich ergeben, »haben immer mal wieder etwas miteinander. Er lebt mit einer Frau namens Daphne zusammen und jetzt denken sie ans Heiraten, was ihn völlig verwirrt. Aber mit uns würde es sowieso nie klappen und das wissen wir beide ganz genau.«

»Eine Liebe, zum Scheitern verdammt«, sagte Hugo selbstzufrieden. »Die Künstlerin und der Polizeiinspektor. Ich nehme an, du wirst zu ihrer Hochzeit gehen – ganz in Schwarz, mit einem kleinen Schleier –, wirst ganz hinten in der Kirche stehen und mit niemandem ein Wort wechseln. Die Leute werden ihn fragen, wer du bist, und er wird mannhaft die Tränen zurückhalten und sagen: ›Ah, die traurigsten Worte, die je gesprochen und geschrieben wurden, sind jene, die da lauten: Es hätte können sein.‹«

Ich nahm ihm die Zigarette aus dem Mund, drückte sie aus und sagte: »Still, ich stopf dir den Mund.« Dann küsste ich ihn.

»Ich schätze, das ist die definitive Antwort«, murmelte er einige Augenblicke später. Er trug keine Jacke mehr und sein Hemd war halb offen. »Ich meine, ich fände es furchtbar, wenn du deine unerwiderte Leidenschaft für Inspektor Derrick an mir abreagierst. Aber wenn du magst, können wir eine Uniform ausleihen. Sie stünde mir besser als ihm. Er hat nicht die Figur dafür.«

»Hugo, halt den Mund.« Ich packte ihn an den Haaren. Er sah mich folgsam an, aber an seinen Augen erkannte ich, dass er Böses im Schilde führte.

»Was ist denn, Liebling?«

Ich gab einen Laut von mir, der meine ganze Frustration ausdrückte, und fing an, seinen Gürtel zu lösen. Das war die einzig effektive Weise, ihm wirklich das Maul zu stopfen.

15. Kapitel

Am nächsten Morgen wurde ich zu einer sehr unchristlichen Zeit, um neun Uhr, durch wiederholtes Klopfen an meiner Vordertür geweckt. Mein potenzieller Besucher konnte entweder die Klingel nicht finden, oder er nahm besondere Rücksicht auf meine Nerven, indem er sich entschieden hatte, mich schrittweise aufzuwecken. In meinen Kimono gehüllt, machte ich mich schlaftrunken auf den Weg, die Leiter hinunter und quer durch den Raum, und sah mit verquollenen Augen durch den Spion. Dann begann ich den langwierigen Prozess, Schlösser und Riegel zu öffnen. Unbeholfen fummelte ich herum.

»Endlich!«, sagte Sally, kam herein und küsste mich auf die Wange. »Ich habe Frühstücke mitgebracht.«

»Oh, schön. Wenn ich wach wäre, würde ich mich freuen.« Ich stolperte in die Küche und schüttete Kaffee in die Maschine. Sally zog einen Teller aus dem Küchenschrank, starrte ihn ungläubig an und wusch ihn dann erst einmal sorgfältig mit Handseife in der Spüle. Das Spülmittel war mir vor so langer Zeit ausgegangen, dass es mir egal war. Er trocknete den Teller mit seinem eigenen Taschentuch ab, stellte ihn auf den Tisch und entnahm der Papiertüte, die er mitgebracht hatte, mehrere Brötchen, die er auf den Teller häufte. Ich ging ins Badezimmer, Zähne putzen und Gesicht waschen, und als ich kurz darauf wiederkam, geschrubbt und glänzend, goss Sally gerade Kaffee in drei Becher.

»Ich bring Hugo was rauf«, verkündete er.

Ich sah ihn an und zog den Gürtel meines Kimonos etwas fester zu.

»Woher weißt du …?«

»Isch sähe – sah – ihn gestern Abend, als er nach Hause gieng. Er sagte, er würde disch besuchen. Er sah sehr glücklisch aus«, fügte Sally hinzu.

»Sal?«, rief Hugo von oben. »Bist du das?«

»Wir fruhstücken!«, rief Sally zurück. »Willst du was?«

»Versucht, mich abzuhalten.« Sekunden später kam Hugo nach unten. Er hatte den marineblauen, gepunkteten Morgenmantel aus Seide an, den ich secondhand gekauft und nie getragen hatte, weil er mir viel zu groß war und auf dem Weg die Leiter hinauf und hinunter ein Sicherheitsrisiko darstellte. »Der gefällt mir«, sagte Hugo versonnen und strich über die Ärmel. »Ich glaube, ich werde ihn adoptieren. Für dich ist er viel zu groß. Ah, Kaffee. Keine Milch?«

»Wenn du in diesem Haus etwas willst«, sagte Sally erstaunlich flüssig, »musst du es selbst mitbringen.«

»Nicht unbedingt«, meinte Hugo und grinste mir zu. »Danke, Sal.«

Er trank etwas Kaffee, während ich mich über ein Schokocroissant hermachte.

»Isch halte das für eine sähr gute Idee«, erklärte Sally. »Du und Hugo. Ihr seide beide sehr nervend und auf diesä Weise geht ihr euch selbst auf den Sack und nischte uns.«

»Ich fühle mich in der Tat ein wenig wund heute Morgen«, stimmte Hugo zu. »Wenn ich gewusst hätte, dass es das war, was sie vorhatte, hätte ich sie früher aufgehalten. Was führt dich hierher, Sal? Bist du nur unser guter Engel, der unsere Verbindung mit dem heiligen Geschenk dänischer Backwaren segnen will …«

»Fränzösischer«, murmelte ich.

»Französischer, ich bitte um Verzeihung, oder bist du gekommen, um über tote Menschen zu reden? Ich nehme an, Letzteres.«

Sofort sackte Sallys Kinnlade herab. »Es iste alles so furchtbar«, stöhnte er. »Einen Momente hatte ich es vergessen und jetzt erinnerst du misch daran.«

»Nun, sobald du ins Theater kommst, wirst du sowieso daran erinnert«, meinte ich. »Dort muss es vor Polizisten nur so wimmeln.«

»Kein Einziger wird in der Lage sein, ein Alibi nachzuweisen«, sagte Hugo, steckte sich eine Zigarette an und begann abgehackt zu husten.

»Das ist reizvoll«, lautete mein Kommentar.

Er ignorierte mich und fuhr fort: »Wir hingen doch alle irgendwo rum. Ich zum Beispiel saß den ganzen Nachmittag auf meinem Wäschekorb, wenn ich nicht auf die Bühne trotten musste, wobei ich mir fast den Knöchel gebrochen hätte, nur um den Launen eines größenwahnsinnigen Beleuchter-Diktators Genüge zu tun, aber wer kann das bezeugen? Niemand wird beweisen können, dass er überhaupt keine Möglichkeit hatte, in Philips Büro zu huschen und ihn mit Insulin voll zu knallen.«

»Was ist mit MM?«, fragte ich. »Sie steht ständig im Zentrum.«

Er sah mich mitleidig an. »Du willst mir doch nicht erzählen, dass sie nicht aufs Klo gegangen ist oder hinter die Bühne, um etwas zu überprüfen. Niemand wird über jede Minute Rechenschaft ablegen können. Ich wäre sogar«, fügte er hinzu, nachdem er einen kräftigen Zug gemacht hatte – sein Husten war verebbt – »extrem misstrauisch gegenüber jemandem, der ein wasserdichtes Alibi präsentiert.«

»Isch war die ganze Zeit da!«, protestierte Sally. »Mit Sam und Sophie!« Er wandte sich mir zu. »Du haste mich doch gesehen, Sam.«

»Ja, sicher«, sagte ich. »Bis ich hinter die Bühne gegangen bin. Aber ich könnte nicht beschwören, dass du nicht doch zehn Minuten oder so weg warst. Ich meine, ich habe beobachtet, was auf der Bühne geschah.«

Sally sah mich tödlich beleidigt an. »Ich gehe zum Theater«, verkündete er, erhob sich und schob den Teller mit einer Geste der Entrüstung von sich. »Ische wärde mit Sophie reden und dann wärden wir ja sähen, dass ische die ganze Zeit näben ihr gesessen habe.«

»Ja, aber …«, begann ich. Doch es war hoffnungslos. Sally stürmte zur Tür, mit einem Blick, als habe ihn jemand mit Dreck beworfen.

»Sophie«, sagte er kalt über die Schulter, »ist meine Freundin. Sie wird sisch erinnern, wo ische war. Du wirst sehen.«

Er schlug die Tür hinter sich zu. Ich verzog das Gesicht.

»Ach verdammt, ich wollte ihn nicht beleidigen. Aber was sollte ich sagen? Ich meine, ich glaube schon, dass er die ganze Zeit da war …«

»Siehst du, was ich meine?«, sagte Hugo. »Verdächtige die Person, die ein perfektes Alibi vorgibt.«

»Ach, sei nicht albern. Nicht Sally. Außerdem«, fügte ich hinzu, »geht es nicht nur darum, dass jemand die Möglichkeit hatte, in Philips Büro zu schleichen. Es muss eine Person gewesen sein, der er einigermaßen vertraute, jemand, der nahe genug an ihn rankam.«

»Aber er hat während des Lunchs gesoffen wie ein Loch«, hielt Hugo dagegen. »Vielleicht ist er am Schreibtisch eingeschlafen und hat nicht einmal bemerkt, dass ihn jemand besuchte.«

»Woher weißt du das?«

Hugo hob beschwichtigend die Hände. »Nein, Darling, du hast mich nicht ertappt. Ich saß auf meinem Wäschekorb, wie ich sagte. Es war mein Agent Ronnie, der Philip mit Alkohol mariniert hat. Ronnie hat wenig gegen ein paar nachmittägliche Brandys. Er rief mich gestern an, völlig aufgelöst. Er hatte gehört, dass Philip gestorben war, wusste aber nicht, wie. Er machte sich Sorgen, weil er Philip mit Schweinehaxe voll gestopft hatte, und fürchtete tatsächlich, dass Philip einen Herzanfall erlitten habe.«

»Schweinehaxe?«, fragte ich angeekelt.

»Der letzte Schrei.«

»Würg.«

»Er sagte«, informierte Hugo mich, »dass Philip definitiv neben sich gestanden hätte. Wie gesagt, er soff wie ein Loch, selbst nach Ronnies höchst elastischen Standards, und schien in der Tat sehr gestresst. Das unterstützt die Selbstmordthese. Schuldgefühle wegen Shirley Lowell und die Angst vor einer bevorstehenden Verhaftung.«

»Aber seine Verhaftung stand nicht bevor. Und er hat keinen Abschiedsbrief hinterlassen.«

»Details, Details.« Hugo wedelte majestätisch mit der Hand.

»Du solltest deinen Nagellack auffrischen«, sagte ich. »Er blättert ab. Aber egal, nehmen wir mal an, dass es kein Selbstmord war. Du glaubst, dass Philip Cantley geschlafen hat, als der Mörder mit den Spritzen hereinkam? Aber das wäre ein weiterer Hinweis darauf, dass es jemand war, der ihn gut kannte. Denn er ist mit seinen eigenen Mini-Spritzen getötet worden. Ich kann mir nicht vorstellen, dass er überall von seiner neuen Diät rumerzählt hat. Violet wusste es natürlich. Sophie wusste von Violets Diätversuchen und vielleicht hat sie geahnt, dass Philip es auch machte. Aber ich bezweifle, dass sie Violet mit reingezogen hätte.«

»Ich wusste auch von Vis Insulin-Connection«, erklärte Hugo. »Sie hat fast allen davon erzählt. Und selbst wenn sie es mir nicht gesagt hätte, wäre ich wohl darauf gekommen, dass sie was mit Philip hatte. Ich meine, es war ein bisschen zu offensichtlich. Sie machten zur gleichen Zeit Urlaub, dann kriegt Vi die Rolle der Nora … Es würde mich überraschen, wenn nicht auch andere Leute auf den Gedanken gekommen wären.«

»Sophie hat mir erzählt, dass Violet was mit einem Banker hätte.«

Er zuckte mit den Schultern. »Hat sie vielleicht nur gesagt, um Vi zu decken. Sie wollte nicht, dass die Leute denken, Vi habe die Rolle durch unlautere Methoden bekommen. Wahrscheinlich hätte sie die Nora auch so gekriegt. Sie wird bestimmt sehr gut sein«, meinte er.

»Wer führt Regie?«, fragte ich. »Ben?«

»Ich weiß nicht. Vielleicht darf er den Lückenbüßer spielen, bis ein neuer Intendant kommt. Diesen Posten werden sie Ben auf keinen Fall geben – dazu fehlt ihm schlicht der Stammbaum. Für ihn ist es ganz schlecht, dass Philip tot ist. Er konnte sehr gut mit ihm umgehen. Wenn das noch ein paar Jahre weitergegangen wäre, hätte er eine schöne Liste von Inszenierungen gehabt. Jetzt befindet er sich in einer sehr unsicheren Position und ich bin sicher, er weiß das. Ben weiß eigentlich immer, was gespielt wird. Aber wenn jemand von auswärts Intendant wird, bringt er bestimmt seinen eigenen Assistenten mit. Pech für Ben.«

Er sah auf die Uhr.

»O Gott, ich muss ins Theater. Heute ist Kostümprobe. Das wird sehr lustig.« Er zögerte, als sei ihm gerade etwas eingefallen.

»Ich sehe, dass dir etwas durch den Kopf geht«, sagte ich. »Die edle Stirn, zerfurcht von der Gedanken Kraft ...«

»Oh, nichts Wichtiges«, entgegnete Hugo und stand auf. »Ich gehe mal duschen.«

»Worum ging's?« Meine Neugier war geweckt.

»Ach, um Wolken und rosa Streifen am Horizont«, antwortete Hugo leicht zögerlich. »Ben hat vielleicht bald keinen Job mehr, aber für MM läuft alles gut. Letzte Woche hat Philip bei den Proben vorbeigeschaut und sie danach auf einen Drink eingeladen. Er hat ein paar Verbesserungsvorschläge gemacht, was ganz normal ist, aber MM kann es nicht leiden, wenn jemand, der nicht direkt damit zu tun hat, ihre Inszenierung sieht, bevor sie steht. Und er glaubte natürlich, dass er alles besser wisse. Ich glaube, er hat seine Position ins Spiel gebracht und das hat ihr überhaupt nicht gefallen. Ich kann sie verstehen. So etwas kann sehr ärgerlich sein.«

»Und sie ist sehr störrisch«, fügte ich hinzu.

»O ja, wie ein Esel. Nun ja, jetzt wird Philip sie jedenfalls nicht mehr bei der Kostüm- und Generalprobe stören und sie in den Wahnsinn treiben. Das weiß sie sicherlich zu schätzen. Natürlich muss man noch ein paar Sachen ausbügeln, aber das ist ihr klarer als jedem anderen. Ich habe großes Vertrauen in MM. Sie arbeitet so zurückhaltend, dass man gar nicht merkt, wie alles zusammenstimmt, bis das Puzzle plötzlich komplett vor einem liegt. Dieser *Traum* wird sehr gut werden.«

»Aber das ist kaum ein Motiv für Mord«, sagte ich. »Den Chef aus dem Weg zu räumen, nur damit man in Ruhe und Frieden seiner Inszenierung den letzten Schliff verpassen kann.«

Hugo hob die Augenbrauen. »Sicherlich nicht«, entgegnete er ungehalten. »Und jetzt gehe ich duschen.«

Er ging ins Badezimmer und ich schaute ihm hinterher, noch nachdenklicher als zuvor.

Nachdem Hugo fort war, verwöhnte ich mich mit einem heißen Bad; ich hatte beschlossen, nicht in den Fitnessclub zu gehen. Die Aktivitäten der letzten Nacht erfüllten, richtig betrieben, den gleichen Zweck. Ich wusste noch immer nicht, was ich von Hugo halten sollte, und beschloss daher, vorerst überhaupt nicht an ihn zu denken. Wir hatten uns nicht erneut verabredet. Beim Abschied hatten wir einander angesehen und uns beiden lagen die Worte auf den Lippen, aber keiner von uns konnte sich überwinden und als Erster ein Date vorschlagen. Sehr pubertär.

Ich schrubbte mich tüchtig ab, legte eine Gesichtsmaske auf, Haarpflegemittel, Peeling-Creme – wobei ich mir wie ein Auto bei der Wartung vorkam –, und schließlich waren alle meine Poren geöffnet und atmeten durch. Mein Haar war in ein Handtuch gewickelt und meine rosa Haut nahm mir ein bisschen übel, was sie hatte erdulden müssen. Ich rollte mich auf dem Sofa zusammen und rief meinen Galeristen Duggie an. Er sollte vorbeikommen und sich die neuen Mobiles ansehen.

Der arme Kerl schien sich auf fast bemitleidenswerte Art zu freuen, meine Stimme zu hören. Duggie mochte es nicht, wenn seine Künstler sich wochenlang unerlaubt von der Truppe entfernten.

»Du hast nicht eine meiner Nachrichten beantwortet«, klagte er. »Ich habe mir solche Sorgen gemacht. Ich meine, Darling, künstlerisches Temperament ist eine Sache, aber wochenlang nicht den Hörer abzunehmen ... letzten Endes habe ich mir dann gesagt, sie wird einen neuen Typ im Bett haben und ist viel zu beschäftigt, um mich anzurufen, aber ein Trost war das nicht.«

»Kein Sex, nur viele Mobiles«, sagte ich kurz angebunden, die einzige Art, mit Duggie zu sprechen: Er war englischer Meister im Quasseln.

»Hervorragend!« Duggie klang immer fröhlicher. »Wann kann ich sie mir ansehen? Wir haben ein paar tolle Ideen für die Ausstellung. Erinnerst du dich an diesen grauenhaften Assistenten, den Willie mir aufgedrängt hat? Der mit diesen blassrosa Anzügen?«

»Ich kann mich nicht an blassrosa …«

»Ich schwöre es dir. Genau die gleiche Farbe wie der eklige amerikanische Wein, für den sie in den Illustriertenbeilagen werben. Weißer Zinfandel, sieht aber eher rosa aus, als sei man errötet. Oh, welches Grauen. Ich befürchte immer, dass die Leute diesen Typ für einen Freund halten, das wäre mir so peinlich. Immerhin hat er einen guten Blick. Er hat eines dieser Seminare besucht – darüber, wie man Ausstellungen gestaltet, was ich natürlich absolut verabscheue, aber er macht sich doch recht gut, trotz all der Idiotien, mit denen sie seinen hässlichen kleinen Kopf voll gestopft haben. Er meint, es sähe gut aus, wenn eines der Mobiles buchstäblich durchs Dach käme. Vielleicht bringe ich ihn mit, wenn ich komme. Hinterher können wir ihn abschieben und irgendwo nett essen gehen, was meinst du?«

Wir machten einen Termin für nächste Woche aus und ich legte grinsend auf. Ich hatte so lange nicht mit Duggie gesprochen, dass ich durch seinen Konversationsstil, der mich sonst rasch ermüdete, putzmunter geworden war. Rasch trocknete ich mir die Haare und stieg zur Schlafplattform hinauf, auf der Suche nach einem passenden Kleidungsstück für den Tag. Es war wie jedes Mal nach einer Phase intensiver Arbeit – morgens aufzustehen und sich etwas anderes zum Anziehen auszusuchen als Lagen von löcherigen Sweatshirts und schmutzigen Jeans, war der reinste Segen. Ich genoss es. Schließlich entschied ich mich für meine neuen Vinyl-Hüfthosen, ein enges T-Shirt mit der Aufschrift ›Barbie ist eine Schlampe‹ und eine Strickjacke aus Chenille. Die Haare steckte ich mit einer Menge diamantener Clips hoch. Dann ging ich ins Bad und trug einen karamelfarbenen Lippenstift auf. Ich war bereit für die Welt. Ob sie auch bereit für mich war, schien eine andere Frage.

Ich parkte vor dem Bühneneingang, schloss den Van ab und blieb einen Augenblick stehen, um einen Herrscher-des-Universums-Moment zu genießen. Die Sonne schien hell, die Luft war klar und der relativ kleine Ausschnitt des Himmels, den ich sehen konnte, leuchtete blau. Wenn man das angenehme postkoitale Kitzeln dazurechnete und das Wissen, dass ich meine Mobiles den Launen der Techniker überlassen hatte und für eventuelle Fehler nicht mehr verantwortlich war, konnte man die Summe meiner Stimmung als ausgesprochen gut bezeichnen.

An der Tür ging ich an Vi vorbei, die mich überrascht anblinzelte – es war eine Weile her, seit sie mich in etwas gesehen hatte, das tatsächlich passte –, und durch den Irrgarten der Flure zur Bühne, eine fröhliche Melodie vor mich hin summend. Ich genoss es, durch diese Räumlichkeiten zu gehen, wie ich es wollte, ohne meine Anwesenheit mit irgendeiner Form von Arbeit rechtfertigen zu müssen.

Die Stimmen der Schauspieler erreichten mich über die Lautsprecher, Minuten bevor ich vor der Bühne angekommen war. Mittlerweile kannte ich das Stück so gut wie alle anderen und konnte an kurzen Dialogfetzen erkennen, um welche Szene es sich handelte. Die einzige Ausnahme bildeten die komischen Zwischenspiele, die mir, ehrlich gesagt, nicht viel bedeuteten. Shakespeares Nebenfiguren kamen mir immer vor wie Herausforderungen an das bescheidenste Schauspielertalent und nicht wie Rollen, die man wirklich gerne spielte.

Hermia und Helena, also Violet und Hazel, heizten einander gerade ganz schön ein. Hermia mochte nicht glauben, dass ihre beiden Galane sie für die eben noch so links liegen gelassene Helena aufgegeben hatten, und beschuldigte sie, die beiden verhext zu haben. Helena war überzeugt davon, dass alles ein Komplott war, das nur dazu diente, ihr deutlich zu machen, dass keiner der beiden Männer sie auch nur im Entferntesten attraktiv fand, und regte sich immer heftiger über die vermeintliche Verhöhnung auf. Die Szene glich einem Austausch von Beleidigungen. Hermia, überzeugt davon, dass Helena sich über ihren kleinen Wuchs mokierte, schäumte vor Wut:

»Wie klein bin ich, du bunte Bohnenstange?
Nicht gar so klein, dass nicht
dir meine Nägel an die Augen reichten.«

Ich hatte sie die Szene schon proben sehen und wusste, was jetzt kam. Bei den letzten Worten steigerte sich Hermias Stimme zu einem Schrei; sie stürzte sich mit gekrümmten Fingern auf Helena. Lysander zog sie zurück und Demetrius packte Helena und hielt sie hoch. Hermia befreite sich und ging erneut auf Helena los. Demetrius warf Helena über Hermias Kopf hinweg in Lysanders Arme, um sie vor Hermia zu schützen, und wurde selbst von deren wütender Attacke zu Boden gerissen. Lysander fing Helena auf und hielt sie mit triumphaler Geste über seinen Kopf. Die Szene lief ab wie ein gut geölter Motor. Thierry hatte sie choreografiert und alles hing vom sekundengenauen Timing ab und von der Kraft der Männer. Paul, der den Lysander spielte, trainierte regelmäßig und schwang die vielleicht 55 Kilo schwere Hazel wie eine Stoffpuppe durch die Luft.

Aus dem Lautsprecher kam eine Serie rascher Schritte, doch dann hörte man nicht Hazels nächste Zeile, sondern einen gedämpften Aufschrei. Danach herrschte Stille.

»Hazel, alles in Ordnung?«, fragte Fisher, der Demetrius.

»Mein Auge«, stöhnte Hazel. »Ich glaube, sie hat mich mit einem Fingernagel erwischt.«

»Du bist nicht rechtzeitig zurückgewichen!«, protestierte Violet mit schriller werdender Stimme. »Ich konnte nichts dafür.«

Ich kam um die letzte Ecke und stand neben dem Tisch des Bühnenleiters. Louise saß wie immer davor und beobachtete mit nach hinten geneigtem Kopf, was sich auf dem gespenstisch grün flackernden Bildschirm über ihr abspielte. Steve, mürrisch wie üblich, fragte: »Was, zum Teufel, ist da los?« So als sei Louise persönlich für jede Katastrophe am Cross verantwortlich.

»Oh, Violet machte ihren Satz auf Hazel zu, aber das Timing stimmte nicht«, entgegnete Louise ruhig. »Ich glaube nicht, dass es etwas Ernstes ist.«

»Ich bitte dich, Louise!«, rief Steve so erzürnt, als habe soeben *Louise* versucht, Hazel das Auge auszukratzen.

Mit klirrendem Werkzeuggürtel stürmte er davon. Sein Hintern hatte Ähnlichkeit mit einem Sack weicher Kartoffeln.

Ungerührt lächelte Louise mir zu, als ich an ihr vorbeiging. Ich schob mich an die Seite und beobachtete die Szene. Hazels Auge tränte, während sie von besorgten medizinischen Laien umringt wurde. Violet schmollte rechts am Rande der Bühne, von allen ignoriert.

»Kannst du weitermachen?«, fragte MM, als eine der Assistentinnen eine Wundsalbe gebracht und an der betroffenen Stelle aufgetragen hatte.

»Natürlich kann sie«, murmelte Violet, aber leise genug. Fisher baute sich vor ihr auf.

»Was hast du gesagt?«, fragte er drohend. »Ist dir nicht klar, wie gefährlich ein Kratzer am Auge ist?«

»Es war ja keine Absicht!«, protestierte Violet. »Ich bin völlig schuldlos. Wenn du sie früher zurückgezogen hättest, wäre es nicht passiert.«

»Ach so, das ist ja …«

»Schluss jetzt«, unterbrach MM bestimmt. Sie klatschte in die Hände. »Ich will das noch mal sehen, okay? Und dieses Mal weiß jeder genau, wo er zu sein hat. Wir haben gerade mitbekommen, was schlampiges Timing für Folgen haben kann.«

»Wenn damit ich gemeint sein soll ...«, begann Violet, aber MM bedachte sie mit einem strengen Blick, der ihre Stimme auf wundersame Weise zum Verstummen brachte. »Ich wollte dir nicht wehtun, Hazel«, fuhr sie barsch fort. »Ich meine, natürlich nicht. Bist du okay?«

Fisher lachte kurz und hämisch auf, als wolle er andeuten, dass hier zu wenig zu spät gesagt worden sei. Paul stand mit den Händen in den Hosentasche da und enthielt sich jeden Kommentars. Hazel jedoch faltete sorgfältig das Taschentuch zusammen, das sie gegen ihr Auge gepresst hatte, verstaute es in ihrem Kostüm und sagte mit ihrer zarten, etwas spröden Stimme: »Ich weiß, dass du das nicht wolltest, Violet. Aber wir müssen vorsichtig sein. Das ist eine ganz enge Sache.«

»Also, wir fangen noch mal bei der Stelle an ›Schön, du meiner Treu!‹«, rief MM. »Alle auf ihre Plätze.«

»Die Bühne frei, bitte«, sagte Matthew, der hinter MM hertrottete, während sie sich zu ihrem Hocker im mittleren Durchgang begab. Die Assistentinnen verschwanden in den Seitenflügeln, aufgeregt miteinander flüsternd. »Hast du es gesehen?« – »Nein, du?« – »Sie hatte die Finger wie Klauen ausgefahren. Du solltest mal den Kratzer anschauen!« Dann begann Hazel mit der jugendlich-empörten Stimme Helenas:

»Schön, du meiner Treu!
Hast du denn keine Scheu noch Mädchensitte,
nicht eine Spur von Scham?«

Wie immer verblüffte mich die Fähigkeit der Schauspieler, sich innerhalb eines Wimpernschlags von einer Person in eine andere zu verwandeln. Fisher, der zu Beginn der Proben auf mich wie ein weiterer gut aussehender junger Lückenbüßer gewirkt hatte, bot eine sehr intelligente Darstellung. Eigentlich hätte es mich nicht überraschen dürfen. Wenn man sich mit Fisher unterhielt, dauerte es nicht lange, bis man merkte, dass er mehr war als ein hübsches Gesicht. Er hatte sich den Text genau angesehen, und sein

Demetrius war ein unangenehmer Typ, zumindest anfänglich, der bewusst grausam zu Helena war, aggressiv und bedrohlich. Doch dann verwirrten und deprimierten ihn die Ereignisse im Wald so sehr, dass ihn der Schock schließlich zu einem besseren Menschen werden ließ. In der Szene, die sie jetzt probten, sprühten zwischen ihm, Violet und Hazel die Funken so sehr, dass der Kampf, üblicherweise ein raues Stück Komödie, plötzlich etwas ernsthaft Bedrohliches an sich hatte.

Das einzig schwache Glied in der Kette war Paul, der immer nur sich selbst spielte und seinen Text sprach, ohne an der Entwicklung seines Charakters wirklich interessiert zu sein. Er war ein Bild von einem Mann, groß und breit, ein Rotschopf mit charakteristisch milchweißer Haut und Sommersprossen, doch als Schauspieler taugte er mehr für die Schau als fürs Spiel. Wenn sein Agent vernünftig war, würde er ihn ins Fernsehen bringen, vielleicht mit einer eigenen Serie als Arzt oder Inspektor. Bestimmt bekäme er dann säckeweise Fanpost von schmachtenden weiblichen Groupies.

Ich sah mir die Szene ganz an. Dieses Mal lief die Abfolge der Bewegungen gut, auch wenn die Spontaneität fehlte, die mich den Atem hatte anhalten lassen, als ich sie zum ersten Mal gesehen hatte. Alle waren ein bisschen zu vorsichtig, außer Hazel, die sich mit der gleichen Vehemenz wie zuvor in die Luft warf. Sie tat, als sei nichts geschehen, und vielleicht war es für sie auch so. Hazel interessierte nur die Vorstellung; der Kratzer störte sie dabei nicht, also vergaß sie ihn sofort. Eine bewundernswerte Eigenschaft.

Doch während ich ihr zusah und mich die Kraft, mit der sie ihren Text sprach, fast wider Willen bewegte, musste ich an Shirley Lowell denken. Hazel konnte für die fiktive Helena Herzblut vergießen, aber bei unserem Gespräch im Pfarrsaal hatte sie fast abfällig über den Selbstmord eines Mädchens gesprochen, das sie gekannt hatte. Was fühlte Hazel jetzt, wo sie wusste, dass Shirley ermordet worden war? Ich nahm mir vor, sie zu fragen. Sehr wahrscheinlich würde sie mit ihrer leisen, kleinen Stimme etwas Allgemeines antworten und das Thema wechseln. Trotzdem wollte ich sie fragen.

Angesichts der späteren Ereignisse sollte sich das als eine meiner weniger klugen Entscheidungen erweisen.

16. Kapitel

Die Schauspieler verließen die Bühne mit diesem schlurfenden Trab, dessen sie sich alle befleißigten, wenn eine Szene vorbei war und die Bühne schnell freigemacht werden musste. Ich fragte mich, ob sie diesen Trab auf der Schauspielschule lernten. In den Seitenflügeln sackten sie zusammen. Die Stimmen Pucks und Oberons hallten von der Bühne. Violet, die als Letzte abgegangen war, stand auf einem Fuß wie ein verwundetes Reh. Sie sah verängstigt um sich.

»Sophie?«, rief sie mit leiser, banger Stimme. »Sophie?«

Sophie eilte bereits herbei.

»Vi? Was ist passiert? Ich hab's über die Lautsprecher gehört. Geht es dir gut?«

Violet warf sich Sophie so hemmungslos in die Arme wie eine Sexgöttin aus einem Stummfilm.

»Ich muss gleich auf die Polizeiwache«, schluchzte sie, »und meine Aussage machen. Ich habe solche Angst. Ich kann mich kaum konzentrieren und dann ging die Szene schief und alle sind sauer auf mich …«

Louise drehte sich an ihrem Schreibtisch um und legte höflich, aber bestimmt den Finger auf die Lippen. Sophie sah sie über Violets Kopf hinweg an.

»Tut mir Leid, Louise«, flüsterte sie. »Komm, Vi, wir stören hier. Gehen wir nach hinten, bis du deinen nächsten Auftritt hast, damit wir uns unterhalten können.«

Sie führte Violet weg. Steve starrte ihnen düster hinterher.

»Eigentlich sollte sie wissen, dass man hinter der Bühne nicht einen solchen Lärm macht, also wirklich«, sagte er zornig zu Louise.

Sie legte einen Schalter um und betrachtete den Bühnenplan.

»Demetrius rechts auf die Bühne, Demetrius rechts auf die Bühne, bitte«, sagte sie ruhig in ihr Funkmikrofon.

Ein Sommernachtstraum, mittlerweile eine Maschine, die fast ohne Aussetzer wie von selbst lief, ging weiter. Ich kam mir vor, als stünde ich auf der Brücke eines Schlachtschiffs. Die wahre Action fand woanders statt, aufgeregte Menschen liefen rein und raus, um zu berichten, was gerade geschah, aber hier befand sich das stille Zentrum einer kreisenden Welt, Louise und ihr Schreibtisch, in gelbes Licht getaucht, während der Rest des Backstagebereichs fast im Dunkel versank. Hier fortzugehen hieß, den Dreh- und Angelpunkt zu verlassen und sich zu einer Nebenhandlung zu begeben.

Paul, der neben einem Sandeimer stand und mit schnellen, ruckartigen Bewegungen die Asche seiner Zigarette hineinschnippte, erwischte mich, als ich an ihm vorbeiging.

»Wie fandest du diese kleine Aufführung?«, fragte er mich sarkastisch, wobei er angemessen leise sprach. »Du bist eine Freundin von ihr, nicht wahr?«

»Meinst du Violet?«

»Das war ein beschissenes Chaos da draußen«, meinte er, ohne darauf einzugehen, was ich gerade gesagt hatte. Er wollte nur bei der ersten Person, die ihm über den Weg lief, Dampf ablassen. »Vi war ziemlich von der Rolle. Hazel hatte keine Schuld. Hazel macht nie etwas falsch. Es kann einem auf den Geist gehen, wenn man mit ihr probt und ständig Mist baut, aber letzten Endes ist man ihr dankbar.«

Mit dem Stummel der ersten Zigarette zündete er sich eine zweite an.

»Shakespeare ist eigentlich nicht meine Welt«, vertraute er mir an. »Ich war auf der Schauspielschule und so, hab meine Hausaufgaben gemacht, und den *Traum* mache ich nur, weil mein Agent gesagt hat, es sei gut für mich, mit MM zu arbeiten. Sie wird es weit bringen, oder?« Er zog an seiner Zigarette, als enthalte sie Sauerstoff. »Jedenfalls macht mir das hier nicht allzu viel Spaß, um ehrlich zu sein. Krieg meine Zunge kaum um die Verse rum. Ich schätze, ich bin mehr der naturalistische Schauspielertyp, verstehst du, was ich meine?«

»Ich dachte gerade, dass du dich auf dem Fernsehschirm gut machen würdest«, sagte ich der Wahrheit entsprechend.

Sofort besserte sich seine Laune. »Wirklich? Ich hab da gerade was in Aussicht. So 'ne Mischung aus Sitcom und Drama. Jugendlicher Held und so. Hast du gestern Abend meine Schokoladenwerbung gesehen? Ich war der Freund, der versetzt wird, weil die Freundin sich davonmacht und die Schokolade allein im Auto isst. Bescheuert, aber man verdient gut dabei.«

»Muss ich verpasst haben.«

»Oh, die kommt noch ein paarmal«, sagte er leichthin. »Um ehrlich zu sein, finde ich so was besser als das hier. Sollte ich eigentlich nicht sagen. Aber vor einer Kamera bin ich am besten. So ist es nun mal. Allerdings gefällt mir dieses Rumspringen und so schon«, fügte er hinzu. »Wenn ich Hazel fangen muss zum Beispiel. Das macht Spaß. Nur sollte Vi nicht gerade im großen Stil Scheiße bauen.«

»Du meinst also, es war ihr Fehler?«

»Aber ja. Sie war zu schnell, wirklich. Hazel hatte gar keine Zeit, ihr aus dem Weg zu gehen. Ich meine, ich weiß, Vis Freund ist tot und so, also ist sie durcheinander, aber er ist doch kein großer Verlust, oder? Sowieso nicht gerade der Charmanteste, ganz zu schweigen von dem, was jetzt rauskommt. Die glauben, er hat das Mädchen hopsgehen lassen, das man gefunden hat, nicht?«

Ich zuckte mit den Schultern. »Das ist eine Theorie.«

»Ja, er hat sie hopsgehen lassen und sich dann selbst das Licht ausgeknipst. Charmant, was? Ich glaube, Vi hat keinen Pfifferling auf ihn gegeben. Sie hing nur mit ihm rum, um die Rolle im *Puppenheim* zu kriegen, oder? Ich wette, sie ist sauer, weil Hazel die Christine bekommen hat. Absolut beschissen eifersüchtig, unsere Vi. Müsste mal ein bisschen zurechtgestutzt werden, wenn du mich fragst.«

»Du scheinst viel für Hazel übrig zu haben«, bemerkte ich.

»Ja, sie ist voll in Ordnung«, entgegnete Paul so lässig, dass sein Interesse an Hazel wohl nur freundschaftlich sein konnte. »Sie ist wirklich gut, aber sie reibt es einem nicht dauernd unter die Nase, verstehst du? Es gibt eine Menge, die das täten. Allerdings«, fügte er hinzu, um etwas von seinem Stolz zu retten, »im Fernsehen würde sie nicht viel reißen. Nicht sehr fotogen. Nee, nicht mein Typ.«

»Oh?«, sagte ich.

Aber Paul ließ sich zu keinem Kommentar verleiten, wer denn sein Typ sei. Stattdessen lästerte er weiter über Violet: Sie war zickig; sie hielt sich für besser als alle anderen; sie war als Schauspielerin gar nicht so gut, verließ sich zu sehr auf Manierismen. Die letzte Bemerkung war die typische allgemeine Beleidigung unter Schauspielern, wenn einem die Kritikpunkte ausgingen.

»Würdest du lieber Tabitha als Hermia sehen?«, fragte ich und wartete auf die Reaktion.

Paul schaute weg. »Ja, ich schätze schon«, antwortete er nicht mehr ganz so lässig. »Tabs ist in Ordnung. Wir hatten viel Spaß, als sie für Violet las. Aber so läuft's halt, nicht? Jetzt haben wir nun mal Vi. Hoppla!« Er spitzte die Ohren und lauschte den Lautsprechern. »'tschuldigung.« Schnell drückte er seine Zigarette aus, rannte auf die Bühne und rief:

»So bist du nun, stolzer Demetrius? Erhebe deine Stimme!«

Ich fand es nicht überraschend, dass Paul so offen zu mir gewesen war. Die zugeknöpfte, beherrschte Hazel stellte eine große Ausnahme von der Regel dar, die besagte, dass Schauspieler gerne tratschen und so mitteilsam sind, dass man sie für indiskret halten könnte. Deshalb machte es mir wahrscheinlich so viel Spaß, mich unter sie zu mischen. Mit Leuten, die an emotionaler Verstopfung leiden, komme ich nie gut aus.

So blieb ich schnöde mit einem Eimer Sand zurück, der unangenehm nach alter Zigarettenasche stank. Ich fand, dass ein Ortswechsel mir nicht schaden könne, und ging hinunter in den Keller, um nachzusehen, was die Jungs so machten. Aber als ich an Margerys Büro vorbeikam, drang eine glockenhelle, muntere Stimme an mein Ohr:

»Sam! Wie läuft's so?«

Margery saß an ihrem Schreibtisch, der Computer lief, in ihrer Ablage stapelten sich die Blätter, und sie selbst sah in ihrer leuchtend pinkfarbenen Jacke und der gemusterten Bluse aus wie die Verkörperung von Gesundheit und Vitalität. Ihre Brille saß ganz unten auf der Nase und ihr Haar, sorgfältig gestylt und geföhnt, schien kürzer zu sein.

»Waren Sie beim Friseur?«, fragte ich.

Instinktiv hob sie die Hand und strich über eine Welle.

»Ja, heute Morgen. Wie findest du's?«

»Es ist sehr hübsch«, sagte ich höflich. »Sie sehen sehr viel besser aus als bei unserer letzten Begegnung.«

Sie sah sogar aus wie das blühende Leben, so als habe der Tod Philip Cantleys wie eine Prise Dünger auf sie gewirkt. Ihre Lippen leuchteten rosa, ihre Wangenknochen glühten und ihre Augen waren hell und klar wie die eines gesunden Hundes. Ich nahm davon Abstand, mich zu überzeugen, ob ihre Nase feucht war.

»Ich fühle mich auch besser«, gab sie zu, wenn auch leicht verschämt. »Obwohl alles so schrecklich ist. Unsicherheit ist etwas, mit dem ich furchtbar schwer zurechtkomme. Ich bin sehr organisiert, weißt du, und ich hasse Situationen, in denen ich passiv sein muss. Aber der Silberstreifen am Horizont ist doch, dass wir nun wissen, was dem armen Mädchen zugestoßen ist, und dass Philip endlich die Konsequenzen gezogen hat.«

»Und sich in sein Schwert hat fallen lassen«, meinte ich.

Sie nickte. Ich beschloss, ihre Überzeugung, Philip Cantley habe Shirley Lowell getötet, nicht anzuzweifeln.

»Außerdem«, fuhr sie fort, »bin ich momentan sehr beschäftigt damit, mit dem Theaterausschuss Gespräche über einen neuen Intendanten zu führen. Ben wird die Stellung sicher ordentlich halten, bis wir jemanden benennen können, aber je früher die Frage geklärt ist, desto zufriedener werden alle sein.«

»Außer Ben«, fügte ich hinzu.

Margery verzog das Gesicht. »Ja, sicher, darüber wird man sprechen müssen. Ich meine, wer schließlich benannt wird, möchte vielleicht gerne mit Ben arbeiten. Es könnte ja sehr nützlich sein, jemanden an der Seite zu haben, der sich hier auskennt. Andererseits, wenn sie ihren eigenen Assistenten mitbringen wollen …«

Sie ließ den Satz in der Luft hängen.

»Hat er keinen Vertrag?«, fragte ich.

»Oh, alle haben nur noch kurzfristige Verträge. Selbst der von Philip lief nur über drei Jahre. Alle anderen werden jährlich verlängert, oder auch nicht.« Sie zuckte mit den Schultern. »Das sind die Neunziger.«

»Wie steht es mit Ihnen, Margery?« Ich konnte nicht anders.

Wie erwartet, richtete sie sich etwas auf. »Nun, ich bin die Verwaltungschefin«, sagte sie abwehrend. »Da kann man nicht jedes Jahr alles ändern und neu anfangen, nicht wahr? Das wäre für alle sehr verwirrend.« Sie deutete in ihren Aktenraum. »Stell dir vor, jedes Jahr ein neues System einzuführen!«

»Nein, das wäre lächerlich«, entgegnete ich fügsam. Die kluge Margery hatte sich zweifellos ihren eigenen Arbeitsvertrag geschrieben. Ein Job fürs Leben, ohne Wenn und Aber.

»Vom *Traum* sind wir sehr beeindruckt«, sagte Margery, die offensichtlich das Thema wechseln wollte. »Ben ist sehr begeistert und in diesem Augenblick sitzen paar der Ausschussmitglieder bei den Proben. Das wäre eigentlich Philips Aufgabe gewesen, aber so … Übrigens, Sam, deine Mobiles sind wunderschön.«

»Oh, danke«, sagte ich, noch immer voller Demut. »Wie findet man eigentlich einen neuen Intendanten? Ich stelle mir vor, dass man nicht einfach eine Anzeige im *Guardian* bringt.«

»O nein«, antwortete Margery leicht entsetzt. Man konnte nicht sagen, dass sie humorlos war, aber sie war nicht in der Lage, etwas über die buchstäbliche Bedeutung einer Aussage hinaus aufzunehmen. Zwischentöne und Ironie segelten an ihr vorbei und verschwanden in den Wänden, wie auf einem Bild von Magritte. »Wir sprechen geeignete Kandidaten an, ganz informell zunächst, um zu sehen, ob sie interessiert sind. Dann finden Vorstellungsgespräche statt. Es dauert eine Weile, wenn man es richtig macht«, meinte sie bedauernd. »Aber man muss die Regeln beachten.«

»Natürlich«, sagte ich. »Nun, dann will ich Sie nicht länger aufhalten. Sie stecken sicher bis zum Hals in Arbeit.«

Sie lächelte mir zu und rückte ihre Brille zurecht.

»Ich werde in der Tat überschwemmt«, sagte sie. »Und morgen Abend muss ich zur ersten Vorpremiere, also bin ich etwas in Eile.«

Ich winkte ihr zum Abschied zu und ging nach unten. Niemand war da, bis auf den Helfer des Chefelektrikers, der sich einen schmutzigen Film auf Video ansah und fast aus seinem Sessel hüpfte, als ich ihn gut gelaunt begrüßte. Nachdem er sich erholt hatte – das heißt, als seine Gesichtsfarbe wieder Normal erreicht hatte und er mehr als krächzende Laute von sich geben konnte –, brachte er heraus, dass Bez auf dem Schnürboden sei. Ich zog mich zurück und sagte mit süßer Stimme:

»Viel Spaß noch mit dem Film. Tut mir Leid, dass ich dich an einer guten Stelle gestört habe.«

Der arme Junge wurde schon wieder rot, versuchte, etwas zu sagen, überlegte es sich und sah mich mit halb offenem Mund an. Oder halb geschlossenem, je nach Weltsicht. Ich ließ ihn sitzen und ging in mich hineingrinsend wieder nach oben.

Über zwei Treppen näherte ich mich dem Schnürboden, dann durch eine Luke und die Jakobsleiter hinunter, die an der Rückwand des Theaters angebracht war. Ich hätte mir ein paar Stufen sparen können, wenn ich einfach hinter der Bühne die Leiter hochgeklettert wäre, aber dort liefen zu viele Leute herum, und ich hatte keine Lust, mich zu rechtfertigen. Ich hatte nur noch wenige Sprossen unter mir, als mich jemand von hinten packte und auf den Boden schwang.

»Die Chance, mal an diese Hosen zu kommen, wollte ich nicht verpassen«, sagte Bez grinsend, als ich mich umdrehte. »Endlich bist du zur Abwechslung mal ordentlich angezogen.« Dann las er, was auf meinem T-Shirt stand, und prustete los. »Das ›ordentlich‹ nehme ich zurück. Ey, hört mal her«, sagte er zu den drei anderen Schnürbodenmännern, die bei ihren jeweiligen Trossen standen, Funkmikrofone vor dem Kopf. »Ratet mal, was Sam auf ihrem T-Shirt stehen hat! ›Barbie ist eine Schlampe.‹ Echt gut.«

»Wirst du von einem Sindy-Fanclub gesponsert?«, fragte mich einer der Schnürbodenmänner.

Ich grinste. »Wie läuft's so, Bez?«

»Nicht schlecht, gar nicht schlecht. Bis auf das Blut, das dort unten vergossen wird.« Er nickte zur Bühne hinab.

»Es war ein Unfall«, sagte ich. Ich war nicht Violets glühendste Verehrerin, aber in diesem Fall tat sie mir Leid, trotz ihres Mangels an Reue. Hier verbreiteten sich Gerüchte wie Waldbrände im August. Bald würden die Leute sagen, dass man Violet gewaltsam daran hindern müsse, eine spontane Version des Augenausstechens in *Lear* darzubieten.

»Ja, ja, ich weiß. Und ich hätte sie sogar verstanden, wenn es keiner gewesen wäre. Diese Hazel ist 'ne ganz Verschlagene, wenn du mich fragst. Kommt und geht wie ein Schatten, meistens weiß man gar nicht, dass sie da ist.« Er blickte nachdenklich drein. »Ich wollte gerade sagen, dass in ihrem Mund nicht mal Butter schmelzen würde, aber das ist nicht ganz richtig. Es ist nur … sie verpasst nie ein Stichwort, sie ist immer pünktlich. Wie ein schauspielernder Roboter, das Mädchen. Treibt alle in den Alkohol.«

»Aber sie ist wirklich gut.«

»Das macht es ja noch schlimmer, nicht wahr«, sagte Bez unwiderlegbar. »Freu mich schon drauf, die beiden im *Puppenheim* zu sehen. Da werden die Fetzen fliegen.«

Die Szene änderte sich: Die Lichter erloschen langsam, die Stimmen der Schauspieler wurden leiser. Die Männer zogen an ihren Seilen und drei meiner Mobiles schwebten in die Dunkelheit unter uns hinab, schimmernd wie Satelliten. Einen Augenblick verlor ich mich in der Bewunderung meiner eigenen Leistung. Sam sah ihre Arbeiten; und sie sah, dass sie gut waren.

»Sie sind total brillant«, sagte Bez leise. Wir hatten vorher fast mit normaler Lautstärke gesprochen. Ich wunderte mich immer wieder, wie viel Lärm man hinter der Bühne machen konnte. Sein Flüstern war mehr ein Kompliment für mich. Ein Lächeln breitete sich auf meinem Gesicht aus.

Es war die letzte Szene. Hugo als Oberon hielt den vorletzten Monolog.

»Der ist auch sehr gut«, meinte Bez anerkennend. »Wird's noch weit bringen.«

Mir war bereits aufgefallen, welch feines Gespür die Crew besaß, nicht nur für die Darbietungen der Schauspieler, sondern auch für ihr Potenzial. Wenn man wissen wollte, wie ein Schauspieler war, ob er oder sie es schaffen würde, konnte man Dümmere fragen als Bez oder die Beleuchter oder selbst einen der Schnürbodenmänner. Sie hatten so viele von ihnen kommen und gehen sehen, dass sie über ein gutes Auge im Hinblick auf Erfolg verfügten.

»Geht danach ans National, nicht?«, fragte Bez.

»Edmund im *Lear*. Und noch ein paar andere Sachen, glaube ich.«

Er nickte. »Ja, das reicht für eine ganze Saison. Er wird für den *Lear* besetzt worden sein und dann suchen sich ein paar andere Regisseure die Leute für ihre Inszenierungen aus. Was Besseres gibt es kaum.«

»Muss aber ein Albtraum für die Verwaltung sein«, meinte ich. »Margery wäre in ihrem Element.«

Bez schnaubte. »Die alte Margery kriegst du von hier nicht weg. Die müssen sie auf der Bahre raustragen, wenn sie geht. Hoppla.« Er sah mich mit einem breiten Grinsen an. Es waren nicht nur die Krähenfüße und die Falten um seinen Mund. Bez hatte einfach das ansteckendste Lächeln, das ich je gesehen hatte. »Das hätte ich aber nicht sagen dürfen, was? Schließlich sind hier schon genug Leichen rausgekarrt worden. Nee, Margery ist genauso ein Teil des Cross wie ich. Man gewöhnt sich an einen Ort, weißt du?«

»Sie sagte, sie sei dabei, einen neuen Intendanten zu finden.«

»Ja, damit sollten sie sich besser beeilen.« Er lehnte sich gegen die Nagelbank, plötzlich wieder ernst. »Weißt du, was ich gehört habe? Was für ein Gerücht umgeht? Vielleicht fragen sie MM, wenn sie interessiert an dem Job ist.«

»Wirklich?«, sagte ich überrascht. »Aber sie hat doch gar keine Erfahrung mit der Leitung eines Theaters.«

»Die kriegst du doch nur, wenn du es machst«, meinte Bez schulterzuckend. »Philip hatte vorher auch noch kein Theater geleitet. Er war jahrelang Schauspieler gewesen, hatte ein paarmal Regie geführt. Aber nichts in dieser Richtung.« Er pfiff leise. »Wer hätte das gedacht, was? Der alte Phil ein Mörder. Ich krieg's noch immer nicht in meinen Kopf.« Er schwieg einen Augenblick, als müsse er das alles verarbeiten. »Aber nichts ist sicher. Eines allerdings schon«, fügte er hinzu und nickte zur Bühne hinunter, wo das Spiel um Pyramus und Tisbe auf Hochtouren lief, »das wird ein verdammter Erfolg, wenn's je einen gegeben hat. MM ist da, sie müssen schnell jemanden finden ... ich meine, natürlich hätten sie wahrscheinlich lieber einen bekannteren Namen, aber man weiß nie.«

»Ich dachte, sie sei eine Zeit lang ausgebucht«, sagte ich.

»Man weiß nie«, wiederholte Bez rätselhaft. »Dachte, es interessiert dich. Dem armen Ben fiele wahrscheinlich die Kinnlade runter. Schlechtes Timing für ihn, dass Philip sich den Garaus gemacht hat.«

»Du bist nicht der Erste, der das zu mir sagt.«

»Na ja, stimmt doch, oder? Wenn Philip es noch ein paar Jahre ausgehalten hätte, wäre Ben in seine Fußstapfen getreten, kein Problem. Aber so ...«

»Aber er hat bestimmt genauso viel Erfahrung wie MM«, sagte ich. »Sie ist nur ein paar Jahre älter als er.«

»Aber sie hat eine alte Seele, dieses Mädchen. Das kann

man sehen«, meinte Bez. »Und was noch wichtiger ist, sie hat den Kick, verstehst du?«

Ich lehnte mich neben ihn an die Nagelbank und wir sahen, wie das Stück sich seinem triumphalen Ende näherte.

Nun gute Nacht! Das Spiel zu enden,
begrüßt uns mit geneigten Händen.

Am anderen Ende des Schnürbodens begann einer der Männer damit, den Vorhang hinabzulassen. Angesichts dessen, was Margery und Bez gesagt hatten, fragte ich mich, ob Ben einen Feind am Theater hatte, jemand, der ihn so sehr hasste, dass er Philip Cantley getötet hatte; in dem Wissen, dass das Bens Position sehr unsicher machen würde ..., aber dann merkte ich, wie lächerlich ich mich benahm. Je verschlungener eine Theorie, desto unwahrscheinlicher ist sie. Wenn jemand Ben wirklich so sehr hasste, warum nicht auf den Umweg verzichten und Ben gleich umbringen?

17. Kapitel

Ich kletterte wieder die Leiter hoch und stieg durch die Luke. Nachdem ich auf den Linoleumboden gesprungen war, blieb ich einen Moment lang stehen, klopfte mir den Staub von den Schultern und betrachtete die Garderobentür, vor der ich gelandet war. Auf einer kleinen gerahmten Karte stand: »Miss Hazel Duffy/Helena«. Ohne lange zu überlegen, klopfte ich.

»Herein«, hörte ich Hazels Stimme sagen.

Ich öffnete die Tür, steckte meinen Kopf in den Raum und sagte recht wahrheitsgemäß: »Ich kam gerade vorbei und wollte mal fragen, ob alles in Ordnung ist.«

Die Garderobe war winzig, wie die meisten am Cross. Es gab ein paar größere, die sich die Schauspieler aber für gewöhnlich teilten, und so hatten auch Hugo und Bill einen unsicheren Waffenstillstand hinsichtlich der Garderobe für den Star geschlossen, die nur aus zwei kleineren bestand, die man zusammengelegt hatte. In der Mitte gab es ein Waschbecken. Hazel saß in dem klassischen Modell: ein abgetrenntes Loch, in dem die weiße Wandfarbe mit den Jahren vergilbte und dort abblätterte, wo unzählige Schauspieler Karten und Fotos befestigt hatten. Reste von Powerstrips hafteten daran, Reißzwecken steckten darin und klammerten sich krampfhaft an der Ecke irgendeines Plakates fest, das sie einmal gehalten hatten. Ein kleine, technisch bedenkliche Elektroheizung war in der Ecke angebracht. An einer Wand lief ein Regal entlang, darüber hing ein Spiegel, der von nackten Glühbirnen umrahmt wurde. Ein Kleiderständer und zwei Stühle vervollständigten das Mobiliar. Der Teppich war so verschlissen, dass er sich in der Tür verfing, als ich sie hinter mir schloss.

»Gemütlich«, sagte ich.

»Es ist alles da, was ich brauche«, entgegnete Hazel gefasst. Sie hatte sich ihres Kostüms entledigt, das nun am Kleiderständer hing, trug eine Bluse und Jeans und saß vor dem Spiegel, wo sie mit Boots Babylotion und einem Wattebausch ihr Make-up entfernte. Die Kosmetika neben dem Spiegel waren in ihrer Einfachheit fast schon spartanisch. Violet benutzte bestimmt Make-up-Entferner von Lancôme und die teuerste Watte, die es gab.

»Brennt das am Auge?«, fragte ich, um meine Besorgnis und Anteilnahme zu zeigen.

»Ein bisschen. Ich tu nachher noch etwas Wundsalbe drauf. Nett, dass du gekommen bist.«

»Ach was, weißt du, ich hänge jetzt sowieso ein wenig in der Luft. Für euch geht es jetzt richtig los, aber meine Arbeit ist eigentlich getan.« Ich legte so viel Pathos in meine Stimme, wie es nur ging. »Es läuft doch sehr gut, meinst du nicht auch?«

»Ich bin zufrieden«, sagte Hazel. Ihr Blick traf sich im Spiegel mit meinem. Ich wusste nicht, ob sie über ihre eigene Leistung oder das Stück insgesamt sprach. Nachdem sie das Make-up entfernt hatte, löste sie das Haarteil, das sie trug, und bürstete es mit raschen, energischen Strichen aus. Dann platzierte sie es auf einen Ständer und kümmerte sich um ihr eigenes Haar, allerdings mit weit weniger Hingabe, als sie dem falschen Pferdeschwanz gewidmet hatte. Das charakterisierte Hazel meiner Meinung nach perfekt.

»Gott sei Dank scheint die ganze Aufregung dem Stück nicht allzu viel geschadet zu haben«, kämpfte ich mich ergeben weiter vor. »Violet ist natürlich verstört, aber das ist verständlich. Ich meine, sie hat ihn gefunden. Und er war ihr Freund.«

»Violet hat es nicht gewollt«, sagte Hazel ruhig. »Sie wollte mich nicht kratzen«, fügte sie hinzu, als sie sah, dass ihr Kommentar mich verwirrt hatte. Auch dieses Mal hatte sie wieder nur auf den Teil der Bemerkung geantwortet, der sich auf sie bezog oder auf das Stück. »Sie ist nur ein bisschen verstört, wie du sagtest. Ich bin sicher, sie passt jetzt besser auf. Sie hat sich auch sehr erschrocken.«

»Was sagst du zu all dem?« Hier kam ich nur auf direktem Wege weiter. »Ich meine, du kanntest sie schließlich – diese Shirley Lowell. Du warst doch mit ihr befreundet, so etwas hast du bei den Proben mal gesagt.«

»Ja, wir waren zusammen auf der Schauspielschule, als sie verschwand«, sagte Hazel, ohne dass sich der Klang ihrer Stimme im Geringsten änderte. Einen Test mit einem Lügendetektor hätte sie leicht bestanden. »Ich denke, wir waren Freunde«, fügte sie leicht zweifelnd hinzu, so als wisse sie nicht genau, was das Wort eigentlich bedeutete.

Sie hatte sich das Haar zu einem Pferdeschwanz zusammengebunden und rieb Gesicht und Hals noch einmal mit Babyöl ein. Ich beobachtete ihre langsamen, sorgfältigen Bewegungen, die Art, wie sie sich im Spiegel betrachtete. Sie achtete nicht darauf, ob sie gut aussah, was ich getan hätte, sondern betrachtete ihr Gesicht wie eines von vielen Werkzeugen, die ein Schauspieler pflegen und instand halten muss. Ich hatte Hazel nie genau angesehen, hatte sie nie als sie selbst gesehen, sondern immer nur als die Person, die sie darstellte. Sie hatte mausblondes Haar, eine breite Stirn und klare Züge, die vielleicht nicht so beweglich waren wie die in dem kleinen Affengesicht Maries, aber dennoch zu endlosen Wandlungen fähig schienen. Ihren grauen, weit auseinander stehenden Augen hätten ein paar Mascarastriche auf die langen Wimpern gut getan. Sie stäubte jedoch nur noch etwas Puder auf, weniger aus ästhetischen Gründen, sondern nur um den Glanz zu nehmen, und drehte sich dann zu mir um. Die Schönheitsarbeit schien für sie beendet zu sein. Ich dachte an Judi Dench, an all die Schauspielerinnen, denen es trotz durchschnittlichem Äußeren und wenig einprägsamem Gesicht gelingt, das Publikum durch ihr bloßes Können auch von ihrer Anmut und Schönheit zu überzeugen.

»Shirley war ein seltsames Mädchen«, sagte Hazel nachdenklich. »Sie war eine ziemlich gute Schauspielerin, wenn auch mit Grenzen. Wir gingen manchmal nach dem Unterricht zusammen essen. Sie wohnte bei mir um die Ecke. Sie war kein glücklicher Mensch. Aber es überraschte mich, als sie verschwand. Ich meine, sie nahm die Schauspielerei wirklich ernst, und ich fand es komisch, dass sie den Unterricht verpasste. Dann sagte man uns, dass man ihr Auto gefunden hätte und dass sie sich wohl getötet habe. Das hat mich überrascht. Aber nicht mal so sehr, wenn ich darüber nachdenke.«

Ich starrte sie an. Der Polizist, der ihre Aussage aufgenommen hatte, tat mir Leid. Man hätte sie wahrscheinlich einen Tag lang befragen können, ohne eine Ahnung davon zu bekommen, wen sie da eigentlich beschrieb, was für ein Mensch Shirley Lowell gewesen war. Sie wusste es wohl selbst nicht.

»Wie war sie?«, fragte ich geradeheraus und wartete neugierig auf die Antwort.

»Oh, gut, aber sie hatte keine große Bandbreite, wie ich schon sagte«, entgegnete Hazel.

»Ich meinte als Mensch, nicht als Schauspielerin«, erwiderte ich nachsichtig.

»Oh.« Das verschlug Hazel die Sprache. Erst nach einer kurzen Pause antwortete sie: »Sie war in Ordnung. Man kam gut mit ihr aus. Ehrgeizig. Ich schätze, deshalb hatte sie die Affäre mit Philip. Eigentlich mochte sie Männer nicht. Sie hat es gemacht, weil er ihr weiterhelfen konnte, nicht weil sie es wirklich wollte.«

Ich sah sie an. »Wusstest du die ganze Zeit, dass sie eine Affäre mit ihm hatte?«

»O nein, ich meine, ich weiß es selbst jetzt nicht hundertprozentig. Die Polizei glaubt es aber. Sie haben mich gefragt, ob sie je seinen Namen erwähnt hätte, aber ich konnte mich nicht erinnern.«

Das überraschte mich nicht. Ich konnte mir schwerlich jemanden vorstellen, der Hazel die Geheimnisse seines Liebeslebens anvertraute. Unwillkürlich fragte ich mich, wie es um Hazels eigenes bestellt war. Sie wirkte so geschlechtslos wie eine Amöbe, die sich fortpflanzte, indem sie sich in der Mitte teilte. Leidenschaft hob sie sich für die Bühne auf.

»Aber es ist durchaus möglich, dass sie eine Affäre hatten«, fuhr sie fort. »Sie sah Violet sehr ähnlich.«

Das ließ eine Glocke bei mir läuten. Ich erinnerte mich, dass Margery gesagt hatte, Shirleys Foto erinnere sie an jemanden. Es musste Violet gewesen sein. Philip Cantley hatte also einen bestimmten Frauentyp bevorzugt.

»Sie war auch immer sehr smart gekleidet«, fuhr Hazel fort. »Wenn auch nicht wie Vi. Vi sieht immer aus wie ein Filmstar.« Sie sagte das ohne eine Spur von Häme oder Neid. »Ich freue mich darauf, mit ihr beim *Puppenheim* zusammenzuarbeiten. Ich glaube, sie wird eine sehr gute Nora.«

»Hättest du die Rolle auch gerne gespielt?«, erkundigte ich mich.

»O ja.« Hazels Augen leuchteten auf. »Man kann so viel damit machen ... aber ich bin immerhin die Ersatzfrau. Und die Christine ist ebenfalls eine sehr interessante Rolle. Es ist nur gerecht, dass Violet die Nora spielt. Ich meine, mich kennt man ja noch nicht. Eines Tages werde ich sie spielen«, sagte sie mit einer solchen Überzeugung, dass ich ihr das aufs Wort glaubte.

In diesem Augenblick klopfte jemand an die Tür und öffnete sie, ohne eine Antwort abzuwarten. Bens Kopf erschien im Türrahmen.

»Wie geht es dir, Hazel?«, fragte er mitfühlend und bedachte mich mit einem freundlichen Kopfnicken. »Ich wollte mal nach dir sehen, in meiner ernsten Rolle als Oberhaupt.«

»Danke, gut.«

»Ich hoffe, das meinst du auch so«, sagte Ben und kam herein. »Du würdest auch noch mit gebrochenem Knöchel auf die Bühne gehen. Hi, Sam, auch auf Krankenbesuch?«

Ich breitete die Arme aus. »Ja, aber es hat nicht lang gedauert. Hazel und ich haben nur ein wenig geplaudert.«

»Es ist nett von euch beiden, dass ihr euch Sorgen

macht«, sagte Hazel, gefasst wie immer. »Aber es ist wirklich nicht so schlimm. Schaut, man kann es kaum sehen.« Sie neigte den Kopf zur Seite. Eine hellroter Streifen verlief von der Ecke ihres rechten Auges herab. »Ich weiß nicht, warum sich die Jungs so aufgeregt haben. Wollten wohl nur mal Dampf ablassen.«

Ben runzelte die Stirn. »Nun, verständlich … Besonders gut kann die Atmosphäre für keinen von euch mehr sein – überall Leichen, dauernd kommt die Polizei. Ich musste heute Morgen meine Aussage machen und ich fand es ziemlich einschüchternd, obwohl ich ja gar nichts zu verbergen hatte. Aber irgendwie kommt man sich so vor. Plötzlich hat man das Gefühl, man müsste die Sache mit den Marsriegeln beichten, die man mit vierzehn geklaut hat.«

»So fühlt sich bestimmt jeder«, meinte Hazel. »Und deshalb war auch Violet so angespannt. Sie muss nachher hin, wenn MM uns ihre Notizen gegeben hat.«

»Was haben sie dich auf der Wache gefragt?«, wandte ich mich an Ben.

»Oh, das Übliche, ich meine, nichts Überraschendes.« Er lehnte sich gegen die Wand, die Hände in den Hosentaschen, die Brille tief auf der Nase. Wie MM kleidete auch er sich völlig unauffällig, so als sei es die erste Regel für Regisseure, nicht gesehen, sondern gehört zu werden: eine alte Kordhose, die an seiner breiten Figur nicht sehr gut saß, und ein verschlissener Aran-Pullover, der mich kurz an meinen alten Freund Tom erinnerte, der gerade mit seinem Albtraum von Freundin durch Indien reiste.

»Sie wollten wissen, wo ich war, als Philip sich umbrachte, so etwas eben«, fuhr Ben fort. »Worauf ich nur antworten konnte, wahrscheinlich auf dem halben Weg nach Angel in der Linie 73 … Und ob ich je von Shirley Lowell und Philip gehört hätte, ein weiteres Nein. Ich meine, ich bin ein Jahr nachdem sie vermisst wurde hierher gekommen, und obwohl Philip und ich gut miteinander auskamen, glaube ich nicht, dass er mir anvertraut hätte, dass er sie erwürgt hat, stimmt's?«

»Du glaubst also, dass er es getan hat?«, fragte ich. Ben hatte viel Zeit an Philips Seite verbracht. Er kannte ihn wahrscheinlich so gut wie kein anderer hier.

»Ja, in der Tat.« Zum ersten Mal sah mich Ben mit seinen klaren, braunen Augen direkt an. »Da war etwas an ihm, das nicht in Ordnung war. Ich konnte nie genau sagen, was es war, aber da war etwas.«

»Und du glaubst also …«

»Ich muss runter«, unterbrach Hazel und stand auf. »MM will uns ihre Notizen geben.«

Wir verließen die Garderobe gemeinsam und reihten uns zwischen den anderen Schauspielern ein, die aus ihren eigenen Garderoben kamen, in ihren eigenen Kleidern, die Gesichter glänzend von Make-up-Entferner oder schon wieder neu geschminkt. Alle strömten nach unten zur Bühne. Als wir an dem großen Umkleideraum vorbeikamen, wurde die Tür aufgerissen, und Bill kam wie eine Kanonenkugel herausgeschossen, ein Eindruck, den sein runder Bauch noch verstärkte.

»Liebling, so kannst du doch nicht gehen!« Hugos Stimme hallte aus dem Zimmer. »Du hast noch eine Spur Mascara am linken Auge. Lass es dir von mir abtupfen.«

Einem Impuls gehorchend, löste ich mich aus dem Menschenstrom und schob mich durch die Tür. Hugo saß vor dem Schminktisch, hatte einen Fuß dagegen gestemmt und schloss die Schnallen seines Stiefels. Er trug einen engen schwarzen Rollkragenpullover, dunkelblau-schwarz karierte Hüfthosen und sah sehr smart aus.

»Hallo, meine Süße«, begrüßte er mich. »Wie ich höre, turnst du überall herum. Komm her. Oder nein, ist Bill wirklich weg? Also gut.«

Er zog mich auf seinen Schoß und küsste mich sehr gründlich.

»Du siehst toll aus«, sagte er und strich eine Haarsträhne von mir zurück, die sich gelöst hatte. »Mhm, es macht Spaß, dich vor einem Spiegel zu küssen. Sehr sexy. Ich wollte schon immer einen über meinem Bett haben.«

Wir betrachteten eine Weile unser Spiegelbild. Hugos

Kinn verschwand in meinen Locken. Wir sahen furchtbar selbstzufrieden aus.

»Ich könnte ihn für dich anbringen, wenn du einen Spiegel besorgst«, sagte ich und biss ihn in den Nacken.

»Ich vergesse stets, dass du Handwerkerin bist«, erwiderte er, nahm meine Hände und drehte sie um, »bis ich deine armen kleinen zernarbten Pfoten sehe. Du musst erst eine Woche mit Baumwollhandschuhen und Cold Cream schlafen. Nachdem du den Spiegel aufgehängt hast. Ich glaube, das ist eine sehr gute Idee. Mhm.« Seine Hand glitt unter mein T-Shirt und zog es hoch, den Blick auf den Spiegel geheftet. »Die Schwierigkeit besteht wie immer darin«, sagte er zu meinen Brüsten, »sich zu entscheiden, was man als Erstes tun will ...«

»Hugo!« Jemand klopfte an die Tür. Es war eine der Assistentinnen. »Ähm ... sie warten unten alle auf dich!«, rief sie nervös.

»Verdammt!«, seufzte Hugo, während ich mein T-Shirt herunterzog und von seinem Schoß glitt. »Pamelas Prüfungen Teil eins. Wir lassen Pamela in den Fängen des teuflischen Barons von Fielding zurück. Schalten Sie nächste Woche wieder ein. Wird sie aus seiner schmierigen Umklammerung entkommen, bevor ihre Ehre auf immer beschmutzt ist?«

Ich holte tief Atem und ordnete mein Haar. »Oder kriegt sie doch noch einen Fick?«, fügte ich hinzu, zog Hugo hoch und gab ihm einen langen, langsamen Kuss, bei dem ich sein Haar mit den Händen zerzauste. »Kommen Sie, Baron, Ihr Publikum wartet.«

Hugo schlug mir auf den Hintern. Was die Vinylhosen mit einem sehr schönen Geräusch beantworteten.

»Ich muss mir auch solche Hosen kaufen«, sagte er und folgte mir zur Tür. »Das Outfit für das perverse Paar. Die Familie, die zusammen spielt, stiehlt auch zusammen. Oh, hallo, Lisa«, sagte er zu der Assistentin, die zitternd vor der Tür stand. »Ich sollte dir dankbar sein, dass du mich holen kommst, und wenn sich bei mir alles beruhigt hat, werde ich das sicher auch tun. Augenblicklich jedoch empfinde ich ob der Störung so etwas wie Verdrießlichkeit.«

Wir polterten die Treppe hinunter. Hugo ging hinter mir, damit er meinen Po sehen konnte.

»Ich weiß, was du da machst«, sagte ich über die Schulter. »Es ist weder bewundernswert noch intelligent.«

»Ich verweise auf meine offensichtliche Antwort«, erwiderte Hugo angeberisch.

»Endlich mal.«

»Wie kannst du es wagen!«

»Oh, Hugo, schön, dass du dich zu uns gesellst«, sagte MM sarkastisch, als er die Bühne betrat, wo man Stühle im Halbkreis aufgestellt hatte, auf denen die anderen Schauspieler bereits saßen.

»Keine Ursache«, meinte Hugo mit charmanter Chuzpe, zog die Hose hoch und ließ sich auf einem Stuhl nieder.

Ich schlich mich außen herum und betrat durch die Eingangstür das Auditorium, wo ich mich in eine der hintersten Reihen setzte. Als sich meine Augen nach einer Weile an das Licht gewöhnt hatten, entdeckte ich einen Mann und eine Frau, die ebenso unauffällig wie ich ein paar Reihen vor mir saßen. Ich kannte sie nicht, aber sie wirkten so distinguiert, dass es sich nur um die Mitglieder des Theaterausschusses handeln konnte, von denen Margery gesprochen hatte. Auf der Bühne ging MM mit ruhiger Stimme noch einige Punkte durch. Sie hatte ihre Doppelhockerkombination aufgebaut, auf dem einen thronte sie, während auf dem anderen das Ringbuch lag, in das sie ihre Bemerkungen eintrug. Matthew saß auf einem Stuhl, der Rangfolge entsprechend rechts unter ihr, während Sally, Sophie, Thierry, Steve, der Komponist und ein paar andere, die ich nicht kannte, rechts auf der Bühne aufgereiht waren.

Ab und zu beugten sich die Beobachter vom Ausschuss einander zu und flüsterten sich etwas ins Ohr, worauf der jeweils Angesprochene stets heftig nickte. Manchmal nickten sie synchron wie zwei Wackeldackel auf der Hutablage eines Ford Escort. Nach einer Weile hatte sich der Reiz dieses Schauspiels für mich erschöpft, aber MM fasste sich sowieso äußerst kurz; sie brauchte nur etwa zwanzig Minuten für das, was sie zu sagen hatte. Die Schauspieler standen auf und streckten sich theatralisch, so als stünden sie im Pontius-Pilatus-Wettbewerb für das beste Schulterzucken. Die Assistentinnen, die in ihren winzigen T-Shirts und Secondhandjeans aussahen wie alternative Elfen, halfen dabei, die Stühle wieder nach hinten zu tragen. Matthew schnappte sich sofort die beiden Hocker MMs. Offensichtlich fühlte er sich als Einziger berechtigt, die Sitzmöbel zu berühren, auf denen der heilige Hintern geruht hatte. Die beiden Ausschussmitglieder erhoben sich und gingen an den Bühnenrand. Ich folgte ihnen.

»Mrs. Marsh?«, sagte die Frau. »Ich bin Denise Sholto, vom Theaterausschuss. Das hier ist Brian Fitzpatrick. Sie wussten sicherlich, dass wir der Probe beigewohnt haben.«

»Ach ja, hallo.« MM sah etwas abwesend aus. Sie fuhr sich mit einer Hand durchs Haar und strich den störrischen Pony nach hinten.

»Ich glaube, ich kann für uns beide sprechen, wenn ich sage, dass es uns sehr gut gefallen hat«, flötete Brian Fitzpatrick, begleitet von einigen Pizzicato-Nickern von Denise. »Vielleicht haben Sie Zeit auf einen Drink und wir können darüber reden, wie Ihrer Meinung nach alles läuft.«

»Ja, gut. Sicher.« MM sah auf ihre Uhr. »Lassen Sie mir noch eine Viertelstunde? Ich muss nur noch ein paar Dinge durchgehen und dann gehöre ich ganz Ihnen.«

»Natürlich«, entgegnete Denise. »Dann treffen wir uns in fünfzehn Minuten im Foyer. Oder hätten Sie gerne einen längeren Spielraum?«

»Nein, das ist okay so«, antwortete MM überrascht. Wenn sie eine Viertelstunde sagte, dann meinte sie das auch. Denise und Brian machten sich durch den Mittelgang davon, während Hugo sich elegant vom Bühnenrand schwang und neben mir auf dem Boden landete.

»Drinks«, sagte er. »Und dann Essen. Anschließend könnten wir die Geschichte von Pamela und dem Baron vielleicht wieder an der Stelle aufnehmen, an der wir unterbrochen wurden. Bist du mit deinem abstoßenden Fahrzeug hier?«

»Ja.« Es hatte keinen Sinn, das zu bestreiten.

»Hier in der Nähe gibt es ein ziemlich nettes Restaurant. Ich lade dich ein, wenn du den Transport übernimmst.«

»Klingt nach einem guten Deal«, entgegnete ich fröhlich. Hugos Gesicht, die geschwungene Nase und die hohen Wangenknochen, war fotogen, aber je nachdem, aus welchem Winkel man es betrachtete, hatte man die Wahl zwischen extrem gut aussehend oder ziemlich knochig. Gerade fiel das Licht günstig und er sah atemberaubend aus. Das sagte ich ihm natürlich nicht. Er würde es sofort aufsaugen und um mehr betteln. Es machte keinen Sinn, die Bestie zu verwöhnen.

Hugos Restaurant entpuppte sich als sehr eleganter Schuppen im Herzen Clerkenwells an der Ecke eines Bankgebäudes. Der Parkettboden glänzte, die Tischplatten waren aus Glas und die Rückenlehnen der gepolsterten schwarzen Stühle konnte man nur als aerodynamisch bezeichnen. Ein junger Mann in einer schwarzen Nehru-Jacke stand an einem hohen, schlichten Geländer aus hellem Holz, nahm unsere Mäntel entgegen und führte uns zu einem Tisch, nach dem obligatorischen Aber-aber, weil Hugo nicht reserviert hatte. Hugo winkte die Vorwürfe majestätisch von sich.

»Ich komme so oft hierher, dass hier praktisch meine zweite Küche ist, Kenji«, sagte er bestimmt. »Und es wäre doch dumm, einen Tisch in meiner eigenen Küche zu buchen, nicht wahr?«

Leicht besänftigt entgegnete Kenji: »Weiß die Dame, wie alles funktioniert?«

»Ich werde es ihr erklären«, sagte Hugo. »Wir stellen uns gleich an, wir sterben beide vor Hunger. Könntest du uns inzwischen eine Flasche von dem australischen Chardonnay bringen, den ich immer trinke?«

»Angeber«, flüsterte ich ihm zu, als Kenji davonschwebte.

Hugo schenkte mir ein unerwartet liebevolles Lächeln, ganz offen und einfach. Es war außerordentlich anziehend.

»Wenn ich Geld habe«, sagte er beschwingt, »bin ich immer ein Angeber. Glaub mir, wenn du als armes Kind in Surbiton aufgewachsen wärst, wärst du das auch. Komm, holen wir uns was zu essen.«

Er stand auf und ich folgte ihm.

»Wohin gehen wir?«

Er führte mich um die Tische herum zur anderen Seite des Restaurants, wo Scharen von gut gekleideten Gästen um etwas herumsaßen, das aussah wie eine lange, doppelseitige Salatbar.

»Oh, toll, ein Pizza-Club für die Reichen«, sagte ich. »Wie geschmackvoll.«

»Du kleines Biest«, entgegnete Hugo. »Nimm dir eine Schale, tu rein, was du willst, und wenn du sie recht nett bittest, werden die Herren dort drüben es für dich kochen.«

Er deutete auf ein paar große, stämmige asiatische Köche in weißen Uniformen, die sich hinter einem Halbkreis von hüfthohen, lodernden Gasöfen gruppiert hatten, die von einer riesigen Abzugshaube aus Edelstahl beschirmt wurden, in die dampfende Wolken aufstiegen. Es erinnerte mich an eine Installation, die ich vor Jahren in der Saatchi-Galerie gesehen hatte. Vor diesem Kochbereich verlief ein schmales Band, auf das die Gäste, die in bester englischer Manier Schlange standen, ihre Essenschalen stellten. Ich untersuchte die Bestandteile der Salatbar etwas genauer und war zugegebenermaßen beeindruckt. Außer unzähligen Sorten Nudeln und Reis standen Garnelen, Tintenfisch und Barsch und mindestens so viele verschiedene Fleisch- und Gemüsesorten zur Verfügung, wie es Heinz-Produkte gab, alle mit exemplarischer Genauigkeit gewürfelt und in Streifen geschnitten.

»Tu zuerst die Nudeln rein, darauf den Fisch oder das Fleisch, aber nimm nicht zu viel, sonst bist du zu satt für einen zweiten Gang«, empfahl mir Hugo. Er spähte über meine Schulter, um mich zu beobachten, während ich Sojanudeln mit Garnelen auswählte, dazu Ingwer, Frühlingszwiebeln, Wasserkastanien und seltsam aussehende Pilze; Letztere, um in meiner Auswahl nicht zu konservativ zu wirken. Als wir anstanden, fiel mein Blick auf die verschiedenen Saucen, die man hinter dem Band aufgereiht hatte: scharfe Erdnuss, Terijaki, Sambal, süßsauer ... Ich nahm Zitronengras, Hugo süßsauer. Der Koch fischte geschickt die Garnelen und das Gemüse aus meiner Schale und schmiss sie in einen Wok, der durch ständigen Gebrauch schwarz geworden war; augenblicklich hörte man das Brutzeln gebratener Nahrung. Eine Minute später tat er die Nudeln dazu, rührte sie ein paarmal mit Stäbchen um und ließ sie durchziehen. Als er die Sauce dazugoss, verband sich das blubbernde Zitronengras mit den übrigen Zutaten, und eine wohlriechend süße Wolke stieg auf. Ich schnupperte anerkennend. Dann kippte er das Ganze mit einer schnellen Bewegung in meine Schale zurück, ohne dass auch nur ein Tropfen über den Rand spritzte.

Ich bedankte mich und machte mich schnellstens auf den Weg zurück zu unserem Tisch. Mich zu setzen und den ersten Happen zu probieren, geschah praktisch gleichzeitig.

»Schmeckt's, Vielfraß?«, fragte Hugo geduldig, der sich erheblich langsamer mir gegenüber hinsetzte.

»Mhm.« Ich schluckte und trank einen Schluck Wein hinterher. »Köstlich. Der Wein auch.« Ich nahm von beidem noch mehr.

»Es ist gut, nicht wahr? Ich arbeite mich so langsam durch alle Kombinationen durch. Und außerdem ist es vernünftig, wenn man ständig auf sein Gewicht achten muss, wie ich.«

»Du brauchst nicht abzunehmen! Mach dich nicht lächerlich!«, sagte ich und holte mir den nächsten Happen. »Du bist schon dünn genug.«

»Im Fernsehen sieht jeder zwei Kilo schwerer aus«, sagte Hugo ernst. »Muss ich noch mehr sagen?«

Ich verzog den Mund. »Ich bin froh, dass ich keine Schauspielerin bin.«

»Das bin ich auch«, entgegnete Hugo von ganzem Herzen. »Bist du etwa schon fertig?«

»Ich war hungrig«, sagte ich voller Scham. »Ich warte, bis du fertig bist, bevor ich noch mal hingehe.«

»Auf keinen Fall. Ich möchte nicht, dass du mir dabei zusiehst, wie ich mit den Stäbchen arbeite. Ich käme mir vor, als beobachte mich ein hungerndes Kind und bekäme Schuldgefühle. Also, los mit dir.«

Gesagt, getan. Ich stand mit einer zweiten vollen Schale vor dem Grill (Reis mit weißem Krabbenfleisch, Bambus- und Sojabohnensprossen), als jemand mir von hinten am Haar zupfte. Zuerst dachte ich, es sei Tim, ein befreundeter Journalist, der beim *Herald* arbeitete, dessen Büros ganz in der Nähe auf der Clerkenwell Road lagen. Ich hatte schon ein paar bekannte Gesichter von der Zeitung gesehen und erwartete, auf eines von ihnen zu stoßen. Aber als ich mich umdrehte, sah ich mich Janey gegenüber, halb so groß wie er und sicherlich auch halb so schwer, dafür klein, rundlich und hübsch. Sie lächelte mich an.

»Was machst du denn hier?«, fragte sie mit wenig schmeichelhafter Überraschung.

»Oh, bin ich nicht trendy oder nicht Yuppie genug?« Ich umarmte sie, so gut es ging, wenn jeder eine Schale hält, die bis zum Rand mit Essen gefüllt ist. »Ich bin mit einem Freund hier, der um die Ecke wohnt. Und du?«

Sie deutete auf die Frau hinter ihr. »Gita hat mich mitgenommen. Sie geht dauernd hierher. Gita, das ist Sam, eine meiner ältesten Freundinnen. Sam, Gita ist die Produzentin, mit der ich zusammenarbeite. Ich habe dir bestimmt schon von ihr erzählt.«

Sie lächelte Gita strahlend zu. Gita war groß und dunkelhäutig, sie trug eine halb durchsichtige Bluse mit Leopardenmuster und knappe Leggings aus schokoladenbrauner Shantung-Seide. Sie endeten in der Mitte der Waden und brachten so ihre unglaublich schmalen braunen Fesseln und die High Heels aus künstlichem Leopardenfell umso besser zur Geltung. An ihren Ohren hingen große, schmale Creolen, und ihre schweren Augenlider waren in sorgfältig gemischten Abstufungen von Braun schattiert, bis hin zum feinsten hellen Beige unter den zarten Bögen ihrer Augenbrauen. Einen solch höchst künstlerischen und bewusst exotischen Effekt bekamen nur asiatische Frauen hin und nur ihnen stand es zu Gesicht. Eine westliche Frau hätte in Gitas Outfit so billig ausgesehen wie ein Ladenmädchen.

Der Koch bat um meine Schale und ich stellte sie ab. Gita hielt mir die Hand hin, die Finger mit Goldringen beladen. Seit Ewigkeiten war mir niemand, den ich kannte, mit mehr Gold begegnet, aber an ihr sah es wundervoll aus und ergänzte sich aufs Beste mit ihrer dunklen, olivfarbenen Haut. Ihre Handgelenke waren so dünn wie ihre Fesseln und wirkten gleichzeitig zerbrechlich, aber stark wie Biegestahl. Ich schüttelte ihre Hand und merkte, dass ich sie nicht mochte, ohne zu wissen, warum. Vielleicht war es die Art, wie sie mich ansah, kühl abschätzend, so als versuche sie herauszufinden, ob es für sie nützlich sein könnte, mich kennen zu lernen.

»Du bist Bildhauerin, nicht wahr?«, fragte sie.

»Woher wusstest du das?« Janey schien verblüfft.

»Du hast es mir irgendwann erzählt. Ich behalte alles, was du mir erzählst.« Ihre Stimme klang tief. Ich hätte wetten können, dass sie dafür trainiert hatte. Offenbar war ich ihr gegenüber wirklich voreingenommen. »Sam, dein Essen ist fertig.«

Ich nahm meine Schüssel, während Janey und Gita ihre den Köchen reichten.

»Ich esse es lieber, bevor es kalt wird. Wo sitzt ihr?«

»Dort drüben.« Janey zeigte auf einen Tisch beim Fenster am anderen Ende des Raumes.

»Kommt doch nachher zu uns.«

Als ich zu unserem Tisch zurückkehrte, war Hugo verschwunden. Nach einer Weile kam er wieder, mit einer Schale Rindfleisch, Reis, rotem Paprika und Satésauce.

»Mit wem hast du gesprochen?«, fragte er.

Ich klärte ihn auf. Er sah mich interessiert an. »Ich lerne also nicht nur Helens zweifellos schon lange leidende Freundin kennen, sondern auch eine Produzentin und eine

Redakteurin der BBC. Ich muss dich öfter zum Essen ausführen.«

»Damit hat sich mein Kreis von interessanten Leuten aber auch schon erschöpft«, sagte ich grinsend. »Janey ist meine einzige schicke Freundin. Oh, und dann gibt es noch Tim. Er ist beim *Herald*.«

»Kein Kritiker. Sonst würde ich den Namen kennen.«

»Nein, hauptsächlich Artikel.«

Drei Mädchen von der Sonntagsbeilage des *Herald* kamen an unserem Tisch vorbei. Sie trugen alle Schwarz und sahen aus, als würde schon das normale Leben ausreichen, sie high zu machen. Ich kannte sie. Vor einiger Zeit waren wir mal zusammen einen trinken gegangen und diese Mädchen verstanden zu trinken. Wir waren gegen zwei Uhr morgens aus einem Pub getorkelt, der schon lange geschlossen war; eine von ihnen war hingefallen, hatte sich dabei ihre Agnes-B-Hose zerrissen und war darüber in echte Depressionen verfallen. Das verband uns miteinander wie zernarbte Kriegsveteranen. Sie winkten mir zu, als sie vorbeigingen. Wie immer kamen sie mir vor wie die drei Hexen aus *Macbeth*, fähig, einen Mann auf zwanzig Schritt Entfernung zu Tode zu ängstigen.

Wir tranken gerade den letzten Schluck Wein, als Janey und Gita zu uns kamen, begleitet von Helen. Ich fand es interessant, dass die beiden vorhin gar nicht erwähnt hatten, dass sie auch hier war. Hugo zeigte makellose Manieren. Er erhob sich sofort und winkte dem Kellner.

»Könnten wir noch ein paar Stühle haben, bitte?«, sagte er. »Unsere Freunde möchten sich auf ein Glas zu uns setzen.«

Janey und Helen ließen sich auf der Bank nieder und so war am Tisch gerade Platz genug für uns alle. Der Kellner räumte die Schalen ab und brachte uns noch eine Flasche Wein. Gita sagte zu Hugo, dass sie ihn in *Geister* gesehen und sehr gut gefunden habe. An seinem bescheidenen Lächeln las ich ab, dass ihm das bereits klar war, dass er aber nichts dagegen hatte, es noch einmal zu hören. Hugo hatte ein Stück gesehen, das Gita für BBC 2 produziert hatte, und einige Folgen einer Serie, die Janey bei ihrem letzten Job betreut hatte, und er äußerte sich über beides angemessen positiv. Alles lief bestens.

»Ich wusste nicht, dass du mit Hugo so gut bekannt bist«, meinte Helen bissig zu mir.

Nicht auf dem Laufenden?, wollte ich sagen, aber Hugo fiel mir ins Wort: »Muss ja auch nicht sein, Helen. Das ist der halbe Spaß.«

»Wie fandest du die Probe heute?«, fragte Janey ihn.

»Oh, es lief ganz gut. Keine größeren Stolperer.«

»Helen hat mir von dieser Sache mit Violet erzählt. Wart ihr dabei?«, fragte Janey. »Ich meine, ist sie wirklich auf sie losgegangen?«

Hugo sah Helen bewusst nicht an. Ich musste daran denken, was mir vorhin durch den Kopf gegangen war hinsichtlich der Gerüchte, die sich umso stärker verändern, je weiter sie sich von der Quelle entfernen, wie ein Bach, der langsam zu einem Fluss wird.

»Es war ein Sturm im Wasserglas«, sagte er beschwichtigend. »Alle hatten Probleme mit ihrem Timing.«

»Es ist nur eine ganz kleine Schramme«, fügte ich hinzu. »Ich bin zu Hazel in die Garderobe gegangen, um zu fragen, wie es ihr geht, und man konnte es kaum sehen. Für sie ist die Sache erledigt.«

Ich spürte, dass Hugo mich ansah, aber er enthielt sich jeglichen Kommentars.

»Nun ja«, meinte Janey, die offenbar spürte, dass sie in etwas hineingetreten war. »Was für eine Erleichterung.« Sie wandte sich an mich, wohl um das Thema zu wechseln, aber Helen wollte es nicht dabei belassen.

»Ach, kommt schon«, sagte sie gehässig, und ihre grünen Augen verengten sich zu Schlitzen. »Es ist mehr als das. Wirklich, ich glaube, Violet hat durchgedreht. Wenn man bedenkt, was alles passiert ist … sie kam zu spät zu den Proben, sie spielt die Ohnmächtige, von Philip ganz zu schweigen. Ich habe gehört, dass sie mehr weiß, als sie zugibt. Und jetzt diese Sache mit Hazel. Ich bin sicher, dass es kein Unfall war.«

»Oh, du warst auch dabei?«, fragte Hugo verdächtig ruhig.

»Nein«, musste Helen gestehen. »Aber Bill. Er hat es mir erzählt. Ich weiß, dass du Bill nicht leiden kannst, aber er ist sehr verlässlich.«

Hugos Augen waren kalt und grau wie ein Wintermorgen.

»Hazel hat mir erzählt«, warf ich ein, bevor Oberon sich über den Tisch beugen und Titania würgen konnte, »dass sie sich darauf freut, mit Violet beim *Puppenheim* zusammenzuarbeiten. Wenn sie ihr nicht böse ist, warum sollte es sonst jemand sein?«

»Nun, es wird sich noch zeigen, ob das zustande kommt«, sagte Helen giftig. »Jetzt, wo Philip tot ist.«

»Natürlich findet die Inszenierung statt«, meinte Gita von oben herab. »Es steht ja schon im Programm, Helen.« Dabei sprach sie das Wort ›Programm‹ so aus wie ein wiedergeborener Christ das Wort ›Bibel‹. »Das können sie jetzt unmöglich ändern.«

Helen sah mürrisch drein. »Nun, ich habe gehört, es sei nicht sicher«, sagte sie trotzig, ohne zu erwähnen, wo sie es gehört hatte. »Und wenn ihr mich fragt, es würde ihr recht geschehen.«

»Aber es hat dich niemand gefragt, nicht wahr?«, meinte Hugo mit täuschender Sanftheit. »Zumindest kann ich mich nicht erinnern.« Er schaute auffällig in die Runde, so als sei es vielleicht wirklich seiner Aufmerksamkeit entgangen, dass jemand Helen gefragt hatte.

»Wir sollten langsam gehen, Helen«, sagte Janey, trank ihren Wein aus und erhob sich. »Ich habe morgen einen anstrengenden Tag vor mir.«

»Wir«, berichtigte Gita sie lächelnd, »haben morgen einen anstrengenden Tag vor uns.«

»Wie läuft es denn?«

»Lass es dir von Gita erzählen«, erwiderte Janey hastig. Wahrscheinlich wollte sie Helen so schnell wie möglich aus dem Weg schaffen, um weitere Streitigkeiten zu vermeiden. »Helen und ich hätten schon vor einer Stunde zu Hause sein sollen. Danke für den Wein, Hugo. Nett, dich kennen zu lernen. Ich freue mich schon auf das Stück. Morgen sehe ich mir die Vorpremiere an.«

»Oh, sollen wir zusammen gehen?«, schlug ich vor. »Ich hab's auch noch nicht ganz gesehen.«

»Prima. Ich muss mir so viele Stücke allein ansehen und ich hasse es jedes Mal. Wann fängt es an?«

»Halb acht«, antwortete Hugo.

»Treffen wir uns um sieben im Foyer, Sam?«

»Von mir aus gern.«

Helen war aufgestanden, während Janey und ich uns unterhielten. Sie vermied es, Hugo anzuschauen. Es gab die üblichen Abschiedsküsse und dann hakte sich Janey liebevoll bei Helen unter, winkte uns noch einmal zu und war fort.

»Ich sollte auch nach Hause«, erklärte Gita und lehnte sich zurück. »Es war ein langer Tag.«

»Wohnst du in der Nähe?«, fragte Hugo. »Wir könnten dich nach Hause bringen.«

Wir sagten Gita vor ihrer Haustür auf Wiedersehen. Aus Höflichkeit bot sie uns einen Drink oder Kaffee an, was wir genauso höflich gemäß den Gesetzen sozialer Interaktion ablehnten. Die Tür schloss sich hinter ihr.

»Endlich allein«, sagte ich.

»Nicht ganz«, meinte Hugo, während ein Wagen vorbeifuhr. »Aber fast. Und was mich betrifft, ich kann es kaum erwarten. Komm, Pamela. Ich werde dich ans Bett fesseln und dich zwingen, unaussprechliche Dinge zu tun. Dabei erwarte ich, dass du meiner Eitelkeit schmeichelst, indem du dich zunächst entsetzt wehrst und dich mir dann in Ekstase hingibst.«

»Das Erste kann ich dir versprechen«, versicherte ich ihm. »Aber wenn du mich ans Bett fesselst, liegt der Rest in deinen Händen.«

»Buchstäblich«, sagte Hugo, erwartungsvoll lächelnd.

18. Kapitel

Als wir uns im Foyer des Cross trafen, machte Janey lediglich ein paar äußerst indirekte Bemerkungen, was Helens und Hugos Scharmützel am vorigen Abend betraf. Es war ein schöner, klarer Abend, und wenn es sich um das Royal Court oder irgendein anderes Theater auf der Alwych gehandelt hätte, dann hätten die Gäste jetzt auf den Stufen gesessen, hätten die letzten Sonnenstrahlen genossen, sich in dem tugendhaften Gefühl badend, etwas kulturell Wertvolles zu tun. Aber wenn auch auf den Stufen des Cross die Leute nicht gerade Platte machten – die Penner kamen erst später, wenn sie ihre Bettelschicht am Bahnhof beendet hatten –, so war das Ambiente doch meilenweit vom Sloan-Square-Schick entfernt.

Wenn man die Straße hinuntersah, fiel der Blick auf ein Stück des Thameslink-Banhofs und eine Bushaltestelle, deren Glas zertrümmert auf dem Bürgersteig lag. Die dicken Kristalle wirkten wie eine Eisflut. An der Ecke erhob sich das einstmals strahlende, jetzt geschlossenen Scala-Kino. Ich hatte gehört, dass die Billardhalle nebenan einen Teil für ihre Zwecke nutzte. Was mich wirklich ärgerte, war die Art und Weise, wie die Besitzer Kinos schlossen, weil die Mieteinnahmen angeblich zu niedrig waren, und dann nichts damit machten. Die Fronten der Häuser waren übrig geblieben, Geister, die erwachten, wenn man am Scala, dem Plaza oder selbst dem zum Multiplexkino umgewandelten Parkway vorbeiging, und die Erinnerungen an Spätfilme weckten, nach denen man mit allen anderen auf die Bürgersteige Camdens geströmt war, noch ganz aufgeregt, auf der Suche nach einer Kneipe, um die Aufregung nicht abebben zu lassen. Und ich meine nicht den Electric Ballroom.

Janey holte ihre Karte an der Kasse ab und wir gingen in die untere Bar, um etwas zu trinken.

»Du siehst sehr betrübt aus«, sagte sie.

»Ich habe gerade um das Scala getrauert.«

»Oh.« Sie verzog das Gesicht. »Ich verstehe.«

Wir verbrachten einen Augenblick respektvollen Schweigens. Dann sagte Janey: »Weißt du, ich freue mich richtig. Eigentlich müsste ich bei dem Gedanken, noch einen *Traum* auf der Bühne zu sehen, vor Langeweile erschaudern. Aber man hört, dass es dieses Mal großartig wird.«

»Das sollte es«, erwiderte ich und trank einen Schluck Gin Tonic. »Auch wenn ich selbst immer nur Teile gesehen habe. Fast alle Liebesszenen, aus irgendeinem Grund.«

Das interessierte Janey.

»Und wie sind sie?«, fragte sie voller Neugier. »Wie ist Violet? Glaub mir, Helen hasst sie nicht wirklich.«

Näher ging sie auf die Szene im Restaurant nicht ein.

»Sehr gut«, antwortete ich schlicht. »Nicht, dass ich viel davon verstehe, aber beide Mädchen sind sehr gut.« Ich zögerte kurz. »Hugo und Violet sind alte Freunde«, sagte ich. »Aus der Schauspielschule. Er spielt für sie so eine Art Beschützer.«

Janey nickte verständnisvoll.

»Ich bin gespannt, was er aus Oberon macht«, fuhr ich fort. »Gita will es sich auch ansehen. Ich komme wahrscheinlich ein zweites Mal, da können wir zusammen gehen.«

Sie trank einen Schluck Bloody Mary und sah sich um. Ich betrachtete sie verwundert. Sie trug ein weißes, knöchellanges Leinenkleid, schulterfrei, um den Hals eine mehrreihige Bernsteinkette. Ihre Frisur war sehr hübsch, längst nicht so nachlässig wie früher. Vor dieser Verwandlung hätte ich Janey nie als elegant bezeichnet, aber das war nun das erste Adjektiv, das mir einfiel. Erstaunlich; eigentlich bewirkte ein Job beim BBC den gegenteiligen Effekt auf die Garderobe. Aber es war nicht nur der Wandel von den Wolken aus Stoffen und mehreren Blusen übereinander zur Modellkarrieristin in perfekt sitzendem Leinen, der mich so verblüffte. Vor ihrem Wechsel und Aufstieg zur BBC hätte Janey mich am nächsten Morgen angerufen und mit Fragen gelöchert, wenn sie mir am Abend zuvor mit einem Mann in einem Restaurant begegnet wäre. Ihre Zurückhaltung bezüglich Hugo wurmte mich etwas. Jetzt, wo alles so gut lief, hätte ich mich gefreut, ein bisschen plaudern zu dürfen.

»Hast du abgenommen?«, fragte ich, auf der Suche nach Gründen, warum sie so verändert aussah. »Stimmt, wie? Machst du eine Diät?«

Vielleicht war das der Grund. Sie wirkte so ausgehungert, als ob nur eine Sahnetorte voller Kalorien und Himbeermarmelade ihre Aufmerksamkeit hätte erregen können. Langsam schüttelte sie den Kopf und lächelte abwesend, so als sei ich ganz weit weg.

»Nein, ich meine – ja. Ich habe abgenommen, aber ich mache keine Diät. Ich glaube, es ist der Job. Ich habe Jahre darauf gewartet, dieses Buch verfilmen zu können, und jetzt scheint es so weit zu sein. Ich bin so aufgeregt, dass ich gar nicht an Essen denke.«

»He, wenn es diesen Effekt bei dir hat …« Ich trank meinen Gin Tonic aus. Eine Glocke ertönte, noch fünf Minuten. »Sollen wir reingehen?«

Mein Herz schlug so laut wie sonst nur bei Todesdrohungen oder unmittelbar bevorstehendem Sex. Wir gingen in den Zuschauerraum und nahmen unsere Plätze ein. Ich hatte versucht, den Augenblick zu verdrängen, wenn der Vorhang hochging und ich meine Mobiles in der Luft schweben sehen würde. Und als die Lichter ausgingen und sich der Vorhang hob, merkte ich, dass ich, wie lächerlich, die Augen geschlossen hatte. Um mich herum hörte ich, wie Leute die Luft anhielten und mit ihren Nachbarn tuschelten. Vorsichtig öffnete ich die Augen und hielt selbst die Luft an. Janey hielt meine Hand und drückte sie.

»Bist du jetzt froh, dass du zugesagt hast?«, flüsterte sie in mein Ohr.

Ich schluckte und nickte, ohne rechtes Vertrauen in meine verbalen Fähigkeiten. Der Bühnenhimmel war schwarz wie Samt, hier und da mit kleinen, sternengleichen Lichtern gepunktet. Im Vordergrund schwebten die Mobiles im schimmernden Stahlblau von Platin, von ihrem eigenen Licht fast in einen Strahlenkranz gehüllt. Sie wirkten weder wie Planeten noch wie etwas Organisches, sondern wie seltsame, unbekannte Hybriden. Silbernes Efeu rankte sich um sie und durch sie hindurch, als seien sie Meteoriten, die in einen Märchenwald gefallen und dort von Zauber umhüllt worden waren.

»Es ist wunderschön«, sagte Janey und drückte meine Hand noch etwas fester. Die Beleuchtung änderte sich, sie wurde voller, während die Mobiles aufstiegen, sich in Kristalllüster verwandelten und Menschen auf die Bühne strömten. Einen Augenblick sah ich die Männer auf dem Schnürboden vor mir, wie sie an ihren Trossen zogen, wie schnelle Befehle und Anweisungen durch ihre Funkmikros hallten, während sie die Mobiles perfekt ausrichteten. Dann wurden die ersten Worte des Stücks gesprochen und die alte Magie begann zu wirken. Die Bilder und Stimmen auf der Bühne, die bewusst herbeigeführten Illusionen schlugen mich in ihren Bann, und ich vergaß die Realität, vergaß die schwieligen Hände in den Arbeitshandschuhen, die an den Stahltrossen zogen, von den Leuten hinter der Bühne ganz zu schweigen. Die Schauspieler waren in ihre Rollen geschlüpft. Es dauert nicht lange, bis man alles vergessen hat, besonders wenn die Aufführung so selbstbewusst, so unbeirrbar läuft. Ich hatte gedacht, es wäre seltsam, Hugo auf der Bühne zu sehen, nachdem wir einen großen Teil der letzten Nacht damit verbracht hatten, ein Spektrum erotischer Erlebnisse zu erkunden, aber er war so überzeugend, dass ich ihn sofort akzeptierte.

Die gestrige Probe war noch wenig flüssig gewesen, ein nervöser Schluckauf. Aber als sich jetzt die ersten Szenen entfalteten, waren alle Brüche verschwunden. MM hatte sie miteinander verschweißt und geschmirgelt, sodass die Übergänge zwischen den Szenen und Auftritten dahinflossen wie Wasser. Die Liebenden flohen aus Athen; Oberon und Titania stritten sich. Die Handwerker probten ihr Stück im Stück – und als Marie triumphal auf ihrem Mobile herabschwebte und in Hugos Arme sprang, rief ein Kind ein paar Reihen vor uns verzückt »Ooh, toll!«, und eine Welle amüsierten Gelächters lief durch das Publikum.

Nun belegte Puck Titania mit einem Zauber, sodass sie sich beim Erwachen in die erste Kreatur verliebte, die sie erblickte. Der Blackout, in dem Tabitha herabgelassen wurde, dauerte nur Sekunden, aber sie musste eine Weile in der Luft hängen bleiben und hinter dem Mobile kauern, damit man sie nicht sehen konnte, während die Handwerker erschienen und gleichzeitig Puck dem Zettel einen Eselskopf verpasste. Bei seinem Anblick flohen seine Freunde voller Entsetzen. Titania erwachte und starrte Zettel an, schon jetzt in den Bann geschlagen, und um ihn bei sich zu halten, versprach sie ihm die Dienste ihrer Elfen.

»Bohnenblüte, Spinnweb, Motte und Senfsamen!«, rief sie.

Heute Abend waren alle voller Inspiration. Ranjit schlug seine Räder und kugelte über die Bühne. »Bereit!«, rief er. Der große, blonde Spinnweb schnippte seine Zigarette weg und stolzierte über die Bretter wie ein Model auf dem Laufsteg.

»Und ich!«, sagte er gedehnt, mit träger Stimme. Das Mädchen, das Motte spielte, warf sich auf die Knie und schlidderte die letzten Schritte, um nur Zentimeter vor Titania zu landen, sodass Helen ihre Hand nur ein wenig senken musste, um ihr über den Kopf zu streichen.

Es gab eine Pause und ich hielt den Atem an und wartete auf Tabithas Sprung. Das würde dem kleinen Jungen vor uns wieder gefallen. »Und ich!«, erklang ihre Stimme hinter dem Mobile. Einen Augenblick lang herrschte absolute Stille. Dann schauten die Elfen zusammen nach oben, wie Marionetten. Es geschah nichts. Janey sah mich ratlos an. Dann tauchte Tabithas Kopf hinter dem Mobile auf. »Und ich!«, wiederholte sie mit einem Hauch Verzweiflung in der Stimme.

»O mein Gott«, sagte ich. »Sie hängt fest.«

»Was?«, zischte Janey.

Mit wachsendem Entsetzen erkannte ich, dass keine der Elfen Tabitha sehen konnte. Dazu hätten sie genau unter dem Mobile stehen müssen. Nur die Zuschauer konnten sie beobachten. Zum Glück war die Szene nur kurz und Tabitha sprach ihre wenigen Zeilen mit Bravour. Irgendwie hatte sie es geschafft, sich um das Mobile herumzuwinden, sodass wir ihren Kopf, den Hals und einen Arm sehen konnten, mit dem sie auffällige Gesten machte, als wolle sie so darüber hinwegtäuschen, dass sie Meter über der Bühne festhing, fast ohne sich bewegen zu können.

Nach dem ersten Schock reagierten die Elfen professionell und machten weiter; vielleicht glaubte ich nur deshalb, eine gewisse Nervosität in ihren Stimmen zu hören, weil ich sie schon so oft gesehen hatte. Ranjit sollte abgehen, indem er Tabitha packte und sie an einem Arm und Bein herumschwang, und es gab eine schreckliche Sekunde der Anspannung, als ich auf seinem Gesicht ablas, dass ihm etwas anderes einfallen musste. Schließlich ging er wieder Rad schlagend ab, aber dieses Mal waren seine Bewegungen schwerfälliger, und es fehlte ihnen die fast unirdische Leichtigkeit, die sie gehabt hatten, bevor sein Selbstvertrauen erschüttert worden war.

Lediglich Helen und Bill ließ die Katastrophe scheinbar unbeeindruckt. Intelligent, wie sie war, machte Helen nicht den Versuch, ihren Hals so zu verrenken, dass sie Tabitha hinter dem Mobile sehen konnte. Stattdessen ließ sie sich eher tiefer in ihr Bett aus Gras sinken und sprach mit ihr, als könne sie, als Königin der Elfen, geradewegs durch das Mobile auf ihre Dienerin dahinter blicken. Es war ein Meisterstück an Kaltblütigkeit, das den anderen, den weniger Erfahrenen und den Nervöseren, half, sich zusammenzureißen, und ich bewunderte sie dafür. Helen hatte sich nicht einmal Überraschung anmerken lassen, als ihr klar wurde, was passiert war. Bill seinerseits ging ganz ruhig um das Mobile herum und bellte seine Zeilen zu Tabitha hinauf.

»Kommt und verwöhnt ihn«, sagte Titania zu den Elfen. »Führt ihn in meine Laube…«

Sie stand auf und ließ Bill vorangehen. Aus einer Eingebung heraus winkte er der armen Tabitha zu, so als wolle er sagen, dass man sich später wiedersehen würde, und folgte den anderen Elfen, die abgingen. Sofort kam ein Blackout, der allerdings nicht vorgesehen war. Ich hoffte inständig, dass sie Tabitha wieder raufbekommen würden. Nicht nur, dass ihre Lage so peinlich war; sie würde sicher bald Krämpfe bekommen. Der Blackout dauerte an und ich fühlte mich plötzlich verdammt unwohl. Ich tippte Janey auf den Arm, nickte in Richtung Bühne und flüsterte: »Wir sehen uns in der Pause«, bevor ich mich davonmachte, wobei ich bei meiner Flucht auf etliche Füße trat.

Ich verließ den Zuschauerraum, eilte um die Ecke des Flurs herum, eine Treppe mit roten Stufen und goldenem Geländer hinab, durch die Bühnentür und über einen Flur mit Mauerwänden und nackten Glühbirnen unter der Decke. Der Kontrast zwischen dem, was man vor und hinter der Bühne sah, war wie immer ein Schock. Ich ging an der Bühnenassistentin vorbei, die an der Bühnenseite saß, fahrig wie ein Gefangener in einem Käfig. Mit kurzen neurotischen Griffen zog sie an den Vorhängen. Als ich neben ihr stand, sah sie mit wilden Augen zu mir auf.

»Hast du es gesehen?«, flüsterte sie.

Ich nickte und ging weiter. Paul hockte auf einem Stuhl und murmelte seinen Text vor sich hin. Es dauerte noch, bis sein Stichwort kam, aber er brachte sich bereits jetzt in einen Zustand nervöser Anspannung. Immer wieder blickte er auf und betrachtete sich in dem riesigen, fleckigen Spiegel, der in einem seltsamen Winkel direkt vor ihm hing. Das schien ihn ungemein zu beruhigen. Ich gelangte um die letzte Ecke zum Pult des Bühnenleiters. Louise sprach aufgeregt in ihr Funkmikro. Von der Bühne ertönte Maries Stimme. Sie hielt einen ihrer langen Monologe. Es klang höher und nervöser als sonst.

Links hinter dem Pult stand Steve und schrie, allerdings im Flüsterton, auf den Techniker ein, der Tabithas Seil bedient hatte. Das Objekt seines Zorns hielt das Seil noch immer in den Händen, sein Gesicht war vor Schreck fast weiß. Er schien Steve kaum zu hören, was vielleicht besser war, denn Steve war völlig in Rage, er hatte die Hände auf die Hüften gestützt, wie immer, wenn etwas seine Toleranzschwelle erheblich überschritt. Sein schwerer Bauch hing über seinem Werkzeuggürtel wie der Beutel eines Kängurus.

»Was für eine Scheiße ist da eben passiert?«, zischte er. Seine Stimme klang, als habe er sich das Innere seiner Kehle verbrannt und presse die Worte unter heftigen Schmerzen hervor. »Was für eine Scheiße ist da passiert? Scheiße!«

Einen Augenblick lang verlor ich mich in Bewunderung vor Steves Eloquenz. Der Schnürbodenmann schaute ebenfalls hilflos drein, wenn auch wahrscheinlich nicht aus demselben Grund. Ich ging an ihnen vorbei, bis ich eine unverstellte Sicht nach oben hatte, und legte den Kopf in den Nacken. Tabithas kleine Gestalt ging über die schmale Brücke auf den Schnürboden zu. Wenn sie sie schon nicht runterbekommen hatten, so war es ihnen doch gelungen, sie wieder raufzuziehen. Tabitha schwankte leicht, dann ergriff sie eines der hüfthohen Taue, um sich Halt zu verschaffen, bevor sie sich schließlich über das Geländer auf den Schnürboden schwang und aus dem Blickfeld verschwand.

»Die Scheißleine hat sich nicht mehr bewegt!«, sagte der Techniker zu Steve, nachdem er seine Stimme wiedergefunden hatte. »Wir haben zu zweit am Ende gehangen wie ein Paar beschissener Glöckner, aber die Scheißleine wollte sich einfach nicht bewegen. Nach oben ging's, zum Glück. Scheiße, sonst hätte das arme Schwein bis zur Pause da hängen müssen.«

Mir fiel auf, dass Steves blumige Ausdrucksweise auf die anderen abfärbte.

»Und was, zum Teufel, war es?«, wollte er wissen.

Während er das Seil um seinen Haken wand, rief der

Techniker ungehalten über die Schulter: »Wir werden das jetzt sofort überprüfen, okay? Die Jungs da oben kümmern sich gerade darum.«

»Hattest du das Gefühl, dass irgendwas mit dem Seil nicht in Ordnung war?«

»Natürlich hatte ich nicht das Scheißgefühl, dass was nicht in Ordnung ist!« Mit Zornesfalten auf der Stirn drehte sich der Techniker um. Offenbar war er vor Schrecken fast gelähmt gewesen und begann gerade erst, sich zu erholen. Ich stellte mir vor, dass es eine Erleichterung war, Steve anzuschreien, wenn auch praktisch im Flüsterton, nachdem er frustriert und entsetzt an Tabithas Seil gezogen hatte. »Glaubst du, ich hätte sie runtergelassen und nichts gesagt, wenn mir irgendwas komisch vorgekommen wäre? Glaubst du, ich bin ein kompletter Idiot?«

»Nicht in diesem Ton, Sonnyboy!«, zischte Steve zurück. Seine Wut wurde immer größer. Beeindruckt registrierte ich, dass die beiden Männer trotz ihres Zorns nicht lauter sprachen, als backstage akzeptabel war. Alte Gewohnheiten.

»Steve? Steve!«, rief Louise von ihrem Pult, mit einer Stimme, die so beruhigend klang wie Ambient Music. »Warum gehst du nicht rauf und siehst es dir selbst an?«

»Das werde ich, genau das werde ich auch tun«, sagte Steve und starrte den Techniker böse an, als sei diese Entscheidung irgendwie bedrohlich. »Und dann werden wir ja sehen …«

Mit diesen wunderbar sinnlosen Worten stapfte er zur anderen Seite und begann sich die Jakobsleiter hinaufzuhieven, eine anstrengende Sprosse nach der anderen. Er hatte so wenig Kondition, dass sein Hintern ihm fast bis in die Kniekehlen hing.

Der Techniker drehte sich zitternd vor Stress um und erblickte mich.

»Sie hing fest!«, sagte er fast pathetisch. »Ich konnte nichts tun!«

Ich nickte verständnisvoll und neigte den Kopf nach hinten, um zu sehen, was über uns geschah. Einer der

Schnürbodenmänner ging über die Brücke. Er erreichte die Mitte und versuchte festzustellen, was mit Tabithas Seil los war. Ich hörte ein Rauschen im Kopfhörer des Technikers, der neben mir stand, eine verzerrte Stimme, die oben von der Brücke kam. Erneut kam die Frage, ob ihm irgendwas an dem Seil aufgefallen wäre«

»Nichts! Scheiße, nichts! Es lief so glatt wie immer, ich schwör's bei Gott!«, beharrte der arme Mann.

Der Mann oben verrenkte sich den Hals, um etwas zu sehen. Die Schnürbodenmänner behaupteten, dass sie sofort merken würden, ob ein Seil ein falsches Gewicht hatte oder verhakt war, sobald sie es in die Hand nahmen, so sehr hätten sie sich an das Gefühl eines ohne Probleme laufenden Seiles gewöhnt. Wenn es sich um eine Führungsschiene gehandelt hätte, die irgendwo festgehangen hätte, dann hätte man davon ausgehen können, dass der Zug falsch eingespannt worden war und sich so an der Arbeitsgalerie oder einer anderen Führungsschiene verhakt hatte. Das hätte genau die gleiche katastrophale Wirkung auf das Geschehen hinter der Bühne gehabt, aber zumindest wäre die Panne in der Pause leicht zu beheben. Aber ein Seil, das über Flaschenzüge und andere Rollen lief, hoch da droben, war schwer zu entdecken, wenn es einmal falsch geführt wurde. Es war dann so, als müsse man die Fäden einer Marionette entwirren.

Der Schnürbodenmann hatte aufgegeben und ging wieder über die Brücke zurück, mit leichtem Schritt, als würde er gar nicht zehn Meter über dem Boden gehen, wobei die Brücke eigentlich nur aus einem schmalen Balken mit Trossen an den Seiten bestand. Seine Stimme krächzte durch den Kopfhörer.

»Ja, alles klar, Kumpel. Ich komme«, antwortete der Techniker.

Er wandte sich mir zu. »Er kann nichts entdecken, aber das war auch nicht wahrscheinlich. Das Problem liegt nicht hier unten und auch nicht auf dem Schnürboden. Es muss weiter oben auf dem Laufgitter sein. Er wird es in der Pause checken.«

Ich nickte. Das hatte ich mir bereits gedacht. »Maries Seil war aber okay, wie? Oder hattet ihr Probleme, als sie runterkam?«

Er schüttelte den Kopf. »Glatt und seidenweich. Ich und Jack hier unten und Trev oben haben das Mobile gesteuert. Und das ist viel komplizierter – wir brauchen ein Spursystem, damit sie den seitlichen Sprung vom Mobile machen kann. Nein, das hat prima geklappt.« Bei der Erinnerung hellte sich sein Gesicht auf. »Überhaupt kein Problem.«

Ich hatte hier nichts mehr zu tun und ging in den Zuschauerraum zurück, wo ich einen der Sitze der Platzanweiser einnahm, um auf dem Weg zu meinem Platz nicht noch mehr Unruhe zu schaffen. Außerdem passte es zu mir, hinten zu sitzen, weder ein Teil des Publikums noch der Crew. Ich betrachtete das Stück mit einer Distanz, die typisch für mich war. Wie in anderen Situationen auch, hielt ich mich lieber ein bisschen am Rand auf, und das hier schien mir perfekt. Allein in der Dunkelheit, hinter meinem Rücken die Wand, die Zuschauerreihen vor mir, dahinter die Schauspieler. Immer wieder wanderten meine Gedanken von der Spielhandlung zu der Frage, was am Cross eigentlich vor sich ging. Mittlerweile war es eine Herausforderung für mich geworden, so verwickelt wie Tabithas Seil und genauso schwierig zu entwirren. Ich sagte mir, dass ich vorsichtig sein müsse. Wie ich es immer tue. Und immer wieder vergesse ich, dass es mit dem Vorsatz allein nicht getan ist.

In der Pause besorgte ich Janey eine Bloody Mary und ließ sie dann sogleich stehen, um wieder hinter die Bühne zu eilen. Ich musste wissen, was mit Tabithas Seil passiert war, und wollte nicht bis zum Ende warten. Janey hatte selbstverständlich bereits ein paar Agenten getroffen und plauderte angeregt.

Die Atmosphäre hinter der Bühne war geladen; Aufregung mischte sich mit einer Art tödlicher Resignation. Die Leute rätselten nicht mehr darüber, welches Unglück ihnen als Nächstes widerfahren würde, sondern warteten nur nervös darauf. Ich kletterte die Jakobsleiter hoch und als ich durch das viereckige Loch auf den Schnürboden kam, rannten überall Leute herum. Außer den Schnürbodenmännern und den Technikern von unten waren MM und Matthew, Sally, Thierry, Bez und Ben da. Letzterer sah besonders ängstlich aus und blieb so weit wie möglich vom Rand entfernt, trotz des hohen Geländers. Nur zu wissen, dass er in so großer Höhe stand, reichte offenbar schon, um ihn schwindlig zu machen. Es war sicher nicht einfach für ihn gewesen, die Leiter zu benutzen, und ich fand es bewundernswert, dass er es auf sich genommen hatte. Niemand hätte ihm übel genommen, wenn er unten geblieben wäre.

Alle beobachteten einen einsamen Schnürbodenmann, der hoch oben auf dem Gitter turnte wie eine Spinne in ihrem Netz. Hand vor Hand setzend, kletterte er auf den Flaschenzug zu, durch den Tabithas Seil lief. Alle schauten fasziniert zu, bis auf Ben, der nur starr geradeaus blickte und schluckte. Einer der Techniker beschrieb ihm, was geschah, als sei er blind.

»Fast da«, sagte er gerade. »Oh … nee, alles okay, keine Sorge.« Ben war zusammengezuckt wie ein Kaninchen vor der Schlange.

»Wieso ist er eigentlich hier oben?«, fragte ich Bez leise.

Er zuckte mit den Schultern. »Ben meint, er sei verantwortlich, weil er die Leitung hat. Wirklich Unsinn. Ist dem Burschen aber hoch anzurechnen.«

Hoch über uns beugte sich der Schnürbodenmann vor und griff an den Flaschenzug. Steve rückte seinen Kopfhörer gerade, während eine aufgeregte Stimme auf ihn einredete.

»Okay«, sagte er. »Bring's in Ordnung und dann komm runter, ja?«

Er wandte sich uns zu, blähte wichtigtuerisch die teigigen, blassen Wangen auf und sah dabei aus wie ein Kugelfisch.

»Also, Mann, rück schon raus damit«, sagte Bez ungeduldig. »Was ist es?«

Mir fiel auf, dass diese Panne als Problem für das gesamte Theater angesehen wurde, nicht nur als das der am *Traum* Beteiligten. MM und Matthew waren natürlich anwesend, aber die Verantwortung lag auf den Schultern der Theatertechniker.

»Er sagt, dass ein Stück Metall im Zug steckte«, antwortete Steve voller Wut. »Jemand ist da raufgeklettert und hat das Ding reingetan, sodass ihr Seil im Flaschenzug klemmte. Verdammte Scheiße.«

»Du meinst«, sagte MM nüchtern, »dass jemand Tabithas Seil sabotiert hat?«

»Genau«, erwiderte Steve. »Das kann unmöglich ein Zufall sein.«

»Eine sehr ernste Sache also«, sagte Ben. Er war noch blasser als sonst, aber seine Stimme klang relativ normal. »Nach dem Ende des Stücks berufen wir eine Versammlung aller am Theater beschäftigten Personen ein. Nicht die, die nur vor der Bühne zu tun haben, aber jeden, der die Möglichkeit hatte, den Flaschenzug zu manipulieren, oder der gesehen haben könnte, wie es jemand getan hat.«

»Hätte sich nicht schon längst jemand gemeldet, wenn er etwas Seltsames da oben auf dem Gitter bemerkt hätte?«, meinte Matthew.

»Es muss ja nicht besonders aufgefallen sein«, entgegnete ich. »Es hätte ja einfach jemand sein können, der dort seinen Job macht.«

»Vorneweg kann ich schon mal sagen, dass keiner der Schnürbodenmänner so etwas tun würde«, sagte Bez. »Sie würden niemals ein Seil sabotieren, stimmt's, Leute?«

Die Männer nickten. Ihr Kollege, der oben auf dem Gitter gewesen war und den in der Aufregung alle vergessen hatten, kam hinter mir die Leiter herunter wie ein Feuerwehrmann, indem er sich nur mit den in dicken Handschuhen steckenden Händen an den Seiten der Eisenleiter festhielt und herabglitt.

»Hast du es ihnen gesagt, Steve?«, fragte er und schaute in die Runde. »Das war kein Zufall. Ich schätze, es ist kurz vor Beginn geschehen. Da hält sich hier niemand mehr auf, weil alles schon überprüft wurde. Und man braucht nicht lange zu so etwas.«

Er hatte Recht. Nachdem Bez und die Techniker ihre Sicherheitschecks gemacht hatten, war der Backstagebereich für eine gute Viertelstunde verlassen. Die Schauspieler saßen in ihren Garderoben, die Crew im Pub oder im Aufenthaltsraum. Vielleicht lief mal die eine oder andere Assistentin rum oder Steve, aber auch der hatte nichts gesehen. Außerdem hätte man von unten nicht erkennen können, wer auf dem Gitter war, das sich in immerhin fünfzehn Meter Höhe befand.

Hinter mir ertönte ein gedämpfter Schrei. Wir fuhren alle herum, was bei den beengten räumlichen Verhältnissen gar nicht so einfach war. Matthew stolperte über ein Gewicht und wäre hingefallen, wenn wir nicht gedrängt wie Sardinen gestanden hätten. So stieß er gegen Bez, der wiederum Ben ins Wanken brachte. Instinktiv suchte dieser nach Halt und bekam die Kabel zu fassen. Einer der Schnürbodenmänner stieß einen besorgten Schrei aus, stürzte nach vorne, um die Kabel zu sichern, und brachte noch mehr Unruhe in das Ganze. Seine Kollegen, die neben ihm gestanden hatten, fingen sofort an, Unsinn zu machen, prallten gegeneinander wie menschliche Dominos und gingen zu Boden. Nach der Anspannung mussten alle dringend Dampf ablassen.

In dieser ganzen Verwirrung war der Ruf des Neuankömmlings ignoriert worden. Ich unterdrückte ein Kichern und richtete meinen Blick auf die Rückwand des Schnürbodens, wo die Jakobsleiter entlanglief. Die Wand lag im Schatten und ich konnte die Person, die dort stand, kaum erkennen. Als spüre sie dies, trat sie ein paar Schritte nach vorne, bis Licht auf ihr Gesicht fiel. Es war Tabitha.

Sie musste die Leiter von der oberen Luke aus heruntergestiegen sein, während wir uns unterhielten. Das Herumgealbere hinter uns dauerte noch eine Weile an, während die Techniker sich gegenseitig schubsten. Mir fiel auf, dass sie die Gelegenheit wahrnahmen, unter diesem Deckmäntelchen des Spaßes auch Steve ein paar Stöße zu verpassen. Er kehrte zu sehr den Boss heraus und nahm sich selbst zu wichtig, um den Mr.-Allseits-Beliebt-Wettbewerb zu gewinnen. Ich selbst schwieg, so wie die um mich herum. Man sah Tabitha an, dass sie mitbekommen hatte, was mit ihrem Seil geschehen war.

»Jemand hat es bewusst sabotiert?«, sagte sie leise, aber klar. Gute Stimmarbeit, dachte ich. »Warum sollte mir jemand so etwas antun?«

»Tabitha ...«, sagte MM und ging auf sie zu.

Sie hatte bereits die Hände vors Gesicht geschlagen. »Ich glaube es einfach nicht!«, schluchzte sie. »Wie kann man so etwas tun! Ich hatte solche Angst! Ich steckte da oben fest! Ich wusste nicht, wie ich wieder runterkommen sollte!«

MM strich ihr mitfühlend über die Schulter.

»Wir werden dafür sorgen, dass so etwas nie wieder passiert«, versicherte sie ihr. »Von jetzt an werden wir dein Seil jeden Abend doppelt prüfen. Mach dir keine Sorgen.«

Sally drängte sich vor und legte den Arm um Tabitha.

»Du warste sehr gut«, tröstete er sie. »Du bist sähr gut damit fertisch geworden. Im Publikum hat niemand bemerkt, was geschähen ist.«

Er sah MM an und hob die Augenbrauen, als wolle er um noch mehr Zuspruch bitten.

»Ich habe Tabitha schon gesagt, wie gut sie war«, meinte MM. »Nicht wahr, Tabitha?«

Die Angesprochene nahm die Hände vom Gesicht und strahlte MM an. Neben ihr wirkte Tabitha sehr klein und zerbrechlich. Doch die Worte des Lobes verwandelten sie, ihre Augen glänzten groß und dunkel, ihre Lippen öffneten sich.

»Danke«, hauchte sie. »Wirklich?«

»Aber ja.«

Thierry flankierte mittlerweile Tabithas andere Seite. Auch er machte sich Sorgen um sie.

»Meinst du, es wird morgen wieder gehen?«, fragte er vielleicht nicht ganz so taktvoll, wie man es sich gewünscht hätte. Sally sah mich an und rollte mit den Augen.

Doch Tabitha sonnte sich noch immer in MMs Lob.

»O ja!«, sagte sie glücklich. »Wenn MM glaubt, dass ich es schaffe …«

Sie starrte MM noch immer so ehrfurchtsvoll an, als sei sie ein Hirtenmädchen vom Balkan und MM ein Marienbild, das jede Sekunde blutige Tränen weinen würde.

»Natürlich schaffst du es«, sagte MM nur. »Lass dich nicht einschüchtern, weil sich jemand einen dummen, billigen Scherz erlaubt hat. Wir können es morgen Nachmittag noch mal proben, wenn du willst.«

»Wie du meinst«, erwiderte Tabitha demütig.

»Jetzt gehst du aber besser wieder zurück«, meinte MM stirnrunzelnd. »Die Pause muss gleich vorbei sein.«

Thierry und Sally eskortierten Tabitha die Leiter hinauf, der eine vor, der andere hinter ihr, wie eine Palastwache. Alle anderen, die ebenfalls dringliche Aufgaben erledigen mussten, folgten ihnen. Die Schnürbodenmänner beteiligten sich nicht an dem Ansturm auf die Leiter. Sie bildeten am anderen Ende des Schnürbodens einen Kreis und sprachen miteinander. Einer von ihnen sah immer wieder zu unserer Gruppe herüber.

»Sam?«, sagte Ben, bückte sich und hob etwas vom Boden auf. »Ich glaube, das gehört dir.«

Er hielt mir die Handfläche hin. Darin lag eine silberne Haarklammer mit einem winzigen diamantenen Stern am Ende. Es war hübsch, und ich sah, warum er glaubte, dass es meine war. Ich hatte eine Reihe ähnlicher Clips. Nur dass dieser mir nicht gehörte. MM war die einzige andere Frau, die außer mir hier oben war, und sie hätte damit wie ein Mann im Fummel ausgesehen. Deswegen blieb nur noch Tabitha, aber sie hatte ihr Bühnenkostüm an. Außerdem war sie gar nicht bis zu dieser Stelle gekommen.

Ich wartete, ob sich jemand anders melden würde, dem die Klammer vielleicht aus der Tasche gefallen war. Aber MM und Matthew, die hinter Ben standen, warfen nur einen Blick darauf.

»Danke«, sagte ich. »Ich muss ihn verloren haben. Oder er muss vorher rausgefallen sein.« Ich griff mir ins Haar. »Ich kann mich nicht erinnern, ihn vermisst zu haben …«

»Vorhin lag er noch nicht hier«, meinte Bez. »Wir waren beim letzten Check hier oben und ich habe ihn nicht gesehen. Er wäre mir bestimmt aufgefallen.«

MM wandte sich an Steve: »Was ich vorhin zu Tabitha gesagt habe, meine ich auch so. Wir müssen die Seile – ihres und das Maries – jeden Abend doppelt prüfen und dann jemand vor der Vorstellung hier postieren, damit niemand daran rumfummeln kann.«

»So etwas«, sagte Steve entrüstet, »ist in diesem Theater noch nie passiert. Und ich bin jetzt gute zwanzig Jahre hier.«

Er sah MM und Matthew an und warf auch mir im Weggehen einen Blick zu. Was er damit sagen wollte, war klar. Steve machte jemanden verantwortlich, der mit der Inszenierung des *Traums* zu tun hatte. Meine Hand schloss sich um den Haarclip und ich spürte die Zacken des Sterns in meiner Haut. Das Schlimmste war – ich glaubte, er hatte Recht.

19. Kapitel

Wie nicht anders zu erwarten, wurden zunächst die Elfen verdächtigt. Es war bekannt, dass sie Tabitha nicht mochten, und es stellte sich heraus, dass sie das Mädchen schon seit einer Woche schnitten. Ich wusste, wie kindisch erwachsene Menschen sein konnten, aber selbst dafür schien die Sache mit dem Seil übertrieben. Ranjit zum Beispiel hatte zu Beginn des Spiels eine Szene mit Puck, die größer war als der Rest der Rollen zusammen, und er war Maries Ersatzmann, aber das schienen ihm die anderen keineswegs zu neiden. Andererseits war Ranjit auch nicht der Typ, der damit hausieren ging. Sie nahmen es einfach hin, dass man ihn ausgewählt hatte. Er war gleich zu Beginn zu der Rolle gekommen und somit hatte sein privilegierter Status bereits festgestanden. Tabitha wiederum hatte ihre Chance ergriffen, für Violet bereitzustehen, und offenbar hatte sie ausgiebig damit geprahlt, welch schmeichelhafte Komplimente Thierry ihr im Hinblick auf ihre akrobatischen Fähigkeiten machen würde. Wenn die Elfen ihr Seil wirklich sabotiert hatten, dann sicher, weil sie glaubten, Tabitha habe es verdient.

Die ganze Gruppe hatte kein Alibi, oder besser gesagt, nur ein gemeinsames. Es stellte sich heraus, dass Lisa, die Motte spielte, sich die Garderobe mit den Männern teilte und nicht mit Tabitha, wie vorgesehen. Sie sagten, sie seien vor der Vorstellung zusammen dort gewesen, und niemand hätte sie draußen beobachtet. Immerhin, erwähnten einige Leute nur allzu schnell, befand sich die Luke zur Jakobsleiter ganz in der Nähe der Elfen-Garderobe, und es wäre ein Leichtes für einen von ihnen gewesen, sich hinauszuschleichen.

Ein Nebenverdacht fiel jedoch auf Violet. Ich nahm an, dass Helen und Bill das in Szene gesetzt hatten. Helen verabscheute Violet natürlich von ganzem Herzen und Bill tat es ihr nach. Helen hatte mit den drei Elfen aber auch die Abneigung gegen Tabitha gemein und musste sie deshalb vor Anschuldigungen schützen. Das Problem bestand allerdings in gewisser Weise darin, dass niemand jemanden offen anschuldigte. Alles simmerte kurz unter dem Siedepunkt vor sich hin und das war auf Dauer anstrengender als eine richtige Explosion.

Die informelle Untersuchung, die Ben und Steve in die Wege leiteten, ergab nichts. Keine der Assistentinnen war seitlich der Bühne gewesen, also fielen sie als Zeuginnen aus. Sie hatten die Requisiten aufgebaut und waren dann in das örtliche Café gezogen, um schnell ein Sandwich zu essen. Ben hatte sich beim Foyerdirektor aufgehalten, und die Crew war natürlich in den Pub gegangen, mit Ausnahme von Steve, der sagte, er habe einige letzte Checks gemacht, ohne genau anzugeben, wo. Bez vertraute mir an, er wisse, dass Steve im Aufenthaltsraum gewesen sei und sich einen Porno angesehen habe, was er aber nie zugeben würde.

Es fiel schwer, nicht zu Steves Schlussfolgerung zu kommen, dass der Bösewicht irgendwie mit der Inszenierung des *Traum* zu tun hatte. Ich fand es plausibler, dass eine der Elfen Tabitha einen üblen Streich gespielt hatte, um sie wieder auf den Teppich zu bringen, als sich vorzustellen, dass Violet sich die Mühe gemacht hatte, zum Gitter hinaufzuklettern, um einen Metallbügel in Tabithas Seilzug zu klemmen. Kurz gesagt, ich konnte mir nicht vorstellen, dass sich Violet die Hände schmutzig machen würde. Außerdem fiel es schwer, ihr ein Motiv zuzuordnen. Aus den kleinen Scharmützeln zwischen ihr und Tabitha war sie stets als Siegerin hervorgegangen.

Dann kam mir ein anderer Gedanke. Was, wenn Violet herausgefunden hatte, dass Tabitha die Nachricht auf ihrem Anrufbeantworter arrangiert und ihr später Antihistamine in den Kaffee getan hatte? Hätte sie sich nicht entschließen können, es ihr ein für alle Mal heimzuzahlen? Ich hatte sogar schon den Verdacht gehabt, dass all diese Zwischenfälle von Violet selbst inszeniert worden waren, damit die Leute Mitleid mit ihr hatten, anstatt ihr übel zu nehmen, dass sie mit einer Woche Verspätung zu den Proben erschienen war. Vielleicht hatte sie die Nachricht nur erfunden und sich zwei Tabletten in den Kaffee zu tun war auch ein Leichtes. Sophie hatte gesagt, dass Violet wegen des letzten Zwischenfalls sehr betrübt gewesen sei, aber das bewies nichts. Ich hielt Violet für durchaus fähig, die beiden Ereignisse inszeniert zu haben. Sicherlich wäre das sehr extrem gewesen, aber Menschen, die süchtig nach Aufmerksamkeit sind, bedienen sich der ungewöhnlichsten Methoden, um sie zu erlangen. Diese Möglichkeit ließ sich also nicht ausschließen, allerdings hatte sie dann erst recht kein Motiv, Tabithas Seil zu sabotieren, es sei denn, es hätte einen aktuellen Streit zwischen den beiden gegeben, von dem ich nichts wusste. Das wiederum war nur allzu gut möglich.

Hugo verriet ich nichts von diesen Überlegungen; mein Instinkt riet mir davon ab. Aber je näher der Premierenabend rückte, desto nervöser und abwesender wurde er. Die beiden anderen Vorpremieren waren ohne jede Panne verlaufen. Wenn Bez und ich das Wort Panne benutzten, dann nur noch ironisch in der Bedeutung, dass niemandes Seil sabotiert worden war. Einer der Schnürbodenmänner hatte vor jeder Vorstellung noch einmal alles kontrolliert, und wenn er grünes Licht gegeben hatte, patrouillierten Steve, Bez oder die Techniker durch das Gebiet, damit niemand irgendeinen Unfug machen konnte.

»Das hilft uns aber auch nur bis zu einem gewissen Grad«, meinte ich am Vorabend der Premiere zu Hugo. »Ich meine, wenn jemand herumläuft und Unsinn machen will, dann sind seine Möglichkeiten praktisch grenzenlos.«

Genau das war es nicht, was Hugo jetzt hören wollte. Er murmelte etwas davon, dass ich ein unsensibler Idiot sei, und wandte seine Aufmerksamkeit bewusst dem Fernseher zu. Wir sahen uns einen trashigen amerikanischen

Thriller an, der Hugos Bedürfnissen sehr entgegenkam, weil die Schauspieler und das Drehbuch so lausig waren, dass er auf keinen der Beteiligten eifersüchtig sein musste, sondern sich hämisch grinsend zurücklehnen konnte. Am Ende hatte er seine gute Laune fast wiedergefunden, auch wenn er ziemlich müde war.

Als wir ins Bett gingen, entschuldigte er sich für seine Erschöpfung und sagte viel kleinlauter als sonst, dass er wohl kaum noch zu etwas fähig sein würde und ob es mir etwas ausmache. Ich war so gerührt, dass ich sogar vergaß, ihn aufzuziehen. Er schlief fast sofort ein, als hätte jemand die Sicherungen rausgedreht. Ich las noch eine Weile. Hugo drehte sich im Schlaf zu mir und kuschelte sich an mich, eine Hand über meinem Buch. Ich spürte plötzlich einen Klumpen im Hals und musste sofort das Buch weglegen und das Licht ausmachen. Im Dunkeln kann man sich sentimentale Gefühle irgendwie eher erlauben.

»Das arme Mädchen«, sagte Violet mitfühlend. Wir nahmen ein etwas spätes Mittagessen in Islington ein, Hugo, Violet und ich. Heute Abend kam die Presse und die beiden waren ziemlich angespannt. Das Gespräch über Tabithas Pech hatte sie jedoch etwas aufgemuntert. Über das Unglück eines anderen zu reden schien einen heilsamen Effekt auf die Nerven zu haben, wenn die Kritiken drohten.

»Das Schöne daran ist«, sagte ich, »dass ihr jetzt eine Menge Sympathie und Aufmerksamkeit entgegengebracht wird. Thierry und Sally wachen wie zwei Schutzengel über sie. Und MM macht ihr viel Mut.«

Hugo verzog das Gesicht. »Schöner Trost«, sagte er. »Ich kann euch versichern, nach diesem Missgeschick wird mich niemand an so eine Vorrichtung anketten. Ich habe diesen Dingern immer schon misstraut und jetzt habe ich einen triftigen Grund für meine Abneigung.«

»Oh, ich weiß nicht«, meinte Violet leichthin. »Die Chancen stehen eins zu einer Million. So etwas passiert doch sonst nie.«

»Was heißt hier Chancen«, entgegnete Hugo scharf. »Oder hast du vielleicht gemeint, dass es extrem unwahrscheinlich ist, dass dir jemand, der dich verabscheut, so einen Streich spielt?«

Violet sah ihn an. »Glaubst du, es war derselbe, der die Nachricht hinterlassen und die Antihistamine in meinen Kaffee getan hat? Daran habe ich gar nicht gedacht!«

»Möglich ist es, oder? Wahrscheinlicher als die Annahme, dass dort zwei Streichespieler herumlaufen, die ihre eigenen Firmen betreiben. Das ist doch kaum glaubhaft.«

»Ich dachte, alles wäre vorbei«, meinte Violet traurig. Die Kellnerin brachte unser Essen und sie bedachte die Frau sofort mit einem blendenden Lächeln und murmelte mit ihrer sanftesten Stimme »Vielen Dank«. Wenn Violet ihren Charme anknipste, wirkte er auf zwanzig Meter Entfernung. Die Kellnerin geriet leicht ins Taumeln.

Hugo machte sich über sein Steak her. Violet starrte unglücklich auf ihren Teller.

»Ach komm, Vi, vergiss es«, sagte Hugo aufmunternd. »Offensichtlich hat der Witzbold sein Interesse auf andere gerichtet. Du solltest dankbar sein. Es sei denn, du bist eifersüchtig.«

»Eifersüchtig?« Wie Hugo wohl genau gewusst hatte, riss Violet den Kopf hoch. »Warum sollte ich denn eifersüchtig sein?«

»Wegen Tabitha«, entgegnete Hugo und spülte seinen Bissen mit einem ordentlichen Schluck Wein hinunter. Wir hatten eine Flasche bestellt, ausgehend von der Annahme, dass ich den Löwenanteil davon trinken würde. (»Wein hat sehr viele Kalorien«, hatte Violet betrübt gesagt. »Außerdem wollen wir ja mittags keinen Schwips kriegen. Das heißt, wollen schon, aber wir dürfen nicht.«)

Verschlagen fuhr Hugo fort: »Eifersüchtig, weil der Witzbold das Interesse an dir verloren hat, Darling. Es scheint doch fast so, als ob der Übeltäter, der dich verfolgt, plötzlich jemand anderem auflauert. Wenig schmeichelhaft.«

Violet rümpfte die Nase. »Ich glaube wirklich nicht, dass ich auf Tabitha eifersüchtig sein müsste«, verkündete sie.

»Nein, wenn überhaupt, müsste es andersherum laufen«, besänftigte Hugo sie.

Violet schien zufrieden und begann zu essen. Wir saßen im Café Flo auf der Upper Street, einem von Hugos Lieblingslokalen. Wenn er abends Theater spielte, nahm er für gewöhnlich gegen zwei ein opulentes Mittagessen zu sich. Das war seine Hauptmahlzeit. Nach der Aufführung aß er nur etwas Salat, Käse oder Obst, da er behauptete, dass man bei Nahrungszufuhr spät am Abend Gewicht ansetzen würde, das man kaum wieder wegbekäme.

»Seht euch die Opernsänger an«, pflegte er mit Leichenmiene zu sagen. »Ich möchte nicht in zwanzig Jahren die erste Wahl für Sir Toby Belch sein.«

Violet stocherte auf ihrem Teller mit pochiertem Ei und Friséesalat mit Huhn herum, als habe sie einen riesigen Teller mit Pommes frites vor sich. Vorher hatte sie bereits einen missbilligenden Blick auf meinen eigenen riesigen Teller mit Pommes frites geworfen.

»He, ich muss nicht ins Fernsehen«, rechtfertigte ich mich. »Ich brauche mir keine Sorgen darum zu machen, dass mich eine TV-Kamera sieben Pfund schwerer macht.«

»Eher zehn«, meinte Violet missmutig.

»Warte ab, bis sie dich in die Kultursendungen einladen«, sagte Hugo zu mir. »Dann wirst du angelaufen kommen und Diättipps von uns haben wollen.«

Violet blickte auf. »Diese Insulininjektionen funktionieren tatsächlich«, sagte sie. »Ich schwöre drauf.«

»Eins verstehe ich nicht«, wollte ich wissen. »Sie sollen doch die Kohlenhydrate auflösen, nicht wahr?«

»Und den Zucker.«

»Aber du isst kaum Kohlenhydrate. Ich meine, sieh dir deinen Salat an. Im Umkreis von Kilometern ist kein Kohlenhydrat in Sicht. Abgesehen von meinen Pommes.« Ich wedelte mit einem Stückchen vor ihr herum, bevor ich es in den Mund steckte.

»Da hat sie nicht Unrecht, Vi«, sagte Hugo. »Wer weiß, welche Auswirkungen diese Injektionen auf deinen Körper haben.«

Violet sah uns schmollend an. »Na ja, ich mache das auch nicht jeden Tag«, verteidigte sie sich. »Nur wenn ich ein bisschen gesündigt habe.«

»Wie Philip nach dem Lunch mit Hugos Agent«, sagte ich.

Violets große Augen blitzten mich an. »Das war kein Unfall«, meinte sie und beugte sich zu mir über den Tisch. Die Gabel mit einem Stück Huhn lag verlassen auf ihrem Teller. »Philip hätte niemals einen solchen Fehler gemacht. Nie! Egal, wie viel Alkohol Ronnie ihm eingetrichtert hat. Ich hätte ihm nichts gegeben, wenn ich es selbst für gefährlich gehalten hätte.«

Sie sah uns bestürzt an.

»Oh, da fällt mir gerade was sein«, sagte sie. »O nein.«

»Was?«, fragte ich sofort.

»Geteiltes Leid ist halbes Leid«, ermutigte Hugo sie. »Oder gedritteltes, in diesem Fall. Stimmt das auch? Wie nennt man etwas, das durch drei geteilt wird? Dreigeteilt?«

»Hugo«, sagte ich. »Sei still. Du schweifst ab.«

»Ja, Liebling.« Er lehnte sich zurück, verschränkte die Hände und betrachtete seine Ringe.

»Als ich meine Aussage machen musste«, begann Violet und senkte effektvoll die Stimme, »hat mich die Polizei gefragt, wie viele Nadeln ich Philip gegeben hatte. Ich war mir nicht ganz sicher, aber ich wusste, dass es mindestens fünf oder sechs waren.«

»Und?«, fragte Hugo.

»Nun, als er gefunden wurde, hatte er drei benutzt. Aber es waren keine mehr übrig. Sie haben überall danach gesucht, auch in seiner Wohnung.«

»Na und?«, wiederholte Hugo ungeduldig. »Dann hatte er die anderen eben schon verwendet.«

Violet schüttelte den Kopf. »Ich hatte sie ihm erst zwei Tage zuvor gegeben und hätte es mitbekommen, wenn er welche benutzt hätte. Und wie ich schon sagte, er war sehr vorsichtig. Er hätte sie nicht jeden Tag oder so injiziert.«

Mir fiel auf, dass sie, wenn sie wirklich aufgeregt war, vergaß, ihren Upper-Class-Akzent mit der Betonung auf den wichtigsten Wörtern einzusetzen. So wie jetzt sagte mir das viel mehr zu.

»Meinst du damit«, fragte ich behutsam, »dass da irgendwo noch zwei oder drei Spritzen herumschwirren?«

»Mindestens«, entgegnete Violet.

»Was reicht, um jemanden zu töten«, meinte ich. »Falls Philip sich also nicht umgebracht hat, dann hat sein Mörder den Vorrat an sich genommen und könnte wieder zuschlagen.«

Violet nickte. Ich sah Hugo an.

»Ein aufmunternder Gedanke«, sagte er, schob seinen Teller weg und griff nach der Weinflasche. »Ich habe es mir anders überlegt, Sam. Du brauchst sie doch nicht allein auszutrinken.«

Er füllte sein eigenes und Violets Glas erneut und wir alle tranken einen großen Schluck. Oberflächlich und borniert, wie wir waren, schien das die einzig angemessene Reaktion auf Violets neueste Nachricht zu sein.

Hugo bestand darauf, meine Abendgarderobe auszuwählen. Wir gingen in mein Atelier, und es bereitete ihm ungeheures Vergnügen, jedes Stück auf meinem Kleiderständer zu begutachten und mit zunehmend schärferen und shakespearischen Kraftausdrücken zu bedenken. Schließlich warf er ein paar Teile aufs Bett und befahl mir gebieterisch, sie anzuprobieren. Ich machte bei dieser Zurschaustellung männlicher Autorität natürlich nur mit, weil ich sah, wie sehr ihm der Gedanke an die nahende Premiere und die Kritiken zusetzte, und ich ihn gerne ablenken wollte, egal wie. Dann merkte ich, dass es mir sogar Spaß machte. Es war herrlich, dass ein nicht schwuler Mann – und sogar noch so was wie der eigene Freund – Interesse daran zeigte, was ich anzog, anstatt nur wohlwollend zu nicken, wenn ich etwas Kurzes, Enges und Schwarzes trug.

Da ich mich auf diesen Stil stets verlassen konnte, besaß ich furchtbar viele kurze, enge und schwarze Kleidungsstücke, die Hugo allesamt verwarf. Stattdessen wählte er ein langes, weißes Kleid mit Spaghettiträgern und einem

Schlitz an der Seite, ein Schnäppchen, das ich erstanden und nie getragen hatte.

»Sehe ich darin nicht fett aus?«, fragte ich, mich misstrauisch um mich selbst drehend bei dem Versuch, über meine Schulter auf meinen Hintern zu schauen. Den riesigen Teller Pommes frites beim Mittagessen bereute ich bereits.

»Nein, du bist in ziemlich guter Form für jemanden, der isst wie Schweinchen Babe.«

»Ich hatte Hunger«, verteidigte ich mich. »Außerdem trainiere ich viel.«

»Ich weiß, Darling. Ich weiß, wie kräftig die Innenseiten deiner Oberschenkel sind.«

Hugo räkelte sich auf meinem Futon und sah aus wie ein Pascha, der den Neuzugang für seinen Harem benotet. Jetzt wusste ich, warum ich so viele Kissen hatte; einzig und allein, damit Hugo sich dagegen lehnen und mich über seine lange Nase hinweg mit schweren Augenlidern ansehen konnte, während ihm eine Locke in die Stirn fiel. Sobald er es merkte, strich er sie jedes Mal zurück, aber es gefiel mir. Wenn jemand so perfekt auftrat wie er, erfüllen einen solche kleinen Nachlässigkeiten mit stummer Zärtlichkeit.

Ich blinzelte und schluckte. Eine Welle der Sentimentalität drohte mich davonzuspülen und ich musste mich dagegenstemmen.

»Alles in Ordnung?«, fragte Hugo teilnahmsvoll. »Ich frage nur, weil du auf einmal so verkrampft dastehst.«

»Bestens.« Ich hatte mich bereits wieder erholt. »Ich überlege gerade, welche Schuhe ich dazu tragen soll.«

»Die silbernen Sandalen, die du letzte Woche in dem Secondhandshop auf der Upper Street gekauft hast«, schlug Hugo sofort vor. »Diese-Fünfziger-Jahre-Dinger. Und steck dein Haar ordentlich hoch, damit es dir während des Abends nicht halb runterrutscht. Also, jetzt zieh den Fummel aus und komm her. Am Nachmittag vor der Premiere brauche ich immer Sex und du bist gerade zur Hand.«

»Unbestreitbar«, erwiderte ich und zog den Reißverschluss auf. »Aber ich warne dich, der Futon ist nicht so anpassungsfähig wie dein Bett. Ich werde dich nicht fesseln. Das wäre zu viel.«

Ich ließ das Kleid zu Boden gleiten. Vorher hatte ich mich hinter dem Kleiderständer umgezogen, und Hugo, er war nun mal ein Mann, hatte nicht bemerkt, dass ich keine Unterwäsche trug. Es machte mir Spaß, ihn auch einmal sprachlos zu sehen.

»Oder vielleicht sollte ich so gehen«, sagte ich und näherte mich ihm. »Was meinst du?«

»Mir persönlich gefällt es so am besten«, erklärte Hugo, der seine Sprache wiedergefunden hatte.

Ich legte mich auf ihn und küsste ihn. Er ließ sich zurückfallen und machte es sich unter mir bequem.

»Ich will Beweise«, sagte ich.

20. Kapitel

Well, I hit him hard right between the eyes
and he went down, but to my surprise
he came up with a knife and cut off a piece of my ear,

but I busted a chair right across his teeth,
and we crashed through the wall and into the street,
hicking and a'gouging in the mud and the blood and
[the beer.

I tell you, I've fought tougher men,
but I really can't remember when –
he kicked like a mule and he bit like a crocodile,

I heard him laugh and then I heard him cuss,
and he went for his gun, but I pulled mine first,
and he stood there looking at me and I saw him smile.

»Hi«, sagte ich und ging vorsichtig die Treppe hinunter, wobei ich mich zur Sicherheit am Geländer festhielt. Die Absätze waren sehr hoch. Lurch, der den Song mitsummte, drehte sich um und hätte sich fast die Zungenspitze abgebissen, die aus seinem Mund ragte.

»Sam!«, sagte er entgeistert. »Du siehst aus wie jemand aus einer Parfümanzeige.«

»Danke, sollte ich wohl sagen. Hör mal, hast du alle Geschenke in die Garderoben gebracht? Ich hab vergessen, dich anzurufen.«

»Nach all der Arbeit, die wir uns gemacht haben? Aber klar.«

Lurch und ich hatten die letzten Tage damit verbracht, Premierengeschenke für die Schauspieler und die Bühnenarbeiter zu basteln, nachdem ich von Hugo erfahren hatte, dass es üblich war, einander Glückskarten oder Geschenke zu geben. Da ich nicht in Zeitnot war, rekrutierte ich Lurch, und wir hatten eine Menge Spaß damit, Reste von Metall, Draht, Muttern und Schrauben zu sammeln und sie auf Metallplatten zu schweißen und Schlüsselanhänger daraus zu fertigen. Den Namen des Stücks und das heutige Datum hatten wir auf die Rückseiten geritzt. Im Laufe der Stunden waren unsere Kreationen immer extravaganter geworden. Einige der Stücke waren definitiv eher dekorativ als praktisch.

»Daran kann man sich die Hand aufschneiden«, hatte Lurch gesagt, als er den letzten Anhänger hochhielt, der dermaßen mit angeschweißten Metallteilen verkrustet war, dass es aussah, als hätten wir einen Magneten in die Mitte der Werkstatt gestellt, der die Hälfte des herumliegenden Mülls angezogen hatte. »Wer soll den kriegen?«

»Bez«, sagte ich. »Dafür, dass er sich über unseren ersten lustig gemacht hat.«

Wir hatten die Geschenke in braunes Papier gewickelt und mit Wachs versiegelt. Ich fand, das konnte sich sehen lassen. Zumindest war es mal was anderes.

»Hier«, sagte ich, holte eine Flasche Champagner hinter meinem Rücken hervor und schwenkte sie in der Luft. »Hol ein paar Becher. Wo ist Bez?«

Er kam gerade aus dem Aufenthaltsraum. »Eine Flasche Alkohol rieche ich auf fünfzig Meter«, meinte er aufgekratzt. »Genehmigen wir uns einen. Oh, Champagner? Heute fängt die Party aber früh an.«

»Du kommst doch zu der richtigen Party, Sam?«, fragte Lurch erwartungsvoll. »Sie findet bei Matthew zu Hause statt.«

»Das weiß sie, du Schwachkopf«, erklärte Bez und gab ihm einen Klaps auf den Hinterkopf. Ich öffnete die Flasche mit einem lauten, befriedigenden Knall. »'türlich kommt sie. Was glaubst du, warum sie wie ein Traumschiff aussieht?«

»Vielen Dank, Mann«, entgegnete ich arrogant und füllte die Becher. Der Chefbeleuchter und sein Assistent gesellten sich zu uns.

»Oh, habt ihr schon das Neueste gehört?«, fragte Bez. »Man hat MM gefragt, ob sie Philips Job haben will. Bei der Generalprobe saßen zwei Leute vom Ausschuss, denen die Inszenierung wohl sehr gefallen hat. Nun, das gehört sich verdammt noch mal auch so.«

Bei dem Gedanken, ein Theater leiten zu müssen, mit all den verschiedenen Interessen und Forderungen, der Fähigkeit, Egos zu besänftigen, Zuschauer herbeizulocken und nebenbei noch Stücke zu inszenieren, lief mir ein Schauer des Entsetzens über den Rücken. Aber wenn jemand damit fertig würde, dann MM.

»Das ist ja großartig«, sagte ich und trank einen Schluck Champagner. »Ich hoffe, sie kriegt ihn.«

»Ich auch«, meinte Bez.

»Nur weil es für sie das erste Mal wäre, dass sie so etwas leitet und du dich über sie lustig machen könntest«, warf der Beleuchter zynisch ein.

»Erzähl keinen Blödsinn«, gab Bez unerwartet heftig zurück. »Hier macht sich keiner über sie lustig, oder? Sie weiß genau, was sie tut. Deshalb bin ich voll für sie. Und sie hat keine Allüren, nicht so wie Philip. Der trug seine Nase immer ziemlich hoch in der Luft.«

»Wenn MM den Job bekommt«, überlegte ich, »würde dann Matthew Bens bekommen?«

»Ich würde ihn mit reinnehmen, wenn ich sie wäre«, sagte Bez. »Sie kann es sich aussuchen. Er arbeitet Tag und Nacht und beklagt sich nie; wenn man ihm etwas aufträgt, schreibt er es sich auf, erledigt es und meldet sich wieder bei dir – ja, ich schätze, ich würde Matthew behalten. Mir würde es nur auf den Senkel gehen, dass er einem ständig hinterherrennt. Man könnte meinen, sie führe ihn an der Leine.«

»Das tut sie ja praktisch auch«, mischte sich der Gehilfe

ein. »Er würde alles für sie tun. Wenn sie sagen würde, Matthew, spring bitte ohne Seil vom Schnürboden runter, er würde nur antworten ›Jawohl, MM‹, und weg wäre er.« Von seiner eigenen Fantasie berauscht, fuhr er fort: »Wenn sie ihm befehlen würde, er solle sich mitten auf die Straße legen …«

»Ja, ja, wir haben schon verstanden«, sagte der Beleuchter ungeduldig. Der Gehilfe verstummte mit geröteten Wangen.

Ich goss den Rest Champagner ein, den wir mit ungebührlicher Hast runterkippten.

»Sieht so aus, als habe die Party bereits angefangen«, meinte Bez.

»Da ist nur noch eine Kleinigkeit: Mit dem Stück muss alles klappen«, erwähnte ich.

»Ach ja«, grinste Bez. »Irgendwo ist doch immer Sand im Getriebe.«

Als wir ankamen, war die Party bereits in vollem Gange. Es stellte sich heraus, dass Matthews Haus genau genommen das seiner Eltern war. Sie hielten sich übers Wochenende in ihrem Anwesen in Wiltshire auf, und fast hoffte man, sie würden nie mehr zurückkehren, so sehr tobten sich die Schauspieler, die Crew und die Freunde des *Sommernachtstraums* in dem luxuriös eingerichteten Heim in Chiswick aus.

Ich war noch nie bei einer Party gewesen, wo sowohl das Umfeld als auch die Gäste einen solch gehobenen ästhetischen Standard repräsentierten. Die Schauspieler sahen allesamt gut aus. Sie waren jung, erfolgshungrig, und sie wussten um die Notwendigkeit, aus ihren natürlichen Vorzügen das Beste zu machen. Als wir auf das Haus zukamen, sahen wir Paul und Tabitha, die eng umschlungen auf den Stufen saßen, ein Paar wie aus *Hello!*, mit dem Bonus ihrer äußerlichen Verschiedenheit: Paul, groß und rothaarig, war einer der wenigen Menschen, deren Haut wirklich weiß ist, im Unterschied zu uns anderen, die nur Schattierungen von blassem Gelb bieten können. Tabitha in ihrem marineblauen Kleid und mit dem hochgetürmten Haar, das sie meiner Meinung nach bei Violet abgeschaut hatte, wies einen Teint vor, der genau dem Ton von Donatella Versaces faltiger Lederhaut entsprach, nur dass bei ihr alles echt war, die Haut glatt und vollkommen.

Sie sahen auf, als wir an ihnen vorbeigingen. Tabitha kicherte. Heute Abend war ihr kein Missgeschick widerfahren, keine Probleme mit ihrem Seil, und ihr Sprung war perfekt gelungen.

Vor Freude über ihren Erfolg und über Pauls Nähe waren ihre Wangen gerötet und sie wirkte entspannt wie seit Wochen nicht mehr.

»Hi, alle miteinander, hi«, sagte sie so beschwingt, dass ich praktisch die Perlen sah, die von ihren Lippen aufstiegen. »Ist die Party nicht toll?«

»Das wissen wir nicht«, entgegnete Hugo, »weil wir noch gar nicht drin waren. Aber wenn du die Frage rein rhetorisch meinst …«

»Ich nehme ihn mit«, sagte ich und schob Hugo die Stufen hinauf, »und entschuldige mich für ihn.«

Hugo hatte einen Triumph gefeiert; endlos scheinender Applaus, Komplimente von allen Seiten und eine fast ekstatische Reaktion seitens seines Agenten. Er schwebte zehn Meter über dem Boden, ganz ohne die Hilfe künstlicher Substanzen. Heute Abend bestand meine Aufgabe darin, das Seil zu führen, das den Heliumballon festhielt.

Die Vordertür war nur angelehnt, aber weil sich drinnen so viele Menschen drängten, ließ sie sich kaum weiter öffnen. Auf den ersten Blick sah die Party ungeheuer schick aus, wie die Fotos aus den Klatschmagazinen, die so aufgenommen werden, dass keine ärmlichen Leute ins Bild kommen. Nach einer Weile sah ich jedoch schärfer, als hätte ich mich erst an den Glanz gewöhnen müssen, und entdeckte auch einige der weniger schicken Mitglieder des Ensembles. An erster Stelle stand MM, die zum ersten Mal, seit ich sie kannte, ein Kleid trug, etwas Tailliertes in Dunkelrot, das ihr noch weniger stand als ihre Jeans; doch das war völlig egal, denn was MM betraf, war Kleidung sowieso Nebensache. So sehr ich sie um diese höhere, Zen-gleiche Haltung beneidete, wusste ich, dass ich sie nie erreichen würde und insgeheim auch nicht wollte. Ich glättete mein weißes satingefüttertes Kleid, um mir Mut zu machen.

Hugo schwebte nicht so hoch auf Wolke sieben, dass er es nicht bemerkt hätte.

»Du siehst wundervoll aus«, sagte er und beugte sich etwas herab, um mein Haar zu küssen. Er trug einen weißen Leinenanzug, darunter ein hellbeiges T-Shirt. An seinem Handgelenk baumelte ein schweres Silberarmband, das eher wie ein Halsband aussah. Wir trugen sogar den gleichen Nagellack: Uzi von Urban Decay, ein glitzerndes Blaugrau. Hugo war ein Markenjunkie und ignorierte einfach, dass man die gleiche Farbe für ein Drittel des Preises bei Boots kaufen konnte. Die Paparazzi vom *Evening Standard* hatten uns wegen der Ähnlichkeit unserer Kleidung ausgeguckt und darauf bestanden, dass sie mich gemeinsam mit Hugo fotografieren durften. Ich hatte nachgegeben. Schließlich musste ich keine Angst haben, ihm die Show zu stehlen; ich wusste, dass er auf den Bildern sowieso besser aussehen würde als ich.

»Das ist nicht fair«, murrte ich. »Erst muss ich Weiß tragen und dann neben jemandem stehen, der doppelt so groß ist und viel dünner. Wahrscheinlich sehe ich aus wie eine dieser dicken Kerzen in der Kirche.«

»Darling«, versicherte Hugo, »deine Figur könnte niemand als plump bezeichnen. Sanduhr, ja. Plump, nein.«

Einer der Vorteile, Weiß zu tragen, bestand darin, dass sich jeder nach einem umdrehte. So ähnlich musste es sein, wenn man blond war. Janey glitt durch die Menge und umarmte uns beide, Helen dicht hinter ihr. Helen war so hübsch wie nie, sie strahlte wie ein Atomreaktor. Die adrenalingeladene Atmosphäre hatte auch sie angesteckt. Ich fragte mich, wie weit das ging, und bezweifelte zum Beispiel, dass sie gleich anfangen würde, nette Dinge über ihre Kolleginnen zu sagen.

»Habt ihr schon gehört?«, fragte sie. »Sie haben MM die

Stelle als Intendantin angeboten! Ist das nicht toll?« Sie trug ihre übliche knöchellange Röhre aus Lycra, die ihre schmalen Hüften betonte und ihre nicht ganz perfekten Beine verbarg. Wenn man nicht wusste, wie dick ihre Waden waren, wirkte es sehr effektiv.

»Den Job angeboten?«, fragte Hugo zweifelnd. »Ich glaube, sie haben sich bei ihr nur erkundigt, ob sie zu einem Vorstellungsgespräch bereit ist.«

»Wirklich?« Helen sah enttäuscht aus. »Ich habe gehört, dass sie ihn ihr angeboten haben ...«

»Gerüchten darf man nie trauen«, sagte Hugo. »Es ist schon erstaunlich, wie verzerrt diese Dinge bei den weiter hinten Stehenden ankommen.«

»Ich weiß es von Bill und der weiß es von jemandem, der dem Ausschuss sehr nahe steht«, sagte Helen, entrüstet über die Andeutung, dass ihre Kontakte mal aufpoliert werden müssten. »Stimmt doch, Bill? Bill!«

Auf sein Stichwort trottete Bill zu uns. Er hatte während der Proben zugenommen und seine blasse Haut glänzte so speckig wie das schmutzige Weiß von ungekochtem Lammfett. Zwischen den Beinen warf seine Hose Falten so tief wie Schluchten und sein Hemd spannte sich über dem Bauch. Aus den Augenwinkeln sah ich, wie Hugo selbstgefällig auf seinen eigenen flachen Bauch hinabsah. Er war am Nachmittag im Fitnessclub gewesen und hatte an seinem Waschbrett gearbeitet. Bill war das perfekte Beispiel dafür, wie widersprüchlich Schauspieler sein können. Wenn er nicht auf der Bühne stand, kam er konversationsmäßig so schwer in die Gänge, dass neben ihm William Hague wie Stephen Fry gewirkt hätte. Aber seine heutige Vorstellung, obwohl ich ihn schon so oft gesehen hatte, hatte mir nicht nur vor Lachen die Tränen in die Augen getrieben, sondern auch meine Sympathie geweckt. Ich hatte es ihm zugetraut und ich spürte jetzt keine Abneigung mehr gegen ihn.

»Hallo«, sagte er und nickte in die Runde. Er hielt ein Blätterteigkanapee in der Hand, auf dem sich Krabben türmten, und nun biss er so geschickt hinein, dass kaum ein Krümel herunterfiel. Sozial wichtige Fähigkeit Nr. 149.

»Ich habe gerade gesagt«, begann Helen, »dass man MM den Intendantenjob angeboten hat.« Erwartungsvoll sah sie Bill an.

»Nun, nicht ganz«, erklärte Bill und trat von einem Fuß auf den anderen. »Ich meine, sie haben sie zu einem Vorstellungsgespräch gebeten und der *Traum* hat sie sehr beeindruckt. Also, wer weiß …«

Er schob sich den Rest des Kanapees in den Mund, schloss ihn und kaute langsam und genüsslich. Seine Wangen waren so aufgebläht wie die Marie Helvins.

Von ihrem Klatschkomplizen im Stich gelassen, errötete Helen zornig.

»Es wird interessant sein zu beobachten, was geschehen wird«, warf Janey geschwind ein. »MM erlebt sicherlich einen Triumph. Praktisch jeder, der einen Namen hat, ist heute Abend gekommen. Schaut mal, da ist Trevor Nunn.«

Simultan reckten die Schauspieler die Köpfe in die Höhe, als habe ihnen jemand einen Stachelstock ins Rückgrat getrieben.

»Wo?«, fragte Helen eifrig.

»Dort drüben, er redet mit MM und Ben.«

»Ben wird sich sicher in das Gespräch gedrängt haben«, stichelte Helen. »Das ist ein ganz Schlauer.«

Hugo verdrehte die Augen. »Wenn du damit meinst, dass er sich um sich selbst kümmert, warum denn nicht?«, näselte er. »Ich wusste nicht, dass du ein solches Verhalten als so tief unter deiner Würde empfindest, Helen. Oh, seht, da drüben stehen Tabitha und Paul, die sich gegenseitig die Zunge in den Hals stecken. Wie bezaubernd. Ich muss schon sagen, diese Inszenierung hat sich als wahres Gewächshaus der Paarungen entwickelt. Liegt wahrscheinlich an der Atmosphäre des Stücks – dieses Herumgerenne in den Büschen und sich den Erstbesten schnappen, der dort zu finden ist. *Lear* wird wohl etwas ruhiger werden.« Er dachte kurz darüber nach. »Aber ich weiß nicht, all das Blut und die Verstümmelungen üben auf manche Menschen auch einen Zauber aus … Wie steht's mit dir, Bill, hast du auch ein Auge auf jemanden geworfen?«

»Oh, ich bin ein verheirateter Mann«, wich Bill aus. »Möchte jemand noch ein Kanapee?« Er watschelte so schnell davon wie ein Elefant, der plötzlich feststellt, dass seine Kumpel sich schon zehn Minuten um das Wasserloch drängen. Helen drehte sich auf dem Absatz um und folgte ihm.

»Er stand auf Tabitha, aber jetzt ist es, glaube ich, Liza«, sagte ich, den Namen des Mädchens erwähnend, das Motte spielte. »Er sieht sie immer ganz lüstern an.«

»Glückliche, glückliche Liza«, seufzte Hugo. »Wenn Bill doch nur mich mit ein oder zwei lüsternen Blicken bedenken würde, wie glücklich wäre ich. Diesen besonders hellen Stern zu lieben ... Währenddessen treiben es Liza und die Jungs wahrscheinlich in einer Menage à trois in ihrer Garderobe. Das würde ich gerne sehen. Ich muss Steve bitten, eine Kamera dort einzubauen. Ich habe gehört, dass er sich gerne schmutzige Filme anschaut.«

»Das tun sie alle«, sagte ich.

»Nein, nein, meine Süße, du hast mir nicht richtig zugehört. Steve sieht sie wirklich gerne«, wiederholte er.

»Würg«, entgegnete ich elegant. »Jetzt brauche ich einen Drink.«

»Ich werde dir diesen bitteren Geschmack aus dem Mund spülen«, sagte Hugo. »Wo ist denn auf dieser vermaledeiten Schickimicki-Party, die eigentlich in Chelsea sein sollte, die Bar?«

Wir waren so gut gelaunt, dass ich Janeys Beinahe-Schweigen kaum registriert hatte. Während ich mich nach der Bar umsah, traf mich ihr Blick, und ich merkte, wie still sie war.

»Alles in Ordnung, Janey?«, fragte ich etwas ruhiger.

»Ja.« Sie mühte sich ein Lächeln ab, das sein Ziel weit verfehlte. »Ich bin heute Abend nur ein bisschen nachdenklich.«

»Oh, das ist überhaupt nicht erlaubt«, meinte Hugo. »Aber mach dir keine Sorgen, wir haben das Gegenmittel.«

»Darlings!« Violet schwebte auf uns zu, eine Flasche Champagner in der einen und ein paar Gläser in der anderen Hand. Sie war immer Spitze, aber heute Abend war ihr Styling so perfekt, dass sie so unwirklich wie ein Model aussah. Ihr Make-up war makellos, ihr Haar türmte sich in glatten Ringen auf der Rückseite ihres Kopfes wie das einer griechischen Göttin auf einem Fries. Die diamantenen Ohrringe funkelten bei der kleinsten Bewegung. »Ihr *trinkt* ja gar nicht! Hier!« Sie verteilte die Gläser und füllte sie umgehend.

»Die heilige Violet der stets vollen Flasche«, sagte ich und nahm einen langen Zug. »Danke.«

»Das stimmt, Vi; wenn du weiterhin solche Gnadendienste versiehst, wird niemandem auffallen, dass du in deiner Unterwäsche gekommen bist«, meinte Hugo.

»Hugo! Das ist *Dolce und Gabbana*!«, kicherte Violet. Ihr Kleid war ein kleiner schwarzer Hauch mit aufgenähtem BH und spitzenbesetzen Strapsen, Tabithas Leibchen nicht unähnlich. Nur dass es sich bei Violets um das Original handelte, während Tabithas eine Kopie war. Der Unterschied war nicht schwer festzustellen. »Ich habe letzte Woche für die *Mail* gemodelt und die Leute von Dolce sagten, ich könne es behalten«, erklärte sie selbstgefällig. »War das nicht nett von ihnen?«

Ihre ätherische Figur stand im Gegensatz zu dem, was das Kleid ausdrückte; sie schaffte es, nicht so auszusehen, als habe sie vor, nach der Party auf die Hinterseite von King's Cross zu schleichen, um dort unter einer Laterne zu lungern und ihre Hüften vorbeifahrenden Wagen entgegenzuschwenken.

»Wann erscheint der Artikel?«, fragte Janey, die ich ein wenig im Verdacht hatte, ein Auge auf Violet geworfen zu haben. Ihre Laune hatte sich gebessert und das lag bestimmt nicht am Champagner. Janey war Rotweintrinkerin.

»Morgen«, antwortete Violet. »Genau richtig für das Stück.«

»Worum geht es, Vi, Leben, Liebe und Hautpflege?«, fragte Hugo.

»Zum größten Teil«, bestätigte Violet. »Sie wollten natürlich, dass ich über Philip redete, aber nach all dem Zeug in der Boulevardpresse hatte ich keine Lust mehr, Fragen über ihn zu beantworten.«

Die Boulevardzeitungen hatten sich mehrere Tage lang fröhlich an Philip Cantleys Tod ergötzt. Es war die Kombination von Violet und dem Insulin – obwohl sie, da sie keine Beweise hatten, beides nur durch Andeutungen zusammenbringen konnten. Die Schlagzeilen hatten im Theater für einige Heiterkeit gesorgt: »Hält sexy Fuchsia so ihre Figur?« – »Der Killer, der TV-Girl Violet liebte« oder: »Ich liebe dich zu Tode« (in der *Sun*, die fand ich ziemlich gut). Vernünftigerweise hatte Violet Interviews abgelehnt und so hatten sie die Tatsachen der Ermordung Shirley Lowells und des Todes Philip Cantleys so andeutungsvoll verknüpft, wie es eben ging. Dass Philip Cantley in der letzten *Prime-Suspects*-Folge den Bösewicht gespielt hatte, was sein Gesicht den Lesern der Boulevardpresse einigermaßen bekannt gemacht hatte, plus Violets Beziehung zu ihm, plus Violets Schwäche dafür, in der Öffentlichkeit Kleider zu tragen, die selbst auf den zweiten Blick wie eine schickere Version dessen aussahen, was die Mädchen unter den Laternen auf dem Goods Way zur Schau stellten, machten es zu einer Story, und die schlachteten sie aus, so gut es ging.

All diese Spekulationen waren natürlich mit Fotos von Violet als Fuchsia illustriert worden, auf denen sie nicht älter als sechzehn aussah; mit weit aufgerissenen Augen, Locken und einem Schmollmund – Violet Elizabeth Bott als mürrischer Teenager, hatte ich boshaft zu Hugo gesagt. Um ihm gerecht zu werden, muss man sagen, dass er darüber lachen konnte.

Allerdings hatte es noch ein paar erotische Fotos gegeben, von denen Violet behauptete, dass sie vor Jahren von jemandem aufgenommen worden waren, dem sie vertraut hatte und der ihre Naivität später ausnutzte. Auf den Bildern hatte sie auch nicht weniger an als heute Abend, aber die Posen waren eindeutiger als die, die sie heute bevorzugte – es sei denn, sie würde in der morgigen Ausgabe der *Mail* auf dem Rücken liegend zu sehen sein, die Beine gespreizt, eine Hand im Dekolleté. Irgendwie bezweifelte ich das.

»Bald fangen wir mit den Proben fürs *Puppenheim* an«, verriet sie uns.

Hugo hob die Augenbrauen. »Das ist aber eine lange Probenzeit.«

»Es ist auch ein sehr komplexes Stück, Darling«, entgegnete Violet hochnäsig. »Und bei dem ganzen *Durcheinander* hielten wir es für besser, uns so früh wie möglich damit auseinander zu setzen – Jeremy und ich.« Das war der Schauspieler, der Torvald darstellte.

»Ben führt Regie, nicht wahr?«, fragte Janey.

Violet nickte. »Ich freue mich so sehr darauf, mit ihm zusammenzuarbeiten. Er stimmt vollkommen mit mir überein, wie ich die Nora sehe, was *absolut* wichtig ist. Ich glaube, dass sie ziemlich manipulativ ist«, fügte sie versonnen hinzu. »Und manchmal kann sie sehr rüde sein, wisst ihr, wie Menschen, die sich nur auf ihren Charme verlassen und gar nicht merken, was sie sagen. Der armen Christine gegenüber ist sie oft sehr trampelig. Das möchte ich rüberbringen.«

Ich musste zugeben, ich war beeindruckt. Diese Seite Violets kannte ich bisher kaum. Wenn sie ernsthaft über ihre Arbeit sprach, konnte sie tatsächlich interessant sein.

»Hazel Duffy spielt die Christine, nicht wahr?« Janey wusste das ganz genau. Ich fragte mich, was sie wollte. »Euer Kampf heute Abend war sehr gut.«

»O mein Gott! Hast du gehört, dass ich der armen Hazel beinahe das Auge ausgekratzt hätte?«, rief Violet aus. »Ja, Helen wird es dir sicher erzählt haben«, fügte sie mit einem Hauch Boshaftigkeit hinzu. »Hazel nimmt es mir aber nicht mehr übel, Gott sei Dank, denn es war wirklich knapp. Ich bin froh, dass du es gut fandest, denn ich war *furchtbar* vorsichtig heute Abend und hatte ein bisschen Angst, dass es nicht realistisch genug aussehen würde.«

Diese Taktik setzte ich oft selbst ein: Man gab im Vorfeld

schon alles potenziell Peinliche zu, damit es kein anderer mehr erwähnen konnte. Dafür, dass sie zunächst recht bedrückt gewirkt hatte, weil sie Hazel so in die Quere gekommen war, hatte sich Violet ziemlich schnell erholt.

Von der Polizei war sie alle zwei Minuten zu irgendwelchen Dingen befragt worden; kein Wunder, dass sie angespannt war. Mir fiel auf, dass ich nach Entschuldigungen für sie suchte. Offenbar erwärmte ich mich für sie.

»Ich glaube, wir brauchen noch mehr Sprudel«, sagte Hugo und trank sein Glas aus. »Bleibt hier, Ladys, ich kümmere mich darum.«

Er verschwand in der Menge und Violet sandte ihm einen liebevollen Blick hinterher.

»Ich bin so froh, dass du mit Hugo befreundet bist«, sagte sie zu mir.

»Ach, wirklich?« Ich blieb vorsichtig. Meiner Erfahrung nach meinten Exfreundinnen so eine Aussage nie ernst. Sie diente lediglich als Einleitung für einen möglichst schneidenden Kommentar. »Warum?«, fragte ich.

Violet richtete ihre Augen auf mich. Wenn sie das tat, bekam man unweigerlich das Gefühl, als würde man gleich hineinfallen.

»Nun«, begann sie, »er braucht jemanden …« Sie brach ab. Entweder suchte sie nach den richtigen Worten, oder es handelte sich um den bewussten Versuch, die Wirkung der folgenden Beleidigung zu steigern. Ich wappnete mich gegen das Schlimmste. »… der klug ist«, sagte sie schließlich. »Jemand, der mit ihm mithalten kann. Ich meine, ich bin nicht *dumm*, aber er ist *sehr* intelligent. Er verfügt über einen weiten Bezugsrahmen, wie man so sagt. Und du weißt immer, wovon er redet, Sam. Außerdem nimmst du ihn nicht allzu ernst, was furchtbar wichtig ist. Hugo kann schrecklich aufgeblasen sein, wenn die Leute glauben, er meint alles so, wie er es sagt, und ihm zu viel Respekt entgegenbringen.«

Das hatte ich nun überhaupt nicht erwartet. Ich starrte Violet mit offenem Mund an. Sie lag nicht nur mit ihrer Analyse Hugos völlig richtig, sondern hatte auch mir ein sehr großzügiges Kompliment gemacht. Ich konnte es kaum glauben. Entweder war alles, was Hugo gesagt hatte, wahr – dass er und Violet all die Jahre nach ihrer Affäre auf der Schauspielschule gute Freunde gewesen waren, die sich umeinander wie Bruder und Schwester gekümmert hatten –, oder sie war besonders hinterhältig.

»Und du darfst von Glück reden«, fügte sie mit einem sehr ungezogenen Lächeln hinzu. »Damals war er absolut fantastisch im Bett und ich wette, dass er mit den Jahren noch besser geworden ist.«

Was mich noch mehr überraschte – damit hatte sie mich. Ich platzte mit einer Lachsalve heraus und fand Violet mit einem Mal sehr liebenswert. Auch sie kicherte.

»Mädels, Mädels! Wir sind hier nicht im Schlafsaal der sechsten Klasse von St. Trinians, nachdem das Licht gelöscht wurde! Schluss mit dem unangebrachten Gekichere!«, tadelte uns Hugo, der gerade mit einer neuen Flasche Champagner zurückkam. Misstrauisch sah er zuerst mich, dann Violet und dann Janey an. »Was gibt es denn zu lachen? Darf ich den Grund erfahren?«

»Sam und ich haben uns nur darüber unterhalten, wie du im Bett bist, Hugo«, antwortete Violet übermütig.

»Oh, großartig«, meinte Hugo leicht verunsichert. »Wenn ihr nur bitte Themen vermeiden würdet, die mir wirklich peinlich sein könnten, zum Beispiel, wie viele Stücke Zucker ich in den Kaffee tue oder ob ich auf der linken oder der rechten Seite schlafe. Ich meine, redet ruhig darüber, wie groß mein Schwanz ist. In meinem Beisein. Nur zu!« Er öffnete die Flasche mit einem ziemlich heftigen Knall.

Ich zwinkerte Violet zu und sie zog eine Grimasse. Mittlerweile waren wir praktisch wie Thelma und Louise.

»Hi!«, sagte Sophie, drängte sich zwischen zwei großen Männern hindurch, die neben uns standen, und kam wie ein kleiner Kobold hervorgeschnellt. Sie trug ein Strickkleid mit bunten Streifen. An den überlangen Ärmeln liefen Zacken entlang, wie auf den Rücken von Dinosauriern. Komischerweise stand ihr das. Sie hatte sich für die Party den Kopf frisch rasiert und ihre Augen sahen aus wie große Untertassen.

»Ich habe Hugo mit der Flasche gesehen und bin ihm wie ein Jagdhund gefolgt«, sagte sie und hielt ihm ihr Glas hin.

»Zieh eine Nummer«, entgegnete Hugo griesgrämig. »Langsam bildet sich eine Schlange.«

Sophies rasierter Schädel erinnerte mich an etwas.

»Oh, Violet.« Ich griff in mein Haar und entfernte einen Haarclip, einen von vielen, die meine Locken hielten. »Ich glaube, der könnte dir gehören.«

Violet strahlte.

»Wunderbar! Den habe ich *überall* gesucht«, sagte sie und nahm den Clip. »Er gehört zu einem Paar. Ich dachte, ich hätte ihn in der Garderobe verloren.«

»Ist er nicht hübsch?«, sagte Janey und berührte den Strassstern, der an die Spitze des Clips gelötet war. »Woher hast du ihn?«

»Harvey Nichols«, antwortete Violet eitel. »Wo hast ihn gefunden, Sam?«

Ich sah sie an. »Matthew hat ihn vom Schnürboden aufgehoben und mir gegeben. Er dachte, es sei meiner.«

»Oh, jedenfalls vielen Dank«, erwiderte Violet und steckte den Clip in ihre Tasche. »Es ist mir ein Rätsel, wieso ich ihn verloren habe. Sonst fallen sie nie raus. Auf dem Schnürboden?«, fragte sie verwundert. »Wie bizarr.«

Sophie, die neben ihr stand, war erbleicht. Ihre Augen glichen zwei riesigen Löchern in ihrem kleinen Gesicht. Wenn Violet nicht wusste, was das bedeutete, Sophie wusste es. Sie sah mich eine Sekunde entsetzt an und senkte dann den Blick. Violet bekam von dieser Nebenhandlung nichts mit. Sie schenkte uns ein weiteres blitzendes Lächeln.

»Ich gehe mal und versuche, mich in ein Gespräch mit Trevor zu drängen. Bestimmt gibt's da schon eine kilometerlange Schlange.«

»Falsch gedacht«, sagte Hugo bestimmt. »Wir gehen hin und unterhalten uns ganz angeregt *neben* ihm. Dann warten wir, bis er kommt und hallo sagt.«

Violet nickte. »Gut, begleitet ihr mich?«, fragte sie Janey und mich.

Ich schüttelte den Kopf. »Ich gehe mal ein bisschen umher. Viel Glück.«

Laut plappernd zogen sie in Richtung Trevor Nunn davon und taten so, als sähen sie ihn gar nicht. Sophie starrte Violet hinterher. Sie wirkte in der Tat sehr besorgt.

»Sie ist eigentlich sehr nett, nicht wahr?«, sagte Janey, die ihr ebenfalls nachsah. »Ich glaube, Helen hat da ein wenig übertrieben.«

Ich hörte kaum, was Janey äußerte. Meine Gedanken waren bei dem Haarclip, der jetzt in Violets Handtasche lag. Hätte ich sie auf die Bedeutung des Ortes hinweisen sollen, an dem der Clip gefunden worden war?

Wie sich herausstellen sollte, spielte das überhaupt keine Rolle. Es hätte nicht den geringsten Unterschied gemacht, wenn ich Violet eingetrichtert hätte, dass der Haarclip wahrscheinlich von der Person verloren worden war, die auch Tabithas Seil manipuliert hatte. Sie hätte nur einen Aufstand gemacht und niemand wäre schlauer gewesen. Manchmal treffe ich tatsächlich die richtige Entscheidung.

21. Kapitel

Ich stellte Sophie und Janey einander vor. Höflich begrüßten sie sich. Dann konnte ich nicht mehr widerstehen und strich mit der Hand über Sophies Glatze. Es war so verführerisch, wie einer schwangeren Frau über den Bauch zu streichen.

»Von Number One«, sagte Sophie, kurzfristig abgelenkt. »So kurz hatte ich es schon lange nicht mehr. Was meinst du?«

»Es steht dir«, sagte ich.

»Absolut«, bestätigte Janey.

Sophie nahm die Komplimente schon wieder etwas zerstreut zur Kenntnis.

»Ich wusste gar nicht, dass du auch Kostüme für einen Zirkus gemacht hast«, lenkte ich das Thema auf etwas, das ich vor Tagen von der Polizei erfahren hatte. »Das hat sicher Spaß gemacht.«

»O ja.« Sophies Gesicht hellte sich auf. »Es war großartig, ein bisschen wie Archaos. Sie warfen einfach jeden auf die Bühne, ob man wollte oder nicht. Am Ende der Laufzeit stand ich auf dem Trapez, als Libelle verkleidet. Marie war fabelhaft – sie kann alles, ihr hättet sie sehen sollen. Es ist die reine Verschwendung, wenn man sie keine akrobatischen Sachen machen lässt. Aber sie will eine ernsthafte Schauspielerin werden, also …« Sie zuckte mit den Schultern. »Glaubst du, Vi ist okay?«, fragte sie und kehrte zu dem einzigen Thema zurück, das sie zurzeit wirklich interessierte.

»Es scheint ihr gut zu gehen«, sagte ich sofort. Instinktiv spürte ich, dass Sophie ein Mensch war, der nichts dagegen hatte, wenn seine Freunde in Schwierigkeiten steckten und ihres Trostes bedurften. Sie wollte, dass man sich an sie anlehnte. Vielleicht war es auch nur Violet, für die sie sich interessierte? Aber wie auch immer, ich finde, dass ein solches Verhalten niemals ermutigt werden soll.

»Oh, gut«, sagte Sophie. Es klang etwas enttäuscht. Sie ließ den Kopf hängen wie eine Blume ohne Wasser.

»Die Kostüme für den *Traum* waren wunderbar«, sagte Janey höflich.

»Ja?« Sophies Kopf reckte sich hoch, als habe gerade jemand ihren Stängel angeschnitten und Aspirin in ihre Vase getan. »Danke. Ich finde auch, dass sie okay geworden sind. Die Elfen waren die schwierigsten ...«

»All das Herumgeturne ...«, sagte Janey.

»Genau, sie brauchen viel Bewegungsfreiheit ...«

Jetzt hatten sie ein Thema. Ich verließ die beiden, ohne nach jemand Besonderem Ausschau zu halten, wollte nur eine Runde drehen. Wie schön, auf einer Party zu sein, wo man so viele kannte, dass man sich nicht mit einem Fremden oder einer Flasche Wodka unterhalten musste. Der Erste, auf den ich stieß, war Matthew. Der mittlerweile eindeutige Erfolg des Stückes hatte ihn offenbar in gehobene Stimmung versetzt und seinem Gesicht das Farblose genommen. Außerdem trug er keine Brille. Ohne sie sah er beinahe gut aus. Zum ersten Mal begegnete ich ihm in etwas anderem als der Standardausstattung des Regisseurs – schlecht sitzende Jeans und einen formlosen Pullover. Er trug eine gut geschnittene Hose und ein Hemd mit offenem Kragen. Zum ersten Mal fiel mir auch auf, dass er eine sehr gute Figur hatte. Wie mir das vorher hatte entgehen können, wusste ich nicht. Es musste das Alter sein.

»Hi, hallo, Matthew!«, sagte ich freundlich. Er sah etwas benommen drein. »Alles in Ordnung?«, fragte ich.

»Oh, es ist nur ... tja«, sagte er mit jungenhafter Schüchternheit, »ich hab dich noch nie so rausgeputzt gesehen. Du siehst wirklich gut aus.«

»Danke!«, sagte ich, bevor der Groschen fiel und mir klar wurde, dass Matthew genauso auf mich reagiert hatte wie ich auf ihn. Ich hätte hämisch gegrinst, wenn er nicht rot geworden wäre, was immer etwas Entwaffnendes hat. »Ich habe gerade das Gleiche von dir gedacht«, sagte ich teuflisch.

»Ich wusste gar nicht, dass du unter diesen furchtbaren Klamotten, die du immer trägst, eine gute Figur verbirgst.«

»Oh … ich … ich …«, stammelte Matthew und wurde noch roter. Ich lächelte mit geschlossenen Lippen. Das hatte er davon, wenn er mich erst dann richtig einschätzen konnte, wenn ich mein bestes Abendkleid von Wallis trug.

»Hallo, Sam«, sagte MM hinter mir. Matthews Augen leuchteten auf, als er sie sah, und ich glaubte nicht, dass er ihr nur dankbar war, weil sie ihn vor einem Tête-à-tête mit mir gerettet hatte.

»Ich habe von den Leuten vom Theaterausschuss gehört, dass ihnen das Stücke sehr gefallen hat«, sagte ich zu ihr. »Glückwunsch.«

»Ja, das lief sehr gut«, entgegnete MM. Sie hatte wohl auch schon ein paar Gläser getrunken und man merkte es ihr an; heute Abend war jeder wie aufgeladen, high vom Erfolg, und die Regisseurin stellte keine Ausnahme dar. Wie üblich sah sie aus wie eine Bibliothekarin, aber heute immerhin wie die Bibliothekarin auf der jährlichen Lesung, mit ihrer schmalen Goldkette um den Hals, den passenden kleinen Ohrringen und dem bereits erwähnten scheußlich dunkelroten Kleid. Es hätte mich nicht überrascht, wenn sie Birkenstocksandalen getragen hätte, nur um den Look zu komplettieren. Matthew sah sie jedoch an, als sei sie die lebendig gewordene Venus von Milo, natürlich mit beiden Armen. Und in dem Blick, den sie ihm zuwarf, lag auch mehr als berufliches Interesse. In meinem Kopf ging ein Licht an.

»Wollen sie dich im Hinblick auf Philips Job interviewen?«, fragte ich, um Zeit zu gewinnen, während ich die beiden beobachtete.

»O ja, aber ich glaube, ich will ihn gar nicht«, sagte sie.

»Du willst ihn nicht?«, fragte ich ungläubig nach. Alle hatten gesagt, was für eine große Chance es für sie sei.

Sie schüttelte den Kopf. Als Zugeständnis an die Feier hatte sie ihr Haar flechten und hochstecken lassen. Es sah genauso nachlässig aus wie immer.

»Ist es der Stress?«

MM sah mich an, als wisse sie nicht genau, was ich meinte.

»Der Stress?«, wiederholte sie. »O nein.«

Matthew hatte sich neben sie gestellt und sah stolz auf sie hinab.

»Zu viel Verwaltung – zu wenig Regiearbeit«, erklärte sie, als sie merkte, dass mir ihre Antwort nicht gereicht hatte. »Eines Tages möchte ich mein eigenes Theater leiten, aber nicht so eines wie das Cross. Mehr eine Art Workshop mit wechselnden Besetzungen. Eine Struktur, die einen ständig fordert. Das Cross ist sehr monolithisch, um ehrlich zu sein.«

»Hast du das dem Ausschuss gesagt?«

Sie nickte.

»Das hat sie nur noch mehr angestachelt«, erklärte Matthew eifrig. »Ist das nicht lachhaft? Sie dachten, sie würde sich zieren. Als ob MM zu so etwas in der Lage wäre. Oder dass sie etwas tun könnte, was ihr nicht entspricht, und ihre Visionen vergessen.«

MM lächelte liebevoll zu ihm hinauf. Sein Blick glich dem eines Heiligenanbeters, als er ihre Hand ergriff. Ich fragte mich, wie lange das schon lief. Waren sie schon immer ein Paar, das sich während der Proben sehr diskret verhielt, oder hatte es sich erst kürzlich so entwickelt?

»Ich wäre sehr interessiert daran, wieder mit dir zusammenzuarbeiten, Sam«, sagte MM. »Die Mobiles sind ganz hervorragend geworden.«

»Hervorragend«, echote Matthew.

»Wirst du denn ein Vorstellungsgespräch akzeptieren?«, fragte ich. Noch immer konnte ich kaum glauben, dass sie den Job ablehnen würde, wenn sie ihn wirklich angeboten bekäme.

Sie zuckte mit den Schultern. »Schaden kann es nicht. Und sie wissen bereits, wie ich darüber denke, also mache ich ihnen nichts vor.«

Wenn dies eine Taktik war – und ich war zynisch genug, das in Betracht zu ziehen –, war es eine sehr gut kalkulierte. Einen eitlen Theaterausschuss interessierte wahrscheinlich eine junge, viel versprechende Regisseurin – von der man annehmen sollte, dass sie auf den Job fliegen würde und die stattdessen sagte, dass sie ihn gar nicht wolle – in höchstem Maße.

»Sam, *carissima*!« Sally umarmte mich von hinten. »Isch bin so glücklisch! Alles läufte so gut! Freust du disch jetzt, dass isch disch im Gumminippel dazu überrädet habe, bei dem Stück mitzumachen?«

»Es war im Foltergarten, Sal«, erinnerte ich ihn.

»O ja, stimmt. Komm mit mir, isch möschte dir jemanden vorstellen.«

Sallys unnachgiebiger Arm zerrte mich fort, und ich überließ MM und Matthew ihrem Schicksal und folgte ihm, während er seinen kleinen drahtigen Körper durch die Menge fädelte und den meisten Leuten, denen wir begegneten, einen juchzenden Gruß zuwarf. Wir gingen nach oben, wobei wir versuchten, nicht auf die teuren Schuhe der Leute zu treten, die auf der Treppe saßen, und gelangten in einen langen Flur mit beigem Teppich und durch ein zutiefst beeindruckendes Schlafzimmer mit japanischen Tapeten und Lackschränken schließlich in ein ebenso beeindruckendes Bad mit schwarzen Fliesen und einem Whirlpool.

»Wie schön«, sagte ich, als Sally die Tür hinter uns verschloss. »Du wolltest mich also Mr. Jacuzzi vorstellen.«

Sally holte ein zusammengefaltetes Stück Papier aus seiner Tasche und legte es auf die Marmorablage neben dem Waschbecken.

»Mr. Charles Jacuzzi«, verbesserte ich mich. »Gute Idee, Sal.«

Sally strahlte. »Isch habe auch ein Gramm für Hugo. Er bat misch, ihm etwas zu besorgen. Aber das hier ist für uns.«

»Auf alle Fälle«, sagte ich.

Zehn Minuten später verließen wir das Badezimmer so aufgedreht und überschäumend, wie Tabitha vorhin gewesen war. Ich wollte tanzen und herumspringen, mit Schwung irgendwelche Dinge gegen die nächste Wand werfen und dabei »Juchhu!« schreien. Glücklicherweise war ich erfahren genug, um zu wissen, dass ich jetzt einen Drink brauchte, um eine gewisse Balance zu finden. Wir blieben kurz auf dem Treppenabsatz stehen und blickten peilend auf die brodelnde Masse unter uns.

»Den da«, verkündete Sally und deutete auf jemanden in der Menge, »wärde isch heute mit nach Hause nähmen.«

»Wen?«, fragte ich und versuchte, seinen Arm entlangzublinzeln. Unsere Sinne waren so geschärft, dass jede kleine Geste wichtig zu sein schien.

»Fishär«, klärte Sally mich auf. »Ich freue mich schon seit langär Zeit darauf.«

»Fisher?«, sagte ich überrascht und schaute auf das Objekt von Sallys Begierde hinab. Es trug einen perlgrauen Anzug und darunter ein hellbraun-blau gestreiftes T-Shirt mit V-Kragen, das eng genug saß, um seine gerundeten Brustmuskeln und den flachen Bauch zu betonen. Ich genoss diesen neuen Trend in der Männermode. Je mehr atemberaubende Aussichten einem geboten wurden, umso besser. »Ich wusste gar nicht, dass er schwul ist«, sagte ich.

»Aber är weiß es«, meinte Sallly mit einem frechen kleinen Lächeln. »Und das iste das Wischtigste.«

»Weiß er, dass du ihn mit nach Hause nimmst?«, fragte ich.

Sallys Lächeln wurde breiter. »Bald.«

Jetzt, da ich darüber nachdachte, fiel mir auf, dass Sally Männer bevorzugte, die doppelt so groß waren wie er. Vielleicht fühlt er sich gerne klein und trotzdem maskulin.

»Gehe mit Gott, mein Sohn«, sagte ich und machte ein Kreuzzeichen. »Aber bring ihn heil zurück, okay? Sie brauchen ihn noch für das Stück. Und hinterlasse keine Spuren auf seinem Gesicht.«

Sally gab mir einen Klaps auf den Hintern.

»Und du?«, fragte er. »Hast du irgendwelche Spuren auf Hugo hinterlassen?«

»Ich gebe mir Mühe«, entgegnete ich grinsend.

»Er iste eine sehr nette Typ«, sagte Sally etwas ernster. »Isch kenne ihn schon lange. Du hast gut gewählt.«

Das letzte Wort quälte Sally derart, dass er kaum noch atmen konnte. Aber er meinte es gut und deshalb wies ich ihn nicht darauf hin. Stattdessen sagte ich:

»Eigentlich hat er mich gewählt. Deshalb …«

»Cosa?«

Ich stotterte herum. »Ich weiß nicht – vielleicht bin ich es eher gewohnt, auf Leute loszugehen als umgekehrt. Vielleicht bin ich so arrogant, dass ich mir selbst schade. Vielleicht fühle ich mich deshalb ein bisschen unsicher – ich weiß nicht …«

Sam, o Sam, dachte ich, du bist zu schade für die bildenden Künste, mit deiner enormen rhetorischen Begabung solltest du Romane schreiben oder in die Politik gehen … Sally sah mich an. Sein bewegliches kleines Gesicht zeigte mehr unterschiedliche Regungen, als ein Angelsachse je zu produzieren in der Lage wäre.

»Du magst ihn sähr, nischt wahr?«

Ich nickte und dann folgte eine furchtbare Pause.

»Also, genug mit dem sentimentalen Gewäsch«, sagte ich schließlich, als ich mein emotionales Gleichgewicht wiedergefunden hatte. »Dr. Jones verschreibt Alkohol und Flirten, wenn auch nicht unbedingt in dieser Reihenfolge. *Avanti*!«

»Dein Akzent«, sagte Sally mit der Ruhe eines Menschen, der sich ein Urteil erlauben kann, »iste schräcklich.«

Die Ersten, die wir trafen, als wir die Treppe hinuntergingen, waren Ben und Hazel. Sie lehnte am Endpfosten und trank Wein, so ruhig wie immer. Ben stand so dicht bei ihr, dass er sie fast berührte. Einen Arm hatte er über das Geländer hinter ihr gelegt, so als wolle er sie festhalten. Er redete schnell und mit ernstem Gesicht, nach vorne gebeugt, sodass ihm die Brille immer wieder von der Nase rutschte und er sie mit einem Finger hochschieben musste. Ich erinnerte mich, dass Helen gesagt hatte, Ben sei scharf auf Hazel, und als wir vorbeigingen, lauschte ich ein bisschen ihrem Gespräch.

»... aber gleichzeitig ist sie sehr stark«, sagte Ben eindringlich. »Denk daran, wie sie Krogstad dazu bringt, seine Meinung zu ändern. Sie verwandelt sich von einer grauen Maus zu einer Kraft des Guten – sie verkörpert Moral, ohne eine große Sache daraus zu machen. Und man muss sehen, wie sich dieser Wandel vollzieht. Es ist wichtig, dass wir nicht den Eindruck haben, als würde sie dazwischenpfuschen, wenn sie darauf besteht, dass er Torvald den Brief hinterlässt ...«

Ich musste grinsen. Ben war in voller Fahrt und es ging ums *Puppenheim*. Vielleicht hatte Helen das Interesse an Hazel als Christine mit einem persönlicheren Interesse an Hazel als Hazel verwechselt. Helen sah überall Sex und Intrigen. Sie hätte in einer jener verworrenen BBC-1-Familiendramen auftreten sollen, wo jeder jeden betrog und mit jedem ins Bett ging, am besten beides gleichzeitig.

Hazel nickte nur folgsam. Zweifellos würde sie sich ihre eigene Meinung über die Figur der Christine bilden und ließ Ben nur gewähren, um ihre Ruhe zu haben. Und wie immer musste ich mich fragen, ob Hazels Leben wirklich so ruhig war, wie sie vorgab. Vielleicht arbeitete sie in ihrer Freizeit als Domina oder ging auf Swingerpartys in Bromley ... Als ich an ihr vorbeikam, trank sie einen Schluck Wein und wischte sich danach die Lippen ab. Sehr sauber, sehr ordentlich. Ben redete einfach weiter.

Sally hatte Hugo bereits entdeckt und folgte ihm in eine stille Ecke, dort, wo man durch die Flügeltüren in den Garten sah. Sie drehten den anderen den Rücken zu, so als bewunderten sie den nächtlichen Himmel, und die Übergabe von Geld bzw. Drogen ging so schnell vonstatten, dass ich nichts bemerkt hätte, wäre ich nicht eingeweiht gewesen. Sally machte sich mit einem verräterischen Glitzern in den Augen auf die Suche nach Fisher, und Hugo, der sich mit dem Blick eines Mannes umsah, der weit über eins achtzig groß ist und über seine lange Nase auf alles herabschauen kann, entdeckte mich schließlich an der Treppe. Er bahnte sich den Weg zu mir. Ein Mädchen warf ihm ihre Federboa über die Schulter, als er sich an ihr vorbeiquetschte, und kicherte kokett. Mit einer Federboa kann man niemanden erwürgen, sie würde reißen. Das Mädchen konnte von Glück sagen.

»Kann ich dich dazu verleiten, mich ins Bad zu begleiten?«, fragte Hugo.

»Da war ich schon. Aber danke für das Angebot. Du weißt wirklich, wie man einem Mädchen die Zeit vertreibt.«

Hugo gab mir einen leichten Klaps.

»Warte hier auf mich. Es dauert nicht lange.« Er ging nach oben.

»He, Sammy!« Bez und Lurch erschienen auf der Bildfläche, halb voll und fröhlich. Bez bot mir einen Joint an, aber ich lehnte ab.

»Nicht jetzt, danke. Jetzt brauche ich was zu trinken.«

»Lurchie!« Bez schnippte mit den Fingern. Lurch schwang die fast leere Champagnerflasche, die er mit sich herumtrug, und sah sich nach einem Glas um.

»Ja, dann geh und besorg ihr eins«, sagte Bez ungeduldig. »Los!« Lurch verschwand wie aufs Stichwort.

»Prima, wenn man ihn dabeihat«, sagte ich neidisch. »Können wir nicht über eine Art Lurch-Leasing verhandeln?«

»Er ist praktisch, nich?« Bez hatte einige Schwierigkeiten, die Worte zu formulieren. Ich berichtigte meine Einschätzung. Er war ganz voll. »Hat bei deinen Mobiles gute Arbeit geleistet.«

»Eben. Ich hätte nichts dagegen, ihn mir jeden Tag auszuleihen.«

»Ich bin sicher, dass wir eine Lösung finden. Nur wir beide. Wir werden uns mal unterhalten«, lallte Bez und beugte sich auf eine Weise zu mir, die ein Beauftragter für sexuelle Belästigung als unangemessenes Eindringen in meinen persönlichen Raum bezeichnet hätte. Langjährige

Erfahrung hatte mich gelehrt, wie man mit männlichen Freunden umgeht, die unter dem Einfluss von Alkohol etwas zudringlich werden. Ich richtete ihn wieder auf und sagte mit warmer Stimme:

»Und wie geht es Jill? Hast du sie heute Abend mitgebracht? Oder musste sie zu Hause bei den Kindern bleiben?«

Jill war Bez' Frau. Ich hatte Fotos von ihr und den Kindern gesehen.

»Ich hab mich schon darauf gefreut, sie kennen zu lernen«, fuhr ich munter fort. »Wollte endlich die Frau sehen, die verrückt genug ist, es mit dir auszuhalten.«

»Verrückt mag schon sein«, murmelte Bez verbittert. Gott, Männern, die mehr als fünf Jahre verheiratet waren, sollte der Besuch von Partys ohne ihre Frauen verboten werden. In diesem Augenblick kehrte Lurch mit einer vollen Flasche Champagner und einem Glas für mich zurück.

»Gut gemacht«, sagte ich anerkennend und griff nach meinem Glas.

»Danke, Sam.« Lurch wackelte mit dem Kopf und grinste etwas dümmlich. Nervös fummelte er an dem Korken herum, bis ich ihm zeigte, wie man es macht.

»Ganz langsam rausdrehen«, sagte ich. »Nur Angeber lassen den Korken knallen. Das ist sehr plump.«

Amüsiert beobachtete ich, wie Lurch sachte den Korken löste und stolz zusah, wie der perlende Schaum den Flaschenhals hochstieg. Er neigte die Flasche so vorsichtig, als enthielte sie Nitroglyzerin.

»Gieß es ein wie Bier«, sagte ich. »An der Seite des Glases entlang.«

Mit beträchtlichem Stolz betrachtete er seine Leistung. Ich prostete ihm zu.

»Danke für deine Hilfe bei den Skulpturen, Lurch«, sagte ich. »Du warst großartig.«

»Ach, das war doch nichts«, entgegnete er. »Ich meine, es hat doch Spaß gemacht, verstehst du? Man hatte gar nicht das Gefühl, als würde man arbeiten. Außerdem warst du immer so lustig, stimmt's? Aber jetzt kommst du ja nicht wieder.«

Er sah betrübt drein.

»Gerade habe ich Bez gefragt, ob du mir ab und zu mal in meinem Atelier helfen könntest«, sagte ich.

»Wirklich?« Sofort besserte sich Lurchs Laune. »Stark!«

»Ja, das ist sie, das ist eines der Attribute, die ich wirklich an ihr mag«, sagte Hugo, der die Treppe herunterkam. »Ich werde sie jetzt mit hinausnehmen und ihr den Garten zeigen. Ihr entschuldigt uns.«

Mühelos entwand er mich Bez, der nach vorne stolperte und etwas von einem Abschiedskuss murmelte.

»Bez ist ziemlich guter Stimmung heute Abend, was?«, meinte Hugo. »Wenn er einen draufmacht, dann so gründlich, dass er auf der anderen Seite wieder rauskommt.«

»Ist doch kein Problem für dich, oder?«, sagte ich verträumt. »Er meint es nicht böse.«

Hugo warf mir einen Blick zu. »Bist du da sicher? Na ja, egal.«

Er führte mich zu den Flügeltüren. Von dort sah man auf eine kleine Terrasse mit einem schmiedeeisernen Geländer, an dessen Ende eine Treppe zum Garten hinunterführte. Die Außenbeleuchtung war nicht eingeschaltet, ob aus Nachlässigkeit oder aus Rücksicht auf amourös gestimmte Gäste, konnte ich nicht sagen, aber nach den hellen Lichtern der Party dauerte es eine Weile, bis ich mich an die Dunkelheit gewöhnt hatte. In der Ferne hörte ich Gelächter, Stimmen und ein gelegentliches Juchzen, wohl alles Leute, die gerade ihre Bekanntschaft vertieften. Hugo ging bereits über den Rasen, sein heller Anzug leuchtete wie ein Leitstrahl und er sah sich über die Schulter nach mir um. Das Mondlicht fing sich in seinem blonden Haar und verwandelte es in Silber.

Der Garten war wunderschön gestaltet. Am anderen Ende plätscherte ein Miniaturbrunnen, dessen Wasser über den Rand in einen großen Steintrog lief. Ein leichter Wind strich durch die Bäume und zu meiner Rechten schwankte ein Busch mit weißen Rosen. Die Blüten schienen in ihrem eigenen Glanz zu leuchten und sahen so makellos aus, als seien sie künstlich. Plötzlich wehte ein Duft zu mir herüber, stark wie ein Parfüm, der mich fast benommen machte. Er kam aus einem Beet weißer Lilien, deren Kelche mir bis an die Hüfte reichten. Sie hatten die Form von Champagnergläsern mit geriffelten Rändern, wächsern und glanzlos. Ihre Perfektion hatte etwas Unheimliches. Die Stiele waren so dunkel, dass die Blumen in der Luft zu schweben schienen. Wie gebannt betrachtete ich sie.

»Sam!«, rief mir Hugo über den Rasen zu. »Nächstes Jahr gehen wir zusammen zur Chelsea Flower Show, okay? Und jetzt beweg dich bitte in meine Richtung. Ich wusste nicht, dass du so sehr an Gartenkultur interessiert bist.«

»Man kann einer Hure Kultur beibringen, aber man kann ihr nicht das Denken beibringen«, sagte ich. »Dorothy Parker.«

»Hat sie auch was über Gartenhäuschen gesagt?«, fragte Hugo und führte mich zu dem betreffenden. Es war in eine Ecke der Gartenmauer hineingebaut worden und bestand aus schmiedeeisernen Bögen, die sich oben zu einer Kuppel vereinigten. Rosen und Kletterpflanzen rankten sich wie Vorhänge die Seiten hinauf, so dicht, dass ich das Bauwerk von der Terrasse aus gar nicht erkannt hatte. Ich nahm an, dass es Hugo genau deshalb gefiel. An zwei Seiten der Mauer lief eine Holzbank entlang. Enthusiastisch sprang ich hinauf.

»Ich fühle mich wie Liesl von der Trapp-Familie«, verkündete ich. »Ich bin sechzehn, fast siebzehn, vielleicht bin ich naiv, die Burschen sagen mir, ich sei süß, und ich glaube es nur allzu gerne. Ich bin sechzehn, bald siebzehn, unschuldig wie eine Rose …«

An dieser Stelle wurde Hugo von einem Hustenanfall gepackt … »Ledige Dandys, Verehrer der Brandys, was weiß ich von denen? Völlig unvorbereitet bin ich für die Welt der Männer …«

»Du brauchst einen älteren und erfahreneren Menschen, der dir sagt, was du tun musst«, erklärte Hugo. »Steig jetzt von dieser verdammten Bank.«

»Tu ich nicht.«

Hugo sah mich nachdenklich an. »Na schön, vielleicht ist das gar keine schlechte Idee«, sagte er, zog sein Jackett aus und warf es auf die Bank. Dann begann er, seinen Gürtel zu lösen.

»Hugo! »

»Sag das bitte noch einmal, mit Bewunderung und Liebe in der Stimme.«

»Hugo ...!«

»Das war, wenn überhaupt, noch schlimmer. Als Regisseur tauge ich offenbar nicht. Egal.«

Er hob mich herunter und setzte mich auf die Bank, sodass ich mit dem Rücken an den Eisenstäben lehnte. Instinktiv griff ich nach oben und hielt mich an den Stangen fest. Hugo küsste derart ausführlich meinen Hals, dass ich seine Hände erst bemerkte, als mein Kleid über meine Hüften rutschte.

»Sehr aufmerksam von dir«, sagte ich. »Keine Grasflecken ...«

»Still«, sagte Hugo, legte seine Hände um meine Pobacken und sah auf eine Weise auf mich herab, die mich veranlasste, mich noch fester an den Eisenstangen zu halten. »Ich stopfe dir den Mund.«

Und das tat er.

Die Schreie hörten wir erst einige Zeit später. Offenbar hatte die betreffende Person schon länger geschrien, aber aufgrund bestimmter Umstände bekamen wir gar nichts mit, und es hätte von der Lautstärke her schon an die Brixton Riots heranreichen müssen, um uns zu stören, einschließlich Autos, die das Gartenhäuschen rammten. Die Schreie waren ganz langsam in mein Bewusstsein eingedrungen, aber da sie den Geräuschen ähnelten, die ich von mir gegeben hätte, wenn mir von Hugo nicht der Mund zugehalten worden wäre, hatte ich ihnen keine besondere Bedeutung beigemessen.

»Hugo«, sagte ich schließlich mit schwacher Stimme und öffnete die Augen. Hugo sah so schön aus, dass ich meine Hände längst vor Staunen von den Eisenstangen genommen hätte, aus purer Lust, ihn zu berühren. Aber er hatte sie gefesselt. Seine Augen waren weit aufgerissen und irgendwie undeutlich, seine Züge verschwommen, als sähe ich sie durch einen Weichzeichner.

»Hugo? Hugo?« Er hielt mich umklammert, ich hatte die Beine um seine Hüften geschlungen und wollte nicht, dass er sich bewegte. Trotzdem, es hörte sich an, als ob jemand schreien würde, ganz in der Nähe …

Ich zog fester an dem Gürtel um meine Handgelenke. Er löste sich und fiel mit einem dumpfen Schlag auf den Boden. Ich berührte Hugos Arme. Sie bewegten sich noch immer nicht. Er neigte den Kopf von einer Seite zur anderen, so als schüttele er sich in Zeitlupe Wasser aus dem Haar. Ich beugte mich vor und drückte einen Kuss auf seine geschwollenen Lippen.

»Hugo, da schreit jemand, im Garten.«

Er ließ mich los. Meine Beine trugen mich kaum. Ich stolperte einen halben Schritt zurück, lehnte an den Eisenstangen und holte tief Luft. Langsam, wie Schlafwandler, richteten wir uns her und glätteten alles, was geglättet werden musste. Hugo strich mir ein paar Blätter aus dem Haar. Ich reichte ihm die Jacke. Sprechen konnten wir nicht. Im Garten liefen jetzt Leute umher, die Schreie wurden leiser, andere Stimmen lauter. Aus den Fenstern dröhnte noch immer Musik, Freak Nation und Jamiroquai, aber nichts davon schien irgendetwas mit uns zu tun zu haben. Wir waren auf einem anderen Stern.

»Alles in Ordnung?«, fragte Hugo. Ich nickte. Er fuhr sich mit der Hand durch die Haare, ein Versuch, irgendeine Art von Ordnung hineinzubringen. »Also schön«, sagte er langsam. »Gehen wir und stellen wir uns der Krise.«

Es war seltsam, dass wir beide das Bedürfnis hatten nachzusehen, was geschehen war. Vernünftiger wäre es vielleicht gewesen, in dem Häuschen zu bleiben, bis der Sturm vorüber war. Hugo nahm meine Hand. Als ich ihn spürte, zuckte ich fast zusammen. Wir befanden uns in dem Zustand, in dem man beinahe Angst hat, den Körper des anderen zu berühren, als könne allein das eine weitere Explosion auslösen. Der eigene fühlte sich so empfindlich an, als habe ihn das Geschehene sehr mitgenommen.

»Mein Handgelenk tut weh«, sagte ich, als wir durch den Bogen auf den Rasen traten.

»Meine Lippen tun weh. Und meine Hand. Du hast mich gebissen.«

Er zeigte mir die Stelle. Ich biss ihn noch einmal. Unsere Augen trafen sich über seiner Handfläche und ein Schauder lief durch mich hindurch, als würde man an einem Tau in meinem Inneren ziehen. Seine Augen waren weit und riesig und grau wie das offene Meer. Einen Augenblick lang schien alles stillzustehen. Dann holten wir zusammen tief Atem und drehten uns wieder um, die Hände ineinander verschränkt.

»Hugo! Sam!« Sophies Stimme hallte über den Rasen. Sie kam auf uns zugerannt, außer Atem, mit ihrem rasierten Kopf und den schweren Stiefeln wirkte sie inmitten dieses Chelsea-Flower-Show-Gartens völlig deplatziert. Sie blieb vor uns stehen und ich sah, dass sie von Kopf bis Fuß zitterte.

»Jemand hat versucht, Violet zu töten!«

22. Kapitel

Violet lag zusammengekrümmt vor der Terrasse, um sie herum eine Gruppe von Menschen. Janey versuchte sie aufzurichten, aber Violet wehrte sich und murmelte stöhnend etwas von ihrem Kopf. Schließlich gelang es Janey, sie hochzubringen, sodass sie in ihrem Schoß lag. Jemand schaltete die Außenlampen ein und der Rasen flammte in einem seltsamen Phosphorgrün auf, das die Blumenbeete farbenprächtig säumten. Der schmale Streifen vor der Terrasse blieb jedoch unbeleuchtet und vor dem dunklen Hintergrund wirkte Violets Haut unnatürlich weiß; ihr Gesicht und ihre Schultern schienen im Schatten zu schweben wie die Lilien.

»Was ist passiert?«, fragte Janey sie sanft. »Kannst du sprechen?« Sie strich Violet das Haar aus der Stirn. Die beiden sahen aus wie eine Pieta; Janey gab eine perfekte Maria ab, ihr hübsches Gesicht drückte tiefstes Mitleid aus, und ihre Arme, in denen sie Violet hielt, waren weiß und blass und rundlich wie alles an ihr. Ihre Schönheit passte eigentlich nicht in unsere Zeit, in der wir aufgefordert werden, in die Fitnessstudios zu laufen und unsere Muskeln zu stählen; vielleicht wirkte sie deshalb umso anziehender.

Matthew eilte die Stufen hinab, gefolgt von MM. Jemand musste ihm Bescheid gesagt haben, schließlich war er der Gastgeber.

»Was ist los?«, fragte er besorgt. »Ist Violet hingefallen?«

»Jemand hat sie angegriffen!«, schrie Sophie. Ihre Stimme klang hoch und dünn wie die eines Vogels. Sie sank neben Violet auf den Boden. »Vi? Vi! Was ist passiert? Ich bin es, Soph. Bist du okay?«

Violet hob den Kopf.

»Soph?«, sagte sie mit schwacher Stimme. »O Gott, mein Kopf!« Ich fand, es klang ziemlich echt. Weder übertrieben noch mitleidheischend.

»Kann ihr jemand ein Aspirin oder so etwas holen?«, fragte Sophie und sah ungeduldig in die Runde. Matthew stand unentschlossen da. Er zeigte nicht gerne selbst Initiative, sondern befolgte lieber Befehle, und erst als MM ihm etwas zuflüsterte, eilte er auf seinen Botengang, froh, eine Aufgabe zugeteilt bekommen zu haben.

»Ich wollte nur etwas frische Luft schnappen«, sagte Violet klagend. Sie richtete sich etwas höher auf und wimmerte dabei leise. Dann betastete sie ihren Hinterkopf. »Kein Blut, Gott sei Dank. Aber es tut weh. Ich werde eine riesige Beule bekommen.«

Vorsichtig fuhr Janey wie zur Bestätigung über die betreffende Stelle.

»Wir sollten einen Eisbeutel drauftun«, meinte sie.

»Ich mach das schon«, zischte Sophie. »Du brauchst dich nicht darum zu kümmern.«

Violet bekam von diesem Nebengefecht nichts mit. »Er hat mich gepackt, als ich die Stufen hinuntergegangen war«, fuhr sie fort.

»Wer?«, unterbrach Sophie sie.

»Ich weiß es nicht«, antwortete Violet hilflos. »Ich habe ihn nicht gesehen. Er kam von hinten und es war dunkel.«

»Ist er dir gefolgt, Vi, oder stand er schon dort?«, fragte Hugo und ließ sich neben ihr auf die Knie fallen.

»Ich weiß nicht … Ich meine, ich sagte, ich würde in den Garten gehen. Jemand kann das gehört haben – kann vorausgegangen sein und auf mich gewartet haben …«

Jemand schaltete die Terrassenbeleuchtung ein. Abrupt und unerwartet wurde alles in gleißendes Licht getaucht. Matthew schob die Glastür auf, die zum Keller führte. Helen, die davor gestanden hatte, zuckte zusammen und trat beiseite. Er brachte ein Glas Wasser und zwei weiße Tabletten. Instinktiv hatte ich den verrückten Gedanken, sie an mich zu nehmen und zu prüfen, ob sie auch das waren, was sie sein sollten.

Violet richtete sich noch etwas mehr in Janeys Schoß auf und schluckte das Aspirin. Ich sah, dass ihre Hände zitterten.

»Ich war die Stufen hinuntergegangen und wollte nur ein bisschen herumlaufen«, sagte sie. »Aber nicht auf dem Rasen, wegen der Schuhe.« Automatisch streckte sie einen Fuß aus, der in einem Schuh von Manolo Blahnik steckte; ein Schuh, so perfekt, dass er wahrscheinlich im Museum enden würde, schwarzer Samt mit einer winzigen, strassbesetzten Schnalle und einem so hohen und spitzen Absatz, dass die Antipathie dem Rasen gegenüber sicherlich gegenseitig war.

»Jedenfalls packte er mich von hinten und zog mich zurück, hierher.« Violets Stimme zitterte. Sie streckte die Hand aus, die Sophie sofort ergriff. Ich sah, wie Violets Knöchel weiß wurden, so fest hielt sie Sophies kleine, rechteckige Hand. »Mit einer Hand hielt er mir den Mund zu, sodass ich nicht schreien konnte. Zuerst kam es mir nicht einmal in den Sinn, es war ein solcher Schock. Ich meine, wir sind auf einer *Party*! Ich war wie gelähmt und konnte nicht fassen, was geschah. Ich dachte, vielleicht ist es nur ein Witz, aber er ließ nicht los. Ich begann mich zu wehren, aber er war sehr stark. Und dann spürte ich … ich spürte …«

Sie holte tief Luft und ich sah ihr an, dass sie die Tränen zurückhielt. Matthew stand unbeholfen hinter ihr, Schrecken und Scham im Gesicht. Wahrscheinlich fühlte er sich irgendwie verantwortlich dafür, was Violet im Hause seiner Eltern zugestoßen war, der Gute.

»Er hatte eine Spritze – es muss eine meiner ActRapids gewesen sein – und stach mir in den Arm …« Jetzt begann Violet zu schluchzen. »Ich spürte den Stich und geriet in Panik, weil ich wusste, was er vorhatte.« Noch immer Sophies Hand haltend, sank sie wieder in Janeys Schoß, haltlos weinend, eine mächtige Katharsis. Janey streichelte ihr Haar und flüsterte ihr tröstende Worte ins Ohr. Ich schaute

Helen an, die sich unbeobachtet fühlte. Sie hatte den Mund zu einer dünnen, schmalen Linie zusammengezogen und mir war plötzlich klar, wie sie in dreißig Jahren aussehen würde. Die Persönlichkeit drückte dem Gesicht ihren Stempel auf und auf Helens konnte man gerade alles lesen.

»Willst du sagen, dass er dir tatsächlich Insulin gespritzt hat?«, fragte Hugo drängend. »Hast du heute Abend schon welches genommen? Vi, das ist wichtig! Wir sollten einen Krankenwagen holen.«

»Nein«, erwiderte Violet, die sich etwas beruhigt hatte. Sie wischte sich mit Papiertaschentüchern, die Sophie ihr gereicht hatte, die Augen ab. »Ich habe nichts genommen. Und irgendwie hat er es auch nicht richtig hingekriegt. Ich bin also okay, Hugo, mach dir keine Sorgen. Ich werde nicht ins Koma fallen oder Ähnliches.«

Nach dem, was ich über Insulin wusste, wäre es jetzt sowieso schon zu spät gewesen, wenn es Violets Angreifer gelungen wäre, ihr genügend davon zu spritzen. Zwei Einheiten und sie wäre innerhalb von fünf Minuten in ein irreversibles Koma gefallen. Philip Cantley hatte drei genommen – oder bekommen, aber Violet war ein zierliches kleines Ding. Für sie könnten bereits zwei tödlich sein.

»Bist du sicher, dass es ein Mann war?«, fragte ich.

Violet sah mich verblüfft an. »Na ja – ja, ich glaube schon. Auch wenn ich die Person nicht gesehen habe.«

»Woher weißt du es dann?«, hakte ich nach.

Violet schloss die Augen und konzentrierte sich. »Er war viel größer als ich, glaube ich. Aber ganz sicher bin ich mir nicht mehr. Es ging alles so schnell …«

»Versuch, dich an Details zu erinnern. Was hat er angehabt?«

»Quäle sie nicht!«, protestierte Sophie. »Du siehst doch, dass sie einen Schock erlitten hat«

Aber Hugo unterbrach sie. »Sophie, lass gut sein. Das ist sehr wichtig. Mach weiter, Vi.«

»Schuhe«, sagte Violet. »Herrenschuhe, ich meine, derbe Schuhe. Ich habe ihm auf den Fuß getreten und gegen das Bein. Ich meine, er hätte Hosen getragen. Es hat ihm wehgetan – er wich etwas zurück, ich konnte meinen Arm losmachen und die Nadel fiel hin. Dann hat er mich gepackt und mich hart gegen die Wand gedrückt und ich habe das Gleichgewicht verloren und mir den Kopf gestoßen – und den Arm aufgeschrammt.« Sie hielt ihn hoch, damit alle die Wunde sehen konnten. Am Unterarm verlief eine lange Schramme, als sei jemand mit einem Sparschäler drübergegangen. »Nein«, verbesserte sie sich. »Erst habe ich mit dem Arm die Wand gestreift und dann fiel ich zur Seite und stieß mir den Kopf.«

»Erinnerst du dich noch an irgendetwas anderes in Bezug auf ihn?«, fragte ich etwas hilflos. Violet schien mehr über die genaue Abfolge ihrer Verletzungen sagen zu können als über das Aussehen ihres Angreifers. »Wie kommst du darauf, dass er groß war?«

»Nun, er kam mir groß vor«, sagte Violet verdrießlich. »Und er war sehr stark.«

»Was ist mit seinen Händen? Hast du sie gesehen? Hast du vielleicht ein Aftershave gerochen?«

»Was ist das hier, ein Verhör?«, murmelte Helen.

»Sam stellt Violet ein paar sehr wichtige Fragen«, fuhr Hugo sie an. »Und wer die Antworten nicht hören will, muss auch nicht hier bleiben.«

»So redest du nicht mit mir!«, sagte Helen wütend.

»Helen, bitte«, zischte Janey.

Violet ignorierte das Wortgefecht. Ihre Stirn war ganz zerfurcht von der Anstrengung des Erinnerns; Farbe kehrte auf ihre Wangen zurück. Im Mittelpunkt der Aufmerksamkeit zu stehen schadete ihr auf keinen Fall.

»Tut mir Leid, das ist nichts Besonderes«, verkündete sie. »Ich meine, seine Hände waren normal groß, wenn ihr wisst, was ich meine, und er roch auch nicht besonders nach irgendetwas. Nicht so etwas wie Comme oder Angel for Men, das man sofort erkennt. Aber da war ein Hauch von Aftershave, wenn ich so darüber nachdenke. CK one vielleicht.«

»Oh, prima«, seufzte Hugo. »Das schränkt den Kreis ja stark ein.«

»Er war weiß«, fügte Violet hinzu. »Da bin ich mir ziemlich sicher. Ich meine, es war dunkel, aber ich habe gesehen, dass er weiß war, an seiner Hand.«

»Leider hilft uns auch das nicht viel weiter«, meinte Hugo. »Du könntest vielleicht sagen, dass es nicht Fisher war, der eine ziemlich dunkle Haut hat, aber ich bezweifle, dass du hier unten, ohne Licht, mich von Ranjit hättest unterscheiden können.«

»Nein, beschwören könnte ich es nicht«, sagte Violet bestürzt. »O Gott!« Ihre Wortwahl hatte sie an etwas erinnert. »Wir müssen doch nicht die Polizei rufen, oder? Noch einmal könnte ich das alles nicht ertragen. MM?« Ihr Blick schweifte über die Runde, bis MM vortrat. »Ich muss doch nicht schon wieder aussagen, oder?«

»Aber Violet«, sagte MM mit bemerkenswerter Selbstbeherrschung. »Es sieht so aus, als habe gerade jemand versucht, dich zu töten.«

»Aber du weißt doch – was ich eben versucht habe zu sagen …« Violet starrte MM an. »Der ganze Skandal – ich meine, jemandem, der nicht spielen kann, wie Liz Hurley, macht es nichts aus, so jemand braucht geradezu Skandale, aber wie ich dir schon erklärt habe – ich will ernst genommen werden. Bald soll ich die Nora spielen, und ich will, dass es gut wird, aber jetzt kennen mich die Leute nur als das Mädchen, das Fuchsia war, oder aus dieser furchtbaren Bierreklame …« Violet mochte emotional ins Trudeln gekommen sein, aber ihre Sprachsteuerung funktionierte wieder. Die einfache Susan Higson hatte sich wieder in die doppelläufige Chelsea Slone verwandelt. »Das bedeutet neue Schlagzeilen, aber von der falschen Sorte, und wer immer es war, sie erwischen ihn ja doch nicht.«

»Aber hast du denn keine Angst, dass es wieder passieren könnte?«, fragte MM ziemlich fassungslos.

»Doch, schon«, räumte Violet ein. »Aber die Polizei ist so unfähig. Wie ich schon sagte, sie belagern mich förmlich mit dummen Fragen, zum Beispiel, wo ich das Insulin her hätte, was überhaupt nichts damit zu tun hat, weil Philip es ja von mir bekommen hat, das habe ich ihnen gesagt, und ich sehe überhaupt nicht ein, warum ich ihnen sagen soll, woher ich es habe. Aber sie scheinen zu glauben, dass ich ihnen Dinge verheimliche, sie lassen mich nicht in Ruhe – und stellt euch vor, was passiert, wenn ich das hier melde. Und mir macht es keinen Spaß, all diese Fragen zu beantworten, mit denen sie einen aufs Kreuz legen wollen; Hugo würde es gefallen, er hätte eine Menge Spaß dabei, aber für mich ist das nichts.«

»Ist das wahr?«, rief jemand auf der Treppe. Es war Tabitha, vor Aufregung nach Atem ringend. Nachdem sie unsere Aufmerksamkeit genügend erregt hatte, rannte sie mit ausgestreckten Armen die Treppe herunter. Am Ende der Stufen faltete sie die Hände vor der Brust und schritt durch die Menschenmenge, die sich in einer improvisierten Simulation des Roten Meeres für sie teilte.

»O nein«, hauchte sie und sah entsetzt auf Violet hinab. Letzte saß mittlerweile auch ohne Janeys Unterstützung aufrecht und es schien nur noch Tabithas Auftritt bedurft zu haben, um sie wieder in die alte Kampfform zu bringen. Ihre Wangen bekamen Farbe, ihre Bewegungen wurden flüssiger.

»Violet«, sagte Tabitha, »es tut mir so Leid, ich kann dir nicht sagen, wie Leid es mir tut.«

Ich fragte mich, ob es Zufall war, dass Tabitha fast genauso redete wie Violet. Es schien, als sei sie nicht nur bei der Kleiderwahl ihr Vorbild.

Sie kniete sich vor Violet und sah das Opfer so flehentlich an wie Linda Darnell am Ende von *Blood and Sand*.

»Wirst du mir je verzeihen können?«, fragte sie mit einer Stimme so dünn wie ein Bindfaden.

»Tabitha, willst du damit sagen, dass du Violet angegriffen hast?«, fragte Hugo so nüchtern wie ein wermutfreier Martini.

Tabitha riss den Kopf herum. Paul war hinter ihr die Stufen hinabgekommen und nach Hugos Frage trat er einen Schritt nach vorne und sagte aggressiv: »Was meinst du damit?«

»Genau das, was ich sagte«, entgegnete Hugo kühl und ruhig. »Tabitha scheint sich selbst anzuklagen und ich wollte genau wissen, was sie meint.«

»Natürlich habe ich Violet nichts getan!«, meldete sich Tabitha. Bei näherer Betrachtung sah ich, dass ihre Wimpern mit dunklem Mascara bedeckt waren, an den Spitzen mit Silber. »Das meinte ich nicht«, fuhr sie fort. »Es tut mir nur wirklich Leid, dass die arme Violet in all das verwickelt wird.«

»Die arme Violet«, sagte die angesprochene Person und erhob sich etwas schwankend, »wäre fasziniert zu erfahren, wovon du redest.«

Tabitha stand ebenfalls auf. Die meisten Leute traten nervös einen Schritt zurück. Die beiden Frauen passten ausgezeichnet zueinander, ähnlich groß, ähnliche Figur, ganz zu schweigen von den Kleidern, den Frisuren und den Schuhen. Violet hatte das bis jetzt noch gar nicht bemerkt, und ich beobachtete, wie sie es langsam registrierte. Ihre Reaktion ähnelte einem Mini-Drama. Mit dem Heben einer Augenbraue zeigte sie Überraschung, Verachtung und Mitleid.

»Verstehst du denn nicht?«, platzte Tabitha heraus. »So wie wir angezogen sind …«

Violet wurde der Situation mehr als gerecht, auch wenn sie dazu eine von Hugos früheren Bemerkungen aufgreifen musste. »Oh, du bist angezogen«, sagte sie und sah Tabitha an, als sei sie etwas sich Auflösendes in einem Leichensack, das in einer Folge von *Akte X* entdeckt worden war. »Ich dachte, du wärst in deinem Top-Shop-Nachthemd gekommen. Da ist übrigens ein Faden am Saum los …«

Hugo versuchte mannhaft, nicht zu lachen. Ich konnte es ihm nachfühlen.

Tabitha presste die Zähne aufeinander und starrte Violet an. Wenn sie nicht das kleine Mädchen spielte, das sich verlaufen hat, sah sie viel attraktiver aus.

»Wenn du nicht verstehen willst, was passiert ist«, schleuderte sie Violet entgegen, »dann sollte ich mir vielleicht gar nicht die Mühe machen, es dir zu erklären. Aber wer immer dich angegriffen hat, hatte es gar nicht auf dich abgesehen. Er wollte mir an den Kragen. Erst wird mein Seil sabotiert und jetzt das, verdammt noch mal! Seht ihr nicht, dass jemand versucht, mich zu *vernichten*?«

Mit diesen Worten brach sie in Tränen aus.

»Ich schätze, wir können dankbar sein, dass sie dieses Mal nicht in Ohnmacht gefallen ist«, sagte ich etwas später.

Hugo zuckte mit den Schultern. »Öfter mal was Neues. Dieses Mal: Weinen auf Knopfdruck. Für Tabitha ist das Leben ein einziges langes Vorsprechen.«

»Aber immer nur, wenn MM in der Nähe ist«, entgegnete ich mit einem Blick zu der betreffenden Person. »Wenn kein Regisseur zu sehen ist, benimmt sie sich vollkommen normal.«

Violet lag oben im Schlafzimmer von Matthews Eltern, während Sophie ihr Eisbeutel auf die Beule am Kopf legte. Tabitha war von Paul weggebracht worden, gemäß MMs höflichen, aber bestimmten Anordnungen. Sie hatte sich in einen solch erregten Zustand gebracht, dass es nicht schwer fiel, darauf zu bestehen, dass sie nach Hause gebracht werden sollte, um sich zu beruhigen. Den anderen Partygästen hatte man erzählt, dass Violet gestürzt sei und sich den Kopf gestoßen habe, aber die waren sowieso damit beschäftigt, sich zu amüsieren, sodass sie nur ein paar besorgte Kommentare abgaben und fortfuhren, sich zu besaufen und einander anzumachen. Die Klänge von Heiterkeit und Gelächter drangen später auch in unsere Enklave, als wir – Hugo, ich, MM, Matthew und Janey – uns im Arbeitszimmer von Matthews Mutter versammelten, um einen Kriegsrat abzuhalten. Violet bestand noch immer darauf, keine Polizei einzuschalten, und obwohl wir anderer Meinung waren, schien es tatsächlich sinnlos, die Beamten zu rufen – nur damit Violet ihnen mit großen Augen erzählen konnte, wie sie einfach in ihren Manolos gestolpert sei und wie Leid es ihr täte, dass sie eine solche Aufregung verursacht hätte.

»Es ist offensichtlich unmöglich, sie davon zu überzeugen, was für einen Fehler sie macht«, sagte Hugo, zündete sich eine Zigarette an und sah sich nach einem Aschenbecher um. Das Zimmer war ebenso nobel ausgestattet wie die Lounge eines Luxushotels und sah auch so aus. Chintzsofas, gerahmte Aquarelle von Vögeln, kleine Tische, alles ein wenig persönlicher gemacht durch die in Silberrahmen steckenden Fotos, die auf jeder geeigneten Oberfläche standen. Nur der Computer störte etwas, er sah zu sehr nach Büro aus, war er doch sogar mit einer grauen Plastikhaube bedeckt. Er stand am Fenster, auf einem Schreibtisch aus Kirschbaum. »Violet ist störrisch wie ein Esel«, fügte er hinzu, entdeckte einen Glasaschenbecher und stellte ihn auf die Lehne seines Sessels.

»Aber wir müssen etwas unternehmen«, erklärte MM entschlossen. »So kann es nicht weitergehen.«

»Ich stimme zu«, sagte Hugo. »Aber herauszufinden, was, wird schon schwerer.«

»Wieso greift überhaupt jemand Violet auf dieser Party an? Das Risiko, erwischt zu werden, ist doch viel zu groß«, überlegte ich.

»Vielleicht hat der Täter gehofft, in dem allgemeinen Trubel unbemerkt zu bleiben«, meinte Janey. »Oder es war jemand, der nur heute die Gelegenheit hatte, sie zu treffen, und der die einzige Möglichkeit nutzen wollte.«

Ich schüttelte den Kopf. »Das macht keinen Sinn. Jeder, der etwas mit der Inszenierung zu tun hatte, könnte an sie ran, auch privat. Es wäre auch möglich, sie unter irgendeinem Vorwand zu Hause aufzusuchen. Und es muss jemand vom Umfeld des *Traums* sein. Also warum hier?«

»Was meinst du?«, fragte Hugo mich.

Ich holte tief Luft. »Heute Abend muss etwas geschehen sein, das den Täter glauben machte, Violet stelle ein solches Risiko dar, dass er nicht damit warten konnte, sie aus dem Weg zu schaffen. Er hat gehofft, einen Unfall vortäuschen zu können, vielleicht sogar einen Selbstmord; vielleicht wollte er auch den Eindruck erwecken, Violet habe Philip getötet. Wenn er seine Fingerabdrücke von der Spritze gewischt hätte, würde es nicht den Hauch eines Beweises geben.«

Janey erschauderte. »Ich kann es nicht glauben«, sagte sie so leise, dass ich sie kaum verstand.

»Violet hat vorher mit mir gesprochen«, sagte MM. »Über Philips Tod und darüber, dass die Polizei sie belagert.«

»Weil sie glauben, dass sie ihnen etwas verschweigt«, sagte Hugo.

»Woher weißt du das?«, fragte Matthew schroff.

»Weil sie es im Garten gesagt hat.« Hugo sah ihn verwundert an. »Vielleicht hat der Täter gehört, was sie gesagt hat, und ist in Panik geraten ... du warst auch bei dem Gespräch dabei?«

»Natürlich«, antwortete Matthew und rückte etwas näher an MM auf dem Sofa heran.

»Und wo warst du später?«, erkundigte Hugo sich. »Als Violet im Garten angegriffen wurde?«

»In der Küche, um Gläser zu holen, wenn du es absolut wissen willst«, entgegnete Matthew entrüstet.

»Sind wir denn sicher«, flocht ich nachdenklich ein, »dass Violet tatsächlich von jemandem angegriffen wurde?«

Es folgte eine lange, nachdenkliche Pause. Ich hatte erwartet, dass Hugo sofort aufbrausen und mich fragen würde, wovon, zum Teufel, ich eigentlich redete; dass er es nicht tat, fand ich fast verdächtig.

»Sie steht gerne im Mittelpunkt«, stellte MM fest.

Alle nickten zustimmend.

»Da ist sie nicht die Einzige«, gab Janey zu bedenken. »Was ist mit Tabitha? Glaubt sie wirklich, dass sie jemand mit Violet verwechselt hat?«

»Es wäre absolut möglich«, meinte ich.

»Auf der anderen Seite kann Tabitha das auch nur erfunden haben, um die Scheinwerfer weg von Violet auf sich selbst zu richten«, sagte Hugo.

»Aber nach dem, was mit Tabithas Seil passiert ist, hat sie das Recht, paranoid zu sein«, räumte MM ein.

»Ja, und wer war das?«, schaltete sich Matthew ein.

»Und wer hat Violet angerufen und das Treffen abgesagt und ihr Antihistamine in den Kaffee getan?«

»Und was ist mit Philip?«, fügte ich hinzu, wo wir schon mal dabei waren. »Hat er sich umgebracht oder wurde er umgebracht? Ich neige dazu, Violet zuzustimmen. Es kann kein Unfall gewesen sein.«

Erneut senkte sich Stille herab.

»O Gott«, sagte MM aus ganzem Herzen. »Was für eine verdammte Sauerei.«

In diesem Augenblick öffnete sich die Tür. Wir blickten erwartungsvoll auf, so als würde sogleich Hercule Poirot ins Zimmer treten und uns genau erklären, wie sich alles abgespielt hatte. Es war jedoch nur Helen und sie sah nicht fröhlich aus.

»Hier seid ihr alle!«, rief sie aus. »Ich suche euch schon die ganze Zeit.«

»Komm rein«, sagte Matthew überflüssigerweise. Er stand auf und schloss die Tür. Missmutig sank sie neben Janey in einen Sessel.

»Ich weiß nicht, warum ihr das Gefühl hattet, mich ausschließen zu müssen«, schmollte sie.

»Das war doch keine Absicht, Darling«, entgegnete Janey und legte ihr tröstend den Arm um die Schulter. »Nachdem wir Violet nach oben gebracht hatten, standen wir plötzlich alle zusammen da und beschlossen, sofort über die Sache zu sprechen.«

»Du hättest mich suchen können«, sagte Helen, leicht besänftigt.

»Ich weiß. Ein großes Tut-mir-Leid. Verziehen?«

»Na schön.« Helens Schmollmund bildete sich etwas zurück. »Und was habt ihr beredet?«

Schon wieder eine Pause.

»O Gott«, stöhnte Hugo schließlich. »Stücke, in denen geschwiegen wird, habe ich stets vermieden, und jetzt weiß ich, warum.«

»Ich habe gesagt, was für eine verdammte Sauerei das alles ist«, meinte MM schließlich. »Und das schien es auch für die anderen ganz gut zusammenzufassen.«

»Also, ich würde mir an eurer Stelle Violet sehr genau ansehen«, sagte Helen und kam in Fahrt. »Und Tabitha. Alle beide«, fügte sie hinzu, für den Fall, dass wir dieses Konzept noch nicht ganz begriffen hatten. »Ich weiß nicht, ob ich diese ganze Geschichte von dem Angriff glauben soll. Ich meine, welchen Beweis gibt es? Außer Violet selbst hat niemand etwas gesehen.«

»Ich kann mir kaum vorstellen, dass Violet sich ihren Kopf an einer Steinwand aufschlägt und sich dann noch den Arm daran aufschrammt«, wandte Hugo kühl ein. »Sie achtet viel zu sehr auf ihren Körper, um zu solchen Extremen zu greifen.«

Das war ein Argument. »Aber was, wenn sie Angst hatte, dass die Leute sie verdächtigen, Philip ermordet zu haben – und wenn sie das Ganze inszeniert hat, um den Verdacht von sich abzulenken?«, gab ich zu bedenken.

»Dann hätte sie aber gerne die Polizei hier gehabt«, sagte Hugo.

»Nicht unbedingt«, entgegnete ich. »Sie könnte vermeiden wollen, dass sie ihre Geschichte zerpflücken. Vielleicht will sie nur uns überzeugen.«

Ich wusste, das Hugo so etwas nicht gerne hören würde, war aber dickköpfig genug, es trotzdem zu sagen. Zu meinem Leidwesen stürzte sich Helen sofort auf diesen Köder.

»Ich glaube, das stimmt«, sagte sie. »Und woher wissen wir, dass ihr all diese Dinge passiert sind? Vielleicht hat sie es alles erfunden – die Anrufe, die Antihistamine ...«

»Woher weißt du davon?«, fragte Hugo scharf.

»Oh, das weiß jeder«, antwortete Helen affektiert. »Und eines kann ich dir sagen, es gibt nicht viele Leute, die ihr glauben. Das ist doch alles sehr weit hergeholt.«

»Der Fuchs und die Trauben«, meinte Hugo abfällig. »Wenn du anstelle von Violet die Rolle im *Puppenheim* bekommen hättest, würdest du nicht versuchen, sie in Misskredit zu bringen.«

»Ich hätte die Rolle gekriegt, wenn ich bereit gewesen wäre, mit dem Regisseur zu schlafen«, zischte Helen. »Und sie ist nicht die Einzige! Ich könnte dir ein paar Dinge erzählen!«

»Willst du sagen, dass Philip auch mit jemand anderem eine Affäre hatte?«, fragte ich voller Neugier.

»Ich höre mir das nicht länger an«, erklärte Hugo, schob seinen Sessel nach hinten und stand mit einer ruckartigen, zornigen Bewegung auf. »Ihr könnt machen, was ihr wollt. Ich kümmere mich jetzt um Vi.«

Er sah mich nicht einmal an, als er an mir vorbeiging. Die Tür schlug hinter ihm mit einem Knall zu und ich fühlte mich, als hätte er sie mir in den Magen geschlagen.

23. Kapitel

Am nächsten Morgen wachte ich nüchtern auf, aber mit einem festen kleinen Knoten im Magen. Nachdem Hugo gegangen war, hatte es nicht mehr viel zu sagen gegeben. Eine Weile hatten wir noch verschiedene Möglichkeiten durchgespielt, ohne zu irgendeinem konkreten Ergebnis zu kommen. Da wir keinerlei Gewissheit hatten, konnten wir nicht mehr tun. Ich spürte, dass ein, zwei Tatsachen ausreichen würden, den Wirrwarr zu entwirren. Aber bis dahin rutschten wir herum und fanden keinen Halt. In gewisser Weise hatte ich Verständnis dafür, dass Violet nicht mit der Polizei sprechen wollte, wenn der Grund, den sie uns genannt hatte, stimmte. Ich bekam schon Kopfschmerzen, wenn ich mir nur vorstellte, wie man all das erklären sollte, und zwar ganz genau: die Antihistamine in Violets Kaffee, die Sabotage von Tabithas Seil, ganz zu schweigen von all den Rivalitäten innerhalb des Ensembles, während zwei Polizeibeamte mit großen Augen versuchten, den Überblick zu bewahren.

Trotz des Kopfschmerzrisikos tat mir das Nachdenken erstaunlich gut. Es lenkte mich von dem bereits erwähnten Knoten im Magen ab, den ich spürte, seit Hugo, wie ich es sah, mich verlassen hatte. Ich hatte ihn auf der Party gesucht, aber nicht gefunden, und nahm an, dass er sich oben in die Schlange der Bewunderer Violets eingereiht hatte, um Trost zu spenden. Also war ich verschwunden. Mir war die Lust vergangen, nach ihm zu suchen, denn mich überkam das Gefühl, dass er Violet mir vorgezogen hatte. Der Stolz – meine Gewohnheitssünde – saß auf meinem Rücken und peitschte mich vorwärts.

Auf dem Weg hinaus lief ich in Sally und Fisher, die gerade aus der unteren Toilette kamen, sehr derangiert und selbstzufrieden. Missmut fühlt sich nur in Gesellschaft anderer Missmutiger wohl, und deshalb hatte ich für ihre arroganten, glücklichen Gesichter nur ein hämisches Grinsen übrig, während sie mich zum Bleiben überreden wollten, eng umschlungen und kaum in der Lage, die Lippen vom Hals des anderen fern zu halten. Stattdessen ging ich und winkte mir ein Taxi. Zumindest damit hatte man in diesem Stadtteil keine Schwierigkeiten. In meinem Niemandsland bekam man um zwei Uhr morgens schneller seltsame chemische Substanzen als ein Taxi. Ehrlich gesagt, war das eigentlich zu jeder Zeit so.

Taxi- und Minicabfahrer waren vorhersagbar überrascht und entsetzt (in dieser Reihenfolge) über meine Wohngegend. Dieser besonders; es musste der Kontrast zwischen dem Einstieg Chelsea und dem Ausstieg Holloway sein, dazu noch mein schicker Fummel und die Stola aus Kunstpelz. Normalerweise sehe ich so abgerissen aus, dass die nackte, fensterlose Betonfront meines Ateliers wenn auch als Heim wenig einladend, so doch als geeignete Anlaufstelle für jemanden wie mich erscheint. Zuerst fragte mich der Fahrer, ob er ein paar Minuten warten solle, und kam sich dabei sehr schlau vor. Wahrscheinlich hielt er mich für eine Sloane-Tussi, die sich einen zusätzlichen Kick beim Scoren holte, anstatt ihren Dealer zu sich nach Hause zu bestellen. Als ich ihm sagte, dass ich hier wohnte, ging ihm vor Schreck der Motor aus. Es ist bekanntermaßen schwer, einen schwarzen Taxifahrer zu schockieren, so hatte ich an diesem Abend doch noch ein Erfolgserlebnis, so mager es auch sein mochte.

Nachdem ich die Tür hinter mir abgeschlossen hatte, machte ich mich nicht einmal über den Wodka her. Halb erwartete ich, dass Hugo anrufen oder vorbeikommen würde, und ich wollte nicht betrunken sein, falls er das tat. Schließlich fiel ich auf dem Sofa in den Schlaf, noch immer im Kleid, und die bizarren, energetischen Trivialitäten, die nachts so im Fernsehen gezeigt werden, webten sich auf unangenehme Weise in meine Träume. Es muss ein Horrorfilm gewesen sein, denn Hugo jagte mich mit einem langen Messer einen Flur hinab. Er trug eine Wollmütze über dem Kopf, aber ich wusste, dass er es war. Ich duckte mich in eine Nische und schlug ihm eine Eisenstange über den Kopf, als er vorbeikam, wobei ich in einem klaren Augenblick dachte, dass Träume über die angenehme Möglichkeit verfügen, einem einfach so eine Eisenstange zukommen zu lassen. Er stürzte zu Boden wie ein Stein und das Messer glitt ihm aus der Hand. Ich kickte es beiseite, kniete mich neben ihn und zog ihm die Mütze vom Kopf. Mein Herz raste. Ich hoffte gegen jede Vernunft, dass es doch nicht Hugo sei.

Aber er war es. Blut tropfte ihm von der Stirn in die Augen. Er öffnete sie und sagte zu mir:

»Violet! Geht es dir gut?«

Und das machte mich so wütend, dass ich aufwachte. Ich schreckte hoch, zitternd vor Zorn. Der Fernseher rauschte weiß. Es war sechs Uhr morgens und Hugo hatte sich nicht gemeldet. Ich kroch die Leiter hinauf, streifte mir das Kleid vom Leib und rollte mich im Bett zusammen wie ein Tier in seinem Bau. Das Federbett wickelte ich so um mich herum, dass nicht ein einziger Lichtstrahl zu mir hindurchdringen konnte.

Nach einer Weile schlief ich ein, eingehüllt wie in einen Kokon und gleichermaßen beschützt. Wenn ich wieder träumte, dann war das, was sich hinter meinen Augenlidern abspielte, zum Glück nicht heftig genug, um mich aufzuwecken.

Ich hatte zwei Möglichkeiten. Ich konnte aufstehen und meine Depressionen überlisten, indem ich mich auf etwas anderes konzentrierte, oder ich konnte liegen bleiben und mich auf unbestimmte Zeit in meinem Selbstmitleid suhlen. Option A schien mir attraktiver. Außerdem konnte ich mich, wenn ich mein Atelier verließ, mit dem Gedanken trösten, dass Hugo bestimmt eine Nachricht auf dem Anrufbeantworter hinterlassen hatte, wenn ich zurückkam.

Ich zog ein kurzes T-Shirt an, einen ebenso kurzen Chenille-Pullover mit V-Ausschnitt und meine alten Lederjeans. Dabei fiel mir ein, und ich spürte ein Stechen in der Magengrube, dass Hugo gesagt hatte, sie seien zu alt und ich solle mir ein neues Paar machen lassen.

Ich zog einen Gürtel mit einer enorm schweren Silberschnalle durch die Schlaufen, in der Hoffnung, dass sie die Jeans vorne so weit nach unten ziehen würde, dass es aussah, als sitze sie auf Hüfte. Idealerweise sollte man ein winziges Stück Bauch zwischen der Schnalle und dem Pullover sehen. Dann war ich aber doch dankbar dafür, dass es keine Hüfthosen waren. Seit Wochen hatte ich keine Sit-ups mehr gemacht – mich allerdings mit Sex beschäftigt, was auch irgendwie zählt. Ich verdrängte den Gedanken sowie alle weiteren, die mich an Hugo erinnern konnten, trug pflaumenfarbenen Lippenstift auf, schwarzen Eyeliner, hängte mir eine breite silberne Kette um und zog meine Lieblingsstiefel an. Jetzt war ich bereit, der Welt gegenüberzutreten wie nur sonst was.

Ich stieg in den Van und fuhr in Richtung Kilburn. Geradeaus nach Camden, in die Delancey Street, um den Regent's Park herum und hinauf zu den distinguierten Höhen von St. John's Wood; die Edgeware Road hinunter, die immer schäbiger wurde, bis ich das Gebäude erreicht hatte, das irgendwelche Optimisten mit großem finanziellen Aufwand in ein Hotel umgebaut hatten und das seine Lage in den Broschüren sicherlich als ›im Herzen von Maida Vale‹ angab. Das würde so lange funktionieren, bis einer der Gäste sich zufällig nach rechts wandte, wenn er herauskam, denn nach weniger als zwanzig Schritten würde er sich in Kilburn wiederfinden, rau, dreckig und arm. Hier wimmelte es ein wenig zu sehr von Leben für die Touristen und Geschäftsleute, die das Hotel anlocken wollte.

Ich kroch auf der Kilburn High Road einem Bus Nr. 16 hinterher, und der Verkehr staute sich hinter mir, auch weil mehrere Mütter Doppelkinderwagen über die Straße schoben und gleichzeitig versuchten, zwei kreischende Kinder an der Hand und im Zaum zu halten. Abgesehen davon, dass es mich dankbar machte, dass ich Single und babylos war, gaben die Hindernisse mir Zeit, mich umzusehen. Ich mochte Kilburn schon immer, mit dem Abfall, der sich auf den Straßen türmte, und dem extremen ethnischen Mix. Hier gab es alles, von irischen Pubs mit Sägemehl und Spucke auf dem Boden, wo unablässig IRA-Gerüchte kursierten, bis hin zu den westindischen Reisebüros und Friseuren und den besten und billigsten südindischen Restaurants in ganz London … Als unser Konvoi das teilweise mit Brettern vernagelte Shopping-Center passierte, das mittlerweile von einer blühenden Sammlung von Marktständen kolonisiert worden war, schaute ich nach links, ob die asiatische Frau, die an einem Tapeziertisch vor einer geschlossenen irischen Bank predigte, wieder da war. In der Tat. Heute schien sie sich auf einige leicht verständliche Soundhappen zu konzentrieren.

»JESUS LIEBT EUCH!«, rief sie zwei vorbeilaufenden Mädchen zu, die so etwas nicht erwartet hatten und erschreckt zusammenfuhren. Sie hatten ihr Haar mit Gel in dicke, glänzende, schwarze Pferdeschwänze frisiert, es sah nicht echt aus, aber lebensfroh.

»ELENDE SÜNDER!«, schrie sie als Zugabe.

»Scheiße, das glaube ich nicht«, sagte eines der Mädchen so laut, dass ich es hören konnte. Das andere fing an zu kichern und konnte nicht mehr aufhören damit. Ich hielt an der Ampel, und als sie vor mir über die Straße gingen, sagte das erste Mädchen: »Das werde ich zu Frenchie sagen, wenn er das nächste Mal an mir rummacht; dann sage ich ›ELENDER SÜNDER‹ in sein Ohr, ganz laut. Ich werde bestimmt vor Lachen sterben …«

Die Ampel wechselte. Ich fuhr an und bog bei McDonald's links ab, hinunter nach Brondesbury, durch eine lange Reihe schmaler Straßen mit kleinen, eng aneinander gepressten Häusern und parkenden Autos auf beiden Straßenseiten, sodass es einer Serie von Ausweichmanövern bedurfte, wenn einem etwas entgegenkam, das breiter als mein Escort war. Nachdem ich die Eisenbahnbrücke erreicht hatte – beide Außenspiegel waren noch intakt, Gott sei Dank –, befuhr ich Niemandsland. Hier waren die Straßen breit, aber beunruhigend leer, gesäumt von heruntergekommenen Läden mit heruntergelassenen Rollos. Der eine oder andere schäbige Gebrauchtwagenhandel war auch dabei. Hier kam die Kolonisation durch junge, urbane Möchtegern-Yuppies zum Stillstand, hier wollte niemand leben, so nahe bei den Sozialwohnungen, wenn er nicht musste.

Ich bog in den Eingang zur Siedlung ein und parkte so nahe wie möglich der Mitte, zwischen zwei einigermaßen gut erhaltenen Wagen. Wenn jemand vorhatte, einen Wagen zu beschädigen oder einfach zu klauen, dann würde meiner in dieser Gesellschaft den geringsten Anreiz bieten. Auffällig häufig sah ich mehrere Suzuki Vitaras; sie schienen in der Gegend sehr beliebt zu sein. Ein örtlicher Drogendealer hatte wohl einen Trend ausgelöst.

Ich stieg aus und versuchte mich zu orientieren, ohne merken zu lassen, dass ich mich hier nicht auskannte. Diese riesigen Sozialbausiedlungen mochte ich noch nie, sich hier zurechtzufinden war komplizierter als im Irrgarten von Hampton Court; da gab es zumindest einen Kreisel und jemand saß auf einer hohen Plattform und rief einem Anweisungen zu, wenn man sie brauchte. Ich benötigte fast zwanzig Minuten, bis ich William Wordsworth House gefunden hatte, und weitere zehn, um es zu umkreisen und das Klingelschild zu entdecken, das Nummer 58 aufwies. Ein Teil meiner Suche vollzog sich unter den Blicken einer Gruppe von Jungen, die so gelangweilt aussahen, als hockten sie vor einem unsichtbaren Fernseher, mit Augen, die so glanzlos und fernab von allem wirkten, als liefe gerade *Richard and Judy*. Ihre herabhängenden Schultern kündeten von stummer Resignation. Sie hätten sich ›Ist das alles?‹ auf die Stirn tätowieren sollen. Es war noch nicht einmal ein Trost, dass sie mich nicht belästigten. Irgendwie hätte ich das besser gefunden als diese traurige Nachtschicht von Zombies.

Schnell drückte ich auf den Knopf, ohne zu wissen, ob jemand zu Hause war oder wenn ja, ob ich reingelassen wurde. Doch fast unmittelbar ertönte ein dumpfes Antwortsummen und das Türschloss öffnete sich. Ich drückte die Tür auf und musste mich dagegen stemmen, so schwer war sie. Vielleicht betongefüttert. Ich bedauerte alle Insassen dieses Wohnblocks, die nicht mindestens dreimal die Woche mit Gewichten trainierten.

Drinnen blieb ich zunächst zögernd vor den kompromisslos grauen, eingedellten Lifttüren stehen. Dann drückte ich den Aufzugknopf. Ich konnte mir ja erst anschauen, wie die Dinger von innen aussahen, bevor ich mich entschied. Als die Türen auseinander glitten, fiel mir auf, dass offenbar nicht wenige der Bewohner des William Wordsworth House Kurse in Kunsttherapie belegt hatten, um die Verbindung zu dem Kind in ihnen wieder herzustellen. Vielleicht sollte man lieber sagen, zu den Säuglingen in ihnen, denn viele schienen über die präödipale Phase nicht hinausgekommen zu sein – was die obsessive Fixierung auf die Genitalien und die Körperfunktionen bewies. Vielleicht hatten sie auch nur zu viel Kathy Acker gelesen. Man wird so leicht vom Schreibstil eines anderen beeinflusst.

Zumindest war ich dankbar, dass die urbanen Poeten ihre Ergüsse auf die Liftwände beschränkt hatten, wohl mit dem Gedanken, dass es einfach übertrieben gewesen wäre, den Boden mit gebrauchten Spritzen oder Kondomen zu verzieren oder von einer Auswahl der vielen verschiedenen Abfallprodukte, auf die sie in ihren Texten Bezug nahmen. Aber als der Aufzug sich bis zum fünften Stock hochgewuchtet hatte, wurde ich das Gefühl nicht los, sehr viel mehr über das Privatleben von Individuen wie Carl, Silla und Brian zu wissen, als ich wollte. Wenn ich ihnen vorgestellt worden wäre, ich hätte ihnen wohl nicht in die Augen schauen können.

Ich sah Hazel, kaum dass sich die Lifttüren öffneten. Sie stand in der Tür ihrer Wohnung, in schwer deutbarer Pose.

»Sam«, sagte sie. »Ich habe deine Nachricht erhalten ...«

Ihre Stimme verlor sich. Sie wartete darauf, dass ich ihr erklärte, warum ich mit ihr sprechen wollte. Es sah so aus, als müsste ich mir meinen Weg in die Wohnung mit Worten erkämpfen. Sie hatte sich so aufgebaut, dass sie den Eingang blockierte, ohne feindselig zu wirken. Immerhin hatte sie mich in das Gebäude gelassen. Ich war fast am Ziel.

»Können wir reingehen?«, fragte ich kurz entschlossen. Am besten war, ich tat so, als sei das selbstverständlich. »Hier draußen redet es sich nicht so gut.«

»Viel Zeit habe ich nicht«, sagte Hazel, aber sie wich etwas zurück.

»Schon gut, so lange wird es nicht dauern. Aber es geht um etwas Privates...« Ich ließ die Worte in der Luft hängen. Eine lange Pause folgte. Dann seufzte Hazel ihre Zustimmung, trat zur Seite und ließ mich herein.

Es handelte sich um eine typische Sozialwohnung, schlecht konstruiert und in so viele kleine Zimmer wie möglich aufgeteilt. Hinter der Tür verlief ein kurzer, schmaler Flur, an dem ich eine Reihe von Türen sah, die so dicht nebeneinander lagen, dass ich mir vorstellen konnte, wie beengt die Zimmer dahinter waren. Die erste Tür links führte ins Wohnzimmer, in das Hazel mich nun hineinbugsierte. Gegenüber war eine kleine Küche, eher eine Kochnische. Warum der Architekt den Flur nicht auf eine Seite der Wohnung gelegt hatte, sodass Küche und Wohnzimmer nicht getrennt waren, blieb mir ein Rätsel. Zusammen hätte es einen Raum von ordentlicher Größe ergeben.

Hazel bot mir weder Tee noch etwas anderes an. Sie setzte sich einfach aufs Sofa, faltete die Hände im Schoß und beobachtete mich, während ich ihr gegenüber Platz nahm. Kein Geplauder, keine sozialen Nettigkeiten. Eine gute Taktik; so fiel es mir schwerer, schwierige Themen anzusprechen. Ich gewann etwas Zeit, indem ich mich umsah. Das Zimmer war so neutral eingerichtet, dass es praktisch nichts über den Menschen aussagte, der hier wohnte. Es gab keine besondere Farbe oder den Versuch eines persönlichen Stils, der einem Hinweise auf Hazels Geschmack gegeben hätte. Stattdessen machte es den Eindruck, als habe sie einfach das übernommen, was der Vormieter dagelassen hatte, und nur ein paar Sachen dazugekauft, die absolut nötig waren. Der Tisch, das Sofa, die Stühle – sie alle waren so typisch für eine bestimmte Art zu wohnen, dass man vergaß, wie sie aussahen, sobald man den Blick von ihnen wandte. Hinter dem Sofa hingen einige Regale, in denen sich Textausgaben von Theaterstücken aneinander reihten, staubfrei und alphabetisch geordnet. Alles war ordentlich und sauber und funktional, wie Hazel selbst, und wie Hazel schien auch die Wohnung völlig zufrieden damit zu sein.

Hazel wartete noch immer darauf, dass ich etwas sagte. Schließlich begann ich lahm: »Alle machen sich große Sorgen darüber, was im Theater vor sich geht. Besonders wegen dem, was Violet auf der Party passiert ist.«

»O ja, ich habe heute Morgen davon erfahren. Ich bin nicht lang geblieben – ich war gar nicht mehr da, als es geschah.«

»Was glaubst du, wer es war?«, fragte ich. Ich hatte bereits gelernt, dass es bei Hazel keinen Sinn hatte, um den heißen Brei herumzureden.

Sie verzog keine Miene. »Ich weiß es nicht. Aber ich wünschte, es wäre Schluss damit. Es lenkt sehr ab.« Während sie sprach, blieb ihr blasses Gesicht fast unbewegt.

»Was ist mit Philip Cantley?«, fragte ich. »Glaubst du, dass er sich umgebracht hat? Oder dass er Shirley Lowell getötet hat?«

Hazel sah mich unbeirrt an. »Ja, ich glaube, dass er Shirley umgebracht hat«, sagte sie ziemlich überraschend. »Jedenfalls hielt ich ihn für fähig, so etwas zu tun. Ich habe ihn einmal mit Violet gesehen und er hat sie nicht gut behandelt.«

»Helen hat gestern Abend etwas gesagt, das darauf schließen lassen könnte, dass auch du eine Affäre mit ihm gehabt hast«, sagte ich, um ihr etwas Feuer unter dem Hintern zu machen. So weit dehnte ich die Wahrheit auch wieder nicht. Helen hatte Hazels Namen nicht genannt, aber wen sollte sie sonst gemeint haben? Hazel war die einzige andere Frau im Ensemble des *Puppenheims*, es sei denn, man rechnete auch die Hausdienerin oder die Krankenschwester dazu.

Zum ersten Mal, seit ich sie kannte, zeigte Hazel eine heftige Reaktion. Sie sah, um es kurz zu machen, entgeistert aus.

»Helen hat *was* gesagt?«, fragte sie ungläubig.

Ich breitete die Arme aus. »Nun, eben das.«

»Ich weiß nicht, was das heißen soll.« Hazel war noch immer völlig perplex. »Helen hat gesagt, dass ich ... ich meine, ich kenne die Gerüchte, aber das ist einfach Unsinn.« Sie starrte mich an, als könne sie in meinem Gesicht eine Erklärung für diese verblüffende Behauptung finden, und ich erkannte plötzlich, dass sie nicht nur die Annahme schockierte, sie könne mit Philip Cantley ins Bett gegangen sein, sondern die Annahme, sie würde überhaupt mit jemandem ins Bett wollen.

»Warum sollte sie so etwas sagen?«, fragte ich.

»Oh, Helen sagt eine Menge Dinge.« Hazel klang wieder gefasster. »Allerdings sind sie meistens wahr. Deshalb überrascht mich das so. Als sie mir von Matthew und Tabitha erzählte, war ich nicht sicher, aber dann merkte ich, dass sie Recht hatte. Wenn ich so darüber nachdenke, hat sie mir nie Dinge erzählt, die nicht stimmten. Sie erzählt mir ziemlich viel«, fügte sie versonnen hinzu. »Wahrscheinlich, weil ich selbst nicht klatsche. Bei mir kann sie Dampf ablassen und weiß, dass ich es nicht weitertrage.«

»Moment mal«, entgegnete ich. »Wie war das mit Matthew und Tabitha? Sie haben was miteinander?«

»Sie hatten. Zu Beginn der Proben. Aber jetzt nicht mehr.«

»Woher weißt du das?«

»Oh, so wie sie miteinander umgingen ... ich erkenne das immer, es liegt wohl daran, dass ich an solchen Dingen nicht sehr interessiert bin«, teilte mir Hazel gelassen mit. »Aber bei anderen weiß ich immer Bescheid. Es gibt viele kleine Zeichen. Jedenfalls«, fuhr sie fort, »ging es hauptsächlich von Tabitha aus. Matthew ist in MM verliebt, seit er sie das erste Mal gesehen hat. Wenn er mich gefragt hätte, ich hätte ihm sagen können, dass er bis zur Premiere würde warten müssen. Während der Proben hätte sie nie etwas angefangen, weil sie sich nicht ablenken lassen will.«

Es schien Hazel nicht das Geringste auszumachen, dass ich sie mit Fragen bombardierte. Im Gegenteil, sie schien in Fahrt zu kommen. Ein Zyniker hätte gesagt, dass sie stolz ihr Wissen präsentierte, aber ich glaubte, dass sich Hazel zutiefst dafür interessierte, was die Leute antrieb. Sie war der geborene Beobachter, sie bemerkte die kleinsten Gesten, die seltsamsten kleinen Eigenarten, und sie baute alles in ihre Rollen ein.

»Kennst du MM gut?«, fragte ich, hauptsächlich um nicht wieder mit ›Woher weißt du?‹ zu beginnen. Ich liebe die Abwechslung.

»Nein, eigentlich nicht. Als ich auf der Schauspielschule anfing, absolvierte sie das letzte Jahr des Regisseurstudiums. Seitdem habe ich ein paarmal mit ihr zusammengearbeitet. Aber ich verstehe sie. Sie denkt nur an ihre Arbeit und für dieses Ziel tut sie alles.«

In Hazels Stimme klang ein Wohlwollen mit, das ich sofort erkannte. Wahrscheinlich sah sie in MM eine verwandte Seele. Ich beobachtete sie, auf der verzweifelten Suche nach einer geeigneten Frage. Das Resultat war eher dürftig: »Was hat Helen dir noch erzählt?«

Hazel sah mich nachdenklich an. »Du meinst Dinge, auf die ich von selbst nicht gekommen wäre? Nun, diese Sache mit Bez. Er wirkt so nett. Aber manchmal spürt man so etwas nicht.«

»So etwas?«, fragte ich vorsichtig.

»Er hat viel getrunken und seine Frau geschlagen. Ziemlich heftig. Irgendwann hat ein Nachbar die Polizei gerufen. Sie haben ihn verwarnt und er musste eine Beratungsstelle aufsuchen. Heute macht er es wohl nicht mehr.«

»Aber er trinkt noch immer zu viel?«, fragte ich und dachte an die Party, an Bez' gerötetes, aufgedunsenes Gesicht. Ein Mann mit seinem hellen Teint wirkte besonders unattraktiv, wenn er einen getankt hatte. Es war der Kontrast der blauen Augen mit den blutunterlaufenen Venen, die sich vor dem Weiß abhoben; und die helle Haut, die bis unter die Haarwurzeln knallrot anläuft. Ich schnitt eine Grimasse.

»Irgendwie wünschte ich mir, du hättest mir das nicht erzählt«, sagte ich ehrlich. »Es verändert, wie man jemanden sieht. Selbst wenn er sich heute im Griff hat.«

»Ich weiß, was du meinst«, erwiderte Hazel ernst. »Aber wenn man mit jemandem arbeiten und mit ihm klarkommen muss, dann ist es das Beste, man vergisst so etwas, wenn man nichts dran ändern kann. Und das kann man meistens nicht. Man kann die Menschen nicht ändern.« Ihre Stimme war etwas leiser geworden, als spreche sie über etwas sehr Wichtiges. »Aber manche Männer sind eben so«, fügte sie etwas beiläufiger hinzu. »Besonders diejenigen, die trinken. Sie ändern ihre Persönlichkeit, wenn sie betrunken sind. Jekyll und Hyde.«

»Er hatte einiges zu viel gestern Abend«, sagte ich. »Etwas zudringlich, aber harmlos. Schwankte umher und versuchte, alle hübschen Mädchen zu umarmen.«

»Mich hat er nicht versucht zu umarmen«, meinte Hazel recht gelassen. »Aber es gab ja auch eine Menge Mädchen dort, die hübscher waren als ich. Allerdings wette ich, dass er es später, gegen Ende der Party, aus Verzweiflung auch bei mir versucht hätte.«

»Als ich dich das letzte Mal sah, hast du dich mit Ben unterhalten.«

»Ja, er hat ein paar interessante Sachen über das Stück – das *Puppenheim*, meine ich – gesagt. Deshalb bin ich auch früher nach Hause gegangen, bevor die ganze Aufregung stattgefunden hat. Ich wollte über Christine nachdenken.«

Mir fiel auf, dass sie zum wiederholten Male darauf hinwies, dass sie die Party vor dem Angriff auf Violet verlassen hatte, und ich fragte mich, ob sie das mit Absicht tat. Sie sah auf ihre Uhr.

»Ich muss gleich los«, sagte sie. »Ich muss mich mit einem BBC-Produzenten treffen, also den ganzen Weg nach White City und zurück.«

Ich hatte mein Stichwort verstanden und erhob mich.

»Jedenfalls danke, dass du mit mir gesprochen hast«,

sagte ich. »Ich hoffe, ich habe dich nicht allzu sehr belästigt.«

Hazel stand auf und ging zur Tür voraus. Der Flur war so eng, dass sie die Wohnungstür aufmachen und hinausgehen musste, damit ich vorbeikonnte, ohne dass wir uns gegenseitig anrempelten.

»Oh, das geht in Ordnung«, sagte sie nur. »Ich hoffe, ich habe dir geholfen.«

Das war das erste Mal während unseres Gesprächs, dass sie irgendwie falsch klang. Kaum stand ich draußen, huschte sie ohne auf Wiedersehen in ihre Wohnung zurück. Die Tür schloss sich. Aus irgendeinem Grund war ich vollkommen überzeugt davon, dass Hazel gerade das genaue Gegenteil von dem gesagt hatte, was sie wirklich dachte.

24. Kapitel

Als ich aus dem Lift kam, standen zwei Mädchen in der Eingangshalle. Das eine kauerte an der Wand, es schluchzte und drückte ihre Tasche an die Brust, das andere versuchte sie zu trösten. Beide trugen Schuluniformen, graue Faltenröcke und weiße Blusen, die sie ihrem Geschmack angepasst hatten, indem sie dazu Schuhe mit hohen Blockabsätzen trugen, schwarze Strumpfhosen und darüber dick gefütterte Sportjacken. Das Ganze wirkte auf eine seltsame Weise sehr effektiv. Wenn Anna Sui oder Marc Jacobs ihnen jetzt begegnet wären, würde man diesen Look im nächsten Frühjahr auf den Laufstegen New Yorks bewundern können. Das Mädchen, das versuchte, ihre Freundin aufzumuntern, war so pubertätsdünn, dass ihre langen Beine aussahen, als habe man zwei Stöcke zusammengebunden; dort, wo ihr Hintern hätte sein sollen, fielen die Falten ihres Rocks gerade herab. Ihr Haar war zu vielen kleinen schwarzen Knoten geflochten, die direkt auf der Kopfhaut saßen, die die Farbe von Kastanien im Herbst aufwies.

Ihre Freundin schniefte noch, als ich an ihnen vorbeiging.

»Warum immer ich …«, schluchzte sie.

»Ach, mach dir nichts draus, das ist einfach eine Bande von Rassisten, Steff, das weißt du doch. Die suchen sich immer weiße Mädchen aus. Wenigstens haben sie dieses Mal deine Tasche nicht bekommen.«

»Oh, tolle Sache«, fuhr Steff sie an, offenbar wieder etwas munterer. »Soll ich jetzt dankbar sein, oder was?«

»Ah, der alte Kampfgeist. Hier, nimm 'ne Silk Cut.«

Feuerzeuge klickten, die Mädchen inhalierten tief und ich stemmte mich gegen die Tür.

»Da versteht man, warum Lisa ihre Gang gegründet hat«, sagte Steff düster und blies Rauch in die Luft. »Vielleicht sollte ich sie fragen, ob ich mitmachen darf. Könnte mir 'n bisschen Respekt verschaffen.«

Beim Hinausgehen hörte ich, wie das Mädchen, das nicht Steff war, antwortete: »Sei doch nicht so beschissen blöd. Das sind doch Idioten, das weißt du doch. He, hast du Lust, dir *Xena, die Kriegerprinzessin* anzusehen? Ich hab's am Samstag aufgenommen. Da kriegen ein paar stinkende Bastarde den Arsch voll.«

Eines Tages sollte dieses Mädchen eine Praxis als Therapeutin eröffnen. Sie könnte ein Vermögen verdienen. Auf dem Weg zu meinem Van kam ich wieder an der Gruppe von Jungen vorbei, die an der Mauer rumhingen, aber ich konnte mir kaum vorstellen, dass sie es gewesen waren, die Steff belästigt hatten. Die meisten von ihnen konnten kaum die Augen aufhalten. Vielleicht langweilte ich sie so sehr. Sofort verwarf ich diese Möglichkeit. Heute war ein Tag für positives Denken.

Zu Hause warteten ein paar Nachrichten auf dem Beantworter und ich schaltete auf Play, noch bevor ich die Tür zugemacht hatte. Ich war sicher, dass mindestens eine von Hugo dabei war. Zwei hatten aufgelegt. Vor der letzten hielt ich den Atem an. Meine Enttäuschung, Sallys Stimme zu hören, war riesengroß.

»Sam? Isch wollte hören, wie es dir gäht. Du scheinst – schienst« – kichernd verbesserte er sich nach der Korrektur eines anderen –, »du schienst so aufgebracht letzte Nacht und wir wollten wissen, ob alles in Ordnung war – ist ...« Noch mehr Gekicher. »Außerdem wollte ich dir etwas über Helen erzählen. Isch mag dieses Mädchen überhaupt nischt. Aber ich sehe – sah sie letzte Nacht im Garten, und später höre ich von Violet, und isch denke, oh, das ist komisch – was? Dachte! Ich dachte, das ist komisch! Isch höre jetzt auf, weil Fisher mir die Hölle heiß macht mit alle diese Grammatik. Er lässt dich grüßen.«

Die Nachricht endete mit einem weiteren Kicheranfall. Ich trat die Tür zu, was mich nicht besänftigen konnte, und dachte ernsthaft daran, den Anrufbeantworter gegen die Wand zu werfen. Wenn das eigene Liebesleben wie ein Haufen Müll vor einem liegt, sollte man unter allen Umständen Freunden aus dem Weg gehen, die sich in einem Zustand romantischer Glückseligkeit befinden. Verzweifelt überlegte ich, ob ich jemanden kannte, dessen Ehe gerade gescheitert war. Ich brauchte einen Menschen, der schwere Drogenprobleme oder eine Reihe von Komplexen hatte, die es nicht erlaubten, jemals eine ernsthafte Beziehung aufzubauen, kurz gesagt, jemand, der es mir leichter machte, mein eigenes Schicksal zu ertragen. Wofür waren Freunde sonst da?

Ich löschte Sallys Nachricht sofort, für den Fall, dass ich sie später aus Versehen noch einmal ablaufen ließ, was mich sicher dazu getrieben hätte, mit dem Brecheisen auf die Maschine loszugehen. Das ist ein Problem für Bildhauer – überall liegen die verschiedensten Werkzeuge herum und stellen eine Versuchung für die Augenblicke dar, in denen man zuerst handelt und dann überlegt. Eine Welle der Wut auf Hugo schwappte über mich. Wenn ich ihn jetzt vor mir gehabt hätte, wäre ich sicherlich meinen Instinkten gefolgt, ohne sie an irgendeinen Punkt in meinem Denkapparat zu verweisen.

Das Telefon klingelte. Ich ließ die Hand über dem Hörer und wartete ein paar Klingelzeichen ab, bevor ich abnahm. Es sollte nicht so aussehen, als sei ich eines dieser traurigen und verzweifelten Wesen, die vor dem Telefon knien und auf einen Anruf hoffen.

»Hallo?«, sagte ich und versuchte so zu klingen, als sei es mir völlig gleichgültig, wer da wohl anrief.

»Modesty, Liebling«, näselte Hugo. »Ich bin's.«

Wenn das ein Versuch war, mich zu becircen, dann war er gnadenlos gescheitert. Ich starrte den Hörer düster an.

»Hör zu, Liebling«, fuhr Hugo fort. »Ich möchte dich wirklich gerne sehen.«

»Ach, möchtest du«, entgegnete ich kalt.

»Du bist sauer auf mich, nicht wahr? Komm vorbei und ich entschuldige mich persönlich. Ich werde zu Kreuze kriechen, das verspreche ich.«

»Du hättest mich gestern Nacht anrufen können«, schmollte ich.

»Hör zu, wir haben einiges zu besprechen, und ich möchte sehen, was für ein Gesicht du dabei machst. Komm am besten gleich zu mir.«

Hugos Stimme hatte etwas Angespanntes, das ich nicht kannte. Wenn er noch böse auf mich war oder mich sogar abservieren wollte, wäre das nachvollziehbar gewesen. Aber warum hatte er mich dann angerufen und warum beharrte er darauf, dass ich bei ihm vorbeikam? Irgendwas stimmte da nicht. Langsam sagte ich:

»Ist alles in Ordnung?«

»Aber ja doch, Modesty. Ordnung ist das halbe Leben. Schade nur, dass du sauer auf mich bist. Also komm vorbei und wir klären alles.«

»Gut, ich muss hier nur eine Sache zu Ende bringen. Ich bin so in einer Stunde bei dir.«

»So bald wie möglich, Schatz.«

Ich legte auf und betrachtete nachdenklich die Wand. Auch wenn Hugo fast immer affektiert und oberflächlich redete, so klang er dabei doch stets entspannt, was schließlich auch dazugehörte. Aber gerade eben hatte er angespannt wie ein Flitzebogen geklungen und seine Stimme hatte überhaupt nicht zu dem gepasst, was er gesagt hatte. Und warum hatte er mich Modesty genannt?

Ich griff wieder zum Telefon und wählte Hawkins' Nummer. Wie durch ein Wunder saß er tatsächlich an seinem Schreibtisch. Er klang beschäftigt, obwohl sich das schlagartig änderte, als er meine Stimme hörte. Jetzt klang er misstrauisch.

»Sei nicht so«, ermahnte ich ihn. »Das ist nicht nett. Du solltest dich anhören, als würdest du dich freuen, dass ich am Apparat bin.«

»Warum solltest ich? Du rufst nur an, weil du etwas von mir willst.«

»Du würdest auch nicht fröhlicher klingen, wenn ich sagen würde, dass es nur um dich geht«, merkte ich an.

Da hatte ich den falschen Weg eingeschlagen. Seine Stimme wurde sanfter. »Hast du mich deshalb angerufen, Sam? Willst du mich sehen?«

»Ja, nun – auf gewisse Weise schon, ich meine, das wäre großartig, aber da gibt es eine Sache, die ich noch klären muss, bevor ich mich mit dir treffen kann.« Ich schwamm ganz schön. »Wenn du mir vielleicht erst bei dieser Sache helfen könntest …«

»Was mich wirklich auf die Palme bringt«, erklärte Hawkins, »ist nicht einmal, dass du so leicht zu durchschauen bist. Aber du weißt, dass du dich nicht mal bemühen musst, irgendwie subtiler zu sein, weil du dir sicher sein kannst, dass ich sowieso mitmache. Ich glaube, ich muss meinen Kopf untersuchen lassen.«

»Hawkins«, entgegnete ich bestimmt. »Bitterkeit ist nicht attraktiv. Vergiss das nicht. Außerdem kann ich dir manchmal auch helfen. Denk an die Sache in der Bank.«

»Das war nicht mein Fall. Wir haben es nur geschafft, jemanden wegen Drogenhandels einzubuchten, nicht wegen Mord. Dafür hast du nicht den Hauch eines Beweises geliefert.«

»Mein Gott, bist du empfindlich heute. Was ist los mit dir?«

»Das willst du doch gar nicht wissen.« Dieser Aussage folgt im Allgemeinen die Information, die man angeblich nicht wissen wollte. Ich wartete und dann kam sie. »Hochzeit und so. Daphne und ihre Mutter versuchen dauernd, mich dazu zu bringen, mir Hotels für die Feier anzusehen – und fragen mich, ob ich glaube, dass wir beim Büffet kalten Lachs haben sollten und solchen Mist. Ich habe einfach keine Zeit.«

»Ich weiß gar nicht, warum sie dich da reinziehen. Sie sollten einfach alles allein machen, ich meine, das macht ihnen bestimmt viel mehr Spaß.«

»Das sage ich Daph ja auch immer, aber sie erklärt, dass sie will, dass ich ein Teil des Ganzen bin. Ich meine, ich heirate sie! Wie viel mehr als ein Teil des Ganzen soll ich denn noch sein?«

Er seufzte tief, ein Seufzen voller Düsterkeit und Verzweiflung. Ich kannte mal einen Dobermann, der so seufzte. Es war das traurigste Geräusch der ganzen Welt.

»Weißt du was?«, sagte ich verschlagen. »Du brauchst Ablenkung. Warum stürzt du dich nicht in die Arbeit?«

Hawkins seufzte schon wieder.

»Also gut«, sagte er resigniert. »Ich tu's. Was ist es dieses Mal?«

Knapp eine Stunde später hielt ich vor Hugos Haus. Noch war es kein großes Problem, hier einen Parkplatz zu finden, aber spätestens in zehn Jahren würde Spitalfields, ganz zu schweigen von Clerkenwell, genauso überquellen wie Kensington. Selbst Yuppies, die den alternativen Stil bevorzugten, diejenigen, die in Schwarz zur Arbeit gingen und in ihrer Freizeit das Layout von Hochglanzmagazinen diskutierten, mochten ihre Autos. Zumindest passte mein Escort Van besser hierher. Ich spielte mit dem Gedanken, meinen Wagenpark aufzurüsten, und wenn ich durch die Gegend fuhr, warf ich so manchem Corsa Van lustvolle Blicke zu. Eigentlich wollte ich einen Pick-up, aber dann hätte ich aufs Land ziehen müssen, um das passende Wetter zu haben, und es schien mir ein wenig übertrieben, seinen Wohnsitz dem Wagen anzupassen. Aber nicht sehr. Ich bin Maschinenfreak. Ein bisschen.

Ich klingelte und wurde sofort hineingesummt, ohne ein Wort aus der Sprechanlage. Drinnen war es still wie in einem Grab, und als ich die Treppenstufen zum ersten Stock hinaufstieg, verursachten meine Lederjeans und das Ächzen der Dielenbretter einen Krach, der Tote aufgeweckt hätte. Die Tür zu Hugos Wohnung stand offen, was mich nicht überraschte. Vorsichtig drückte ich sie mit einer langsamen Bewegung zur Seite. Normalerweise schallte mir immer Musik entgegen. Hugos Geschmack war so eklektizistisch, dass man unmöglich voraussagen konnte, was für

Musik das sein würde, aber bis jetzt hatte es immer welche gegeben. Und er ließ die Tür nie auf.

Ich wartete kurz, bevor ich über die Schwelle trat. Die Dielenbretter knarrten unter den Absätzen meiner Stiefel. Da er den Summer betätigt hatte, wusste er, dass ich hier war. Aber irgendwie wünschte ich mir, dass der Boden unmodisch mit Teppich ausgelegt gewesen wäre. Meine Ankunft mit solch einem Lärm anzukündigen, schien schrecklich unsensibel. Und ich hasse es, aufzufallen.

Hugo saß im Wohnzimmer auf einem Stuhl und sah mich an. Die Miene, die er machte, hatte ich noch nie an ihm gesehen, und wenn er mich um meine Meinung gebeten hätte, wäre ich bereit gewesen, ihm offen zu sagen, dass sie ihm nicht stand. Aber ich konnte es ihm nicht richtig übel nehmen. Ich bezweifelte, dass ich, wenn ich an einen Stuhl gefesselt wäre und jemand eine Spritze gefährlich nahe an meinen Arm halten würde, weniger angespannt und nervös aussehen würde; Adjektive, wie sie die Hersteller von Kopfschmerztabletten benutzen, um den Zustand zu beschreiben, in dem man sich befindet, bevor man einige ihrer kodeinversetzten Produkte geschluckt hat.

Die größte Überraschung war jedoch die Person, die die Spritze hielt. Eigentlich war es keine Spritze, sondern ein EpiPen, klein und weiß und überhaupt nicht bedrohlich wirkend. Ich musste mich daran erinnern, was er enthielt, um die Gefahr ernst zu nehmen. Hugo nahm das Ding wahrscheinlich auch so ernst genug, aber er war auch viel näher dran als ich.

»Ben«, sagte ich versuchsweise, »dich hätte ich hier nicht erwartet.«

Ben sah so sympathisch und normal aus wie immer. Vielleicht war es die Nickelbrille und der praktische Pullover, oder das Ruhe ausstrahlende Rechteck seines Gesichts, oder der nette Zug um seinen Mund, der wahrscheinlich einer Menge Leute ein Gefühl völlig falscher Sicherheit suggeriert hatte.

»Setz dich, Sam«, sagte er mit angenehmer Stimme. »Ich

muss dir sicher nicht erzählen, was mit deinem Freund passiert, wenn ich ihm das hier injiziere, oder?«

»Er ist nicht mein Freund«, fauchte ich. »Und außerdem müsstest du ihm mindestens zwei geben, um Wirkung zu erzielen.«

»Ach ja«, sagte Hugo, nachdem er sich geräuspert hatte. »Er war so umsichtig, mir schon vorher eine zu verpassen.«

Ben lächelte mir über Hugos Kopf hinweg zu. »Siehst du?«, sagte er. »Ich bin sehr gewissenhaft.«

»Ich weiß, dass ich mich wiederhole, aber dich hätte ich nicht erwartet.« Ich zog einen zierlichen, mit gelber Seide gepolsterten Stuhl heran und stützte mich an der Rückenlehne ab, ein Kompromiss, von dem ich hoffte, dass er Ben gefallen würde. Setzen wollte ich mich wirklich nicht. »Ich hätte eher auf MM getippt. Ganz schön dumm, was?«

»MM?«, sagte Ben verständnislos.

Ich verzog das Gesicht. »Hazel erzählte mir, dass sie zusammen mit ihr auf der Schauspielschule war, also musste sie auch Shirley Lowell gekannt haben. Es war irgendwie klar, dass Philip Shirley getötet hatte, aber es war auch klar, dass jemand davon wusste und dieses Wissen dazu benutzte, ihn unter Druck zu setzen. Du bist wahrscheinlich derjenige, der als Erster dafür infrage käme. Aber das war mir zu einfach.«

An dieser Stelle vergaß Hugo kurz, dass er in unmittelbarer Todesgefahr schwebte, hervorgerufen durch ein Insulinkoma, und sah mich mit einem Blick an, in dem sich Ungläubigkeit und Mitleid auf nette Weise mischten.

»Also, warum hast du ihn umgebracht?«, fragte ich Ben. »Du warst es doch, stimmt's? Arbeitslos und ohne Aussicht, seinen Job zu bekommen.«

»Ich geriet in Panik«, entgegnete Ben simpel. »Die Polizei holte ihn immer wieder, um ihn zu befragen. Sie vermuteten es auch. Es war nur eine Frage der Zeit, dann wäre er zusammengebrochen und hätte den Mord an Shirley gestanden. Er befand sich in einem Zustand, wo es eine innere Erleichterung für ihn gewesen wäre, zu gestehen. Clevere Taktik.«

»Von Dostojewski geklaut«, murmelte Hugo.

»Der es wahrscheinlich von einem Moskauer Polizisten hatte, mit dem er immer einen trinken ging«, ergänzte ich. »Der Bulle schüttet sich den Wodka rein und prahlt damit rum, wie sie Verdächtige unter Druck setzen, gegen die nicht genug Beweise vorliegen, und Fjodor denkt sich: ›He, daraus kann ich sechshundert Seiten machen!‹« Ich räusperte mich und schaltete meine Stimme wieder auf ernsthaft. »Also, Ben«, begann ich und klang ein bisschen wie die Gastgeberin einer nachmittäglichen Talkshow, »du hattest Angst, dass er ihnen verraten würde, dass du von Anfang an Bescheid wusstest, wenn er gestanden hätte?«

»Das hätte ihm am meisten Spaß gemacht«, antwortete Ben bitter. »Mich mit herabzuziehen. Undankbarer Bastard. Ich habe praktisch für ihn das Theater geleitet.«

»Du kanntest Shirley von der Schauspielschule, nicht wahr? Hazel hat angedeutet, dass du damals mit ihr zusammen warst, aber irgendwie klappte es nicht auf Dauer. Hat sie sich dir anvertraut?«

»Ja, Shirley und ich standen uns ziemlich nahe. Ich war der Einzige, dem sie von Philip erzählt hat. Wir haben uns sozusagen an der Schulter des anderen ausgeweint.«

»Sie, weil Philip gewalttätig war, und du wegen Hazel?«

»Darum geht es doch, verstehst du denn nicht?«, antwortete Ben eindringlich. »Es geschah alles nur für Hazel. Alles. Ich konnte sie fürs *Puppenheim* vorsprechen lassen, konnte dafür sorgen, dass sie die Rolle bekam. Wenn ich das Cross oder ein ähnliches Theater leiten würde, könnte ich so viel für sie tun. Dann würde sie mich mit anderen Augen sehen. So war ich immer nur Ben. Wir kennen uns schon zu lange, als dass es ihr möglich gewesen wäre, etwas anderes in mir zu sehen. Aber je erfolgreicher ich als Regisseur würde, desto mehr würde sie mich brauchen ...«

Hugo, dessen Gesicht Ben nicht sehen konnte, schaute äußerst skeptisch drein. Verständlicherweise. Das ist das Paradoxe, wenn man verliebt ist: Auf der einen Seite reagiert man hypersensibel auf die geringste Bewegung der geliebten Person, in deinem Bauch flattern Schmetterlinge, und gleichzeitig läuft man herum, als wäre der Kopf in Baumwolle verpackt, und man ignoriert fahrlässig die schreiendsten Warnsignale, dass die Person, die man so obsessiv begehrt, nicht die ist, für die man sie hält. Wenn Hazel schon zu Beginn ihrer Karriere Ben nicht gebraucht hatte, dann jetzt, wo sie sich fast einen Namen gemacht hatte, umso weniger. Hinzu kam, dass sie als Schauspielerin wesentlich besser war als er als Regisseur. Aber Ben hatte seine Fantasie offenbar seit Jahren genährt. Wenn er sich erst zum künstlerischen Leiter der RSC gemacht hatte, würde Helen ihm mit einer Liste der Stücke, die sie spielen wollte, in die Arme fallen. Vielleicht hätten sie es in ihr Hochzeitsgelübde einarbeiten können: Lieben, ehren – und in der nächsten Saison auf der Hauptbühne in Stafford unter Bens Regie die Lady Macbeth spielen.

»Wann ist dir klar geworden, dass Shirley von Philip getötet wurde?«, fragte Hugo.

»Oh, praktisch sobald sie verschwunden war. Sie hatte mich jeden Tag angerufen, völlig aufgelöst – voller Angst davor, ihn zu verlassen. Er versprach ihr immer wieder Rollen, wenn sie bei ihm bleiben und es mit ihm aushalten würde, und dann drohte er im nächsten Atemzug damit, dass sie nie wieder Arbeit bekäme, wenn sie ihn verließ. Ich sagte zu ihr, dass solle sie nicht glauben, aber dazu war sie nicht intelligent genug. Und dann diese Idee, dass sie sich von der Brücke gestürzt haben soll wie dieser Typ von den Manic Street Preachers, das war einfach lächerlich. Dazu hätte man ein besessener Fan sein müssen und das war Shirley überhaupt nicht.«

Ben sprach ziemlich ruhig und machte mit der Hand, die nicht den EpiPen hielt, ein paar Gesten. Die andere jedoch blieb, wo sie war, an Hugos Oberarm, der fest an die Rückenlehne des Stuhls gebunden war. Ben ließ sich nicht ablenken.

»Als ich es erfuhr, habe ich mich in den nächsten Zug gesetzt und bin hierher gekommen, um mit Philip zu sprechen. Ich war damals gerade in Edinburgh«, erklärte er.

»Hazel übrigens auch. Wir spielten beim Festival mit. Wasserdichtes Alibi, was sehr nützlich war, als ihre Leiche gefunden wurde. Sonst hätte es ziemlich verdächtig ausgesehen, wenn ich hier gearbeitet hätte. Jedenfalls habe ich mich nett mit Philip unterhalten. Es war nicht schwer mit ihm«, sagte Ben verächtlich. »Lächerlich, wirklich. Holt sich seine Kicks, indem er Frauen würgt, aber als ich ihn damit konfrontierte, brach er sofort zusammen. Hat mir sogar verraten, wo ihre Leiche lag, ist das zu glauben? Also hat er seinen Assistenten entlassen und ich spazierte von Edinburgh an seine Seite. Und ich war gut. Es war nicht so, als sei ich nur Ballast gewesen. In ein paar Jahren wäre er zurückgetreten und ich hätte seinen Job bekommen, bestimmt. Es lief alles perfekt. Und dann ging alles schief. Shirley wurde gefunden und Philip drehte durch. Ich musste ihn töten. Zumindest würde mich niemand verdächtigen. Ich hatte von seinem Tod nur Nachteile.«

Abgesehen davon, die Regie beim *Puppenheim* zu führen und Hazel dabeizuhaben, dachte ich. Aber das hätte niemand als ausreichendes Motiv für einen Mord gehalten.

Ben starrte mich an.

»Hast du deshalb gedacht, MM hätte es getan?« Er sprach den Namen mit enormer Feindseligkeit aus. »Weil sie ihr Philips Job angeboten haben?«

»Oh, ich habe mir meine Gedanken gemacht. Sie hat sehr schnell gesagt, dass sie ihn nicht will.«

»Nun, sie will ihn auch nicht. Wirklich saudumm. Und ich hätte dafür getötet.«

Hugo öffnete den Mund. Dann überlegte er es sich, sehr vernünftig, und schloss ihn wieder.

»Und du hast auch versucht, Violet zu töten?«, fragte ich.

»Das war allerdings auch dumm. Ich hatte zu viel getrunken. Ich hörte, wie sie sagte, dass sie rausgehen wollte, und habe ganz impulsiv gehandelt – ich sah zu, dass ich vor ihr in den Garten kam, und wartete. Es war verrückt. Ich hätte so leicht gesehen werden können. Ich hab sogar Leute im Gartenhäuschen gehört, was mich nervös machte, aber die hätten nicht mitbekommen, wenn eine Bombe losgegangen wäre. Ich glaube, die steckten bis über beide Ohren ineinander.«

Hugo sah mich mit gehobenen Brauen an und ich bemühte mich, mir nichts anmerken zu lassen.

»Aber Violet hatte schon diese ganze Zeit gejammert, was die Befragungen betraf«, fuhr Ben fort. »Ich hatte Angst, dass Philip sich ihr anvertraut hatte, und ich war sicher, dass sie etwas wusste, dass sie noch nicht erzählt hatte. Und je öfter die Polizei sie holte, desto schwieriger wurde es für mich. Ich hatte das Gefühl, als setzten sie die chinesische Wasserfolter ein.«

Ich spielte mit dem Gedanken, die beiden zu fragen, ob man diesen Ausdruck als politisch nicht korrekt einstufen müsse, verwarf dann jedoch den Einfall, nicht ohne Bedauern.

»Aber wusste sie denn davon? Wusste sie, dass du Philip getötet hattest?«, fragte ich stattdessen.

»Ich weiß es nicht!«, entgegnete Ben fast flehentlich. »Aber irgendetwas weiß sie. Und ich halte das nicht mehr aus!« Seine Augen irrten im Zimmer umher, sein ganzer Körper zitterte.

»Es war so leicht mit Philip«, fügte er hinzu, als könne er sich damit rechtfertigen. »Er hing über dem Schreibtisch, halb schlafend. Ich musste ihm nur die Spritzen geben. Ich habe zwei gleichzeitig benutzt. Nach zehn Minuten war alles vorbei. Aber als ich Violet auf der Party packte – ich muss betrunkener gewesen sein, als ich dachte, ich kann nicht fassen, wie leichtsinnig ich war – und sie sich wehrte, geriet ich völlig in Panik. Ich war sicher, dass sie mich identifizieren würde. Und dann …« Seine Stimme erstarb.

»Kommen wir jetzt mal zu dem Teil, der uns direkt interessiert«, sagte Hugo zu mir, als wolle er mich auf den neuesten Stand der letzten EastEnders-Folgen bringen. »Ben fand heraus, dass Violet gestern Nacht hier gewesen ist. Sie hatte Angst«, fügte er rasch hinzu, als ich ihn zornig ansah, »und sie wollte nicht nach Hause, weil sie fürchtete, dass ihr Angreifer es noch einmal versuchen könnte. Deshalb nahm ich sie mit zu mir. Ben wartet jetzt darauf, dass sie vom Einkaufen wiederkommt. Und nebenbei bemerkt, Ben, du überschätzt Vis Fähigkeit, sich für etwas zu interessieren, was sie nicht direkt betrifft, ungemein. Sie ist nur mit sich und ihrer Karriere beschäftigt. Alles andere geht glatt an ihrem hübschen Kopf vorbei. Selbst wenn Philip irgendwann davon gesprochen hat, dass du ihn in der Hand hast, dann wird sie nur abwesend gesagt haben ›Oh, schön, Darling‹, und eine Sekunde später hatte sie es vergessen. Ich kenne sie.«

Diese Versicherung schien Ben etwas zu verwirren. Dann straffte er die Schultern und sagte: »Nun, jetzt ist es zu spät. Ihr werdet alle zusammen eure Überdosis bekommen.« Er sah mich an. »Es tut mir Leid, Sam. Ich mochte dich. Aber ich kann keine Risiken eingehen.«

Ich starrte ihn ungläubig an. Wie um alles in der Welt wollte er erreichen, dass Violet und ich brav sitzen blieben, während er uns mit Insulin voll pumpte? Mich hielt nur die Gefahr, in der Hugo schwebte, an meinem Platz; sobald Ben Hugos Seite verließ, konnte ich tun, was ich wollte. War er wirklich so blöd zu glauben, nur weil ich eine Frau war, würde ich mich ohne Gegenwehr von ihm mit einem EpiPen piksen lassen, und das nicht nur ein-, sondern sogar zweimal?

»Hast du auch genug für uns alle?«, erkundigte ich mich. »Violet sagte, es seien nur noch drei EpiPens übrig.«

»Ich war bei ihrem Arzt und habe noch mehr besorgt«, konterte Ben. »Philip hat mir die Adresse vor ewigen Zeiten mal gegeben.«

»Aber dadurch kommen sie dir auf die Spur«, meinte ich.

»Ich habe angerufen und gesagt, sie seien für Violet«, antwortete er selbstzufrieden. »Dann bin ich hin und habe sie als Motorradkurier abgeholt. Ich habe den Helm aufbehalten, sodass sie mein Gesicht nicht sehen konnten.«

»Diesen Arzt sollte Violet anzeigen«, meinte Hugo tadelnd. »Das ist eine solch unprofessionelle Schlamperei, unerhört.«

»Und warum willst du mich auch töten?«, fragte ich aus reiner Neugier. »Ich meine, bei Hugo verstehe ich es, Violet könnte ihm was erzählt haben ...«

»Oh, ich danke dir«, murmelte Hugo.

»... aber warum ich? Ich bin doch viel zu weit hinten in der Reihenfolge, um wichtig zu sein.«

»Hazel hat mich heute Morgen angerufen«, antwortete er. »Wie es aussieht, bist du in ihre Wohnung gekommen und hast ihr eine Menge Fragen gestellt.«

»Ja, aber ich hatte dich nicht einmal im Verdacht. Und außerdem ... Moment.« Mir war gerade eingefallen, dass Hazel bei der Erwähnung von Bens Namen sofort auf ein anderes Thema übergegangen war, sie hatte auf ihre Uhr geschaut und gesagt, sie müsse gleich gehen. Ich hatte angenommen, dass sie seinen Namen nur als willkommene Gelegenheit genutzt hatte, um zu betonen, dass sie die Party viel zu früh verlassen habe, um Violet angreifen zu können. Ich sah Ben an und fragte: »Willst du damit sagen, dass Hazel die ganze Zeit über dich Bescheid wusste?«

Viele Dinge tummelten sich in meinem Kopf: Hazel, die sich bereitwillig mit mir unterhielt, aber das Gespräch abbrach, sobald er ins Zimmer kam oder sein Name fiel; Hazels scheinbares Desinteresse an den Ereignissen um Philip Cantleys Tod, was selbst für jemanden, der so distanziert wirkte wie sie, erstaunlich war. Hazels Bemerkung von heute Morgen, dass man einfach weitermachen und alles vergessen müsse, wenn jemand, den man kannte, etwas Böses getan hatte.

Ben sah plötzlich sehr, sehr traurig aus. Zum ersten Mal senkte sich die Hand etwas, die den EpiPen hielt.

»Hazel«, sagte er, »ist genauso, wie Hugo Violet beschrieben hat. Nur noch ehrgeiziger. Wenn es um ihre Karriere geht, ist sie wie eine Cruise Missile, die auf Wärme reagiert. Und alles – alles andere interessiert sie nicht.« Eine furchtbare Traurigkeit lag in seiner Stimme. »Nein, sie weiß nichts von mir. Aber sie kann sehr gut hinter die Fassaden der Leute schauen, sieht, wozu sie fähig sind. Weil sie immer im Hintergrund bleibt, sich nie einmischt. Sie hatte eine sehr klare Perspektive. Ich glaube, sie hatte noch nie einen Freund. Ich glaube, sie hat sich noch nie bei jemandem gehen lassen. Als wir in Edinburgh waren, habe ich ihr eine Ecstasy-Tablette untergejubelt. Ich weiß, so etwas sollte man nicht machen, jemandem eine Droge geben, der nichts davon weiß, aber ich war verzweifelt. Ich dachte, es würde sie lockerer machen, aber sie änderte sich kaum. Ich meine, sie grinste zwar die ganze Zeit und bewegte sich zur Musik, aber als ich versuchte, sie zu berühren, nahm sie einfach meine Hand und legte sie in meinen Schoß zurück. Ich kam nicht mal nahe an sie ran.«

Hugo schien von diesem rührenden Geständnis sichtlich beeindruckt. Er streckte die Zunge heraus und tat so, als müsse er sich übergeben. Ich ignorierte diese Zurschaustellung des alten Machismo: Seht her, ich habe überhaupt keine Angst! Hugo konnte es eben nicht lassen, den Clown zu spielen, auch wenn sein Leben in Gefahr war.

»Aber sie wollte dich vor mir warnen, also musst du ihr auch etwas bedeuten, Ben«, sagte ich so sanft und mitfühlend, wie mir nur möglich war. Jemand, der mich kannte, hätte mich sofort durchschaut. Es sah mir einfach nicht ähnlich. Hugo zog weiter Grimassen. »Meinst du nicht auch?«

In Bens Augen standen Tränen und als er sprach, klang seine Stimme bitter.

»Sie hatte nur einen Grund, mich anzurufen: Wenn ich untergehe, dann geht das *Puppenheim* mit mir unter. Verstehst du nicht? Ansonsten wäre es ihr egal gewesen. Oh, hinter Gittern würde sie mich natürlich nicht gerne sehen; ich könnte ihr ja irgendwann noch nützlich sein. Aber sie weiß, dass sie als Christine sehr gut sein wird. Und sie ist der Ersatz für Violet. Sie würde nicht wollen, dass das durch irgendetwas in Gefahr gebracht wird.«

»Ich bin sicher, dass du sie unterschätzt«, tröstete ich ihn.

»Glaubst du wirklich?« Ben sah mich zweifelnd an.

In diesem Moment passierten eine Menge Dinge gleichzeitig. Die Tür, die ich aufgelassen hatte, wurde noch weiter aufgestoßen. Ich drehte mich um. Violet stand im Zimmer und sah uns entsetzt an. Dann lief sie auf Hugo zu und rief: »Ben! Nein!«

Während Ben durch den Anblick Violets kurzfristig abgelenkt war, nahm ich einen von Hugos teuren Briefbeschwerern von dem kleinen Tisch zu meiner Rechten. Er war rund und schwer und passte sehr gut in meine Hand. Violet stand genau vor Hugos Stuhl, während Ben ihr mit immer schriller werdender Stimme befahl, zurückzutreten. Ich sah Hugo an und nickte kurz mit dem Kopf nach unten. Er entdeckte den Briefbeschwerer in meiner Hand und nickte ebenfalls.

»Violet, zurück! Geh zurück und mach die Tür zu!« Ben brüllte beinahe und er hieb mit der Hand in die Luft, als könne er Violet durch bloße Willenskraft zurückdrängen. Jetzt saß er in der Falle. Er hielt uns zwar mit der Nadel an Hugos Arm in Schach, aber wenn er sie wirklich einsetzte, hatte sich seine Bedrohung in Luft aufgelöst. Sein Gesicht war eine Maske der Panik. Ich nickte Hugo zu. Seine langen Beine schwangen nach oben, als er sich plötzlich mit Schwung auf den Rücken fallen ließ. Gleichzeitig holte ich aus und zielte mit dem Briefbeschwerer genau auf Bens Kopf.

Ben war von dem nach hinten fallenden Stuhl etwas zur Seite gestoßen worden, sodass ich mein Ziel fast verfehlt hätte. Immerhin streifte der Briefbeschwerer seine rechte Schläfe. Er taumelte nach hinten und verlor das Gleichgewicht. Schon hatte ich mich auf ihn gestürzt und trat ihm mit aller Wucht gegen die Kniescheibe. Er stürzte, aber die Wucht meines Tritts hatte ihn herumgeschleudert, und er fiel über den Stuhl und kam auf Hugo zu liegen. Die Nadel, die er noch immer in der Hand hielt, verschwand unter den beiden Körpern.

Aus Angst davor, dass er Hugo das Insulin injizieren könne, und sei es nur aus Versehen, packte ich Ben am Hemdkragen wie einen Hund und zog ihn hoch, bevor er die Balance wiederfand. Er musste sich mit dem anderen Bein abgestützt haben, denn er kam schwungvoll nach oben und riss sich von meinem Griff los. Die Nadel war nirgendwo zu sehen. Violet kreischte wie eine Hexe. Und jetzt stürmten zwei Polizisten herein, die erst einmal stehen blieben, als sie das Chaos vor sich sahen.

»Tut was!«, schrie Violet ihnen zu und deutete verzweifelt auf Hugo, der auf dem Boden lag. »Er stirbt! Er stirbt!«

Hugo musste sich den Kopf gestoßen haben, als er mit dem Stuhl umfiel. Er stöhnte, aber er war bei Bewusstsein. Trotzdem wusste niemand, ob Ben ihm nicht doch die zweite Spritze verpasst hatte, und niemand sah, wo der verdammte EpiPen gelandet war. Ben stürzte auf die Tür zu, aber ich hielt ihn am Pullover fest, und als er sich herumdrehte, versetzte ich ihm einen Schlag auf die Nase. Er holte ebenfalls aus, zu einem Schlag in mein Gesicht, aber ich tauchte ab, sodass ich ihn mit dem Unterarm abwehren konnte – fast. Er streifte mich gerade noch an der Wange und ich stolperte ein paar Schritte zurück, während die Wucht des Schlages mich durchschüttelte. Ben schlug die Hände vors Gesicht und schaute verzweifelt um sich. Der Weg zur Tür wurde von den beiden Polizisten blockiert. Der eine kniete neben Hugo. Der andere wurde von Violet bedrängt, die wie eine hysterische Klette an ihm hing.

In meinem Kopf drehte sich alles. Ich schnappte nach Luft und sah, wie Ben mit blutender Nase auf das Badezimmer zuhinkte. Ich eilte ihm hinterher, rutschte aber aus, weil die Metallabsätze meiner Stiefel auf dem Boden keinen Halt gaben. Ben trat mit seinem unverletzten Bein nach mir, mit schmerzverzerrtem Gesicht, weil er das andere dabei belasten musste. Er schaffte es jedoch, mich so aus dem Gleichgewicht zu bringen, dass er bis zur Badezimmertür gelangte. Der zweite Polizist hatte Violet auf dem Sofa abgesetzt und kam auf uns zu. Plötzlich zog Ben den EpiPen heraus und wedelte damit über seinem Kopf, als sei es die weiße Flagge.

»Fasst mich nicht an!«, schrie er. »Ich habe mir schon

eine Injektion verpasst. Wenn ich es noch einmal tue, bin ich tot!«

Wir alle verharrten eine Sekunde, als hätte jemand die Pause-Taste gedrückt. Der Polizist drehte sich zu mir und sagte kaum hörbar: »Ach du Scheiße.« Sein Körper schien vor Adrenalin zu bersten, als habe man ihn gerade von der Leine gelassen. Die Selbstmorddrohung verschaffte Ben jedoch einen Augenblick, den er nutzte, um die Badezimmertür hinter sich zuzuschlagen und zu verriegeln. Der Polizist stieß einen fürchterlichen Fluch aus und warf sich sofort dagegen. Das Holz splitterte, was einen leisen Protest von Hugo auslöste. Aber ich hörte andere Geräusche aus dem Badezimmer – ein Schiebefenster, das geöffnet wurde ... Ich rannte ans Wohnzimmerfenster, riss es auf und sah, wie Ben über das Fensterbrett kletterte und versuchte, das Abflussrohr zu erreichen.

»Er flüchtet aus dem Badezimmerfenster!«, rief ich.

Alles stürmte zur Tür.

»Hugo!« Ich kniete mich neben ihn. »Hat er dir noch eine Spritze gegeben?«

Hugo schüttelte benommen den Kopf. »Nein, nur die eine.«

»Bist du sicher?«

»Ganz sicher.«

Erleichtert atmete ich auf und rannte den Polizisten hinterher. Aber als wir auf die Straße kamen, hörten wir nur noch die quietschenden Reifen eines Wagens, der um die Ecke bog, schon zu weit entfernt, um Modell oder Farbe auszumachen.

»Wissen Sie, was er für Kennzeichen hat?«, fragte mich der Polizist, der die Badezimmertür eingetreten hatte. Sein Kollege saß bereits im Polizeiwagen und gab über Funk Informationen durch.

Ich schüttelte den Kopf.

»Aber ich glaube, ich weiß, wohin er fährt«, sagte ich.

Als ich in die Wohnung zurückkam, hatte sich die Lage etwas beruhigt. Hugo hatte sich von den Fesseln befreit und war in einen Sessel gesunken, wo er sich den Kopf hielt. Ich kam näher und er schaute hoch und schenkte mir das bezauberndste Lächeln, das ich je gesehen hatte.

»Modesty«, sagte er, »alles in Ordnung? Ich werde dich von nun an immer so nennen. Da entwickelt sich ein blauer Fleck auf deiner Wange, du armes Ding. Komm her.«

Ich beugte mich vor und strich über seinen Hinterkopf. »Tut das weh? Bist du ohnmächtig gewesen?«

»Ja und nein.«

Ich schaute in seine Augen. »Deine Pupillen sehen okay aus, was bedeutet, dass du wahrscheinlich keine Gehirnerschütterung hast. Ist deine Sicht irgendwie verschwommen?«

»Nein.«

»Sollen wir vielleicht trotzdem ins Krankenhaus fahren? Oder einen Arzt holen?«

»Auf keinen Fall. Ich möchte einen starken Drink und eine Tonne Aspirin, in dieser Reihenfolge. Und dann will ich …«

»Hugo? Geht es dir gut?« Violet hatte sich selbst zum Leben erweckt und rührte sich auf dem Sofa. Es war sicherlich nicht ganz fair von mir, dass sie mich an eine Schlange erinnerte, die sich auseinander rollt. »Sam!«, rief sie und richtete sich langsam auf. Ich musste zugeben, dass ich nur Besorgnis in ihrer Stimme hörte. »Was ist *passiert?* Ist alles in Ordnung?«

»Nun, Ben wird gerade von der Polizei gejagt, während er nach Nordwest-London rast, und ich hoffe, dass kein Fußgänger im Weg steht«, sagte ich. »Hugo hat keine Gehirnerschütterung und wenn er sich etwas gebrochen hätte, wäre das längst zu bemerken.«

»Es war so *beängstigend*!«, sagte Violet und begann wieder zu weinen. »Hugo, an diesen Stuhl gefesselt … und er hätte es getan, er hätte dich getötet, Hugo, er hat ja schon Philip umgebracht.«

»Ich glaube, die Sache mit Philip war eine rein impulsive Tat«, sagte ich abwiegelnd. Ich hatte keine Lust auf einen weiteren Ausbruch ungehemmter Emotionen. »Ben kam ins Büro und sah Philip, der schnarchend an seinem Schreibtisch saß. *Die* Gelegenheit für ihn. Das ist etwas ganz anderes, als einem wachen Opfer vor zwei Zeugen eine Spritze zu verpassen.«

»Oh, das ist also deine fundierte Meinung, ja?«, blaffte Hugo. »Ben war verdammt ruhig, als er mir die erste in den Arm steckte. Du warst nicht dabei, kannst dir also kein Urteil erlauben.«

»Ja«, sagte ich und sah ihm in die Augen. »Ich sage nicht, dass er nicht hätte in Panik geraten können. Aber ich bezweifle, dass es ihm gelungen wäre, alles durchzuziehen. Ich meine, wie hat er sich das mit Violet und mir vorgestellt? Wir hätten doch nicht ruhig geduldet, dass er uns umbringt. Das ergibt alles keinen Sinn.«

»Ich verstehe nicht, wie du so ruhig darüber sprechen kannst«, seufzte Violet. »Er hätte uns alle töten können.«

Ich schüttelte den Kopf. »Nicht alle. Hugo war der Einzige, der wirklich in Gefahr war. Und wie ich schon sagte, ich glaube nicht, dass Ben die Nerven dafür hat.«

»Nun, dann beugen wir uns deinem überlegenen Wissen in Bezug auf Killer, Sam«, meinte Hugo und würzte jedes Wort mit so viel Sarkasmus, dass es reichte, mir die Arterien für den Rest meines Lebens zu verhärten.

Ich starrte ihn an, mit vor Zorn schmalen Augen. Schließlich hatte ich nur versucht, die Luft aus Violets dramatischen Exzessen zu nehmen und etwas dringend benötigte Ruhe zu erzeugen, aber Hugo hielt meine Worte wohl für eine Art Macho-Deklaration.

»Das solltest du auch«, sagte ich. »Ich weiß mehr darüber, als ihr je wissen werdet.«

Und jetzt hatte er mich dazu verleitet, etwas wirklich Machomäßiges zu sagen, und das ärgerte mich über alle Maßen. Violet starrte mich an, entsetzt, die Purpuraugen weit aufgerissen, ganz kleines Mädchen. Ich drehte mich auf dem Absatz um und stürmte aus dem Zimmer. Hugo rief mir mit lautester Stimme hinterher:

»Das ist prima, Sam, erst die bedrohten Damen retten

und dann einfach abhauen! Hauptsache, du bleibst so beschissen cool wie immer! Du hältst dich wahrscheinlich wirklich für die verdammte Modesty Blaise, was?«

Ich schlug die Haustür so fest hinter mir zu, dass es Sterne regnete.

25. Kapitel

»Ich glaube es einfach nicht!«, sagte Sophie zum ungefähr siebzehnten Mal an diesem Nachmittag. »Ben! Das will einfach nicht in meinen Kopf! Er wirkte immer so … so nett.«

Zustimmendes Gemurmel aus der Gruppe. Seit Bens dramatischer Flucht waren zwei Tage vergangen und ein kleiner Kreis interessierter Parteien saß in der Patisserie Bliss am Angel; man trank Cappuccinos und aß Schokocroissants. Ich hatte ein Käse-/Tomaten-Sandwich bestellt, aber als es kam, starrte ich nur teilnahmslos darauf. Mir war der Appetit vergangen. Bald würde ich mich zur Ruhe legen. Wenn ich Glück hatte, schossen sie mir in den Kopf, bevor sie mich zum Abdecker schleiften.

Sophie strich sanft wie eine Feder über den blauen Fleck, dessen Farbe sich in ein ansprechendes Hellgrün mit gelben Streifen gewandelt hatte.

»Ich habe dir wie versprochen den Abdeckstift mitgebracht«, sagte sie. »Du musst ihn nur ein bisschen anfeuchten und über die Stelle streichen. Ich kann noch immer nicht glauben, dass er dich geschlagen hat, dieser Bastard.«

»Nun, ich hab ihn zuerst geschlagen«, erklärte ich der Fairness halber. »Ich glaube sogar, ich habe ihm die Nase gebrochen.«

Sophies Hand zuckte zurück, als würde ich gleich zubeißen. Sally sah mich entsetzt an und Matthew hätte sich fast an seinem Cappuccino verschluckt.

»Sam ist die Heldin der Stunde«, sagte MM. Sie und Fisher schienen die beiden Einzigen, die mein Geständnis gelassen hinnahmen. »Sam, ist es zu viel verlangt, wenn ich von dir wissen will, wer uns denn jetzt all diese Streiche gespielt hat? Obwohl ich sie nicht so nennen sollte, denn so harmlos waren sie nicht.«

Ich rührte meinen Kaffee um, durchtrennte mit dem Löffel die aufgeschäumte Milch und sah zu, wie sie sich in einem schokoladengefleckten Strudel auflöste. Zeit zum Überlegen.

»Ich bin ziemlich sicher, dass es Tabitha war«, sagte ich schließlich. »Beweisen kann ich es allerdings nicht. Aber ich wette, dass sie alles gestehen und als Zugabe noch einen größeren Auftritt liefern wird, wenn du ihr sagst, dass sie es war. In gewisser Weise ist es ihr egal, ob sie sich zum Narren macht, solange sie nur ein Publikum hat. Eine Art Münchhausen-Syndrom unter Schauspielern, schätze ich.«

Alle starrten mich an, bis Fisher sagte: »Aber ihr eigenes Seil zu sabotieren! Ich weiß, dass sie nach Aufmerksamkeit giert, aber das ist zu masochistisch, um wahr zu sein. Ich kann nicht glauben, dass jemand sich so etwas antut.«

»Nein, da hast du ganz Recht«, stimmte ich zu. Ich hatte Fisher schon immer für ziemlich clever gehalten. »Nichts von dem, was Tabitha getan hat, war wirklich gefährlich. Anrufe, Antihistamine im Kaffee … viel hat sie nicht riskiert. Genauso wie mit den Ohnmachtsanfällen und ihren Szenen. Alles nur, um Violet schlecht aussehen zu lassen und die Aufmerksamkeit auf sich zu lenken. Sie wollte niemanden verletzen, am wenigsten sich selbst.«

»Du meinst also, dass Tabitha ihr Seil nicht sabotiert hat?«, sagte MM.

Ich nickte. »Am Anfang dachte ich es«, räumte ich ein. »Aber dann, als wir oben auf dem Schnürboden waren, kurz nachdem es passiert ist, kam sie doch zu uns, erinnerst du dich?«

MM nickte.

»Wir alberten herum, und in dem allgemeinen Gewirr hörte ich, wie etwas über den Boden kullerte. Ich hab mir nichts weiter dabei gedacht, aber dann hob Ben einen

Haarclip auf. Er dachte, er gehöre mir. Aber es war der Violets. Und es gab keine Erklärung dafür, wie ein Haarclip Violets auf den Schnürboden kommen konnte. Sie hatte dort oben nichts zu suchen.«

Ich blickte zu Sophie, die gesehen hatte, wie ich Violet den Clip zurückgegeben hatte, und die sofort gewusst hatte, was das bedeutete. Sie schaute mich flehend an.

»Meinst du, dass Violet …?«, sprach MM aus, was alle dachten.

»Nein.« Aus den Augenwinkeln sah ich, wie Sophie aufatmete. »Violet ist nicht so dumm, dass sie Schmuck im Haar tragen würde, wenn sie auf dem Gitter herumklettern und Tabithas Flaschenzug blockieren wollte. Es war ein ungeschickter Versuch, es ihr anzuhängen. Während wir alle auf dem Schnürboden waren, muss Tabitha sich in Violets Garderobe geschlichen und den Clip an sich genommen haben. Als wir uns dann gegenseitig herumschubsten, hat sie ihn auf den Boden geworfen, wo Ben ihn entdeckte. Wenn er von Anfang an dort gelegen hätte, wäre er wohl sofort aufgefallen. Die Schnürbodenmänner haben scharfe Augen, ganz zu schweigen von Bez und Steve, der wie ein Besessener den Boden fegt. Einer von ihnen hätte ihn entdeckt, als sie zurückkamen, bevor die Aufführung begann. Ich kann mir nicht vorstellen, dass er dort die ganze Zeit herumgelegen hat, ohne dass ihn jemand sah.«

»Aber das heißt nicht, dass Tabitha es nicht doch getan hat«, wandte Matthew ein. »Ihr eigenes Seil zu blockieren, meine ich. Das mit dem Haarclip kann ihr später eingefallen sein.«

»Ach komm!«, sagte ich ungeduldig. »Der einzige Sinn für Tabitha, ihr eigenes Seil zu sabotieren, kann ja nur darin gelegen haben, Violet schlecht aussehen zu lassen – und sich daran zu ergötzen, dass sie allen Leid tut. Dann hätte sie den Clip aber schon dort oben platziert, als sie den Flaschenzug blockierte. Dass sie ihn erst später aus Violets Garderobe geklaut hat, kann nur bedeuten, dass Tabitha glaubte, Violet wolle ihr die Sache mit dem Anruf und den Tabletten im Kaffee heimzahlen. Erzählen konnte sie es niemandem, denn dann hätte sie gestehen müssen, dass sie Violet diese Streiche gespielt hatte. Aber sie wollte, dass alle dachten, dass Violet an ihrem Seil manipuliert habe. Daher der Haarclip. Es war natürlich ziemlich stümperhaft, aber einen Versuch wahrscheinlich wert.« Ich sah zu MM hinüber.

»Sag Tabitha, dass du über alles Bescheid weißt, dann wird sie schon beichten.«

Ich trank einen Schluck mittlerweile kalten Kaffee. Es war mir egal. Ich lag im Koma. Mein Blick senkte sich auf ein Croissant. Eine Sekunde starrte ich es bass erstaunt an und wusste nicht, wozu es gut sein sollte.

Während ich davon sprach, dass Tabitha MM alles erzählen würde, war Matthew leicht erbleicht. Aber wenn Hazel Recht hatte und die Sache mit Tabitha nur zu Beginn der Proben relevant gewesen war, dann brauchte er sich keine Sorgen zu machen. MM würde es auch nicht tun. Immerhin hätte er eine Lektion gelernt und es ist nicht schlecht, so jemanden als Freund zu haben. Dabei musste ich an Hugo denken und schob angewidert das Croissant fort, als wären die beiden Dinge irgendwie miteinander verbunden. Niemand hatte seinen Namen erwähnt; sie wussten, dass wir uns gestritten hatten.

»Aber wer hat denn nun Tabithas Seil sabotiert, wenn nicht Violet?«, fragte Fisher beharrlich.

»Ich weiß es nicht«, log ich. »Aber ich bin sicher, dass es ein Einzelfall war. Ich glaube nicht, dass du dir Sorgen machen musst, dass es noch einmal passiert, MM.«

»Warum nicht?«, fragte sie und durchbohrte mich mit ihrem Blick. Ich sah Matthew an, der neben ihr saß. Ihm war offenbar noch immer ziemlich mulmig zu Mute.

»Nur so eine Ahnung; aber ich bin mir sicher.«

MM gab nicht auf. »War es Paul?«, fragte sie.

»Ich wette, er hat die Nachricht hinterlassen, die angeblich von Matthew war«, wich ich aus. »Er konnte Violet genauso wenig leiden wie Tabitha. Aber wer das Seil blockiert hat, weiß ich wirklich nicht.«

MM war mit meiner Antwort überhaupt nicht zufrieden, aber ich hatte nicht vor, mehr dazu zu sagen. Fisher hatte die Augenbrauen so weit hochgezogen, dass sie fast im Haaransatz verschwanden. Sally bestellte noch einen Kaffee. Er hatte kaum ein Wort gesagt, seit wir hier saßen, was ungewöhnlich für ihn war.

»Nun, dann ist das zumindest geklärt«, meinte Fisher schließlich, der erkannt hatte, dass ich das Thema wechseln wollte. Er sah grübelnd in die Runde und drückte Sallys Hand. »Und die Mordsache ist auch vorbei. Es wird kein Verfahren geben.«

»Haben sie Bens Apparate schon abgeschaltet?«, erkundigte ich mich.

MM schüttelte den Kopf. »Noch nicht, aber bald, denke ich. Margery hat gesagt, dass seine Eltern heute die Entscheidung treffen wollen.«

Alle fielen in nachdenkliches Schweigen. Ben war, wie ich mir gedacht hatte, geradewegs zu Hazels Wohnung gefahren, von den beiden Polizisten gejagt. Es war der allerletzte Versuch gewesen, sich ihr vor die Füße zu werfen und zu sagen, schau, was ich für dich getan habe, ich habe sogar um deinetwillen getötet. Der Ablauf der Ereignisse war noch unklar, aber nachdem Hazels Reaktion offenbar nicht so ausgefallen war, wie Ben es sich erhofft hatte, hatte er sich prompt zwei EpiPens injiziert und so seinen Insulinspiegel auf zwanzig internationale Einheiten gebracht, die gleiche Menge, die Philip getötet hatte. Aber Ben war nicht gestorben. Hazel hatte schnell reagiert und ihm fast eine ganze Flasche Coca-Cola eingeflößt, um ihm so auf schnelle Weise so viel Zucker zukommen zu lassen, dass der Effekt des Insulins umgekehrt wurde; wie immer wurde sie von ihrer praktischen Veranlagung geleitet. Aber Ben war bereits ins Koma geglitten. Es hatte nur fünf Minuten gedauert, bis es so weit war. Als die Polizei eintraf und kurz darauf der Krankenwagen, den Hazel gerufen hatte, war Ben bereits jenseits von gut und böse. Jemandem, der ins Koma gefallen ist, zuckerhaltige Getränke einzuflößen, kann den Prozess nur begrenzt aufhalten. Ben hatte irreversible Hirnschäden erlitten.

»Wie geht es Hazel?«, fragte ich schließlich.

MM antwortete. »Wenn sie nicht auf der Bühne steht, gleicht sie einem Zombie, ansonsten besser denn je.«

»Es wird sehr schwierig werden, mit ihr zusammenzuarbeiten – ich meine, ich weiß, dass sie selbst nichts getan hat, aber ich kann mir nicht vorstellen, dass sie nicht geahnt hat, was Ben ihretwillen alles in die Wege leitete«, sagte Fisher unter allgemeiner Zustimmung.

»Die arme Violet muss jetzt mit ihr das *Puppenheim* proben!«, warf Sophie ein.

»Besser Violet als sonst jemand«, meinte Fisher leicht zynisch. »Sie hat die wunderbare Fähigkeit, Dinge zu ignorieren.«

Sophie sah ihn empört an.

»Es gibt niemanden«, fügte Fisher rasch hinzu, um Sophies Verteidigungsrede für Violet zuvorzukommen, »den ich mir weniger als *Femme fatale* vorstellen kann als Hazel. Ich persönlich sehe da nichts.«

»Das freut misch zu hören«, meldete sich Sally.

»Trotzdem hat Hazel etwas seltsam Faszinierendes an sich«, sagte ich versonnen. »Sie ruht völlig in sich selbst. Sie will nichts von der Welt um sich herum, außer Menschen, die sie beobachten kann – und die Gelegenheit, zu arbeiten.«

»Sie ist sehr konzentriert«, lobte Sophie zögernd.

»Es ist mehr als das«, meinte ich. »Wenn sie nicht auf der Bühne steht, ist Hazel fast geschlechtslos, es ist, als sei sie ein Hermaphrodit – versteht ihr, was ich sagen will? Sie hat alles, was sie braucht, in sich, und sie ist vollkommen zufrieden damit.«

»Da hast du Recht«, stimmte Fisher mir zu. »Wenn man mit ihr auf der Bühne steht, dann geht eine enorme sexuelle Energie von ihr aus, aber sobald die Szene gespielt ist – zack! –, wird sie ausgeschaltet, einfach so, und sie ist wieder diese kleine graue Maus. Die meisten Leute sind genau das Gegenteil – sie heizen sich selbst für eine Szene auf und sind dann noch hinterher wie elektrisiert und wissen nicht, was sie damit anfangen sollen.«

»Daher all die Backstageaffären«, sagte MM trocken und sah ihn und Sally an.

»Isch helfe dir jäderzeit, wenn du elektrisiert bist«, sagte Sally zu Fisher und schlug seine erstaunlichen Wimpern nieder.

»Sal?« Ich musste ihn fragen. »Benutzt du eigentlich Make-up?«

»Ja, farblose Mascara«, antwortete Sally und wurde sofort ernst, wie immer, wenn es um Kleidung oder Schminke ging. »Es gibt ihnen Kontur, aber man sieht es nicht.«

»Ich muss langsam los«, meinte MM und trank ihren Kaffee aus. »In einer Stunde fängt das Vorsprechen an.«

MM hatte es abgelehnt, die Inszenierung des *Puppenheims* zu übernehmen, sie war bereits bis zum Ende des Jahres ausgebucht. Und sie hatte den Posten des Intendanten abgelehnt, obwohl sie vom Ausschuss hart bedrängt worden war, ihn anzunehmen. Das hatte selbst mich beeindruckt. Ein Prestigejob mit einem hübschen Gehalt und der Möglichkeit, Gott zu spielen; doch MM hatte Nein gesagt, weil sie ein eigenes Studiotheater etablieren wollte, bei dem sie vielleicht ein Viertel des Geldes verdienen würde, das ihr das Cross angeboten hatte – wenn ihr das Glück hold war. Nun, momentan schwamm sie auf einer Erfolgswelle. Jedes Theater wollte sie verpflichten, und die Tatsache, dass sie dem Cross eine Absage erteilt hatte, vergrößerte ihr Renommee noch mehr. Es hätte wohl kaum einen günstigeren Zeitpunkt dafür gegeben, keine Kompromisse zu machen und einer künstlerischen Vision zu folgen.

Der einzige Haken an der Sache war für mich die Tatsache, dass Helen Recht gehabt hatte. Sie hatten MM den Job in der Tat angeboten. Aber so ungern ich es zugab – Helen hatte meistens Recht. Ich konnte mich jedoch nicht erinnern, ob sie auch den riesigen Erfolg des *Sommernachtstraums* richtig vorausgesagt hatte. Die Vorstellungen waren schon jetzt total ausverkauft, und nicht nur deshalb, weil Schulen Gruppenexkursionen machten, damit die Kinder mal ein Shakespearestück auf der Bühne sahen. Jeden Abend bildeten sich Schlangen von Optimisten, die auf nicht abgeholte Karten hofften. Der Ausschuss bemühte sich bereits um einen Wechsel ins West End. Ein Theater hatten sie bereits gefunden; das Problem bestand darin, die Termine der Schauspieler umzusatteln.

An der Fassade des Cross prangten Plakate, auf denen Hugos Oberon gepriesen wurde (›Definitive Darstellung, werde in meinem Leben keine bessere mehr sehen‹ – *The Sunday Times*), Helens Titania (›Die Eiskönigin schmilzt wie ein Atomreaktor‹ – *Time Out*), Maries Puck und die anderen Elfen (›Atemberaubende Akrobatik, die das Publikum in ihren Bann zieht‹ – *The Guardian*) und die vier Liebenden (›Timing auf Sekundenbruchteile und eine beglückende Leichtigkeit. Besser sind diese Szenen noch nicht gespielt worden‹ – *Mail on Sunday*). Hazel war besonders gelobt worden (›Hazel Duffy macht aus einer normalerweise undankbaren Rolle eine Sensation – eine superbe Helena. Behalten Sie sie im Auge, Sie werden sie noch öfter sehen‹ – *The Independent*).

Kurz gesagt, alle waren glücklich. Sophies Kostüme und Sallys Bühnenbild hatten für Furore gesorgt, und Duggie, mein Galerist, rieb sich vor Freude die Hände, während er die Presseausschnitte las, in denen meine Mobiles gepriesen wurden. Ich bin zu bescheiden, um sie hier zu zitieren, und möchte nur kurz erwähnen, dass man ihnen einiges an Beifall zollte. Das Interesse an meinen Arbeiten war schlagartig gestiegen, obwohl das Stück erst seit einer Woche lief. Es sah so aus, als würde ich mir für die nähere Zukunft Designerdrogen und Absolut Blue Wodka leisten können.

Wir beglichen unsere Rechnung und gingen auf den Bürgersteig hinaus. Der Verkehr brauste an uns vorbei, meistens Busse und Lieferwagen, die mit halsbrecherischer Geschwindigkeit versuchten, über alle Ampeln am Angel zu kommen. Abgase qualmten in schwarzen Wolken aus den Auspuffrohren wie aus den Fabrikschornsteinen der industriellen Revolution. Irgendwie gefiel mir der Effekt. Wenn man schon in der Großstadt lebt, so meine Theorie, dann auch richtig, es muss eine Stadt voller Leben und

Dreck sein, wo selbst die Stärksten nur mit chronisch vergifteten Lungen überleben.

Zu meiner Enttäuschung stellte sich heraus, dass alle anderen offenbar noch etwas vorhatten, Termine, Verabredungen. Der Erfolg des *Sommernachtstraums* hatte es mit sich gebracht, dass sich die Beteiligten plötzlich in der Rolle sehr begehrter Personen wiederfanden, zumindest was ihre Karrieren betraf. Sally und Sophie steckten in Verhandlungen über Angebote, die sie mit MMs Plänen koordinieren wollten. Fisher hatte mehrere Vorsprechtermine, einen davon für eine Fernsehserie, für die er sicher nie berücksichtigt worden wäre, hätte sich der *Traum* nicht zu dem entwickelt, was der *Express* mit den hässlichen Worten beschrieb: ›London hat wieder ein Muss-man-gesehen-haben-Stück‹. Das Ensemble des *Puppenheims* diskutierte mit dem Theaterausschuss, welcher Regisseur am besten geeignet sei, die Inszenierung zu übernehmen. Es musste weitergehen. Wie Gita gesagt hätte: Wenn es auf dem Programm steht, ist es wie in Stein gemeißelt.

Mit Lichtgeschwindigkeit zerstreute sich die Gruppe der Croissantfreunde in alle Richtungen. MM schüttelte mir fest die Hand und bedachte mich mit einem Blick, der mir sagte, dass ich sie nicht hatte täuschen können. Sie wusste, dass ich einer Theorie folgte, wer Tabithas Seil sabotiert hatte, so sehr ich es auch leugnete. Fisher und Sally winkten mir zu und gingen über die Straße zur U-Bahn-Station. Sally wirkte noch immer etwas bedrückt.

»Sam?«, hörte ich Sophie hinter mir sagen. Ich drehte mich um.

»Soph! Ich dachte, du seist schon zur Bushaltestelle gegangen.«

»Ich bin noch mal zurückgekommen. Ich wollte mich bei dir bedanken.« Wie um sich selbst zu schützen, verschränkte sie die Arme vor der Brust und sah mich etwas dümmlich und mit vor Scham geröteten Wangen an. »Du weißt, dass ich es war, die Tabithas Seil manipuliert hat. Ich hab's vorhin an deinem Blick gemerkt. Danke, dass du es nicht gesagt hast. Das war sehr nett von dir.«

»Ich fürchte, Fisher denkt sich auch seinen Teil. Er ist ein sehr cleverer Junge. Er weiß auch, wie sehr du Violet verehrst.«

Verschämt senkte Sophie den Kopf. »Ich konnte einfach nicht widerstehen, weißt du? Tabitha stolzierte herum und bauschte die Sache mit dem Kratzer auf, den Vi Hazel verpasst hatte – und dabei war es wirklich ein Unfall! Ich wollte es ihr heimzahlen, weil sie so gehässig war. Es geschah ganz impulsiv.«

»Und du hast auf dem Trapez gearbeitet, beim Zirkus. Deshalb hattest du keine Höhenangst und du wusstest auch, wie man einen Flaschenzug blockiert.«

»Es war ein Fehler, dir von der Trapezarbeit zu erzählen«, meinte Sophie. »Kaum hatte ich es gesagt, merkte ich, was du daraus geschlossen hast.«

Sie nahm meine Hand und sah mich mit großen, bittenden Augen an. »Das bleibt doch unser Geheimnis, ja? Ich verspreche dir, dass ich so etwas nie mehr machen werde. Ich hatte eine solche Angst hinterher. Ich bin gar nicht darauf gekommen, dass die Leute Vi verdächtigen könnten. Und ich hatte wirklich ein schlechtes Gewissen. Die arme Tabitha. So etwas hatte selbst sie nicht verdient.«

»Ich werde es niemandem sagen«, entgegnete ich und drückte ihre Hand. »Aber sei in Zukunft ein braves Mädchen, okay?«

Sie lächelte mich strahlend an. »Ja, Boss, versprochen. Und du passt auch auf dich auf. Lass dich nicht mehr schlagen. Und schlag auch keine anderen!«

Ich machte ein Kreuzzeichen.

»Werde mir Mühe geben.«

»Probier den Abdeckstift aus, wenn du nach Hause kommst. Du brauchst ihn nur anzuhauchen, damit er etwas wärmer wird.«

»Okay, und danke.«

»Sei nicht albern. Also, ich muss los.« Sie umarmte mich. »Noch mal danke, Sam, du bist eine echte Freundin.«

Dann rannte sie zur Haltestelle, während der Rucksack auf ihrem Rücken hin und her baumelte. Ihr Gesicht strahlte vor Erleichterung, nicht nur weil ich sie nicht verraten würde, sondern auch weil sie gebeichtet hatte und ihr die Absolution erteilt worden war. Ich mochte Sophie sehr. Wenn sie über ihre Schwäche für Violet hinwegkam, würde alles leichter für sie werden.

Sophie sprang in einen Bus und war verschwunden, und ich stand wie ausgesetzt auf dem Bürgersteig, während hinter mir der Verkehr tobte. Ich merkte, dass ich in das Schaufenster eines Pfandleihers starrte, und fühlte mich plötzlich ziemlich einsam. Mühsam versuchte ich, nicht an Hugo zu denken. In meinem ganzen Leben hatte ich noch nie etwas versetzt, aber irgendwie war es beruhigend zu wissen, dass es diesen Laden gab, der so majestätisch die Ecke gegenüber der U-Bahn-Station beherrschte – nur für den Fall des Falles. Jetzt, wo ich aller Voraussicht nach eine ganze Menge Geld verdienen würde, brauchte ich die Pfandhausoption nicht unbedingt. Aber auch dieser Gedanke konnte mich nicht aufheitern. Die Aussicht auf kurz bevorstehenden finanziellen Erfolg schien noch gar nicht ganz bis zu mir durchgedrungen. Das Einzige, was zu mir durchdrang, war ein weit vorangeschrittenes Gefühl der Verzweiflung.

And he said, Son, this world is rough,
and if a man's gonna make it he's gotta be tough,
and I knew I wouldn't be there to help you along –
so I gave you that name and I said goodbye,
and I knew you had to get tough or die,
and it's that name that helped to make you strong.
Now you just fought one hell of a fight,
and I know you hate me and you got the right
to kill me now, and I wouldn't blame you if you do:
But you ought to thank me before I die
for the gravel in your gut and the spit in your eye,
cause I'm the ***** that named you Sue.

Schließlich hatte ich das Einzige getan, was mir übrig blieb. Ich war mit dem 73er zur Oxford Street gefahren und hatte mich auf eine Shopping-Tour begeben. Dann hatte ich mich mit Janey nach ihrer Arbeit auf einen Drink getroffen. Die guten Neuigkeiten sprudelten nur so aus ihr heraus, und sie hatte auch nur eine Stunde Zeit für mich, weil sie noch zum Abendessen verabredet war; aber ich saß selbst schon auf heißen Kohlen, weil ich nach Hause wollte, um meine neuen Sachen anzuprobieren, von daher passte es sogar ganz gut. Bald stand ich auf meiner Plattform und führte mir selbst einen langen Hüftrock aus Wildleder vor, bis zur Mitte des Oberschenkels geschlitzt, dazu eine ziemlich knappe Seidenweste; da klingelte das Telefon und drängte sich wichtigtuerisch in den Johnny-Cash-Song.

In Augenblicken wie diesem wünschte ich mir, eine Rutschstange neben der Plattform installiert zu haben, wie sie die Feuerwehr benutzt, um schneller hinunterzukommen. Wenn meine Leiter vertikal gewesen wäre wie die Jakobsleiter im Theater, hätte ich im bewährten Schnürbodenmannstil hinuntergleiten können, eine Hand an jeder Seite; aber ich trug ja keine Arbeitshandschuhe … Es ist erstaunlich, wie viele Dinge einem durch den Kopf schießen können, während man sich auf dem Weg zum Telefon fast das Genick bricht. Ich hatte Glück, dass der Rock einen so langen Schlitz aufwies, sonst hätte ich den Abstieg nicht heil überstanden.

Kaum hatte ich den Hörer in der Hand und ›Hallo?‹ gesagt, als die Verbindung unterbrochen wurde. Meine Reaktion war nicht nett. Es dauerte eine Weile, bis ich mich beruhigt hatte, obwohl ich zu meiner Verteidigung sagen muss, dass ich weder Telefon noch Anrufbeantworter zertrümmerte. Stattdessen stieß ich mir ziemlich heftig den Zeh, als ich meine Schweißermaske durch den Raum trat. Dann stürmte ich wieder nach oben, fluchend. Was für ein verdammtes Glück, dass ich genügend neue Kleider zur Ablenkung hatte.

Zwanzig Minuten später klingelte es an der Tür; als ich sie schließlich aufriss, war jedoch niemand da. Ich wollte gerade ein paar Beleidigungen die Straße hinunterbrüllen und sie wieder zuknallen, als ich zu meiner großen Überraschung den großen gläsernen Krug sah, der auf der obersten Stufe stand. Ich betrachtete ihn eine Weile, bevor ich mich misstrauisch darüber beugte. Er war bis zum Rand mit gefrorener Erdbeer-Margarita gefüllt und sah aus, als stamme er aus der Finca, einer Tapas-Bar auf der Pentonville Road. Ich spielte mit der Idee, mir den Krug zu schnappen und mich wieder hineinzuschleichen, um ihn in Ruhe und Frieden zu leeren. Das würde ihn bestimmt ziemlich in Panik versetzen. Hoffte ich. Stattdessen sagte ich:

»Hugo? Du kannst jetzt rauskommen.«

Er kam um die Ecke des Ateliers. Ich sah, dass er sich mit seinem Outfit die gleiche Mühe gemacht hatte wie mit dem Cocktail. Er trug die schwarzen Lederhosen, von denen er wusste, dass ich sie mochte, dazu das enge schwarze Sporthemd von Dolce und Gabbana, dessen kurze Ärmel genau dort saßen, wo sein Bizeps begann, und den Gürtel mit der matten Silberschnalle. Um sein Handgelenk schlenkerte sein bevorzugtes Silberarmband, und sein Gesichtsausdruck war gleichzeitig selbstzufrieden – weil er wusste, dass ich einem Krug mit gefrorener Margarita nicht widerstehen konnte – und etwas verzagt, weil er ebenfalls wusste, dass ich noch sauer auf ihn war. Er folgte mir ins Atelier und machte die Tür hinter sich zu. Ich stand bereits vor dem Küchenschrank und nahm zwei Gläser heraus.

»Kennst du die Folge von *Cheers,* in der Sam in Mexiko Ferien macht?«, fragte er und nahm ein volles Glas entgegen. »Sie rufen ihn vom Cheers aus an, damit er zurückkommt – er arbeitet da auch in einer Bar –, und er hält einen Cocktailbecher in der Hand. Er sagt: ›Wartet mal 'ne Sekunde, Leute, ich muss erst mal mit dieser Margarita alles klar machen.‹ Dann legt er den Hörer weg, beugt sich über die Theke zu diesem Mädchen und fragt: ›Also, Margarita, hast du nachher schon was vor?‹ – Bist du noch immer böse auf mich?«, fügte er durch mein amüsiertes Prusten hindurch hinzu.

»Dein Timing ist schlecht«, sagte ich. »Du hättest mit der Frage warten müssen, bis ich mit dem Lachen fertig bin.«

»Offensichtlich bin ich nervös«, sagte Hugo kühl. »Weiß Gott, warum. Vielleicht ist es deshalb, weil ich ahne, dass du durchaus in der Lage bist, einen Haushaltsgegenstand nach mir zu werfen, mich niederzuschlagen und dann zu Tode zu treten, wenn ich ein falsches Wort sage.«

»Wäre es dir lieber gewesen, ich hätte mir nicht die Mühe gemacht, dir das Leben zu retten?«, entgegnete ich gleichermaßen frostig.

»Im Gegenteil. Du warst wunderbar. Ich meine das in der alten Bedeutung des Wortes. Ich kann nur schwer begreifen, dass eine Frau, die so etwas zustande bringt, sich ins Höschen macht, weil ich eine Exfreundin für ein paar Nächte nur deshalb bei mir aufnehme, weil sie von jemand umgebracht werden soll. Ich habe übrigens nicht mit Violet zusammen geschlafen. Sie war im Gästezimmer.«

Ich hatte nicht vor zuzugeben, dass ich bereits einen genauen Blick in Hugos Gästezimmer geworfen hatte, als ich in der Wohnung gewesen war, und mich von dem zerknitterten Bett und anderen Zeichen der Anwesenheit Violets überzeugt hatte. Ich zog nur auf eine, wie ich hoffte, vieldeutige Weise die Nase hoch und entgegnete: »Du hast mich auf der Party einfach stehen lassen. Vor allen Leuten.«

»Sam«, sagte Hugo. Er klang zunehmend verzweifelt. »Ich war sauer auf Helen und du warst mir auch keine große Hilfe. Ich musste da einfach weg, und als ich eine halbe Stunde später wiederkam, warst du nicht mehr da. Ich denke, im Stehenlassen und Davonstürmen sind wir beide gut, oder?«

Darauf zu antworten war unter meiner Würde. Stattdessen füllte ich erneut die Gläser.

»Und du hast mich nicht angerufen«, fuhr Hugo fort. »Ich kenne dich. Stolz ist deine irritierendste Charaktereigenschaft. Du wärst lieber gestorben, als den Hörer in die Hand zu nehmen. *Ich* musste es tun.«

»Du hast mich nur angerufen, weil Ben dich an einen Stuhl gefesselt hatte!«, entgegnete ich. Es klang etwas schärfer als beabsichtigt. »Ich kann dir gar nicht sagen, wie geschmeichelt ich mich da fühlte.«

»Nun, ich war jedenfalls froh, einen Vorwand zu haben, dich anzurufen«, gab Hugo zurück.

Einige Sekunden starrten wir einander wütend an, bevor uns klar wurde, wie idiotisch unsere Konversation war.

»Wie ist es Ben überhaupt gelungen, dich zu fesseln?«, fragte ich neugierig.

»Ich ging in die Küche, um uns etwas zu trinken zu holen, und er hat mir von hinten einen Schlag auf den Kopf verpasst«, sagte Hugo. »Als ich zu mir kam, hatte er mich an den Stuhl gefesselt und drückte mir das Telefon ans Ohr. Er war gekommen und hatte erklärt, er müsse etwas mit Vi wegen des *Puppenheims* besprechen, also sagte ich natürlich, dass er auf sie warten könne. Es war ein verdammt großes Glück, dass sie nicht da war, als er kam, sonst hätten wir wirklich in Schwierigkeiten geraten können.« Er sah mich an. »Wie hast du denn die Polizei dazu gekriegt, dir zu helfen?«

»Oh ... ach ... mein Freund, der Detective Inspector«, sagte ich verlegen. Hugo verspürte wohl so etwas wie Reue, denn er ließ mir das durchgehen. Nicht ein einziges eifersüchtiges Zucken verzerrte seine Züge. »Ich habe an deiner Stimme gemerkt, dass irgendwas nicht in Ordnung war, also bin ich das Risiko eingegangen und bat ihn, zwei Beamte zu schicken, die alles mit anhören sollten. Sie waren schon da, als ich kam, warteten um die Ecke. Ich habe ihretwegen die Wohnungstür offen gelassen.«

»Und dann kam Violet und platzte herein«, sagte Hugo. »Sie hatte auch schon eine Weile zugehört, bis sie den geeigneten dramatischen Augenblick für ihren Auftritt gekommen glaubte. Ich schätze, die Polizisten hatten gar keine Chance, sie aufzuhalten.«

»Oh, ich meine, sie hat nicht das Geringste verpatzt«, sagte ich der Fairness halber. »Eigentlich war sie diejenige, die Ben abgelenkt hat.«

Hugo stellte sein Glas ab. »Sie ist wieder in ihre eigene Wohnung gegangen«, sagte er. »Am Abend. Ich habe darauf gewartet, dass du anrufst und mich fragst, ob es mir gut ginge. Ich dachte, das würde als Vorwand reichen. Aber dir schien es ja egal zu sein.«

»Na ja, ich wusste ja, dass es dir gut ging«, murmelte ich. »Haben alle gesagt.«

»Du bist störrisch wie ein Maulesel«, entgegnete Hugo entschieden. Er sah mich genauer an. »Sag mal, ist das jetzt Mode, die Preisschilder an den Kleidern zu lassen, oder warst du einkaufen? Sehr hübsches Kleid, übrigens.«

»Ja, es könnte nur ein bisschen schwierig sein, mich damit hinzusetzen«, sagte ich und zog an dem Schlitz. Durch Gespräche über Kleider kann man mich leicht ablenken.

»Ich sehe da keine Probleme und die Luftzufuhr ist auch gut. Und wenn du dir das nächste Mal wegen gar nichts ins Höschen machst, dann kann ich das auch sehen.«

»Stimmt.« Ich trank noch einen Schluck Erdbeer-Margarita und fühlte mich, als würden schwere Lasten von meinen Schultern gleiten. Und das lag nicht nur am Tequila. »Vorhin habe ich mich mit Janey auf einen Drink getroffen«, sagte ich. »Sie hat sich von Helen getrennt.«

»Prima.«

»Wegen Gita.«

»Nicht so prima.«

»Du mochtest sie auch nicht?«

Hugo schüttelte den Kopf. »So falsch wie Val Kilmer als der Saint.«

»Das sind harte Worte«, sagte ich.

»Ich stehe dazu.«

»Und ich habe mich so gefreut, weil Janey etwas aus sich gemacht hatte und so gut aussah«, meinte ich düster. »Dabei war alles nur für Gita.«

»Gut auszusehen ist immer gut.«

»Ja, ich weiß, aber … sie war Helen gegenüber auch so liebevoll. Ich hätte wissen müssen, dass sie vorhatte, sie abzuservieren.«

»Der Zynismus dieses Mädchens!« Hugo schüttelte hustend den Kopf. »Ich dachte, wir gehen irgendwo essen und schauen dann im Submission vorbei. Ich habe extra meine Lederhosen angezogen.«

»Oh, und ich dachte, weil du weißt, dass ich sie mag.«

»Geh nach oben«, sagte Hugo, »und zieh dir etwas an, das pervers genug ist, um ins Submission reinzukommen, mit dem sie uns aber auch im Café Pacifico Einlass gewähren, und das bitte in weniger als einer halben Stunde.« Er sah auf seine Uhr. »Ich stoppe die Zeit.«

»Oh, gut – wir essen mexikanisch?«

»Die Margaritas haben doch ganz gut gewirkt. Nur ein Narr würde eine Gewinn bringende Formel ändern. Geh. Jetzt!«

»Ich gehe!« Ich füllte mein Glas auf, um es mit nach oben zu nehmen. Dann ließ ich das Band zurücklaufen, um den Schluss des Songs mitzubekommen.

»What could I do? What could I do?«, fragte Johnny Cash seine Zuhörer, als ich die Leiter hinaufstieg.

I got all choked up and I threw down my gun,
and I called him Pa and he called me Son,
and I come away with a different point of view.
And I think about him now and then,
every time I try and every time I win,
and if I ever have a son I think I'm gonna call him –
Bill! Or George! Anything but Sue!

»Und das nächste Mal«, sagte Hugo über den Applaus und die Rufe von Johnny Cashs äußerst geneigtem Publikum hinweg, »kommst *du* vorbei und entschuldigst dich.«

Ich nahm den Minirock aus Plastik vom Kleiderständer, betrachtete ihn nachdenklich und fragte mich, ob die neue kleine Weste, die ich mir gekauft hatte, dazu passen würde.

»He!«, rief ich zurück, »du kannst schon mal die Margaritas kalt stellen lassen.«

Danksagung

Für ihre Hilfe in technischen Fragen bedanke ich mich sehr bei Frank Nealon am National und Conrad am Aldwych; bei Charlie dem Doktor und bei meiner Schwester Lisa, der besten Helena, die ich je gesehen habe. Nicht zu vergessen alle von Questors, die mich während *Romeo und Julia* dabei sein und sich stören ließen. Wie immer ein großes Dankeschön an Sandy für ihre unschätzbaren Dienste als Lektorin.